ダブルギアリング

連鎖破綻

真山 仁

角川文庫
18923

万策尽くれば、悲しみも終わる、事態の最悪なるを知れば、もはや悲しみは
いかなる夢をも育《はぐく》みえざればなり。
過ぎ去りし禍《わざわ》いを歎《なげ》くは、新しき禍いを招く最上の方法なり。
運命の抗しがたく、吾《われ》より奪わんとするとき、忍耐をもって対せば、その害
もやがては空に帰せん。

～ウィリアム・シェイクスピア『オセロー』より～

目次

序曲　前夜　二〇〇三年三月三一日　九

第一部　発火点

第一章　金融担当相更迭　二〇〇二年九月三〇日　三六

第二章　竹浪ショック　二〇〇二年一〇月七日　一二〇

第二部　狂気の始まり、そして沸騰

第一章　迷い　一九八二年二月　一七二

第二章　綻び　一九八五年二月～一一月　一八五

第三章　歪み　一九八七年二月～一一月　二三三

第三部　断崖

第一章　混沌　二〇〇二年一一月二五日　二八〇

第二章　限界　二〇〇二年一二月二日～一二月三日～
一二月一八日～一二月二五日　三二一

第三章　生と死と　二〇〇二年一二月二八日　三六一

第四部　絶望

第一章　決壊　二〇〇三年一月一〇日～一月一五日～一月一六日　三八八

第二章　崩壊の足音　二〇〇三年一月二〇日　四二三

第三章　瓦解　二〇〇三年一月三一日～二月一一日～
二月一八日～二月二一日　四六七

第四章　決断　二〇〇三年三月一日～三月一四日～三月二一日～
三月二四日～三月三一日～五月一六日　四九五

【主な登場人物】

清和生命保険相互会社

各務《かがみ》裕之《ひろゆき》　社長室次長

中根《なかね》亮介《りょうすけ》　関西本部法人営業部担当部長、のちに総合企画部企画担当部長

高村《たかむら》怜一郎《れいいちろう》　代表取締役社長

竜崎《りゅうざき》誠一《せいいち》　会長（前社長）

鵜飼《うかい》耕市《こういち》　財務担当常務・主任保険計理人（アクチュアリー）

岩倉《いわくら》和彦《かずひこ》　企画担当専務

幸田《こうだ》務《つとむ》　取締役・社長室長

嘉瀬《かせ》一朗《いちろう》　財務部部長

樋口《ひぐち》剛《ごう》　広報室次長

野添《のぞえ》明《あきら》　財務部資産運用課長（〇三年一月には財務部次長）

本多《ほんだ》和志《かずし》　関西本部長・専務・法人担当

井嶋《いしま》大輔《だいすけ》　関西本部法人営業統括部長

ゴールド・マックス（外資系投資銀行）

槇塚《まきづか》薫《かおる》　東京支店M&Aアドバイザリー部アソシエイト

ベンジャミン・フィッシャー　東京支店長、M&Aアドバイザリー部マネージング・ディレクター

政治家

竹浪《たけなみ》啓造《けいぞう》　金融担当大臣（〇二年一〇月以降）・経済担当大臣

金融庁

中島《なかじま》義和《よしかず》　金融庁監督局保険課長

第一丸井（第丸）生命保険相互会社

田《た》畑《ばた》夏彦《なつひこ》　社長

岩崎《いわさき》太郎《たろう》　総合企画部次長

第一興業銀行（のちにみずき銀行）

永見《ながみ》武史《たけし》　企画部副調査役（みずき銀行総合企画部担当部長）

序曲　前夜　二〇〇三年三月三一日

さあ、いつでも来るがいい、破滅でも、流血でも、殺戮《さつりく》でも！
見える、まざまざと手に取るようにこの目に、
何もかも終わりになるのが。

～ウィリアム・シェイクスピア『リチャード三世』より～

二〇〇三年三月三一日午後二時七分・新宿
清和生命本社

まさかと思っていた株価が、朝から下がり続けていた。イラク戦争効果と政府による年度末に向けてのＰＫＯ（Price Keeping Operation＝株価安定策）が功を奏せば、九〇〇〇円台復帰だって夢じゃないという金融関係者の淡い望みは、水泡に帰した。週明けのこの日、八二四〇円でマーケットがスタート。ジリジリと株価は下がり続け、前引けで八一〇〇円を切ってしまった。このままでは、八〇〇〇円台を割り込む危険性まであった。

「どういうことだ！　政府は、最低でも九〇〇〇円台回復を約束してくれたんじゃないのか！」

清和《せいわ》生命保険相互会社の財務担当常務・鵜飼耕市《うかいこういち》は、財務部の市場モニターを睨《にら》みながら、そうわめいた。普段は飄々《ひょうひょう》とした大学教授然としている鵜飼だが、今は悲壮感を漂わせ、ご自慢の銀髪も乱れていた。何とか崖《がけ》っぷちで、三月危機は乗り越えられそうだという目算が、大きく揺らぎ始めた。

万が一、八〇〇〇円を切るようなことになると、デリバティブ投資でも大きな損失を出すことになってしまう……。鵜飼常務は喉《のど》がカラカラになるほどの緊迫感を誤魔化すかのように呟《つぶや》いた。

「このままでは、株の含み損を埋め合わせるために、さらに数百億円程度を積まんとならんなあ」

だが、清和生命には株の損を埋める資産は、もはや何も残っていなかった。やはり、あれしかないのか……。彼は今年に入ってからずっと導入を考えていた「最後の手段」を強行する時がきたと感じた。責任準備金を純保式からチルメル方式に戻す。それによって、清和生命が抱えている負の体質が、「帳簿上」は、一気に「改善される」ことになる。

もちろん、鵜飼はそれが何を意味するかも知っていた。

過去、日本の生命保険会社で、純保式からチルメル方式に移行して生き残った生保は一社もない。

破滅への方程式——。そのスイッチを、自分が押すことになるのだろうか……。

同日午後二時三四分・日本橋本石町
日本銀行

「一体これはどういうことなんだね。どうして銀行はコールを使ってでも株価を上げないんだ」

【2003年3月31日】

着任早々、とんでもない事態に遭遇した日銀総裁の言葉に、周囲の者は口ごもってしまった。本来ならば株価を買い支えるために機関投資家や銀行から注ぎ込まれるはずの資金が、あろうことか、日銀の当座預金に積み上げられていった。

終わり良ければ全て良しという言葉通り、ここ数年、日本の企業は、年度末の帳尻《ちょうじり》合わせに必死になっていた。日銀もやれることはやってきた。特に新総裁は就任会見で、「様々な方法を駆使して、お金が末端にまで行き渡るための努力は惜しまない」と明言したのだ。その「公約」を守るため、日銀は年度末対策として大量の資金供給を断行。当座預金残高は、史上最高の三一兆円にも上った。にもかかわらず、当座預金は、コールされることなく、逆に残高を増やし続けているのだ。

担当者は、苦渋に満ちた顔で答えた。

「これ以上自己資本比率を、下げるわけにいかないからだと見られます」

「どういうことだね」

「日銀当座預金に資金を滞留すれば、自己資本比率のリスクは、ゼロとみなされます。しかし、株価を維持するために市場で運用した場合は、そうはいきません。とにかくここは下手に動いて傷を大きくしたくないんだと思います」

「しかし、自分たちの会社の株が売り浴びせられているんですよ。それを守ることもしないんですか」

「相手は外資系投資銀行やヘッジファンドの空売りです。最初から勝ち目はありません」

「じゃあ、生保を動かせばいいじゃないですか」

「生保が機関投資家だったのは、もはや過去の話です。連中は売りたくても売れない銀行株をもてあましているんです。これ以上、銀行株を買えと言っても、誰も言うことを聞きません」

これはもはや、日本買いじゃない。日本が自らを貶《おとし》め、自らを叩《たた》き売ろうとしているんじゃないか……。

総裁は溜息《ためいき》をつくしかなかった。

「あの、総裁」

「何です？」

「総裁は、つい先頃までゴールド・マックスのアドバイザリーボードを務めていらっしゃいましたよね」

「それがどうかしましたか？」

「いえ、今回の銀行株売りには、ゴールド・マックスの証券部がリーダーシップを執っているという噂がありまして」

総裁は、そこで相手を見返した。

「何が言いたいんです」

「失礼しました。お恥ずかしい話なのですが、現況では万策尽きた感があります。なら

【2003年3月31日】

ば、別の方法を考えるべきかと思いまして」

つまり、私に昔のよしみで、銀行株の空売りをしないように、ゴールド・マックスに懇願してくれと言うのか！

総裁は、険しい表情で部下を見た。そのとき、隣で黙《だんま》りを決め込んでいた副総裁が口を開いた。

「きれい事を言っている場合ではないと思います。打てる手は全て打ち尽くす。なりふり構わず危機にぶつかる。それが思わぬ結果を生むんじゃないんでしょうか。うまくいかなくても誰からも責められません。それどころか、そこまでやってくれたのか！と株を上げる可能性のほうが高い。万が一、策が成功したら、我々には大きな業績が転がり込んできます」

総裁の耳に、「大きな業績」という言葉だけが残った。

彼は、「一人にしてくれ」と言って部屋に集まった首脳たちを下がらせた。

一人になった彼は、日銀総裁に就任したとき、ゴールド・マックスのトップから言われた言葉を思い出していた。

「あなたのためになるのであれば、協力は惜しみません。遠慮なくご相談ください」

総裁は、それに賭《か》けてみたくなった。日銀のプリンスとして総裁になることだけを考えて生きてきた。一度は、自分とは全く関係のない不可抗力のために、日銀から放り出され、冷や飯も食わされた。そんなときに親切にしてくれたのが、ゴールド・マックスだった。彼らは能力を高く評価してくれ、今回の総裁就任にも陰ながら支援してくれた。ゴールド・マックスのためにも、実績を残さなければならない。彼はそう納得すると受話器を上げた。

相手は二コールで出た。

同日午後三時四分・霞が関《かすみせき》
金融庁監督局応接室

清和生命企画担当部長の中根亮介《なかねりようすけ》は、昼過ぎから企画担当専務の岩倉和彦《いわくらかずひこ》と二人、金融庁の応接室とは名ばかりの部屋で待たされていた。

呼ばれた理由は分かっている。誰もが予想しなかった年度末の株価下落に、清和生命は耐えられるのかを質《ただ》されるためだ。だが、中根には答えようがなかった。いや、清和生命の誰一人そんな答えを持っている者はいなかった。

ただ言えるとすれば、「どんなことをしても乗り越えます！」と大声を張り上げることぐらいだ。

「まずいぞ！　遂《つい》に八〇〇〇円を切った。一体、いつまで待たせる気だ！　中根、おまえ中島《なかじま》課長を呼びに行け」

恵まれた体格に仕立ての良いスーツを着た岩倉専務は、ここに来てからもずっとラジオの市況ニュースを聞いていた。

だが、中根は黙って動かなかった。課長はここで待て！　と言ったんだ。ならば、いつまでも待つしかない。大学ラグビーの名センターで鳴らした精悍《せいかん》さをくたびれたスーツに押し込み、彼は背筋を伸ばしてソファに座り続けていた。そのとき、ドアがノックされ、監督局の中島義和《よしかず》保険課長の神経質そうな顔が覗《のぞ》いた。二人は反射的に腰を上げて深々と頭を下げた。

「とんでもないことになりましたね。どうやら投資銀行あたりまでが加わって銀行株の空売りをかけているようです。日銀は、資金を用意しているんですが、肝心の銀行の連中がすくんでしまって、コールに手を出さない。これじゃあ相手のやりたい放題です」

〝天は我々を見放した！〟昔、そんな映画の台詞《せりふ》があったな。中根は淡々と、時が破滅を刻むのを感じていた。

中島課長が、中根のほうを見て言った。

「本当に大丈夫ですね。たとえ、株価が八〇〇〇円台に回復しなくても、決算は立ちますね」

中根は精一杯の笑みで即答した。

「ご安心ください、中島課長。必ずや切り抜けてみせます！」

「清和生命は不滅ですから」

すかさず岩倉専務が大風呂敷《おおぶろしき》を広げて続けた。そんな空元気が、何の保証にもならないことを見透かした冷たい眼が、保険課長から向けられた。

「とにかく我々としてやれることはやるつもりです。ですから、ここは踏ん張ってください」

そう言って中島課長は腰を上げた。

「よろしくお願いします！」

二人は直立不動し、声を張り上げると深々と頭を下げた。

最後の時――。それはこんなに呆気《あっけ》ないものなのか……、中根はその呆気なさに驚きながら、ドアが閉まるまで顔を上げなかった。


【2003年3月31日】

同日午後五時一三分・新宿
清和生命本社

午後に入っても回復の兆しは見えなかった。結局、七九七二円と、前年同日（一万一〇二四円）比、二七％も下落して終えた。その数字を社長室で聞いた清和生命社長の高《たか》村怜一郎《むられいいちろう》は、唇を噛《か》みしめた。命運が尽きたと判断するのか、ここが我慢のしどころと考えるべきなのかは、今の段階では何とも言えなかった。

目の前には、金融庁から帰ってきた岩倉専務と企画担当部長の中根が立っている。

「金融庁は、どんなことをしても決算を越せと。そのためには支援を惜しまないと言ったんですね」

長身痩躯《そうく》に端整な面差し、そして常に沈着冷静のジェントルマンである高村は、二人の報告を聞いて、穏やかにそう確認した。中根が緊張気味に頷《うなず》いた。

「そうです。具体的に何をどうするという指示はありませんでしたが、とにかく早まったことはしないように、と何度も念を押されました」

「早まったことですか？」

高村は静かに続けた。

「つまりは、絶対にギブアップするなということでしょうな。だが、救済策は出さない。一体連中は何を考えているやら」

エキセントリックな岩倉専務が、憤懣《ふんまん》やるかたないという顔でそう吐き捨てた。

そのとき、渋い表情で財務担当の鵜飼常務が入ってきた。

「まずいね。あの終値では、さらに三〇〇億円ほど含み損が増えた」

常務の言い方が、高村にはどこか他人事《ひとごと》のように聞こえた。隣にいた岩倉専務も同様に響いたようで、白髪頭の鵜飼常務に噛みついた。

「何をそんなことをしらっと言ってるんだ。あれほど株式の売却を進めると言いながら、全然、健全化されていないじゃないか！　これはどういうことなんだ！」

「そう言うがな、岩倉専務。今手元にある株がガンなんだ。売るに売れない銀行株ばかりが残っているんだからな。いっそ売ってしまおうかと思ったよ。だが、そんなことをされて困るのは、私より君のほうじゃないか」

今、仲間割れしている場合じゃない……。高村は、岩倉と中根を下がらせて、鵜飼と二人きりになった。

「鵜飼さん、八〇〇〇円を切ったということは、別の損失も出たんじゃないんですか」

その言葉に、さっきの飄々《ひょうひょう》とした鵜飼の表情は一瞬で崩れ落ち、彼は高村のデスクに両手をついた。

「申し訳ない！　株を売る度に膨大な売却損を出したために、デリバティブでそれを埋めていたんだ。その一つが、株価に連動していた。まさか、八〇〇〇円を割るとは思っていなかった……」

空売りを仕掛けてきた連中には、最初からそういう思惑もあったのかも知れない。高村は同期として会社を支えてきた盟友の取り乱した姿から目線を逸《そ》らした。

「額はどれぐらいですか？」

「まだ分からないが、おそらくは百億単位には」

高村は思わず頷いてしまった。もはや、百億円単位の損失に、驚かなくなってしまった自分に戦《おのの》きながら。

「とにかく一刻も早く、正確な数字を挙げてもらえませんか。ドレッシングされたもの

【2003年3月31日】

では、この先が開けません」

「分かった。それと、高村さん。いよいよチルメルへの移行を考えるべきだと思うんだが」

高村は冷たい眼差《まなざ》しで、保険計理人《アクチュアリー》でもある鵜飼常務を見た。責任準備金の積み立て方式を、現時点で負担の少ない方式に変えたいと言っているのだ。高村は、無表情のまま答えた。

「その話は、先日もしたと思いますが。これ以上、我々の勝手で、契約者の皆さんに迷惑をかけるつもりはありません。いずれにしても、さきほどの件、よろしくお願いします」

彼はそう言い、鵜飼を追いやった。一人になると、高村は席から立ち上がり窓の外を眺めた。高層ビル街に夕暮れが迫っていた。

高層ビルの中でただ一つ、時代が止まってしまったビル。最近ある週刊誌がそう揶揄《やゆ》したグラビア記事を載せていた。現在の本社ビルが完成した一九六六年、煉瓦《れんが》造り風の瀟洒《しょうしゃ》なイメージを醸した七階建てのビルだけが輝いて見えたのに……、気がつくと時代から取り残されたようだ。

まるで自分たちがおかれた立場のように……。

そんな懐古を破るように、ニューヨークに出張している取締役社長室長の幸田務《こうだつとむ》から電話が入ったと秘書が告げた。

「無事に着きましたか？」

高村はまず幸田たちを労《ねぎら》った。出発ギリギリまで年度末の諸処の対応に追われ、社内にも目的を明かさずに旅立って行ったのだ。

「ご安心を。予定通り、現地時間の三一日午後一時から相手側と会談をすることになっています。それより、そちらは大変なようですね」

高村はそう言われて口元を緩めた。

「全く予測してなかったわけではありません。こちらは心配しなくても大丈夫です」

「老婆心ながら申し上げますと、この株価下落に対して、一刻も早く安全宣言をされるべきかと思います。そのあたり、広報室長に申し残してあります。異例ですが、明日か明後日《あさって》には、何らかのコメントを出すべきかと思います」

隣室から電話をしているような迅速な対応だった。

「またぞろ、弊社は大丈夫ですという嘘ですか？」

電話の相手が、しばらく沈黙した。やがて、落ち着いた声が返ってきた。

「二次被害を食い止めるためです。可能な限り契約者の不安を取り除き、考え得る最良の進路を選ぶためには、これ以上の解約ラッシュは、何としても止めなければなりません」

「分かりました。後で広報室長を呼んで検討します。それより、あなたたちこそ、大変でしょうが、頑張ってください。ますますあなたたちの双肩に会社の将来を託さざるを

【2003年3月31日】

得なくなってきました」

「重々肝に銘じます」

幸田は緊張気味にそう答え、電話を切った。高村は、いずれは自分の後を襲ってほしいと思っていた人物をそこまで追いつめてしまった自らを恥じた。

考え得る最良の選択……。自分たちがやろうとしていることが、本当にそうだと言えるのだろうか……。

高村は再び立ち上がると窓辺に近づき、眼下に広がる日本庭園を見下ろした。清和が誇るその庭は、桜の開花が遅れていた。それでも夕陽の中で花が輝き始めているのが見て取れた。これが清和で見る最後の桜かも知れない。そう思うと、眼下の桜がいつも以上に儚《はかな》げで、そして美しく見えた。

同日午後五時三六分・首相官邸

「どう言い訳しましょうか」

官房長官は努めて穏やかに首相に切り出した。しかし当の首相は、執務室に流れるショパンのノクターンに夢中のようで、生返事しか返ってこなかった。

「どうとは?」

首相は趣味のクラシック鑑賞中に言葉を挟まれるのを極端に嫌う。だが、今はそんな時ではない。

「年度末で株価がこんな状態になるとは思ってもいませんでした。これは政治責任を問われかねません……」

暫《しばら》く首相は眼を閉じたまま、曲のクライマックスを堪能《たんのう》していた。官房長官は叱責《しっせき》を承知の上で、首相のデスクの上に置かれたリモコンのポーズボタンを押した。首相は、すねた子どものように官房長官を見上げた。

「これは政治の問題ではなく、マーケットの問題でしょ。粛々と受け止める。それでいいでしょう」

「しかし、総理。それでは、無責任過ぎると……」

「じゃあ、あなたの考えを聞かせてください」

総理はそう言うと、デスクの上のリモコンを手にした。

「証券アナリストたちは、イラク戦争の長期化を畏《おそ》れてニューヨーク市場が下がったのに吊《つ》られて下落したと言っているようですが……」

「それ、いいじゃないですか。あちらさんは、短期間で終わらせると大見得を切ったんです。向こうに責任をとってもらいましょう」

いったいどんな責任をとってもらうんだ⁉　首相はそう言うと、ステレオのポーズボタンを解除した。


【2003年3月31日】

どうとってもらうんだ……。官房長官は、その言葉を飲み込んで、部屋を辞した。

三月危機という濁流が今、決壊した。後世の歴史家に、二〇〇三年三月三一日という日を、日本破滅のきっかけの日と呼ばれないことを彼は切に願った。いや、たとえそうなったとしても、その責任は、あそこで古くさいピアノ曲にうつつを抜かしている男と、その男が全幅の信頼を寄せていた教授大臣に負ってもらわなければ……。

同日午後六時三分・霞が関
金融庁金融担当大臣室

竹浪啓造《たけなみけいぞう》金融担当相は、自分が渋い顔を取り繕えているか心配だった。

内心、彼はこの日の出来事にほくそ笑んでいた。

だから言ったんだ。優勝劣敗の時代はそこまで来ている。みんなで苦難を乗り越えようなどという偽善などかなぐり捨てて、自分だけが生き残ることを考えろと。それを無視して、昔ながらの問題の先送りと、対策の骨抜きを続けてきた結果がこれだ。

もし、自分が金融担当相に就任した直後に計画した再生プロジェクトを予定通り遂行していたら、こんな無様《ぶざま》な事態にはならなかった。

私は正しかったのだ。

マーケットがそれを証明してくれたのだ！　と声高に世間に叫びたかった。

彼はそのことを、会見を開いて明確にするつもりでいた。その許可が下りるのを待っているのだ。本来なら誰に断る必要もない。しかし、そういうスタンドプレイが、後々自分に禍《わざわい》をもたらすことを知った彼は、ここで最大の後ろ盾である首相を引っ張り込もうとしていた。彼がいいと言えば、臆《おく》するものなど何もなくなる。

無能で権力欲しかない政治家連中と、愚かな官僚たち、そして自分を馬鹿呼ばわりしたエコノミストたちに吠《ほ》え面《づら》かかせてやる。

彼はそわそわしながら六時から始まったニュースを見るために、テレビをつけた。やがて我慢しきれず、大臣秘書官を電話で呼びだした。

「まだかね？」

「はっ？　まだとおっしゃいますと？」

その言い方に、竹浪の頭に血が上った。

「さっき、君は私から何を指示されたんだね」

「はい、ああ、あの、何でしたでしょうか？」

「会見だよ。この株安に対しての会見をしたいと、官邸に尋ねろと言っただろ！」

「ああ、そうでした。残念ながら返事はありません」

「なければ、催促するんだ。そんなことだから君らは危機意識がないと言われるんだ！」


【2003年3月31日】

相手は息を飲み込んだ後、「承知しました」と言って電話を切った。竹浪は怒りにまかせて受話器を置いて、立ち上がった。

全く、どいつもこいつもどうなっているんだ！　こんなことをしていると国が滅びるぞ！

それに答えるかのように電話が鳴った。彼は受話器に飛びついた。

「どうだった」

「はい。まもなく福谷官房長官が、この件について会見を開かれるそうで、それに沿ったコメントを出してほしいとのことです」

「な、何だと！　それを総理も承知したのか」

「あ、あの、今始まりました」

そう言われて、竹浪もテレビを見た。小柄でガリ勉のイメージそのままの福谷官房長官が、トレードマークの黒眼鏡に指をやりながら会見を始めた。竹浪はテレビのボリュームを上げた。

「我々としても、最善の努力をしたのですが、イラク戦争の長期化というニュースが、市場に悪い影響を与えたようで……」

まったくの無表情で福谷官房長官はそう言い放った。

「馬鹿な！　あいつ、本気でそんなこと信じてるのか！」

「はい、あの何でしょうか？」

そこで、竹浪はまだ電話が通話中なのに気づいた。

「ああいい。ひとまず切る」

彼はそう言うと、手帳を取り出し、そこにある番号をプッシュした。相手はすぐに出た。

「竹浪です」

相手はその言葉に、ハッとしたようだった。

「実は、今日の株価下落について、内々にお教えしたいことがあるんだが、金融庁幹部というレベルで書いてもらえるかね」

同日午後六時二二分・霞が関
金融庁長官室

「長官、これは下手をするとX社がもたないかも知れません」

苦しそうに官房長官の会見を見ていた高城昭広《たかしろあきひろ》金融庁長官に、監督局長がそう言った。

X社とは、清和生命のことだ。下手に固有名詞を使って情報が漏れることを恐れて、彼らは敢《あ》えてX社と呼んでいた。

「連中は、決算は越せると言ってたんじゃないのかね」

高城はテレビの音量を絞ると、目の前で憔悴《しょうすい》しきった部下を睨《にら》みつけた。

「おっしゃる通りです。しかし、それは株価の再浮上を仮定し、さらに親密行からの再支援があると信じていた頃の話で」

「危ないとは、どれぐらい危ないんだね」

「それは、何とも」

「何を言ってるんです！　大学で算数ぐらいは習ったのでしょう。ならば、数字を出しなさい、数字を！　いいですか、ことは清和生命一社の話じゃすまないんです。あそこが倒れたら、一〇〇〇億円以上の基金や劣後《れつご》ローンを出しているりそあホールディングスはその瞬間倒れ、みずきファイナンシャルグループも、崖《がけ》っぷちまで追い詰められてしまうんです。

あなたも経済誌ぐらいは読むんでしょ。このままでは、生保と銀行の持ち合い体質が禍して、連鎖破綻《はたん》だって起きかねない。それを分かっていて、そんなぬるい報告をするんですか！　とにかくどんなことをしても、連中には決算を越えさせるんです。手段は選びません。いいですね」

「はい」

そこでデスクの電話が鳴った。ごく限られた人間だけが知っている直通電話だった。

相手は総合経済新聞の金融部長だった。

「今回の株価の八〇〇〇円割れについて、外資が銀行を飲み込むために空売りをかけたのが原因だという情報が先ほど入ってきたのですが」

寒気が高城を襲った。

「と、とんでもない！　一体、そ、それはどこからの情報です。これは、イラク戦争の影響です」

相手は笑い声を挙げた。

「高城さん、冗談はやめましょう。イラク戦争と八〇〇〇円割れには何の因果関係もない。第一、大きく売られたのは、銀行株ばかりだ。どうします。否定されますか」

「当然でしょう。いや、否定どころか、そんな記事を出されては困る。日本のメガバンクは、我々がどんなことをしても守る。外資が入り込む余地なんぞない。いいですな。これは国益に関わる問題ですぞ。こんなことを記事にしたら、総経は外資のお先棒を担いだって言われかねませんよ」

相手はまた笑い声を挙げた。

「肝に銘じますよ。でも、高城さんも寝首をかかれないように、ご注意を」

電話はすでに切れていた。高城は、怒りで受話器を潰《つぶ》しそうだった。

「どうされました？」

不安げに監督局長がこちらを見ていた。もうとっくに追っ払ったと思っていた相手が目の前にいたことに驚いたが、彼はそれを不機嫌な表情の中に包み隠した。

「何でもない。とにかく、清和の状態についてもっと詳細かつ迅速に報告したまえ！」

【2003年3月31日】

一人になって高城は、頭を抱えた。一体誰がそんな情報を……。もはや誰も信じられない。そして、何一つ楽観できることはない。

ついてない……。なんでこんなタイミングで、俺はこんなポストにいるんだ。

とにかく何とかせねば……。彼は、必死で頭を巡らせた。そして、スケープゴートを思いついた。そうだ、全ては自分の上にいる人間が、このポストに就いてからおかしくなったんだ。第一、さっきの電話の情報源もそこじゃないのか！

彼はそう判断すると秘書官を呼びつけた。

「すぐに官邸の福谷官房長官に、お会いしたいと話をつけてくれ。マスコミがくだらない憶測記事を流しそうだと、脅してな。それとこれは大臣には知られないようにしてくれたまえ」

「はい！　承知しました」

あんな脳天気な男のために、自分が今まで築き上げてきたものを崩されてはたまらない。彼は、官房長官に直訴する内容を必死で巡らせ始めた。

・

同日午前四時二三分（日本時間同日午後六時二三分）

ニューヨーク

ダウンタウンのホテルで、シャワーを浴びていた清和生命社長室次長の各務裕之《かがみひろゆき》は、バスルームでその報を受けた。

「幸田です」

電話の主は、隣室に部屋を取っている取締役社長室長だった。別れてまだ二〇分とたっていなかった。

「何か？」

「東京が大変なことになっているみたいだ」

各務は、その意味をすぐに察してバスルームを出ると、バスタオルを体に巻いて、スリープ状態にしてあったラップトップコンピュータを開き、日本の株式市場が分かるサイトにアクセスした。

「市場に裏切られたよ」

「株価が上がらなかったんですか」

「八〇〇〇円を切った」

七九七二円。コンピュータに浮かび上がっていた数字を見て、各務は口元を歪《ゆが》めていた。

「あっちは、戦争でしょう」

「修羅場だろうな。さっき社長とお話をした。我々が最後の頼みだとおっしゃっていた」

高村社長がそんな言い方をするのは、珍しい。各務は、清和生命が置かれている危機を嚙《か》みしめた。

「ありがたきお言葉」

自然にそんな皮肉な言葉が出ていた。

自分たちのこれからの行動が、会社の命運を決める。今まで勝ち負けにこだわったことはなかったが、この大一番だけは絶対に勝ちたかった。

「勝算は、三割以下」

アドバイザーはそう言っていた。だが、ゼロじゃない。各務は大きく息を吸い込むとホテルの館内電話で、アドバイザーの部屋を呼び出した。

「はい」

相手はすぐに出た。

「日本は大騒ぎになっているようだ」

「そのようね」

「やるからには勝つ。起死回生なんて俺らしくないが、ここは必ず」

「望むところよ」

「じゃあ、のちほど」

各務は静かに受話器を置いた。

長い道のりだった。だが、これが最後の闘いになる。
彼は、まだ暗闇の中にある異国の空を眺めた。
時は満ちた。俺たちは、自分たちの手でこの闇を切り拓《ひら》くんだ。

【2003年3月31日】

第一部　発火点　二〇〇二年九月三〇日

御自分の医者をお殺しになるがよい、
そして厄病神に礼金をお出しになる事だ。
～ウィリアム・シェイクスピア『リア王』より～

第一章　金融担当相更迭　二〇〇二年九月三〇日

1

その日の午後、小伊豆《こいず》内閣の改造人事の発表が予定されていた。最大の注目は、柳井《やない》博夫《ひろお》金融担当大臣の去就だった。世間で取り沙汰《ざた》された大手銀行への二度目の公的資金投入に、一貫して「ありえない」と主張し続けてきたのが柳井大臣だった。しかし、最大の支持者だったはずの首相自身が、公的資金投入による不良債権の一掃を表明。閣内の不協和音を取り除くために、柳井大臣が更迭されるのではというのが、もっぱらの観測だった。

そんな重要な時期に、清和生命社長室次長の各務裕之と社長の高村怜一郎は、金融庁に呼ばれていた。社長はともかく、自分までが名指しされて呼ばれたことが、各務にとっては不可解だった。

「向こうが呼んでいるのは、俺じゃなくて、幸田社長室長じゃないのか」と、金融庁を担当する江崎《えざき》調査部次長に何度も質《ただ》したほどだった。柳井大臣と面識がないわけではない。会長である竜崎誠一《りゅうざきせいいち》のお供で夜の宴席では、何度も顔を合わせていた。しかし、元々が日の当たる場所には縁のない彼にとって、この日の呼び出しは不可解でならなかった。社長室次長という肩書きはあったが、実際は様々な裏工作を一手に引き受けている陰の人間だった。

応接室へ通された二人は、既に三〇分以上待たされていた。その間、一度大臣秘書官が顔を出したが、二人を呼びだした大臣は今、手が放せないので、しばらく待ってほしいとだけ言い残して、そそくさと部屋を出ていった。

いきなりの呼び出しにもかかわらず落ち着いた様子の高村社長は、背筋をまっすぐに伸ばしたまま微動だにせずに待ち続けていた。清和という社の名前をそのまま地でいく人物――。高村はそう言われていた。きれいに整髪された白髪一本ない髪に、気品を感じさせる面差し。そして長身瘦軀《そうく》を包む仕立ての良いスーツと品のあるネクタイから、磨かれた靴まで一分の隙もなかった。

「柳井さんの進退については、何か聞いていますか？」

知性を感じさせる穏やかな声で、高村は尋ねた。

各務は、日本人離れした彫りの深い顔と、いつも冷めたニヒルな表情が、彼が好むイタリアのスーツとよく合って、「とても生保社員とは思えない」風情を漂わせていた。

「お辞めになるのは間違いないと思います」

【2002年9月30日】

彼は、社長の問いにそっけなく答えた。

「後任については、何か聞いていますか？」

「色々取り沙汰されていますが、会長は、現在の国家公安委員長の谷川《たにがわ》さんが有力だと言っていました。で、今日呼ばれたのは、柳井さんから谷川さんへ、清和をよろしくという後押しじゃないかなと」

会社の存続が危ぶまれている今でも、政界に隠然たる勢力を持つ竜崎誠一会長は、金融庁からの呼び出しを聞きつけると各務を呼びつけ、「谷川なら、よう知っとる。ある意味、柳井より頭の柔らかい男だ。ウチにとっては朗報だ」と言い、前任と後任の双方に、「お心付け」を渡すように指示した。各務はその足で会長秘書のところへ行って、それぞれ一〇〇万円ずつ入った祝儀袋を作って、社を後にした。

「そうですか。竜崎会長は、谷川さんともご昵懇《じっこん》なんですね」

高村は、他人事《ひとごと》のようにそう呟《つぶや》いた。

「社長はご存じないんですか」

「いえ、面識はあります。以前金融再生委員長をされていましたからね。ですが、『よう知っとる』レベルではありません。いずれにしても、大臣の交代で我々の先行きが大きく変わらないことを祈りたいですね」

清和生命は今、危急存亡のときに直面していた。バブル時に契約高を一気に膨らませたことによって起きている「逆ざや」、不動産や株式などの資産暴落、そして拡大成長路線を強引に推し進めてきた竜崎会長による乱脈経営……。それらが複合的に混ざったためと、資産規模があまりにも大きかったが故に、負の遺産についての危機感が欠如し、会社が存続していること自体が「奇跡」に近いところまで来ていた。

しかし、金融不安の今、総資産高でも数兆円規模の大手生保を簡単に破綻《はたん》させるわけにはいかない。その救済のために、金融庁や与党などがない知恵を絞ってくれていた。

だが、「奇跡の到来」と当初は業界で羨《うらや》まれた損保最大手の東和《とうわ》海上火災との統合が、事実上白紙撤回されて以来、清和は座して死を待つ状態だった。

「もし柳井さんからの政策が継承されれば、我々は死の淵《ふち》から蘇《よみがえ》ることができるかも知れませんね」

今、極秘で柳井金融担当相と竜崎会長が、生保第二位の大手、第一丸井（第丸）生命との経営統合を画策していた。そのためには越えなければならない幾つかのハードルがあり、政治力にものを言わせたウルトラCが必要だった。

タイムリミットはあと半年。

来年三月の決算期までに、この「縁談」が実を結ばなければ、もはや清和に明日はなかった。

ノックもなしに大臣秘書官が入ってきた。二人は反射的に立ち上がると深々と頭を下げた。普段は、物腰の柔らかい人当たりの良い人物が、この日は眉間《みけん》に皺《しわ》を寄せている。

「どうも。呼び出しておきながら、お待たせして失礼いたしました」

【2002年9月30日】

彼はそう言うと、自分の前にある冷めた日本茶を一気にあおった。二人は、小柄で鬢《びん》に白いものが混じり始めた秘書官を黙って見つめていた。彼はしばらくうつむいて手元を見た後、ようやく顔を上げた。

「実は、柳井から、『次の方に、御社の一件をしっかりバトンタッチするように』と言われて、お呼び出ししたんですが、どうもいけません」

「と、いいますと？」と各務。

「ええ、あの、次がどなたかという情報が届かないんです」

「それは難航しているということですか？」

「難航というよりも、意見がまとまらないというべきかも知れません。トップと党が綱引きをされているとかで、柳井さん続投の可能性まで出てきたんですが、どうもそれはないようで」

各務は、既に秘書官が内々に次期担当相が誰になりそうなのかを知っているような気がした。

「あの、秘書官のお口ぶりから察すると、後任に有力視されていた谷川国家公安委員長の線もないということですか？」

「そうですねえ、谷川さんという線も消えていないんですが……」

「じゃあ、どなたですか！」

「おい、各務君！」

それまで沈黙を守っていた高村が各務を窘《たしな》めると、そのまま秘書官に言った。

「我々は改めましょう。こんな大変な時期にお時間をとっては申し訳ない」

「実は、今、柳井が大臣室におりまして。お二人にお会いしたいと申しているんです」

そう言われて、高村と各務は浮かせかけた腰を止めて、秘書官を見た。

「ただ、そういう事情を含んで戴《いただ》いてお会いしてほしいと思いまして」

高村は大きく頷《うなず》いた。

「承知いたしました。いずれにしましても、大臣の人事は、我々が嘴《くちばし》を容《い》れること自体不遜《ふそん》です。どうぞお気遣いなく。柳井大臣にご挨拶《あいさつ》だけして引き揚げさせて戴きますので」

そう言われて秘書官は頭を下げた。

「それでは、どうぞ」

「大臣なんぞ誰がやっても一緒」と言われたのは、昔の話。バブル崩壊以後、官僚主導の行政が揺らぎ、素人に近い大臣が、官僚たちが積み上げてきた仕組みを揺るがし始めていた。中でも、省庁として誕生して日が浅い金融庁の場合、大臣人事はそれなりに気を使うはずだった。

ただ、与党民自党から出るのであれば、ある意味誰がなっても大差はないはずだ。しかし、秘書官の浮かぬ顔は、そこに書かれていたのが、「とんでもない」名だったことを示していた。可能性としては、女性議員かあるいは、元大蔵族の重鎮で、黒い噂のあった実力者あたりか……。だが、各務はそういうレベルの「とんでもなさ」とは違う印象を持った。

一体誰だ……？

2

「いやあいやあ、どうもどうも、お忙しい中をお呼び出ししまして、失礼しました」

二人は、大臣室で柳井金融相に迎えられた。バーバリーのジャケットを身につけた彼は、政治家というよりも研究一筋の経済学者という印象があった。しかし、舌鋒《ぜっぽう》と頭の回転の速さは、経済閣僚の中でも群を抜いていた。その辣腕《らつわん》ぶりは、世界でも注目され、米国のビジネス誌が選んだ「二一世紀のアジアのリーダー五〇人」の中に日本人で唯一選ばれるほどだった。

その彼が、今日は妙に小さく見えた。

「こちらこそ、いつも柳井大臣には、ご迷惑ばかりおかけして本当に申し訳ございません。お呼びとあって参上いたしましたが、色々お取り込みのご様子、我々はひとまずこれで」

勧められたソファに座ることもなく高村がそう言ったのに、柳井は笑みを返し、自分より頭一つ大きい高村の肩を叩《たた》いた。

「まあ、そう遠慮なさらず。まもなく改造人事が発表されます。一緒にテレビで観戦といきましょうや」

その言葉に、高村もさすがに驚いたようだった。柳井は、それを気にすることもなく、リモコンでテレビをつけると、すぐそばのアームチェアに腰を下ろした。

「さあさ、もうすぐ始まりますよ」

ＮＨＫでは、既に予定の番組を変更して改造人事についての報道特別番組が始まっていた。

首相官邸のプレスルームが映し出され、黒縁の眼鏡をかけた福谷官房長官が現れた。

「それでは、第二次小伊豆内閣の新閣僚について、ご報告します」

柳井は努めて明るかった。大臣が指名されるたびに、何らかのコメントを漏らし、部屋の中に漂っている緊張感をほぐそうとしていた。だが、それに答える者もなく、彼の空元気だけがむなしく響いていた。そして、

「金融担当相、竹浪啓造」

その瞬間、柳井は「あっ！」と声を上げて仁王立ちした。各務も我が耳を疑った。両《りよう》膝《ひざ》に置いた拳《こぶし》をギュッと握りしめた高村が、食い入るようにテレビを見つめていた。テレビの向こうの無表情な官房長官は、淡々と付け足した。

「竹浪大臣は、経済担当相との兼務になります」

「そ、そんな！」


【2002年9月30日】

そう声を漏らした柳井の体が小刻みに震えていた。

「こ、これは、革命だな！ クーデターだ」

彼はそう吐き捨てると、テレビから離れ、窓際に歩み寄った。彼の怒りと失望の深さは、こちらに背中を向けていても震える肩から見て取れた。

「全く、何を考えているのか……。あんな座敷芸者にこの嵐の中の舵《かじ》取りを任せるとは……。小伊豆さんは、気でも狂ったんだろうか……」

「大臣、言葉が過ぎます」

ずっと部屋の片隅に佇《たたず》んでいた秘書官がそう諫《いさ》めた。その言葉に柳井は振り向き、深々と頭を下げた。

「君らにはこれから苦労をかけることになる。私の不徳の致すところだ。本当に申し訳ない。どうか絶望せずに闘い続けてほしい」

彼はそう言うと、秘書官のそばに歩み寄り、彼の右手を両手でしっかりと握りしめた。柳井の眼に光るものがあった。そして秘書官も肩を震わせて泣いていた。各務は、まだテレビを見つめていた高村に声をかけた。

「社長、ひとまず失礼いたしましょう」

その声に、高村ではなく、柳井が先に反応した。

「高村さん、まさかこんなことになるとは、思いもよらなかった。ですが、私が身命を賭《と》してでも、今回のお話だけは継続させます。それについては、高城長官にもよくよく言っておきます。ですから、どうか暫《しばら》く、暫くお時間をください。各務君、竜崎さんによろしくお伝えください。お約束は必ず果たしますからと」

高村と各務は、卑屈なまでに頭を下げ続ける柳井を呆然《ぼうぜん》として見ていた。やがて、彼が顔を上げたのを見計らって各務らは深々と頭を下げた。そして高村が言った。

「本当に、どうぞよろしくお願い致します。いずれ改めまして、ご挨拶とご相談に伺わせて戴きます」

通り一遍の言葉以上の何も言えず、高村と各務は部屋を出た。

大臣なんて誰がなっても一緒……。さっきまでそう思っていた各務は己を呪った。このカードだけは、考えつかなかった。おそらく自分たちにとっては最悪のカードだった。

何とかしなければ……。

だが、今の彼には、何をどうすればいいのかすら分からなかった。

分かっているのは、破滅への階段を上る速度が、これで一気に加速するということだけだった。

3

【2002年9月30日】


「単刀直入に申しますが、可能な限り早急に、シェアアウトをしてもらえませんか」

清和生命関西本部法人営業部担当部長の中根亮介は、我が耳を疑った。隣にいた関西本部長でもある本多《ほんだ》和志《かずし》専務もきょとんとしている。家電大手の三翼《さんよく》電機の経理部の応接室で、温厚そうな瓜実顔《うりざね》の部長が、笑顔を引っ込めるなりそう切り出してきた。中根は血の気が引くのを感じながら、相手の顔を見て言葉を質《ただ》した。

「あの、坂部《さかべ》部長、今、何とおっしゃいましたか?」

「いや中根さん、そして今日は本部長にまで足をお運び戴きながら誠に恐縮なのですが、常務会の決定で、御社にお願いしていた団体年金と保険を全て早急に解約してほしいんです」

中根は、必死で奥歯を嚙《か》みしめた。

ちょっと待ってくれ、あんたたちいつ常務会を開いたんだ!

先週の金曜日の午後、中根は坂部から突然呼び出しを受けた。そこで清和生命と三翼電機との間で結んでいた団体年金と保険のシェアダウンをしたいと一方的に通告された。それを中根は、必死で押し戻した。

現在、水面下で、国内大手生保との提携が進んでいる。親密行からの追加基金の目処《めど》もついている、と不確定な情報まで並べ立て翻意を促した。

そこで、坂部は「ではあと三カ月待ちましょう。しかし、その代わり念書を書いてほしい」と言い出したのだ。その念書は、本多専務の濃紺のスーツの内ポケットの中にあった。それが今朝は、いきなり全額解約のシェアアウトが切り出された。

「待ってください坂部さん、先週末にお伺いしたときには、S&R (Standard &

Riches）の格付けのアップか、三カ月以内に提携先が見つからなければ、全額解約という念書を出してほしいとおっしゃいましたよね。そこで我々は断腸の思いで、本日、その念書を持参しました。にもかかわらずいきなりシェアアウトというのは、どういうことなんでしょうか」

ゴルフ焼けした坂部経理部長は、眉間《みけん》に皺《しわ》を寄せ腕組みをして答えた。

「ウチも中間決算が思わしくなくてですねえ。上から松島《まつしま》電器のように企業年金自体をなくせという極論が出始めていまして。私としては、御社との長年のおつきあいを考えると無茶な話だと頑張ったんですが、ダメだったんです。本当に申し訳ない」

経理部長はそう言って深々と頭を下げると、隣にいた年金課長も一緒に頭を下げた。

とりつく島がない……。そうとしか言いようがなかった。

銀行のカードローンと企業年金を連動させ、高利回りで出し入れ自由、しかも年金として将来の備えにもなる。「三翼年金」は、一九八九年導入当時、「夢の年金！」と取り沙汰《ざた》された。その結果、導入以来ずっと企業年金では例を見ない一社での一〇〇％の独占シェアを誇ってきた。二〇〇一年度末の年金残高は、約一五〇〇億円。それが今、泡となって消えようとしている。

呆然としている中根に代わって本多専務が初めて口を開いた。

「これはまだ内々の話で、中根も知らないのですが、今、柳井金融相のお力添えで、弊社は第丸生命との提携交渉に入っています。これは、両社の親密行であるみずきファイ

【2002年9月30日】

ナンシャルグループも全面的にバックアップするという保証の下での交渉です。実現すれば、我々は大日本生命に肉薄する巨大生保として再生いたします。そのあたりをお含みおきの上、もう一度ご再考いただくことはできないでしょうか？」

中根は、本多専務の言葉にハッとした。彼も、清和と第丸との提携の話は噂レベルで知っていた。しかし、損保トップの東和海上火災が立ち上げたミレナ保険グループへの傘下入りを、公式には訴え続けている。にもかかわらず、他の生保との提携話を口にするというのは、けっしてプラスにはならないはずだ。本多専務自身も動揺し、藁《わら》をも掴《つか》む思いで、なけなしの情報を漏らしてしまったのだろうか……。

しかし、坂部部長はその話にも、さほど興味を示さなかった。逆に彼は冷笑に近い笑みを口元に浮かべた。

「ほお、柳井大臣の肝いりですか。じゃあ、まだ本部長はご存じないんですね」

「何をでございましょうか」

「実は、こちらに来るのが遅れたのは、そのためだったのですが、先ほど内閣の改造人事が発表されまして、柳井さんは更迭されました」

「えっ！」

本多も中根も反射的に声を漏らしていた。

「あのそれで、後任は？」

「経済担当相の竹浪さんが兼務されるそうです。一体、何を考えているのやら、とんでもない人事ですよ」

竹浪経済担当相の兼務……。中根には、その意味することが暫く分からなかった。

「あんな人が金融庁を率いるなんてことになるとおたくも大変でしょう。清和さんお得意の代議士先生による口利きなんてこともできなくなるでしょうからね。第丸との提携が成就されることを祈っています。では、そういうことでひとつ」

中根は、坂部がそう言って腰を上げ立ち去ったことも気づいていなかった。彼はそのとき、柳井前大臣と竹浪がことあるごとに対立していたことを思い出したのだ。つまり、「柳井の肝いり」の案件とは、「絶対に日の目を見ない案件」になったということだった……。二人は殺風景な応接室に取り残され、途方に暮れていた。

4

その夜、第丸生命の総合企画部次長が待つパレスホテルの一室の前で各務は憂鬱《ゆううつ》な気分で立っていた。夕方の竹浪大臣の記者会見を見て、清和生命の一縷《いちる》の望みすら、ほぼ尽きた。

竹浪大臣の会見は予定を三〇分以上オーバーして、一時間にも及んだ。それでも、まだ質問が続いていたのだが、金融庁の秘書官が無理やり割り込んで終わらせたのだ。質問の大半は、大手銀行への公的資金再注入問題だった。彼は言明は避けたが、従来から

【2002年9月30日】

主張し続けている「公的資金の再注入」を前提として着手する旨を表明していた。

そして、会見も終わりに近づいた頃、生保についての質問が飛んだ。

「大手生保の経営危機も取り沙汰されているが、大臣の見解は？」

「それに該当する生保はないと聞いています」

「予定利率の引き下げ論が再燃しつつあるという情報もありますが」

「全く考えていません。企業の経営努力の怠慢を契約者に押しつけることは、モラルハザードじゃないですか」

「破綻《はたん》生保に対するセーフティネットの公的資金枠拠出期限が来年三月に迫っていますが、政府として延長を考えていますか」

「まだ検討の段階で、現時点では回答できません」

「大臣は、銀行への公的資金再注入には積極的ですが、生保への公的資金は考えておられないんでしょうか」

「論外でしょ、それは。公的資金注入の条件は、決済機能を持った金融機関の救済というフレームがある。生保には決済機能がない。したがって、生保救済に公的資金が投入されることはあり得ません」

生保について無知に近い竹浪にとって生保業界は、「どうでもよい存在」であることも間違いない。各務はそう判断した。

竹浪が金融担当相になったのは、銀行が抱える一〇兆円以上もの不良債権の処理を断行するためだった。マスコミの一部には、小伊豆首相が九月半ばに渡米し、ブック大統領と会談した席で、銀行の不良債権処理を大統領から強く求められたことが、今回の竹浪経済担当相の金融相兼務へのきっかけとなったと観測しているところもある。

それまで経済担当相という配下に省庁を持たないお側用人的存在だった一大学教授が、今度は、最も舵《かじ》取りが難しい金融庁のトップになったのだ。その意味はとてつもなく大きい。

テレビの報道特番に出ていたエコノミストの一人は、「銀行に政治献金という人質を取られている政治家ではけっしてできない断行を、議席を持たない大臣を起用することで一気に推し進めようという、小伊豆首相らしい〝奇策〟だ」と評していた。

連中は〝奇策〟だと適当なことを言っていればいい。しかし、銀行や生保にとっては、由々しき事態だった。

この人事は、清和―第丸ラインにも大きな溝をつくることになる。そう感じた各務は、何とか今日の第丸との会談を回避しようと努めた。元々清和との統合に及び腰の第丸には、願ってもない「撤退理由」にされかねない。

しかし第丸生命側は「今日はどんなことをしても会って、今後の協議をしなければなりません」と譲らなかった。

とにかく今夜は一歩も引かない——、それを肝に銘じて、各務は覚悟してドアをノックした。まるで、その気配を感じていたように、即座にドアが開いた。

【2002年9月30日】

自称「第丸のミッキー」こと岩崎太郎《いわさきたろう》が、満面に笑みを浮かべて各務を迎えた。小太りで童顔の彼は、サスペンダーをしたツイードのダブルペンツ・スラックスに、ディズニーキャラクターがプリントされた派手なネクタイがトレードマークだった。

「いやあ、各務さん。どうもどうも、よくいらしてくださいました。さあさ、どうぞ」

どうやら一人で晩酌をしていたようだった。部屋の中央にあるテーブルには、オードブルやピザを載せた皿が数枚置かれ、いずれもが既に半分ぐらいは減っていた。そして、その脇に缶ビールが数本空になっており、赤ワインの栓も抜かれていた。

午後七時過ぎ。デリケートな話があると呼び出しておいてこれでは、先が思いやられた。

元々、両社の提携には温度差があった。昨年一二月に、当初清和との提携を予定していた損保最大手の東和海上火災が、清和生命に対して統合を白紙撤回したいと一方的に通告、「清和危機」が一気に加速した。

その後に起きた解約ラッシュは、壮絶だった。正直言えば、あれは「凌《しの》いだ」というよりも、「誤魔化した」というほうが適当だった。

そして、断崖《だんがい》すれすれの危機を走り続けた三月を何とか乗り越えた直後から金融庁主導で始まったのが、生保第二位の第丸生命と清和との縁組みだった。しかし、清和救済先を探していたファイナンシャル・アドバイザー（FA）であるゴールド・マックスが「ありえない！」と吐き捨てるほど、両社の「縁組み」は、無謀な話だった。

「逆ざや問題がひとまず解消し、株価の含み損程度ではビクともしない大日本生命とならばまだしも、生保一銀行の持ち合い株を持ち、リストラも進んでいない第丸生命との提携は、マイナス＋マイナスに、プラスαのマイナス・ベクトルがかかる」

ゴールド・マックスの担当アナリストの言うことは正しかった。だが、金融庁は「もしこの縁組みがうまくいけば、両社の親密行であるみずきファイナンシャルグループの全面的バックアップを取り付けてやる」というウルトラCを提示してきていた。

そこで清和は、「それに代わる救済先を一刻も早く探してほしい」とゴールド・マックスに依頼しながら、その実、蚊帳《かや》の外に置き、金融庁主導の下で第丸との提携を進めた。

都銀のトップ争いを続けていた冨士見《ふじみ》銀行と第一興業銀行に加えて、戦後日本の産業復興に大きな役割を果たした日本産業銀行の三行が一つになり、「無敵」の銀行としてデビューするはずだったみずきファイナンシャルグループは、二〇〇二年四月、晴れの統合初日に、システムのトラブルで立ち往生してミソを付けた。さらに、蓋《ふた》を開けてみれば、預金獲得、融資拡大のための手段を選ばない手法によって溜《た》めに溜めていた不良債権が二兆円にも上っていることが発覚し、みずきは、当初の「日本経済復興の希望の星」から、「日本発世界恐慌の引き金を引きかねない諸悪の根元」へとその存在を失墜していた。

清和は第一興業銀行との関係が深く、昨年の「破綻危機」に際しても、一五〇〇億円

【2002年9月30日】

の基金拠出をしてもらっている。一方の第丸生命は、日本産業銀行と業務提携を結んでいた関係で、みずきグループの中核生保という自負を持っていた。

つまり、元々の親密行は異なるのだが、みずきファイナンシャルグループの誕生によって今や親密行が同じになったため、金融庁はグループ内での統合を狙ったのだ。

しかし、両社は余りにも社風や企業カラーが違いすぎた。ガリバー大日本生命に追いつけ追い越せとばかりに、手段を選ばない強引な営業で、質より量を標榜《ひょうぼう》してきたのが第丸生命だった。一方の清和生命は、現会長竜崎誠一によって随分歪《ゆが》められはしたが、生保本来の追求すべき互助の精神と、量よりも質を重視するという営業方針を改めて企業再生の柱にしていた。そんな両社が、簡単に一つになり得る可能性はほとんどなかった。

もちろん第丸にも、もっと規模を拡大したいという野望はあったものの、清和との統合に概して消極的だった。そういう思惑が、この交渉の実務担当者にそのまま現れていた。

清和生命は当初、政治家とのパイプも太い岩倉和彦専務が第丸生命との統合交渉の責任者として当たっていた。ところが、第丸生命は、その最初の会議に総合企画部の部長が顔を見せただけだった。さらにその席で「役員や部長が動くとマスコミがうるさい。実務レベルの次長クラスでの交渉をしたい」という尤《もっと》もな理由を掲げ、「第丸のミッキー」を送り込んできたのだ。

第丸生命の総合企画部には次長が二人いた。将来の社長最有力候補と言われる同期内の一選抜と、社の政治的な意味合いから設けられたお飾り的ポストを担う人物の二人だが、目の前で悪びれもせずワインをあおっている岩崎は、後者だった。

「申し訳ない。今日は昼ご飯食べそびれちゃいまして。午後からは、例の改造人事で大騒ぎになっちゃいましてねえ。ご存じですか？　赤坂の『たぬき』で、ウチと御社の会長、さらに民自党の幹事長と党金融部会長が鳩首《きゅうしゅ》会議を開いていますよ」

「それは、残念会っていうんですよ」という皮肉を飲み込んで、各務は頷《うなず》いた。遅くなったのもそれが原因だった。

「ええ、私も店の前まで一緒でした」

「そうでしたか。しかし大変なことになりましたねえ。よりによって啓造君が金融担当相とは。僕は個人的には、大学の先輩でもあったんで小伊豆さんって買ってたんですけど、今日で考え改めます。奴は、とんでもない経済音痴です」

ここで床屋談議をしてもしようがない。各務は、黙って冷蔵庫から缶ビールを取り出すと、岩崎が手にしたワイングラスに応《こた》えるように缶を掲げた。

「それで、お話というのは？」

各務は一気にビールを飲み干すと、そう尋ねた。

「さすが各務さん、いつ見てもいい飲みっぷりですねえ。実はね、その竹浪金融担当大臣が決まったすぐ後に、みずきの次長から電話がありましてね。当面、第丸―清和の統

【2002年9月30日】

合問題は、ペンディングするからと言われちゃいまして……」

予想された話だった。みずきファイナンシャルグループも第丸生命も、「お荷物」である清和生命との縁を切る口実を探していたのだから。

「なるほど、それで何とお答えになったんです」

「いやあもう、僕はびっくりしちゃいましてねえ。ひとまず、清和さんと相談しますから、というのが精一杯で。それで取るものもとりあえず、ここに来たわけで」

そして、一人で宴会をしていたわけか……。

各務はその蔑《さげす》みも飲み込んで、満面に笑みを浮かべて頷いた。

「それはご苦労様でした。ただ、大臣が代わろうと高城長官以下、金融庁挙げて御社と弊社の統合実現に協力するというお言葉を戴《いただ》いています。我々は統合実現に全力を尽くすつもりです。ですから岩崎さんも、どうかそのあたりを含んで戴いて、まずは社内でのコンセンサスを取って戴き、その上で、金融庁と一丸となってみずきを攻め落としたいと思っています。よろしくお願いします」

各務は、テーブルに両手をついて深々と頭を下げた。

「や、やめてくださいよ、各務さん。僕に頭を下げられても、何の意味もありません。ただ、この改造人事は正直まずいですね。ウチの社内で、清和との統合反対論者が一気に勢いをつけてきちゃいました」

「統合反対論者ですか？」

「ええ、ご存じのように、今回の縁談のリーダー役は、現会長の秋葉《あきば》です。御社の竜崎さんほどではないですが、ウチの秋葉も営業の神様として社内外に絶大な勢力を持っていました。その秋葉に、民自党の山脇《やまわき》幹事長から声がかかり、今回の提携話が動き始めた」

早く核心に入れ！　と言いたい言葉を飲み込み、各務は表面が乾き始めたピザを口にして頷いた。

「ところが、その会長の神通力が通じるのも、現社長までで、その下の若い役員の中には、政治家や行政主導による意味のない合併は、第丸生命自体の存続を危うくするとやりだしたんですなあ」

「意味のない合併ですか」

各務の言葉に、岩崎は悪びれもせず頭をかいた。

「ああこれは失礼しました。失言です。最初は、秋葉会長の恫喝《どうかつ》で抑え込んでいたんですが、ここに来て、若い役員連中らが弁護士に相談したようで、『契約者代表訴訟』を起こされたときに、責任がとれるのか、と言い出したんです」

商法の改正で、株式会社の株主代表訴訟が、安価かつ少人数で行えるのと同様、相互会社である生保を契約者が訴える契約者代表訴訟も、改正された保険業法によって、原則的には一人でも訴訟を起こせるようになっていた。

「契約者代表訴訟を起こされる原因は何です？」


【2002年9月30日】

「ええ、何でも、大きな負の遺産を持っている清和との統合は、第丸生命の資産を大きく傷つけることになる。それは、第丸生命経営陣の経営責任だ！　ということだそうです」

「そのためにみずきファイナンシャルグループからのさらなる支援を得ようというんじゃないですか」

「ええ、そうですよ。ですから、秋葉もそれを切り札にしていたんです。でも、竹浪さんが、金融担当相になると、そういうわけにはいかなくなるでしょう。何しろ彼は強硬な公的資金再注入論者であり、銀行の会計の厳格化にうるさい人です。経営危機に陥っている生保に基金をこれ以上出すことを簡単には認めないと思いますよ。だって、見てくださいよ。大臣が代わってものの数時間で、みずきの担当者から『ペンディングだ』って連絡があるくらいですから。連中、相当ビビっていますよ」

そんなことは百も承知だった。第一、俺が第丸生命やみずきファイナンシャルグループ側の人間であれば、「清和生命への支援や統合なんぞ、正気の沙汰《さた》とは思えない」と吐き捨てたはずなんだから……。

だが各務はそんなことなど、おくびにも出さずに尋ねた。

「それで、岩崎さん、折り入ってのお話とは何ですか」

岩崎の顔が一瞬強《こわ》ばった。そして、彼はまだグラスに半分以上残っていたワインを一気にあおると、トレードマークの意味不明な笑みを浮かべて各務を見た。

「ひとまず、一ヵ月、この交渉を中断させてください」

「中断の理由は？」

各務が全く動じずに、すかさず切り返したことに岩崎が動揺した。

「ええ、あの、上からの命令でして」

「上と言うと川島《かわしま》（総合企画）部長ですか」

「いえ、もっと上、厳密に言うと、今日の午後に緊急の役員会がありまして、その席上で決まったそうです。もう、それが悔しくて、まあこうしてやけ酒を飲んでいたわけです」

やけ酒が聞いて呆《あき》れた。

「ねえ岩崎さん、それは秋葉会長もご存じのことなんですよね」

どうやら各務の言葉は急所を突いたようだ。岩崎の顔に狼狽《ろうばい》の色が浮かんだ。

「も、もちろんですよ」

各務は黙って携帯を手にした。そして岩崎を見ながら、ある番号を押した。

「はい」

相手が出たのを確認してから、各務は岩崎に聞こえるように話し始めた。

「ああ、各務ですが、竜崎会長に代わってもらえませんか」

「ちょっと！　だめですよ！」

一体その体格のどこにそんな敏捷性《びんしょう》があったのかと思うほどの素早さで、各務の手か

【2002年9月30日】

ら携帯電話を奪い取ると、「ああ、あの失礼しました。結構ですので」と電話を切ってしまった。各務は相手を睨《にら》みながら言った。

「岩崎さん、そういう姑息《こそく》な真似はやめましょうよ。おたくにとってはお荷物をどうやって振り払えばいいのかという程度でしょうが、我々にとっては、会社と職員、そして契約者の将来がかかっている重大事なんです。勝手な嘘は困る」

「嘘じゃないですよ、役員会で決まったから、私がそれをお伝えに来たわけで」

「それは、正式のものですか？　役員会が開かれたのは、今日の何時です。あなたは、竹浪大臣の金融相決定の一時間後には、今晩のアポを入れてきていた。そんなアッという間に対応されたんですか？　しかも、田畑《たばた》社長は、今日は大阪に出張されていると聞いていましたが、テレビ会議でもされたんですか」

「いや、それは」

「あなたがおっしゃっている役員会とは、統合反対論者の役員の方々の密談のことでしょ。そして、その命を受けて、あなたがここにいる。このどさくさに紛れて交渉をペンディングし、それを我々がもたついているからだとでもおっしゃるつもりだったんでしょうね」

各務はそこでテーブルに身を乗り出し、相手のネクタイを引っ張った。

「岩崎さんも、私の噂ぐらいはご存じでしょ」

「う、噂って何です？」

「私は、清和が抱える黒い融資や不良債権剝《は》がしというダーティな部分を専門に扱ってきた人間です。我々が求めているものを手にするためには手段を選ぶなと、竜崎からも厳命されています。それがどういう意味かお分かりですか？」

「か、各務さん、あなた私を脅す気ですか」

そう言われて各務は相手のネクタイを放した。

「ご冗談を。ですが一つだけ申し上げると、我々は常に交渉相手のことを徹底的に調べることにしているんです。つまり、岩崎さんのこともです。あなたのキャリア、ご家族、そしてまだ表面化していない、いくつかの問題などもね。いくらあなたが創業者一族の身内でも、あなたが今隠しておられることが表面化すると、もう上も庇《かば》いきれないんじゃないんですか」

本当は調査など何もしていなかった。今、清和にそんな無駄なことに金と時間を使う余裕はなかった。ただ、複数の第丸生命職員から岩崎の噂を仕入れていただけだった。彼は金遣いが荒く会社の金で投機に失敗して穴をあけ、また女子職員に対するセクハラでも訴えかけられていた。ただ、創業者の一族であること、さらに、彼の妻が代議士の姪《めい》だということもあって、会社としては目をつぶって飼い続けなければならない人間のようだった。

岩崎は怯《おび》えきっていた。落ち着きをなくし、眼は逃げ場を探していた。

「いいですか、岩崎さん、これは脅しじゃない。あなたは、その反対論者の役員連中に

【2002年9月30日】

使い走りをさせられているんですよ。もし、ここで我々がこの一件を御社の秋葉会長に訴え出ても、役員連中は、関与を一切否定しますよ。そして、あなたが窮地に追いつめられることになる。そんなことでいいんですか？」

岩崎は、各務が味方なのか、敵なのかをはかりかねているようだった。各務はそこでさらに一押しした。

「ならば、連中の鼻を明かしてやりましょう」

「鼻を明かすんですか？」

「そう。彼らには、我々にペンディングを通告したと報告してください。しかし、水面下で現実化に向かって邁進《まいしん》する。そして、うちの竜崎からこういう動きがあることを、御社の秋葉会長のお耳に入れておきますよ。そうすれば、あなたは秋葉会長、田畑社長に大きな貸しをつくることになる。それ以上に、我々清和生命は、どんなことをしても、あなたのこのご恩に報いますよ」

各務は、冷蔵庫に行って、シャンパンのハーフボトルを取り出し、躊躇《ちゅうちょ》なく開けると、なみなみと注いだ。

「さあ、乾杯です。岩崎さんと私の真の友情に」

各務はそう言うと、相手のグラスに重ねて、一気にシャンパンを飲み干した。

炭酸水のような水っぽさが、潰瘍《かいよう》気味の食道と胃を刺激した。それに堪えながら各務は、まだ怯えた眼でこちらを見ている岩崎に満面の笑みを、投げていた。

5

「一体君はどういうフォローをしてきたんだね。本部長まで引っ張り出しておいて、いきなりシェアアウトじゃあ話にならんどころか、いい笑い者だ！」

本部長室で、中根は上司である関西本部法人営業統括部長の井嶋大輔《いしまだいすけ》から、これ見よがしに怒鳴り散らされた。既に階下にある統括部長室でさんざん叱責《しっせき》された上での罵声《ばせい》だった。明らかにそれは、中根ではなく、本多本部長へのパフォーマンスだと分かっていても、中根はただ頭を垂れるしかなかった。

「おい、中根君、私は君に質問しているんだ。答えたまえ」

井嶋は怒り心頭の面もちでそう中根を責めた。本部長室には、中堅中小企業を担当している第二法人部長と中根の直属の部下である鮫島《さめじま》課長が、一緒に呼ばれていた。彼らは、自分たちに井嶋の怒りの矛先が向かないようにじっとうなだれたままだった。中根は、そこで毅然《きぜん》と顔を上げた。

「一言もありません。私の不徳の致すところで」

「そんな弁解は聞いていない！　いいかね、君は先週末に三翼電機から、『今年中に格付けをBBBに上げるか、提携先を探さなければ、シェアアウトする』という屈辱的な念書を出せと言われておめおめと帰ってきた。それを本多専務は、二つ返事で応じてくださっただけではなく、ご自身が三翼電機にまで赴いてくださった。それを、君は全てアダにしたんだ」

それは心外だった。東京本社の総合企画部から「左遷」されてここにやってきてまだ半年足らず。着任挨拶《あいさつ》にお邪魔した先で、次々とシェアダウンやシェアアウトを突きつけられ、毎日血を吐く思いで対応し、大口契約先のシェアダウンやシェアアウトを最小限にとどめてきた。前任者が、突然、有力な取引先と部下まで引き連れて同業他社へ転職した穴を自分は必死で埋めてきたのだ。それを「アダにした」とは、言いがかり以外の何物でもなかった。

「何だ、何か言いたいことがあれば、言いたまえ」

「いえ、何もありません。おっしゃる通り、本部長には本当に申し訳ないことをしたと思っております。とにかく何とか復活を目指します。それ以外に私が、今日の汚点を雪辱する方法はありません」

「当然だ！　いいか、どんなことをしても、シェアアウトはおろか、ダウンすら許すな。三翼は、清和の企業年金のシンボルなんだ。それが消えてしまうということは、清和がなくなるのと同じなんだからな」

中根はただ唇を噛《か》みしめるしかなかった。そこでようやく本多が口を開いた。

「まあ井嶋さん、その辺にしておいてください。これは中根君一人の責任ではない。清和の信用度がそこまで失墜している証《あかし》ですよ。ただね、中根さん。今のタイミングで三翼年金が消えるのは非常にまずい」

　本多は自席の椅子に体を預けながら、その前で直立不動の中根を見上げながら淡々と言った。

「ご存じのように、今、我々は最後の望みを賭《か》けて第丸生命との統合を進めている。規模も資産状況も第丸に劣る我々が唯一、相手を凌駕《りょうが》しているのが企業団体年金なんです。第丸が、清和との統合で欲しがっているのも、その部分です。その数少ない売りを、どんなことをしても死守しなければいけないんです。ですから、何とか相手に食い下がってください」

「はい、精一杯努力します！」

　中根にはそう答えるしかなかった。勝算どころか、どう攻めていいのかすら分からなかったのだから。しかし、井嶋は容赦しなかった。

「おい、中根！　努力します！　じゃない。絶対にやり遂げると言えんのか！」

　じゃあ、あなたは誓えるのか！　そう反論したかった。だが、それでは、負け犬の遠《とお》吠《ぼ》えだった。中根は怒りをグッと飲み込んで、本多本部長に誓った。

「絶対に、やり遂げます！」

「無理を言いますが、よろしくお願いします」

　本多が全く感情を込めずにそう返した。

　この空虚感は何なんだ。何で誰もが自分に火の粉がかからないように汲々《きゅうきゅう》としている

【2002年9月30日】

ばかりで、仲間と一緒に闘おうという姿勢を忘れてしまったんだ。本多にしても井嶋にしても、以前はこんな人たちではなかった。井嶋は口は悪いが親分肌で、部下の失敗を被《かぶ》ることぐらい厭《いと》わない人だった。本多専務は高村社長と同期で、高村の盟友の一人だった。竜崎会長が長く社長を務めた時期でも、常に清和らしい紳士的で穏和な営業スタイルを貫き続け、結果も出してきた。しかし、今の本多には、昔日の面影はなかった。

中根の複雑な心境など誰も気づきもせずに、井嶋が第一法人課長の鮫島を見た。

「君の大口先である府民年金共済と市民共済は大丈夫なんだろうな」

府民年金共済とは、府民が月々掛金を支払い、老後のための年金を積み立てる制度だった。

通常は複数の生保会社が資産運用先となって、共済掛金を受託していた。清和生命はいずれの共済でも幹事社を務め、全体の二〇％のシェアを維持していた。二〇％と言っても、一〇〇万口を超える契約数を誇る府民年金共済の規模だと、それだけで年金資産は約四〇〇〇億円にも及んだ。

「ご安心ください！　ビクとも致しません。確かに不安がないと言えば嘘になります。しかし、我々が誠心誠意ご説明していることに耳を傾けて戴《いただ》き、シェアダウンは抑えられています」

中根は我が耳を疑った。鮫島から「もうダメです。一度部長にお出まし戴いて説得して戴かないと」と泣きつかれたのは、先週末の夜だったはずだ。中根は信じられないという顔で、狡猾《こうかつ》そうな細面の年上の部下を見た。鮫島は、地域採用で清和に入社した叩《たた》き上げの営業マンだった。おもねるように相手の懐に入り込み、数字を上げていくというタイプで、口元に浮かべている薄笑いが、中根は苦手だった。

間違いなく今の本部長室での中根への風当たりを見て、鮫島は逃げを打ったとしか思えなかった。

井嶋は相手の言葉を鵜呑《うの》みにしたようだ。

「さすが、鮫《さめ》さんだ。その調子で頑張ってくれ。中根も、鮫さんのしなやかさと、ここ一番の強さを早く身につけてほしいもんだ」

ここでつまらない争いをしてもしょうがない。中根は黙ってその嫌みに耐えた。

続いて中堅中小企業を担当している第二法人部長に話は移っていた。解約ラッシュは、より小規模な会社のほうが顕著だった。今年（二〇〇二年）二月の破綻《はたん》危機の際にも、相当数の解約があったのだが、今回は様々な理由で解約しにくい企業までが、なだれをうって解約を求めてきていた。

「いいか、とにかく解約を口にするところは、うちだけではなく同時に、銀行融資まで引き揚げさせると脅せ。清和に刃向かうということは、全金融機関を敵に回すということだと言い切るんだ」

第二法人部長の顔色も良くなかった。

「すでにそういうレベルにありません。解約を申し出ている企業の多くは、毎月不渡り

【2002年9月30日】

が出ないか戦々恐々としています。中には、弁護士まで入れてくるところもあります。この状況ではそんな脅しはもう通用しません」

「ならば、通用する脅しを考えろ！　おまえにも頭はあるんだろうが！」

そう言われて彼もただ唇を噛むばかりだった。

「一体、どいつもこいつも何をやっているんだ！　いいか、我々は今危急存亡の危機にあるんだ。そういう自覚を持って、新規獲得に邁進《まいしん》しなければならないときに、揃いも揃ってこの体たらくではどうしようもないだろうが！　とにかく結果を出せ。いいな」

「はい！」

虚《むな》しいばかりの空元気を振り絞り、三人はそう声を揃えた。最後に本多が、ダメ押しした。

「清和は、表向きは解約ラッシュも落ち着き、新商品『保険キング』が好調な上に、株式の大量売却やリストラの敢行などで、少しずつ健全化が進んでいるということになっています。そういうイメージを崩すようなことだけは起こしてはなりません。とにかく徹底した箝口令《かんこうれい》を敷いて、三翼電機の一件や中堅中小企業での苦戦を知られないように努めてください。大阪から清和危機の火の手が上がったということだけは避けたい。それは保身とかではなく、我々のプライドとして死守してください」

「はい！」

もはや空元気すらなく、全員がバラバラにそう答えていた。

プライドってなんだ……。中根は、本多が口にした「プライド」の意味が分からなくなっていた。それを尋ねられる相手もなく中根は、何とも言えない虚しさを抱いて本部長室を出た。

6

各務が社に戻ると、黒いスーツの女性が待っていた。清和生命のFA（ファイナンシャル・アドバイザー）を務める外資系投資銀行ゴールド・マックスのM&Aアドバイザリー部アソシエイト、槙塚薫《まきづかかおる》だった。ショートカットの髪に、彫りの深い大きな眼と小さな顎《あご》というモデル顔の彼女は、シニカルな笑みを浮かべて各務を迎えた。

「あら、打ち合わせだと聞いていたけれど、顔を赤くするような会合だったわけ？」

「これはこれは、槙塚先生じゃないですか。どうしちゃったんです。今頃は、竹浪金融担当相就任祝賀パーティにご出席かと思っておりましたのに」

「よしてよ。ああいうとっちゃん坊やは、私の趣味じゃないわよ。それより、第丸生命からの話、何だった？　早くも万歳宣言？」

各務はその言葉に、苦笑してデスクの上をあらためた。既に社長室にいるのは、槙塚の来訪によって、帰れなくなってしまった庶務の女子職員だけだった。彼女は困惑気味の表情で、各務に幸田社長室長からの伝言を伝えた。

「室長は、高村社長に同行された先から、そのまま帰られるとおっしゃっていました。いつでもいいので、都合の良いときに携帯に連絡がほしいとのことです」

幸田も、槇塚同様、第丸生命の岩崎の話を知りたいのだろう。各務は頷《うなず》くと、女子職員を労《ねぎら》い引き取らせた。

「さて、じゃあ飯でも食いに行きますか？」

所在なげに回転椅子に腰掛けていた槇塚に、各務は声を掛けた。

「あら、嬉《うれ》しい！　喜んでご一緒するわ」

二人は、清和生命本社に近いセンチュリーハイアット一階の中国料理店「翡翠宮《ひすいきゆう》」で遅い夕食を始めた。顔見知りのボーイがいたこともあって、予約なしで個室に案内された。

「はっきり言わせてもらうけれど、あなたたちが第丸とやっていることは、私たちに対する背信行為よ。私たちに救済先を探させている一方で、彼らとの統合を画策しているというのは、どういう料簡《りようけん》なの」

一息で青島《チンタオ》ビールを飲み干した槇塚が開口一番そう切り出した。各務は全く動じることもなく煙草をくわえた。

「我々がおたく以外とFA（ファイナンシャル・アドバイザー）契約を結んだというのであれば、それは背信行為かも知れない。何しろ、排他的契約を結んでいるわけだからな。だが、そんな事実はない。さらに言わせてもらえば、君らはあくまでもアドバイザーじゃないか。我々がゴールド・マックスに気を遣う必要はない」

槇塚は手酌でビールを注ぎながらも、各務から視線を外さなかった。

「じゃあ、第丸生命との統合に向けての交渉をしていることは認めるのね」

各務は、槇塚からビールを注いでもらってから答えた。

「ノーコメント」

「あっそ。まあいいけれど。でも、今日の竹浪の金融担当相就任で、その陰謀も吹っ飛んだわね」

「そうなのか？　俺は政治のことは疎いからね。だが、今の世の中、一寸先は闇だから。何が起きるかは誰も分からない」

「私たちは、この竹浪氏の金融担当相兼務を重要視しているんだけれど……。彼は強硬な大手銀行公的資金注入論者よね。来年三月までに、国が持っている優先株の株式転換を行使して、銀行の国有化を図るんじゃないかという観測すらある。その相手がどこかご存じ？」

「いや、自分の家の火事を消すのに手一杯だからね」

「りそあグループの大亜《だいあ》銀行とあさみ銀行の二行が、最有力だと言われている。両方ともおたくに基金を拠出している親密行よね。さらに今、追加拠出を水面下で依頼している」

各務は煙草を消すと、槇塚を見つめた。


【2002年9月30日】

何が言いたい？

彼はそう眼で訴えた。槇塚はにんまりとして続けた。

「さらに第丸生命との統合には、みずきファイナンシャルグループの資金協力が欠かせない。でも、それも無理よ」

「こっちは金融庁マターだぞ。確かに竹浪さんの金融担当相就任で、銀行に対する不良債権の債務区分については厳しい注文がつくだろう。自己資本比率もうるさく言うだろうから、融資の抑制や、貸し剝《は》がしの増加も予想される。だが、第丸とウチの統合支援は、金融庁主導でやっているんだ。ここで梯子《はしご》を外すというのは背信行為だ」

槇塚はさらに嬉しげに笑みを大きくし、運ばれてきたフカヒレのスープを一口すすってから尋ねた。

「それは、とても正しい。でも、各務さん、そんな甘い話を本気で信じているわけじゃないでしょ。あれは、金融庁マターじゃないわ。柳井マターよ。つまり柳井さんが金融担当相だったから出た話。ということは、彼の天敵である竹浪さんにしてみれば、絶対成立させたくない話になる。第一、いまのみずきに、一〇〇〇億を超える資金支援が本当にできるのかしら？」

無理だろうな。だからすかさず、岩崎が統合話を潰《つぶ》しに来たんだ。槇塚が言うように、竹浪の金融担当相就任は、生保以上に銀行にとって破滅の使者が舞い降りたようなものだ。聞けば、二〇〇二年四月のみずきファイナンシャルグループ発足初日に発生したシステムトラブルの影響もあって、みずきの中間決算は、当初の予想を遥《はる》かに上回る赤字を計上しそうだという。そんな状態の時に、みずき側が「正常先」や「要注意先」に区分している融資を、竹浪が普段から主張している、不良債権の債務区分の見直しによって、金融庁から「破綻《はたん》懸念先」債権扱いでもされたときには、負債の額は、その数倍に膨れあがってしまう。そんなときに、いつ潰れてもおかしくない生保の合併のために、これ以上無駄金を費やすとはとても思えなかった。

だが、各務はそういう懸念をおくびにも出さなかった。槇塚は続けた。

「さらに、りそあグループの国営化が実現したら、国はおたくに拠出している基金の回収に入るわよ。もちろん、さらなる基金の拠出はナンセンスになる」

各務は空になっていた二人のグラスにビールを注ぐと、そこで口を開いた。

「オーケー、槇塚先生。第丸と清和の統合はあり得ないという君の主張は、十分わかった。これはここだけの話だが、俺自身、あんなクソみたいな会社と一緒になりたいとは微塵《みじん》も思っていない。

第一、連中は安井《やすい》生命との統合を模索していたんだ。安井生命は、みずきファイナンシャルグループの一員である富士見銀行系列だったからな。ところが、安井は、あろうことか明和《めいわ》生命という他のメガバンクグループの生保との統合を決めてしまった。第丸生命に取り込まれて、安井生命が培ってきた伝統が微塵も残らない統合をよしとせず、敢《あ》えて、グループ企業からの離反も覚悟して、明和生命からの誘いに応じたんだ。

【2002年9月30日】

その結果、第丸生命は焦った。生保ガリバーである大日本生命に追いつけ、追い越せを社是にしていたにもかかわらず、業界第一位を襲うどころか、第二の地位すら危うくなってきた。それで、ウチとの統合に乗ってきた。

しかし、ウチがもし彼らと一つになれば、清和が本来持っていた良さは全て打ち消され、数字の上で第丸に貢献するだけの存在になってしまう。そんなところと誰が一つになりたいと思う。元々、ウチは連中のなりふり構わない営業スタンスに批判的だったんだ。それを承知で、連中と一緒になる。一体それがどれぐらい屈辱的な行為なのかを知ってほしい。だから、ウチを高く買ってくれる相手を君らが見つけてくれるのであれば、いつでも止めてやる。俺に嫌みを言う暇があるなら、まず、相手を見つけてくれ。俺たちはもう悠長に構えている時間がないんだ」

攻守ところを変えた。だが、日頃からハゲタカやハイエナと丁々発止の闘いを繰り広げている投資銀行のアソシエイトは、怯《ひる》まなかった。彼女は口元を歪《ゆが》めると、各務を見た。

「お言葉ですが、各務次長、M&Aのアドバイザーというのは、通常はクライアントが買収先を見つけて、それに対して交渉をするものよ。第一、世界中見渡しても、『どこでもいいから合併先を探してくれ』と我々に泣きつくのは、日本の企業だけ。あなたは、統合先を探そうともしない」

「情けない話だよな、確かに。実はこれはまだ私案だと思ってほしいんだが、プレジデンシャル生命との可能性を考えてほしい」

「プレジデンシャル生命？」

槇塚が眉間《みけん》に皺《しわ》を寄せた。

世界最大規模の総合金融グループであるプレジデンシャルファイナンシャルの中核企業、プレジデンシャル生命は、一八六八年に創業された。外資系生保の中でも長い伝統と生保本来の精神である「互助精神」を徹底的に追求した世界屈指の生命保険会社だった。

ここを挙げてきたのは、社長の高村だった。竜崎会長らが進める第丸生命との統合に、高村は最初から消極的だった。もちろん、それで清和が瀕《ひん》している危機が回避できるのであれば、彼も第丸との統合も止むなしと考えていた。しかし、高村自身は、東和海上火災との提携以前から「統合するなら、プレジデンシャル」と決めていたようだった。

「確か、東和との前にもそういう話があったわね。何、これは高村社長のお墨付き？」

「いや、俺の一存だと思ってくれ」

「まあ、忠犬ハチ公ね。企業カラーから言うと、第丸なんかよりは、遥かにプレジデンシャルのほうが近いわね。でも、彼らはライフプランナーという独特の営業マンを養成して、少数精鋭で業績を伸ばしている。統合成立なんてことになれば、生保レディたちは、全員首を切られるかも知れないわよ」

槇塚の指摘は的確だった。清和危機が週刊誌などで取り沙汰《ざた》された頃に、高村は知人から、プレジデンシャルのトップを紹介してもらい、同社のポリシーに魅力を感じた。そして、複数の役員にそれを打診した。

しかし、個人営業一筋に叩《たた》き上げてきた個人営業担当役員の佐古田《さこた》専務が、「プレジデンシャルとの統合は、清和生命の営業部門の放棄だ」と猛反対し、高村が敢えて相談しなかった竜崎会長にこの一件を持ち込んだ。

竜崎会長にとって外資との提携は、「言語道断な蛮行」だっただけに、結局、清和はプレジデンシャル側に正式に打診することもなくこの統合話は終わっていた。

各務は、槇塚の指摘を一蹴《いっしゅう》した。

「それは、些末《さまつ》な話だ。ただ、彼らは以前から大手生保の吸収合併を模索していると聞く。そういう意味での可能性を探ってほしい」

「探るまでもないと思うけれど」

「どういう意味だ」

「あそこは、石橋を叩いても渡らないぐらい堅実な会社よ。失礼だけれど、今の清和の財務状態では、見向きもされないわ」

「おいおい、俺は君の意見を聞いているんじゃない。第一、そういう相手を攻略するために、高い金を出しておたくらを雇っているんだ。統合相手も見つけられないのかと偉そうに言ったんだ。ちゃんとターゲットは指定した。後は、世界一のディール高を誇るゴールド・マックスの底力を見せてくれ」

そう言われて、槇塚は肩をすくめた。

「仰せの通りに。じゃあ、これは正式なオファーだと思っていいのね」

「ひとまず、君と俺の間で進めたい。君が調べて、可能性を感じた段階で、正式にお願いする」

「じゃあ私一人にリスクを負え、というのね」

「リスクをとらなければ、リターンは望めないというのは、君らの業界の常識だろ。君が一人でこのメガディールをまとめたときは、間違いなくそれが君の将来を約束してくれるはずだろ」

そう言われて槇塚は、苦笑いを浮かべた。

「ほんと、潰れかけの生保においておくには勿体《もったい》ない人ね、各務さんて。転職を考えるときは、声かけてね。ウチが三顧の礼を尽くしてお迎えするから」

各務は苦笑してグラスを上げた。

「お世辞でも嬉《うれ》しいよ。もう一つ言っておくと、なぜこのディール話を君だけにするのかというと、我々は、おたくに対して不信感があるからだ」

「不信感？」

「そうだ。世間ではプレジデンシャル生命との提携話が潰れたのは、清和社内での反対があったことになっている。だが、同様におたくも反対した。特におたくのM&A部長が強硬に反対した。そして、君たちは、東和海上というとっておきのカードを切ってきた。にもかかわらず、その話を土壇場になって積極的に潰したのも、おたくたちだ。こんな相手を信じろと言うのは無理だろ」

「お言葉を返すようですがね、各務次長。東和海上が御社との統合を見合わせたのは、私から言わせてもらうと非常に賢明な選択よ。あなたが言いたいのは、東和と清和が統合を発表した直後に、東和海上株が空売りにあった件でしょうけれど、それは私たちとは無関係よ」

「無関係だと？　東和海上株の空売りの張本人が、ゴールド・マックスだというのは紛れもない事実じゃないか」

「でも私たちは無関係よ！　あなたがた日本企業では考えられないのかも知れないけれど、私たちはセクションごとが別会社みたいなものなの。徹底したチャイニーズ・ウォールが敷かれているから、ウチがこのディールに必死になっていても、証券部は斟酌《しんしゃく》してくれないわ。企業の動向を見ていて、『これは売り！』と判断すれば、彼らは自社の株だって空売りする。それがビジネスでしょ」

「きれい事はいいんだ。とにかく俺たちは、おたくのやり方に不信感を抱いている。だから、プレジデンシャルとのことは、まだ正式にしたくないんだ。これは君を見込んで相談している」

槇塚の顔から薄ら笑いが消えた。

「各務さん、あなた私にとんでもないことを強いているのが分かる？」

「もちろん。だが、悪い話じゃない。君だっていつまでもポールのような、無能な上司の尻拭《しりぬぐ》いばかりしたくないだろ。おたくのM&A部長のベンジャミン・フィッシャーは、結果重視主義者だろ。少しぐらいの独断専行は目をつぶってくれるさ。ここは、君の命運を賭《か》けてくれ。この通りだ」

各務はそう言って、テーブルに両手をついた。

「よしてよ、各務さん。あなたに頭を下げられても私は嬉しくも何ともない。分かったわ。ひとまず調べてみる。但し、もしそれなりの可能性を感じられたら、すぐにオープンにしてよ」

各務は笑みを浮かべて、槇塚と自分の空になったグラスに、運ばれたばかりのビールを注いだ。

遅すぎたかも知れないが、今の清和にとってこれが最後の一手になるかもしれない。

各務はすがる想いで、この話を槇塚に持ち込んだ。

もともと自社の将来設計を外資系の投資銀行に頼ること自体が「不可解な話」という印象が、今なお清和内にはあった。しかし、危機が取り沙汰され始めた二〇〇一年三月に金融庁長官に呼び出され、「迅速かつ円滑に統合先を探すためには必要不可欠」と紹介されたのがゴールド・マックスだったのだ。

そして、半信半疑で託した救済先探しを、彼らがものの半年足らずで東和海上という願ってもない相手を見つけてきた時、誰もが「さすがゴールド・マックス！」と喝采《かっさい》し

【2002年9月30日】

たものだ。ずっと彼らの動きに懐疑的だった各務ですら、彼らの凄《すご》さに脱帽したぐらいだった。しかし、「バラ色の未来」はそう長くは続かなかった――。

7

二〇〇一年一一月清和生命は、当初二〇〇四年に予定していた東和海上を軸にした総合保険グループ・ミレナ保険グループへの傘下入りを、二〇〇三年四月に繰り上げると発表。記者会見に揃って臨んだ東和・鰺坂《あじさか》、清和・高村両社長は、「この大手生損保業界の大統合で、日本の保険業界の再編が一気に動き出すだろう」とまで豪語した。

ところが追い風は吹かなかった。それどころか両社はアッという間に市場と格付機関から「ノー」を宣告されてしまう。まず火の手は、兜町《かぶとちょう》で上がった。会見の翌日、優良株と言われていた東和海上株が、外資系投資銀行の空売りに遭い、一〇〇〇円台後半を維持していた株価が、僅《わず》か半月で七〇〇円台にまで急落。さらに、外資系有力格付会社ハーディーズ・インベスターズ・サービスが、AAAだった東和海上を「格下げの方向で検討中」と発表。株価はさらに崩れた。

同社は、さらに清和生命の格付も二ノッチ下げ、過去最低のB2（保険金が期限通りに支払われる可能性は低い）にしてしまう。これは過去に破綻《はたん》した中堅生保の破綻時の格付けレベルだった。

市場や格付機関から、「ノー」を宣告された理由は、その半年前、東和海上と清和生命によるミレナ保険グループ結成の会見で、彼らが明言した経営統合の基本理念を破ったことにある。

発表された経営統合の基本理念にはこうあった。

「両社は、イコール・パートナーとして統合までに自社を取り巻く環境をより改善し健全性を高めた上で、常に保険グループのお客様にとって何が最良かという観点から判断し、行動する」

ところが、一一月の「統合前倒し」の記者発表の際、彼らが両社統合のために提示した三つのポイントは、その理念からかけ離れたものだった。
(1) 二〇〇二年三月を目処《めど》に、清和生命から東和海上の一〇〇%子会社である東和海上まごころ生命への新規契約募集に関わる事業の譲渡(ここには、契約だけではなく通常生保レディと呼ばれる営業職員約二万人の転籍も含まれていた)。
(2) (1) の事業譲渡と同時に東和海上から清和生命への基金の拠出。
(3) 二〇〇三年三月を目処に清和生命を株式会社化し、東和海上まごころ生命と合併する。
それらの文言に、「イコール・パートナー」の精神はなく、今回の統合は、清和生命

【2002年9月30日】

の「身売り」だと告げているにすぎなかった。しかも、彼らは、それを当然のように発表した。それが、周囲の不信感を募らせた。辛口の保険評論家の一人は、「一一月の会見の最重要ポイントは、両社が〝イコール・パートナー〟の関係を放棄したことだ。それを悪びれもせずに、あたかも清和の営業譲渡は規定路線のように振る舞い、『統合を前倒しにすること』という詐欺に近い言い方は、保険契約者への重大な背信行為だ」と両社を厳しく批判した。

清和生命は猛烈な解約ラッシュに襲われ、収拾の糸口がつかめずにいた。とどめは、一二月の東和海上の臨時株主総会だった。この総会で、同社は清和との統合のお墨付きを得ようとしたのだが、逆に株価下落に対して株主からの厳しい非難が相次いだ。

その結果、統合案件は採決が見送られてしまう。直後の役員会では、「清和との統合は負の遺産を抱え込むだけだ。それを強引にまとめようとすれば、株主代表訴訟を起こされる危険さえある」という若手役員の突き上げに、鰺坂社長は一言も反論できず、清和との統合を白紙撤回することを全会一致で決めた。そして、その翌日、鰺坂社長は清和の高村社長に電話を入れて、一方的に「統合白紙撤回」を通告した。

東和海上から白紙撤回を通達された翌日の早朝、清和生命会長の竜崎は、目白にある柳井金融担当相の自宅を訪ねた。前日、高村から報告を受けた竜崎は、体を震わせ、顔を真っ赤にして怒り狂った。そして、すぐに高村と一緒に東和海上に乗り込む、と言い出した。

それを、周囲が必死で押しとどめた。ミレナ保険グループ構想を打ち上げ、総合保険企業としての進化を目指すというレールを敷いた前社長の水原達夫会長は、終始清和との提携に懐疑的だった。その最大の理由が「竜崎誠一の存在」だと言われていた。日本の金融界でも異色と言われるほどドライな国際感覚を持った水原にとって、旧態依然とした政官財との癒着経営で金融界の腐食を助長したと言われる竜崎は、許し難い人物だったようだ。

そのため、東和海上は提携交渉の条件として竜崎会長の早期退任を暗に仄《ほの》めかしてきたぐらいだった。

そうした経緯があっただけに、ここで竜崎にしゃしゃり出られては収まるものも収まらなくなってしまう。

竜崎が社長時代から社長室に籍を置き、社内でも数少ない竜崎を恐れない社員だと言われている各務が、竜崎に対して「あなたは他にやるべきことがあるんじゃないですか。何のために日頃政治家連中に、ただ飯を食わせているんです」と抑え込んだのだ。

竜崎はその各務を従えて、自分のやるべきことを果たすために、柳井の自宅に押し掛けた。

かつて民自党を制圧していた竹芝守に目を掛けられて、政治家としての柳井のキャリアは始まる。大蔵省でも異色の国際派と言われ、竹芝が大蔵大臣時代に、ニューヨークに駐在していたことから二人の縁ができた。

その後「国際感覚を持った経済政策が立案できる議員」として期待され、竹芝派から立候補し、初当選を果たした。そのお膳立《ぜんだ》てをしたのが、当時「竹芝の経済ブレーンにして貯金箱」と言われた清和生命の竜崎社長だった。

アメリカナイズされた感覚が日本の政治風土に合わず、なかなか頭角を現せない柳井を時代が押し上げた。その国際的な経済感覚とクリーンなイメージが幸いし、初代金融担当相に就任。一躍陽の当たる場所へと躍り出たのだ。

竜崎は一時間近く座敷で待たされたにもかかわらず、和服姿で現れた柳井を見て、反射的に頭を畳にすりつけた。そして、恐縮する柳井にお構いなしに、「どうか柳井先生。清和を救ってやってください！　わしはもう失うものもなくなった老いぼれだが、清和が潰《つぶ》れるのは忍びない。こんなことになるために、わしらは粉骨砕身、休む時間も惜しんで保険を売ってきたんじゃない！」と涙ぐんで見せた。

各務はその竜崎の姿を見て、営業の神様として清和で頭角を現し、社長就任当初は、「清和に初めて登場した実力派社長！」とマスコミが囃《はや》し立てた男の片鱗《へんりん》を感じた。このなりふり構わぬ強引さが、清和をある時期立て直させたのだ……。

しかし、各務は竜崎の強引さが引き起こした災厄を知り過ぎていた。彼は、何とも言えない虚《むな》しさを抱いて一緒に両手をついていた。

さすがに恩人にそこまでやられては、柳井も無視するわけにはいかなかったのだろう。

彼は、金融庁長官と監督局長に、「どんなことをしても清和を救え！」と檄《げき》を飛ばしたという。

それを受けて金融庁は鯵坂社長を呼びつけ、二時間近くも翻意を強要した。

同席していた柳井金融担当相も、「ちょっと傲慢《ごうまん》が過ぎないか？　おたくが支援するというから、それ以外の有力先を全部止めたんだ。もし清和が潰れたら、それはおたくの責任だ！」と、怒りを露《あら》わにした。

だが、そこまで詰められても鯵坂は、全く譲歩しなかった。そんなことをすれば、「株主代表訴訟の標的にされますよ」と金融庁に来る直前に東和海上の顧問弁護士から釘《くぎ》を刺されていたためだ。

そして、頑《かたく》なに決意を変えない鯵坂をねじ伏せる力は、もはや金融庁にはなかった。かつての大蔵省のように、金融行政が箸《はし》の上げ下ろしまで指示していた「事前指導型」の時代は過ぎ去り、各社の自主判断に重きを置く「事後報告型」の時代が来ていた。中でもグローバル・スタンダードの考えが既に企業理念となっていた東和海上は、金融庁の圧力も、担当相の罵声《ばせい》にも聞く耳を持たなかった。最後は柳井と監督局長が「これに応じなければ保険業法に則《のっと》った処分も考える」とまで迫ったが、鯵坂社長は首をタテに振らなかった。

結局、翌二〇〇二年一月三一日に両社は再び日銀記者クラブで会見し、「二〇〇三年の統合前倒しを見送る」会見を開いた。

金融庁にできたギリギリの圧力は、この段階で「統合白紙撤回」を東和側に言明させないことだけだった。

それでも、翌日から清和生命は異常な解約ラッシュになり、二月の一ヵ月間で、保険契約高にして二兆円という額を失った。


「もはや金融庁も銀行も頼りにはできない。いや、俺自身はもう誰も信じていない。だからこそ、第丸との交渉を横目で見ながら、君にこういう相談をしているんだ」

デザートの杏仁豆腐《あんにんどうふ》を突っついている槇塚を見ながら、各務はそう言った。

「折角だから伝えておくが、第丸もみずきも今日の竹浪経済財政担当相の金融担当相兼務を知った直後にすぐ、清和との統合をペンディングしてほしいと言ってきた」

槇塚は、さすがに驚いたように首を左右に振った。

「これはえらく逃げ足が速いのね」

「連中は口実ができるのをずっと待ち続けていたのさ。それが、突然思わぬ方向から降って湧いた。ただ、清和を切ったところで彼らがおかれている状況はあまり変わらない。第丸以上に、みずきがおかしい。統合初日に起こしたシステムトラブルだけではないとんでもない負の遺産を抱えているようだ。第丸生命サイドは、そこまで焦ってはいない。彼らとしては、明和と安井の合併で、生保第二位の地位が脅かされ始めているわけだから、みずきさえしっかりバックアップすると確約してくれれば、統合は吝《やぶさ》かじゃない」

槇塚の表情に真剣味が増してきた。今まで第丸との統合交渉を一切話さなかった各務が、その核心を口にしているのだ。真剣になるのは当然だった。各務は、彼女をまっすぐ見つめて続けた。

「世間では、第丸と清和の社風が水と油だという。だが、それは二〇年以上も前の話だ。竜崎が社長になって以来、ウチがやっていることは他の大手生保と変わらない。業界の紳士だとか、互助精神の尊重なんぞは、絵に描いた餅《もち》以下の価値しか持っていない。とにかく一つでも大手内での順位を上げたい。そのために手段は選ばなかった。だからこそ、とんでもない業界と手を組んだり、闇の紳士たちに返ってくるはずのない金を貸して政治力をつけて、のし上がってきたんだ。そういう意味では、今や清和は、大手屈指のダーティ生保だと言われても、返す言葉はない。

さらに、第丸にとってもウチと提携することでプラス材料もある。ウチは大手の中では、関西を中心に、企業保険や年金の保有高が高いが、第丸はその分野で後れをとっている。彼らは401kには意欲的で、そういう意味でウチの企業保険・年金系のチャネルに魅力を感じている。また我々にとって起死回生の商品となった『保険キング』を開発した商品開発力にも興味を示している。

一方、我々は第丸のすさまじい営業力に興味を持っている。常にトップを見上げているだけに、ハングリー精神も旺盛《おうせい》だ。ウチのように社長が大声を上げなければ、動かないというのとは違い、その体質が末端にまで染みついている。第丸は強引だとか、えぐいとか言われているが、それは今の中途半端な清和には良い刺激になるかも知れない」

各務はそこで一息ついて、運ばれてきたばかりのコーヒーをすった。

「我々の統合の問題は、そこじゃない。両社の財務状態が、思っていたよりも遥《はる》かに悪いことだ。さらに逆ざやの解消が遅れている。その上に、銀行株を大量に持っていて株の含み損も数千億単位になる。不動産でも時価に直すと目も当てられない状況だ。だから、統合に当たっては、外部からの強力な真水が必要になる。したがって、我々の親密行であるみずきファイナンシャルグループに、その財力がなければ、このディールは成立しない。

君は、竹浪さんの金融担当相就任で、りそあグループが危ないと言っていたよな。でも、我々が連中から出してもらっている基金は、たかだか五〇〇億円程度だ。これは、実は去年の三月にウチが危なくなったときに、柳井さんがりそあグループ結成を予定していた大亜とあさみ銀行の頭取を呼んで、脅したんだよ。このままではりそあができる前に国有化だと。それがいやなら、基金を清和に注ぎ込めとね」

槇塚は呆《あき》れかえりながら煙草をくわえた。各務は続けた。

「だから、りそあはいいんだ。尤《もっと》もウチがクラッシュしたときは、連中の致命傷になるかもしれないがね。しかし、今はみずきなんだ。竹浪さんは、どうもみずきを目の敵にしているという説がある。というか、目の敵にされてもしょうがないわな。誰が考えても信じられないミスをして、今年の四月時点で日本発世界恐慌が起きた可能性だってあったんだから。あのとき、彼が金融担当相だったら、今頃みずきのトップは全員、刑務所にいるかも知れない。それだけに、我々は竹浪大臣の動きに過敏にならざるを得ない。だから、今日の彼の金融担当相就任に泡食って連中が統合凍結を言い出すのは無理もない。しかし、君には分かっていると思うが、俺たちには明日がない。間違いなくこのままいくと、来年四月には、この世には存在しない会社になる。もはや、彼らの牛歩に付き合っている暇はないんだ。

プレジデンシャルの話を君に託すのは、そういう背景だ。分かってもらえたかな」

各務はそう言うと、笑みを浮かべて、立ち上がり右手を差し出した。槇塚は座ったまま彼を見上げていた。

「何だかとっても騙《だま》された気分なんだけれど……。ねえ、各務さん、あなたのお願い、今回は聞いてあげてもいいいんだけれど、一つだけ教えてくれるかしら？」

「何なりと」

「なぜあなたほどの人がこんなクソみたいな会社にこだわるの。こんな会社、とっとと愛想尽かしてもっとあなたを高く評価してくれるところに移ればいいのに。聞いたわよ、ウチだけじゃなくて、同業他社や不良債権ファンドあたりからも引きがあるそうじゃない」

そう言われて各務は苦笑した。

「それは買いかぶりだ。俺はそれほどの人間じゃない。確かにこの会社は、クソみたいなもんかもしれない。だが、俺はこの会社を守ると、二人の人間に約束してしまったんだ。だから、その二人がもういいって言うまでは、会社を捨てられない」

「二人と約束？　何それ」

「まあ、君には一生分からんよ。言ってみれば友情と愛情の誓いみたいなもんだ」

槇塚はそう言われて吹き出した。

「各務さんってほんと不思議な人よね。言行不一致の権化みたいだもの。まあ、いいわ。分かりました。じゃあ、早急にプレジデンシャルのこと調べましょう」

槇塚はそこで立ち上がり右手を差し出した。各務は彼女の意外なほど繊細な手を握った。

そのとき、各務の携帯が鳴った。

「樋口《ひぐち》だが、今いいか」

広報室の次長で、社内で「パパ」とあだ名されている童顔巨漢の樋口剛《ごう》だった。

「ああ、どうぞ」

「監査法人の中央麻井《ちゅうおうあさい》が、東京地検特捜部にガサ入れされたという速報が今、ブルームバーグとロイターで相次いで出ている。容疑は、先月破綻《はたん》した青山《あおやま》建設の決算を、粉飾を承知の上で承認印を押した背任容疑のようだ。確か、ここはウチの監査法人でもあるよな」

各務は槇塚の方をチラリと見てから答えた。

「そうだ。幸田さんにも伝えておくよ」

「ウチは大丈夫だろうか？」

生真面目な樋口は、言わずもがなの質問を口にした。各務はヒヤリとしながらも、精一杯の空元気で答えた。

「それは財務担当の嘉瀬《かせ》部長か、アクチュアリーの鵜飼常務に聞いてくれよ。しかし、瘦《や》せても枯れても『財務の清和』と言われた俺たちだ。そこまでは落ちぶれていないだろ」

「そうだな。分かった。ひとまずおまえの耳には入れておこうと思ってな。明日でいいかな、上のほうには」

「いや、鵜飼さんと嘉瀬さんには、伝えてもらえるかな。俺は社長に伝えておくから」

「分かった。じゃあ」

電話を切ったら槇塚の興味津々の顔があった。

「どうしたの？」

「中央麻井が、倒産した青山建設の決算で粉飾決算に加担したとして、東京地検特捜部がガサ入れしたそうだ」

「えっ！　確かおたくもそうよね」

「そうだ。それで広報室次長から電話があった。ウチは大丈夫かってな」

「それを、いけしゃあしゃあと大丈夫と答えたのね。大した神経だ」


【2002年9月30日】

槙塚は、清和生命の財務状態を社内の多くの人間より把握していた。東和海上がしっぽを巻いて清和から逃げ出したのも、表の数字と実際の数字のギャップの大きさに驚愕《きょうがく》したからだということも、彼女は知っていた。

「まあ、そうじゃなきゃ、社長室の次長なんぞ務まらんよ。ひとまず、俺は社に戻る。今日は俺が奢《おご》るよ。だからよろしくな」

「ごちそうさま。ウチが提携先を探すまでちゃんと生きていてよ」

彼女はそう言うと、ここへ来て初めて茶目っ気を込めた笑みで各務を見た。その瞬間、各務は初めて槙塚の可愛らしさを見つけた気がした。こんなときに不謹慎だが、それは自分の中にまだ余裕がある証《あかし》だと思って彼女を送り出した。

ふと窓の外を見ると、ネオンに毒された夜の闇の間を、白い物が舞っていた。

「雪か……」

いや、この季節に雪はない。彼はその正体を確かめたくて窓際に歩み寄った。窓の外は昼間のような明るい照明に照らされて、その中を白い雪が舞っていた。

「テレビの撮影か……」

照明の中に二人の男女が立ち、その向こうにテレビカメラが見えた。虚像の世界の中ではその気になれば、真夏でも雪が降り、真冬でも汗を拭《ぬぐ》うほどの暑さを感じさせてしまう。

「これはある意味、俺たちと同じだな」

各務は窓の外に向かってそう呟《つぶや》いていた。

資産をどんどん失っているというのに、俺たちは今なお多くの人に、安心を売っている。そして逆に笑いが止まらないほど儲《もう》けていた時代には、眉間《みけん》に皺《しわ》を寄せて自分たちが機関投資家という重要なポジションから日本を支えている顔をし続けてきた……。全てが虚像だった。

各務は窓の外で繰り広げられる「虚像の雪」をそんな複雑な想いで眺めていた。そして、不意に随分昔、ある友と本物の雪の中であることを誓ったのを思い出した。もしかしたらあのとき嘘ではなかったのは、灰色の東京の闇の中で舞っていた雪だけだったのかも知れない。

8

【2002年9月30日】

そのつもりがなかったのに、中根はJR尼崎《あまがさき》駅で電車を降りると、マンションとは反対の出口に出ていた。

情けない……。どこを目指しているのかを自覚した中根は、そう自らを罵《のの》った。会社帰りに一杯引っかけてからでないと帰れないダメサラリーマン。そういう「人種」を軽蔑《けいべつ》していたくせに、大阪に来て半年で、そういう生活が染みついてしまった。

もちろん言い訳はある。今回は単身赴任で、妻と二人の子どもは荻窪《おぎくぼ》の自宅に残してきた。だが、だからと言って自分が一人で赤提灯《ちょうちん》で酒を飲むなんて信じられなかった。

「あら、いらっしゃい」

その夜、行きつけの店「華」には、女将《おかみ》一人だった。

「やあ、まだいいですか？」

中根は遠慮がちに尋ねた。

「全然大丈夫ですよ。さあ、どうぞ」

中根はそう言われてカウンターの一番奥に腰掛けた。

「今夜はちょっとヒンヤリしますね。燗《かん》にしますか？」

小柄な体を白い割烹着《かっぽうぎ》に包んだ女将は、目尻《めじり》に皺を寄せてそう尋ねた。店名と同じ華という名の女将は中根と同世代で、いつも渋い和服をきちんと着こなす上品な女性だった。ここで知り合った客の話では、若い頃は京都で芸者をしていたのだという。

中根は、彼女から渡された熱いおしぼりで両手を拭《ふ》きながら答えた。

「喉《のど》が渇いているからビールもらおうかな。あとは適当に」

中根は今まで、「行きつけの店」をつくったことがなかった。それが、関西本部に異動して一月後には、借り上げ社宅があるJR尼崎駅前に行きつけの店を見つけていた。

あれは今日のように、法人営業統括部長である井嶋に叱責《しっせき》された夜だった。中根は、放心状態で前から気になっていた駅の南側のエリアをさまよっていた。あの夜のこの店は、やけに賑《にぎ》やかだったっけ……。

「華」という店の名と、店の前にあった桃の花につられて彼は暖簾《のれん》をくぐった。女将は今夜と同じように、初めての客だった中根を「あら、いらっしゃい」と迎えてくれた。それが不思議と彼の心を温かくした。

女将は、中根の前にグラスを置き、カウンター越しに瓶ビールを手にした。

「お疲れさまでした」

彼女にそう言われて中根は、軽く会釈をしてビールを受けた。

「良かったら、女将さんもどう？」

「おおきに、ほな戴《いただ》きます」

彼女は、嬉《うれ》しそうにグラスを手にした。そして中根に注がれたビールを両手で受けて、一気に飲み干すと「ああ、おいしい」と微笑んだ。

「今日あたり、また中根さんが来てくれはるかなって思てましてんよ」

「そうですか。ここ数日忙しかったものですから」

「でも、久しぶりに元気そうなお顔を見られて嬉しいです」

彼女はそう言うと、中根が以前「好物」だと言っていたきんぴらゴボウをつきだしで出してから、酒の肴《さかな》を作り始めた。

中根は、生まれも育ちも神奈川だったので、関西の味にはあまり馴染《なじ》めないと思っていた。だが、この店の女将の味付けは、薄味だったが旨味《うまみ》が効いていた。また、中根のために他の客より少し味付けを工夫しているようだと知って、彼はますますこの店に足

【2002年9月30日】

繁く通うようになった。

　客層も幅広く、中根のような単身赴任組もいる一方で、地元の工員から、ちょっと怪しげな老紳士までいた。しかし、多くても三人連れ程度だったこともあって、駅前の飲み屋でありながら、落ち着いて飲めるのが中根には嬉しかった。

　アッという間に、甘鯛《あまだい》のかぶら蒸し、生湯葉の刺身、そして穴子の白焼きなどが並べられた。

「あと、中根さんのお好きな手羽先も焼いてますけど、ひとまず、こんなところで」

　昼食に牛丼をかき込んだだけで、夜の一〇時前まで何も食べていなかったこともあって、中根は「いただきます」と両手を合わせた後、黙々と食べ始めた。

　女将は、それに眼を細めて中根にビールを注ぎ、鳥の焼き加減を見ながらただ静かに彼を眺めていた。眼の前の料理を平らげた頃を見計らって、女将が中根に声を掛けた。

「さっきまで大亜銀行の支店長はんが来てはったんですけど、なんでも今度の金融なんとか大臣に、あの竹浪はんがなりはったんですって」

「みたいですね。私も知らなくて、出先で取引先の部長さんから教えられてびっくりしました」

「やっぱりびっくりしはったんですか。支店長はんは、これでウチは潰《つぶ》れるかもしれへんって嘆いてはりましたけれど」

「大亜さんなら、確かに厳しいかも知れませんね。でも、それならウチもご同様ですから」

「あら、何言うてはりますねんや。清和はんが潰れてどうしますん。あたし、もう随分前から清和はんに入ってますねんで。しっかりしてもらわな、娘や息子に残せんようになりますやんか」

中根はその言葉に女将の顔を見返した。彼女が清和の契約者だったことも知らなかったし、彼女に娘や息子がいることも知らなかった。

「あれ、女将はウチのお客様だったんですね。これは失礼しました。何の保険に入ってらっしゃるんです？」

「何でしたっけ、保険キングとかというのよ。実はもう七、八年ほど前からお世話になってて、そのとき入っていたのを最近、新しくしてもらったの」

中根の脳裏に嫌な言葉が浮かんだ。「転換？」

「七、八年以上前というのは？」

「ええとね、上の娘が一七で、下が一五なの。下が小学校に上がったときに、まさかのことを考えてと薦められてね。それを去年かな、今話題の出し入れ自由で、少ない掛金で死亡保険の額をもっと高くできるのに換えてくれるっていわれてね。それで新しくしてもらったの。ウチは、お父さんがいないもんですから、私に何かあっても子どもたちにはやりたいことがやれるだけのもんを残してあげようと思ってね。何でも下取りとかあるそうよね。下取りしてくれたおかげで、月々の掛金は減るし、ある程度の額が貯まってるから、より助かるみたいで。だから、しっかりしてくださいよ」

中根はそう言われて苦笑して頭を下げた。

間違いなく、女将は生保レディの口車に乗せられて、高い予定利率の保険から、低い利率の掛け捨て中心の現在の商品に「転換」させられていた。逆ざやであえぐ生保各社が、利率の高い時代の商品を、言葉巧みに新商品に換えていく典型的な手法に女将ははまっていた。

銀行預金などと違い、生保の場合、契約した時点の予定利率が未来永劫《えいごう》続く。

予定利率とは、簡単に言うと割引率のことだ。

例えば、死亡率とセールスマンのコミッション、本社経費などの事業費率で保険料を計算した結果、一万円という保険料が出てきたとする。これを四％なら四％で運用することを前提として、初めから支払う保険料を割り引いておくのだ。例えば、先の計算で出た一万円という保険料が、九六〇〇円で済むことになる。

また、年金タイプであれば、それがそのまま金利になる。

生保の予定利率は、バブル期には最高六・二五％にまでなった。七、八年前に契約したという女将の下取り前の保険は、それよりは低いだろう。しかしそれでも今よりずっと高かったはずだ。二〇〇二年九月現在の清和の商品の予定利率は二％。前の保険の利率の半分近くになっている。

生保危機は「逆ざや」危機と言われるほど、バブル期に大量契約した高い予定利率の商品が、資産を食い潰し、一社当たりで数千億単位の「逆ざや」を生み出していた。その解消のために、各社が生保レディに厳命しているのが、高予定利率商品の下取りによって、現在の低い利率の商品に「転換」させることだった。

中根は、罪の意識を感じながら、女将に言った。

「今度一度、保険証券を見せてくださいよ。女将さんの将来設計にぴったりかどうか、拝見させていただきますから」

「ほんまに？　嬉しいわあ。ほな、今度お店に持って来ときます。でも、ほんまに清和はん、危ないんですか」

彼女は手羽先の塩焼きを中根の前に出して尋ねた。

「大丈夫です。ウチは、誰が金融担当相になってもビクともしません」

一体そんな嘘をどの口が言うんだ！　と心の中で、罵声《ばせい》を浴びせるもう一人の自分を封じ込め、中根はにっこりとした。

「ああ良かった。実は最近週刊誌とかに色々書かれているから、前から中根さんに相談しようと思てたんです。これで、胸のつかえがすーっと落ちましたわ。ほな、その安心祝いに、一本、私がごちそうします」

彼女は新しいビールを抜いて、中根に注いだ。

「だめだめ、そんなことしたら。僕がごちそうしますよ。大切なお客様だって分かったんだから」


【2002年9月30日】

だが、女将《おかみ》は譲らず、中根は苦いビールを口にした。そのとき、新しい客が入ってきて、女将は暫《しばら》くその二人連れの客の対応に追われていた。

中根は、好物の手羽先が冷めていくのも気にせず、じっとビールの泡を見ていた。そして、カウンターに飾られた、ガラスの中の水中で雪が舞う置き物を見つけた。

そう言えば随分、雪を見てないな……。

中根は、不意に同期であり親友でもある男と雪の中で交わした誓いを思い出していた。

各務裕之という今や、たった一人で清和の破滅と闘っている男のことを……。

9

一九八一年——その年、中根亮介は各務らと共に清和生命に入社した。日本の経済力がアメリカに肉薄し始めた頃だった。そして生命保険業界では、予定利率が五・五%(保険期間一〇年未満の場合は六・〇%)に引き上げられた年でもあった。

この当時、清和生命には三つの採用コースがあった。

一つは新卒の大卒総合職で、入社一年目は、専門の教育機関「教習所」に配属させられるキャリア組だった。

二つ目は同じ新卒の大卒でも、将来地元に帰って営業専門の管理職を目指すコースで、特別研修所に配属されることから、「特研生」と呼ばれていた。彼らの場合は、二〜三年の研修・見習い期間を経た後、自身の故郷に帰り、営業所や支社で生保レディたちの管理などを行う。彼らには、転勤はない。地元指向の人間には向いているが、ボードを狙うというキャリアステップへの道はなかった。

三つ目は、「既卒」と言われる転職組だった。処遇は「特研生」と同じで、彼らも一定地域範囲外の異動がなく、各拠点の営業管理職を目指した。

各務らと共にキャリア組として入社した中根は、珍しく「志」を持って清和生命に入社した学生だった。

彼には七歳離れた兄がいた。中根が高校時代からラグビーを始めたのも、兄・祐輔《ゆうすけ》の影響だった。祐輔は、慶応のラガーマンとして大学選手権でも活躍し、社会人ラグビーの選手としても注目されていた。ところが、入社三年目の夏、祐輔は交通事故で命を落としてしまう。その前年に父も失っていた亮介は、兄を失った時に、兄と同じ大学へ進むという夢を捨てようとした。彼の家にはけっして体が丈夫とは言えない母と、二歳下の妹がいたからだ。

ところが、兄は入社した直後、先輩の薦めで、生命保険に入っていた。「親孝行に」というセールストークにほだされたようで、彼は、通常死亡保険金一〇〇〇万円、災害死亡で倍額という定期付終身保険に加入していた。

交通事故で死亡したために、亮介の母に、二〇〇〇万円の保険金が下りた。前年に亡くなった父の保険金や年金などで生活には困ってはいなかった。だが、兄の保険金がなければ、亮介の慶応進学はあり得なかったし、四年間、ラグビーに打ち込むこともできなかったはずだ。

中根は、自分と同じように「生命保険」で救われる人のために尽くしたいと、大学に入ったときから自身の進路を決めていた。

「保険屋なんか金融では最低だ。それよりうちに」

キャプテンとして部をまとめた統率力だけでなく、成績も良かった中根は、総合商社や大手銀行、さらにラグビーの名門企業からも誘われた。

しかし、彼の意志は全く変わらず、兄の保険契約先だった清和以外一社も就職活動をせずに、内定をもらった。

「一〇年に一人の逸材」

入社時代から彼は、経営陣にそう期待されていた。

教習生として入社し一ヵ月の机上研修を終えたあと、中根たちを待っていたのが「飛び込み」訓練だ。最初の二週間は二人一組で、あとは一人だけで、会社に指定された場所を一軒ずつ訪問し、生命保険のセールスをして歩くのだ。独身寮完備で、埼玉県の草《そう》加《か》にあった教習所から電車で一五分、東京の下町、足立区梅田、梅島界隈《かいわい》が彼らのセールス範囲だった。

「限定一〇〇世帯」と言って、一人ずつ自分が担当する一〇〇世帯分の住宅地図をもらう。毎日毎日、その一〇〇世帯の「地区」に通って「生命保険」を売るのだ。「限定」

だから、与えられた地区以外へ行くことは許されない。一軒一軒訪ね歩いては、「こんにちは、清和生命です。こちらにはもう長くお住まいですか」と切り出し、話を聞いてもらうのである。

月間契約目標は四件。地縁も血縁もない「白地」の市場から、月四件の契約を挙げられれば、若くして現場の長＝営業所長になっても、十分生保レディを指導し、業績を挙げることができると会社は判断したのだ。

多くのキャリアたちは、最初、「こんな地べたに這《は》いつくばるようなセールスマンになるためにこの会社に入ったんじゃねえよ」と不満たらたらだった。中根は、そんな仲間たちを「最初に辛《つら》い目にあっておけば、後が楽だから」と、大学時代のキャプテンよろしく士気を高揚しあい、街に飛び出していった。

だが、契約など、簡単にとれるものではない。最初の月（五月）に契約を挙げることができた者は半数に過ぎず、一件もとれなかった残り半分は「幹事」と呼ばれる指導係長から厳しく叱責《しっせき》を受けた。

「おまえらがセールスに自信を持てないで、生保レディが育つと思うか？　今日から自分はエリートでもなんでもない『セールスマン』なんだと思って仕事をしろ。

六月の締め切りまでに一件も契約を挙げられなかった者は、七月には胸のバッジはないと思え」

来る日も来る日も担当地区へ出かけ、昨日いなかったお宅を再訪し、話を聞いてくれ

【2002年9月30日】

たお客にはパンフレットを持っていく……。雨の日も、風の日も、三〇度を超える炎天下でもそれは続いた。大半は「保険」と聞いただけでイヤな顔をしたし、インターホンのある家など、ドアも開けてもらえなかった。

そんな中で群を抜いていたのが中根だった。彼は最初の一カ月で目標の四件をクリア。さらに、「人と会うのが怖い」「俺には合ってない」と泣き言を言っていた同期たちと連日飲み語らい、連帯感を深めていった。また、彼が獲得した既契約者から、自分の「限定一〇〇世帯」以外に住んでいた知人を紹介してもらい、仲間へ「仲介」したこともあった。普通こういう奴は嫌われる。またライバルに「仲介」なんぞされると、された側は「癪《しゃく》に障る」ものだ。ところが、中根にそんな感情を抱いた者は一人もいなかった。彼はけっして押しつけないし、そこに何の私心もない。そして何より彼の真摯《しんし》な情熱が、同じ釜《かま》の飯を食う者たちの連帯感の要《かなめ》になったのだ。

つい三カ月前までは学生だった新入社員たちのうち、七月にはほぼ全員が一件二件と契約を挙げていった。一〇月には、過去の研修の中でも例を見ない四〇人で二〇〇件を達成。

そしてこの年、今なお破られない二つの記録ができた。中根の最高契約数一七件、そして、各務の〇件。各務は、五カ月間、「幹事」から怒鳴り続けられながら全く動じもせず、結局一件も件数を挙げなかった。いや中根から見れば、最初から挙げる気がなかったのだ。

当時から各務の風貌《ふうぼう》は、誰が見ても生命保険の職員には見えなかった。ロック歌手のような長髪で、リクルートスーツにはほど遠いソフトスーツに、派手なネクタイを締め、上から注意されてもその格好を変えようとはしなかった。

一体なぜこの男は、清和に入ったのか……。中根は、「幹事」から怒鳴られながらも、全く表情を変えない各務を見ていてよくそう思った。仲間と飲みに行っても、いつも片隅で一人でグラスを傾けていた。それが、誰かが馬鹿をやり始めると、率先して加わる。だが、その眼はいつもどこか冷めていた。

噂では、各務は、当時既に飛ぶ鳥を落とす勢いだった竜崎専務の推薦で入社したのだという。

「専務が贔屓《ひいき》の料亭の女将の息子で、何でも隠し子だっていう噂もあるらしい。それで、あの鬼幹事もつい気が引けてしまうって……」

各務がいない酒の席だった。中根は言い出した仲間にくってかかった。

「本人がいないところでそんな話、するなよ！」

しかも、その噂を口にした仲間は、最後まで契約が一件も取れずにいたのを、各務がその「地区」を代わりに回って、契約をとってやったと言われていた。中根に問われて、各務はそれを認めたが、「誰にも言うな」と釘《くぎ》を刺した。

「契約がとれなければ、人間じゃねえみたいに言われんのはうんざりだ。帳尻《ちょうじり》だけ合えば、いいんだ」

【2002年9月30日】

各務はそう言うと、ひねた笑みを浮かべて煙草のけむりをくゆらせていた。

不思議な男、ふてぶてしい男、誰にも心を開かない男……。各務の評判は上司から同期にいたるまで芳しくなかった。だが、中根と各務は、なぜか気が合った。

中根には新人時代、各務との忘れられない想い出がある。

一二月も暮れが押し迫った頃だった。その当時、彼らは本社にある様々なセクションで、一人一人分かれて数週間ずつ見習いとして研修を続けていた。夜遅く、先に寮に帰っていた中根に、各務から電話があった。

「今から出てこい」

理由も言わず、各務は店の名だけ言うと電話を切った。午後一〇時を過ぎていた。各務の声に尋常でない響きを感じた中根は、スタジャンを羽織って街に出た。頬を打つ風が痛いほど寒い夜だった。新宿の裏通りの店で、既に各務はできあがっていた。彼は中根を呼び出したことを詫《わ》び、彼にビールを注ぐとグラスを挙げて言った。

「短い間だったが、俺のようなはみ出し者とつきあってくれて、恩に切る」

「どういうことだ？」

中根は、ニヒルな笑みを浮かべた友の横顔を見据えた。

「俺、辞めることにした」

「おいおい、一体何を言い出すんだ」

「やっぱり俺の性に合わん」

そう言われて中根は、思わず吹き出した。

「何がおかしい」

各務がくってかかってきた。

「いや、悪い。だが俺は最初からずっと、おまえと生保の相性は最悪だと思っていたからさ。今さら何を言い出すのかと思ってな」

そう言われて今度は各務が、苦笑した。

「さすが、中根。洞察力が鋭い！　だが鈍感な俺は、今日まで気づかなかったわけだけど、今日決めた」

「何があったんだ」

まるで別人のような各務に、中根は尋ねた。

「係長のくそったれを、殴り飛ばしてしまった」

「係長って、商品開発課の足立《あだち》さんのことか？」

「ああ、あのクソ野郎、『生保の商品とは、善男善女に感謝されながら、いかに会社にたくさん金を落としてもらうようにするか設計されてるんだ』とぬかしやがった。そして、『大切なことは、万分の一の恐怖を煽《あお》り、死ぬ前に満期金を返して縁切りすることだ』と、ニヤニヤしてのたもうた。気が付いたら、殴りかかってたよ」

珍しく感情を持たない各務の瞳《ひとみ》が哀しげに揺れていた。中根は、精一杯明るく返した。

「なあ、各務。おまえ水くさいなあ」


【2002年9月30日】

「何で、そんとき、俺を呼んでくれなかったんだ。俺もあの野郎は許せなかったんだ。俺には、『人を幸せにしようなんて考えは捨てろ』って言いやがった。『生保は慈善事業じゃない。良い商品とは、一度も支払われない特約を指すんだ』とまで言われたときは、さすがに俺も拳《こぶし》を握っていたよ。でも俺は意気地なしだからできなかったんだ。さすが各務！　おまえは、えらいよ！」

そう言って中根はビールをあおると、彼と自分の空のグラスにビールを注いだ。

「乾杯だ！　おまえの勇気と、クソのような生保に！」

各務は驚いたように、中根のグラスを見ていた。だが、やがて静かに首を横に振った。

「いや、だめだ。もう決めたんだ。俺には合わない」

各務はそう言うと、中根のグラスに自分のグラスを重ねることもせず、中身を一気に飲み干した。中根は、静かに瓶を差し出した。小さく頭を下げてグラスを手にした友に、中根は尋ねた。

「じゃあ、辞める前に一つだけ教えてくれよ。何で、おまえは、清和に入ったんだ」

各務は口元を緩めた。彼は中根に一瞥《いちべつ》を投げてからビールを飲み干し、グラスに向かって言葉を漏らした。

「復讐《ふくしゅう》のためさ……」

「何だと？」

「復讐？」

「ああ……、おまえも聞いたことがあるだろう。俺が、竜崎専務の隠し子じゃないかって話」

「…………」

各務は、こちらを見てにんまりと笑った。

「あの噂、惜しいんだけれど、ちょっと違うんだ。俺の妹は確かに竜崎の種だ。お袋も竜崎の二号だった時代がある。だが、俺と奴の間には血のつながりはない」

中根は、怪訝《けげん》そうに各務を見た。

「うちは、創業者である古田《ふるた》一族の御用達《ごようたし》料亭だったんだ。尤《もっと》も親父も、清和マンだったんだがな。お袋は、元々柳橋《やなぎばし》の芸者だったのを俺の親父が見初めた。お袋の器量の良さは相当なものだった。しかも女将《おかみ》の才があったそうだ。おかげで、それまで古田一族のおこぼれを戴《いただ》いて細々と続けていた店の売り上げは三倍に膨れ、今じゃ政財界のお歴々のご贔屓にあずかっている」

中根は、各務の家が料亭をやっているというのは知っていた。だが、それほどとは知らなかった。各務が時々見せる抜き身の刀のような冷たさは、そういう世界で育ってきたせいかも知れない。

「ところが、俺が生まれた翌年に親父が死に、その翌々年祖母が死んだ。お袋は三歳の俺を抱えて母親としてだけではなく、経営者としても、広げたばかりの店を切り盛りする重荷を負うはめになった。そのとき、援助してくれたのが、当時企画部の次長だった

【2002年9月30日】

竜崎だ。奴は先代の会長のお気に入りで、若い時代から会長のお供で店に来ていた。どうやらその頃からお袋に目を付けていたようで、お袋が店を拡大できたのも、竜崎の入れ知恵が大きかったようだ。まあ最初は会長の眼もあったんだが、やがて堂々と入り浸るようになり、うちの店は、竜崎の様々な工作の場ともなった」

入社直後から、竜崎専務の辣腕《らつわん》ぶりは、新人の中根たちの耳にまで届いていた。とにかく企業年金奪取の鬼と言われ、契約を得るためにはあの手この手で相手先の社長を籠絡《ろうらく》する。さらに当時清和が弱かった政界とのつながりにも太いパイプを築き、清和生命はかつての勢いを取り戻しつつあった。

その竜崎の大躍進の陰に、そんな話があったわけだ。

「まあそうやって入り浸り、やることをやっていればできるものもできるわな」

「だが、専務には妻子がいたんだろ」

「いたどころか、奴のかみさんは、先代会長の姪《めい》だぞ。ところがうちのお袋との関係は、先代会長公認だった」

「何？」

中根はにわかに信じられなかった。各務にはそういう中根の反応が面白いらしい。ニヒルな笑みを浮かべて、彼は続けた。

「お袋は、俺の親父を失った後、しばらく先代会長に囲われていたんだ……。そして、竜崎は、それをもらい受けたわけだ」

「まさか、猫じゃあるまいし」

「猫以下さ。花街の女なんぞ。三〇前で夫を失い、後ろ盾だった義母も失えば弱いもんさ。俺はそういう中で育ったんで、こんな嫌な人間になったというわけさ」

世の中には色んな人がいる。数ヵ月間の営業研修の間、保険をとるために回っていた担当地区の各家庭で垣間《かいま》見た人間模様。さらに社内の先輩たちの仕事ぶりを眺めていて、同じ会社にいても仕事観から会社への想いまで、こうも違うものかと驚かされることばかりだった。「人の数だけドラマがある」という言葉を、半年の社会人経験で、中根は痛切に感じていた。だが、各務の生き方は何とも哀しすぎた。

「何を深刻な顔をしているんだ。さあ、飲め」

今度は各務が、中根を励ますために酒を注いだ。

「お袋には心配ばかりかけた。喧嘩《けんか》っ早《ぱや》いし、勉強も運動もそこそこできるんだが、素行は最悪だった。高校も放校処分になりかけたのを、竜崎が丸め込んでくれたことがあった。それがまた俺にはいやだった。だが、その竜崎も、実の娘である俺の妹に毛嫌いされて、家から遠ざかった。ところが、あの親父の凄《すご》いところは、愛人としては来なくても、ビジネスとしては、ずっと今なおうちの料亭を利用し続けていることだ」

「えっ……」

各務はそこで暫《しば》し言葉を切った。中根は熱い酒を頼んだ。熱燗《あつかん》を一口飲むと、各務は再び話し始めた。


【2002年9月30日】

「俺は博愛精神や、生保とは人を幸せにするためにあるなんてことは考えてないんだ。そこが中根とは違う。俺はただ、あの竜崎の野郎が許せないだけだ。案の定、妹は中学時代からぐれ始め、一時期は大変だった。母子三人での諍《いさか》いも絶えなかった。そして、三代も続いた料亭も、奴のせいで怪しい場所になってしまった。ところが、そういう俺たちの不幸を奴はエネルギーにするかのように、どんどん勢力を付け、今や次期社長候補の最有力だ。あいつはきっと社長になったら、死ぬまで辞めんよ。そんな好き勝手は俺が許さない。だからな、俺は、ここに入った……」

いかにも各務らしい屈折した発想だった。

「獅子《しし》身中の虫を退治したくば、獅子の腹の中に飛び込むしかないからか」

中根の言葉に、各務はにんまりと頷《うなず》く。

「まっ、そういうことだな。奴が俺を清和に入れるのは、一つは罪滅ぼしであり、それ以上に願ってもない捨てごまを手に入れるためだ」

「捨てごま？」

「ああ、奴がウチの料亭などを舞台に続けている悪どいことを、俺に引き継がせる気だろう。専務や社長になって、恐喝屋まがいの汚い仕事を続けるわけにはいかないからな」

「おまえ、まさか」

「俺もそのつもりだった」

各務は思い出したように硬い一夜干しをちぎり、口の中に放り込んで続けた。

「奴は俺が何で奴の薦めに素直に従って清和に入ったのかを知らない。俺のほうからすり寄っているからな。そして、俺は竜崎が望むポジションまでのし上がり、奴の息の根を止めることができそうな情報をたっぷり手に入れ、奴を破滅させてやる……」

中根の背中に寒気が走った。

「安心しろ。おまえの清和生命は傷つかないように、あのくそったれを社会的に葬ってやるから」

「そんなことはできないだろ。今でも専務なんだ。いずれおまえが言うように社長になる人だ。その人の罪を問えば、それは会社の責任じゃないか」

各務は、くってかかる中根にクールに笑いかけた。

「だが会社が奴の悪行を告発すれば、いいわけだろ。逆にさすが清廉潔白を標榜《ひょうぼう》する清和生命。自ら社内の腐敗を糺《ただ》したと評価してくれるさ」

俺たちにそんなことができるのだろうか……。

中根には、各務の考えは現実味に乏しい暴論に思えた。

「まあ、そんなことは無理だろう。だがな、会社の中に一人ぐらいあのくそったれの悪行の全てを知っている者がいるのは大切だろ。屁《へ》の突っ張りぐらいにはなるかもしれん。それなら、俺の存在価値もあるってもんだ」

各務は寂しげに笑い、中根の杯に酒を注いだ。


【2002年9月30日】

「だが、そういうのはやっぱり俺の性に合わないってことが分かった。だから、消えるわ」

中根はじっと各務を見ていた。寂しい男だ。常に自分を隠し、闇の中で影のように息を潜めている。だが時にその闇から一瞬飛び出し、相手を仕留めるほどの殺気を放つ。ラグビーをやっていた頃、時々そういうタイプの選手に会った。全然マークされずにフリーでボールをもらう奴。各務はそういうタイプだった。そして、それは自分にはない魅力だと中根は感じていた。

「なあ、各務。おまえそれでいいのか」

「何がだ」

「さっきの話、結構真面目に考えてたんだろ。自分が専務に一泡吹かせてやるって」

「まあな。しかし、この会社は完全に腐ってるよ」

「そうか？　俺が今いる部署の高村次長は、とても尊敬できる人だがな」

総合企画部の高村怜一郎次長は、中根が清和生命に抱いていたイメージ通りの人だった。高潔で穏やかな風格。それらは全て、すぐ頭に血が上る中根が、入社する前からこの会社で手に入れたいと思っているものでもあった。二、三週間の単位で、本社の様々な部署を動き回ったせいか、各セクションのカラーが、いかにその部署のトップの人間性に左右されるかを中根は知った。徹底した事なかれ主義の部署、上司への気遣いだけが大切な部署、あるいはサークル気分でやたらオフタイムが充実しているセクションなど、どちらかというと中根のようなバリバリ仕事をやりたいタイプは煙たがられるところが多かった。

しかし、総合企画部は違っていた。それぞれが自由に意見をぶつけ合い、誰もがその意見を聞く姿勢があった。あんな人になりたい。高村を見ていて中根の理想の清和マン像は日々できつつあった。

「高村さん以外にも、何人も俺は尊敬できる先輩に出会った。確かに、竜崎専務のような手段を選ばず強引なやり方で結果を出していく人も企業の成長には必要なんだろう。だが、清和の昔ならではの社風を守り続けるジェントルマンもたくさんいる。俺は今、その両者のバランスが会社の発展の鍵《かぎ》なんじゃないかって思っている。ただ、竜崎さんタイプの人には歯止めをかける人が確かに必要だよな。ならば、おまえのような人間がここで踏みとどまって、そういう奴が勝手なことをしないようにすべきなんじゃないのか」

各務は寂しげに笑うばかりだった。中根は続けた。

「これはおまえを引き留めるために言うんじゃない。俺は今、社内の色んな人たちと会っていて、一つだけとても気になることがある」

各務の眼が興味を示した。

「誰もが穏やかすぎて、闘って何かをもぎ取ろうというより、争いを避けて平穏無事にやっていこうという仲良しクラブ的な雰囲気がある。なんて言えば良いんだろう。平和

【2002年9月30日】

すぎて刀の抜き方を忘れた侍みたいな雰囲気を感じないか？　俺はラグビーをやっていたからだろうな。闘争心や競争心、克己心がないところに、進歩は生まれないと思っているんだ。そういう意味では、この会社、なんだか大切なものを失っている気がする。だから、竜崎さんのような人はとても頼もしい。ただこの会社には、ああいう人が暴走し始めたときに、それを止めるブレーキみたいなものがないよな。あの人はサファリパークに紛れ込んだ野生のトラのようだ。誰もあの人に立ち向かうだけのガッツも勇気もない。これだけ風通しの良い会社なのに、話が竜崎専務の話になると誰もが口をつぐんでしまう。これはまずい傾向だと思わないか。そういう意味で、俺は今晩、おまえがなぜ清和にいるのかを語ってくれたときに、とても心強かった。だって、あの竜崎専務に、そこまでむき出しの敵意を持つ男がいたんだからな」

各務はまた苦笑を浮かべて杯を見つめていた。中根は、さらに畳みかけた。

「なあ各務、おまえはさっき言ったよな。俺の愛している清和は傷つかないようにしてくれるって。ならば、残ってくれ。そして、俺と一緒に闘ってくれ。頼む、この通りだ」

中根はカウンターに両手をついて頭を下げた。

「やめろ、そういう説得の仕方は。俺は下手に出られると弱いんだ。第一、おまえ傲慢《ごうまん》が過ぎるぞ。入って一年も経たない俺たちが、やれ清和を救うだの、次期社長を追い落とすだの。気が触れたとしか思えん」

各務はそう言いながらも、酒を中根の前に差し出した。

「きっと後悔するぞ。俺を引き留めたことを」

その言葉に中根は嬉《うれ》しげに笑った。各務の瞳《ひとみ》が揺れていた。中根は酒を受けると、すかさず返杯した。

「よし、固めの杯だ」と中根はそう言うと、安っぽい杯を店の親父に頼んで二つもらい受けた。

店を出ると外は雪だった……。

灰色の街だと言われる新宿には似合わない純白の粉雪が、中根と各務に降り注いできた。知らない間に二人は空を見上げていた。ネオンの色に染まることもなく純白の雪はどこまでも神々しく舞い踊り、彼らを包んだ。

俺たちは、地面に落ちてもいつまでも溶けない強い意志を持つこんな粉雪のようでありたい。

中根は、今でもその夜の新宿の雪を、忘れたことはなかった。

「何か、雪にええ想い出でもありはるんですか」

気がつくと女将《おかみ》が中根にビール瓶を差し出していた。中根は、目の前のガラスに閉じ込められた水の中で舞い続ける人工の雪を眺めながら微笑んだ。

「昔を思い出していました」


【2002年9月30日】

「そうですかあ。さっきまでと違うええ顔になりはったから、きっと楽しい想い出なんでしょうねえ」

中根はビールを受けると、また女将に返杯した。

「よかったら、ちょっと熱燗《あつかん》付き合ってもらえますか」

女将は嬉しげに頷《うなず》いた。

各務も今日は大変だったろうな……。

中根は不意にそんなことを思っていた。中根も今年の三月までは東京で、必死に危機と闘っていた。だが、上司との折り合いが悪く、一番大切な時期に本社から出され、大阪に来ていた。

「これは慰めじゃなくて、おまえが関西にいてくれることは大きい。関西は俺たちの法人営業の要《かなめ》だ。ここが崩れると俺たちは、また大きな財産を失うことになる。それに、本社にいると、現場の声が聞こえにくい。生々しい切羽詰まった声を届けてくれ」

総合企画部次長のポジションから、大阪への「左遷」が決まった夜、各務はそう言ってあの店で、彼を送り出してくれた。

ここで腐っている場合じゃない。何としても、三翼のシェアアウトをくい止めなければ、第丸との統合に大きなマイナス要因を作ってしまう。

中根は久しぶりに自分の中で熱いものが込み上げてくるのを感じていた。目の前に杯が出され、女将が酌をしてくれた酒をあおったとき、携帯電話が鳴った。

「各務だ」

まるでどこかで見ていたように友の声が響いた。

【2002年9月30日】

第二章　竹浪ショック　二〇〇二年一〇月七日

1

新金融担当相の就任で、「起死回生」を狙った小伊豆首相の思惑は、市場から完全に「ノー」を突きつけられた。さらに竹浪金融担当相が設立した金融政策緊急プロジェクト委員会（ＰＣ）に、元日銀考査役の経営コンサルタント木室毅《きむろたけし》が参加すると分かった三日、株価はさらに急落した。九月末には九三〇〇円台だった株価が遂《つい》に九〇〇〇円台を割り、八九三六円にまで下落。そして、前日発売されたニューズウィークリー誌で、竹浪金融担当相が爆弾発言をし、一時落ち着き始めた株価下落を再加速させた。

「『Too big to fail』（大きすぎるからと言って潰《つぶ》せない）銀行はない」

彼のこの発言は後年、かつての昭和恐慌の引き金を引いた蔵相片岡直温《かたおかなおはる》の「今日、正午頃、渡辺銀行がとうとう破綻《はたん》しました」に匹敵する大失言として、歴史に刻まれるかも知れない――。破滅を煽《あお》るのが好きなマスコミ各社が、そんなことまで言い出すほど金融界は混乱した。

ゴールド・マックスのM＆Aアドバイザリー部のアソシエイト槇塚薫は、上司に呼ばれるのを待ちながら眼下に広がる東京の夜景を眺めていた。こうして高層ビルの上から夜景を眺めている限りでは、この街は何の変化もないように見える。だが、今この闇の中で確実に、一つの経済大国が崩壊し始めていた。あまりの凄《すさ》まじさに、その音が聞こえてくるようだった……。

ゴールド・マックスの東京支店は、永田町二丁目の地下鉄溜池山王《ためいけさんのう》駅の真上に聳《そび》える四四階建ての赤坂スカイ・パークビルの二七・二八階にあった。ここに投資銀行部門、債券・為替《かわせ》部門、エクイティ部門などが入居し、二フロア約六〇〇坪を占有していた。

槇塚の所属するアドバイザリー部は、オフィスの北東部にあるため、眼下に国会議事堂や最高裁判所、そして皇居まで見下ろせた。ここからの眺めはいくら見ても飽き足りないほどの高揚感があった。征服感——。東京の街を見下ろしていると、それがひしひしと込み上げてくる。事実、自分たちは、今まさにこの街を飲み込もうとしている。

九〇年代、アメリカの誇りと言われたニューヨーク・ロックフェラービル買収に始まり、映画会社から大リーグまでを買い占めて日本は世界に栄華を誇った。しかし、それもつかの間、この矮小《わいしょう》にして愚かな国は、アメリカ人をコケにしたツケを今、たっぷり払わされている。

九五年を境にして、M＆Aは攻守ところを変える。今や日本は世界中から買われる身に成り下がっていた。しかも年々、足下にすがりつくように自ら身売りを懇願する大手企業が増えてきた。この愚かな国に身も心も捧げた挙げ句、エリート官僚のために罪を被《かぶ》って獄死した馬鹿な父親を持った娘には、この眺《なが》めは痛快だった。

彼女の父は、高卒で大蔵省に入省した下級官吏だった。

「あんたが誇りに思っていた国は、もうすぐあんたが大嫌いな国の属国になるのよ」

高校時代、アメリカへの公費留学のチャンスを手にした彼女に、酔って帰ってきた父親は、罵声《ばせい》を浴びせつけた。

「アメ公のところで何をする気だ！　わしは許さん。行きたければ、親子の縁を切ってからにしろ！」

望むところだった。下級官吏に過ぎないくせに、大蔵省に勤めていることに異常なほどの誇りを持っていた父は、大のアメリカ嫌いだった。

その数日後、彼女に合格通知を出した財団から一転、何の理由もなく「不採用」通知が届けられた。父親の作意を感じた彼女は、酔って帰ってきた父親につかみかかった。母と弟に止められ、彼女は父親から引き離されたが、血まみれの父親の様は哀れだった。母が慌てて当てたタオルも振り払い、彼はただただ呆然《ぼうぜん》とあらぬ方を見ていた。

そして、彼女が最後に吐き捨てた言葉で、以後彼は、二度と彼女の人生に立ち入らなかった。

「本当にアメリカが嫌いなら、英語もしゃべれるようになって闘えば？　アメリカの考えや、ビジネス、戦略を研究すればいいじゃん。そんな勇気もないくせに、偉そうな口きかないで！」

結局彼女は、上智大学の国際関係学部を卒業後、学生時代に遊ぶ時間を惜しんで貯めた金を元に、単身アメリカへ留学した。父からの援助を一切拒絶して、向こうでも小さな証券会社でアルバイトをしながら、ハーバード・ビジネス・スクールに入りＭＢＡを取得した。その間に父が接待汚職で逮捕され、裁判係争中に獄死したのだが、彼女はその葬儀にも帰国しなかった。

「男を不愉快にさせる女」

中学時代から大学に至るまでずっとそう言われ続けた。相手の欠点を容赦なく突き、感情ではなく理屈で相手を打ち負かしてしまう弁舌と頭の回転の速さ故だった。しかも身長も一七〇センチ近く、小さな顔と彫りの深い大きな眼のおかげで、その容姿はモデルレベルだと言われた。だが、その容姿がいっそう異性を遠ざけた。しかし、彼女自身は、勝ち気で他人と寄り添えない性格が、そのまま顔に出た自分の容貌《ようぼう》が嫌いだった。

三〇を過ぎた今、彼女は、男と対等に闘える力を欲していた。その鍵《かぎ》は、自分がインベストメント・バンカーとして他から尊敬を集めうるだけの地位と実力を身につけることにある。もちろん、そういう彼女の頑張りを利用しようとする男どもが、自分のまわりに大勢いることも知っていた。だが、結果が全てだと思えば、どうでもよくなった。

「薫、お待たせ」


【2002年10月7日】

マネージング・ディレクター（MD）の個室のドアが開き、中から恰幅《かっぷく》の良い彼女のボス、ベンジャミン・フィッシャーが顔を出した。

午後九時過ぎ。外資系投資銀行で成功を手にしたければ、この時刻はまだ宵の口だった。中でも彼女が籍を置くセクションは特別だった。

世界の一流企業のアドバイザーを務め、多くのメガディールと呼ばれる大型M&Aを成し遂げてきた投資銀行ゴールド・マックスが、二〇〇一年一年間に全世界でまとめたM&A案件は、約一兆ドル（約一二〇兆円）。日本国内だけでも三〇〇億ドル（約三兆六〇〇〇億円）を超えている。世界の経済をリードしているという言葉がけっして過言ではない会社に自分はいるのだ。そのシビアさとハードワークぶりは、並の外資系企業の比ではない。

彼女は、デスクの上に積み上げていたファイルをかかえると彼の部屋に入った。

2

ベンジャミンは典型的なインベストメント・バンカーであり、M&Aのスペシャリストだった。起きている時間のほぼ全てを仕事に費やし、成功のためには手段を選ばない。そして、自分にへつらう者は大切にするが、反抗する者は徹底的に排除した。

彼が一番愛しているものは、「マネー」だった。成功するとは、メガディールを連発させて、たくさん儲《もう》けることを指す——。それが口癖だった。

彼はお洒落《しゃれ》ではあったが、不必要な金は使わなかった。そして、自分を偉い人だと思わせるための努力は惜しまなかったが、他人から尊敬される人間になろうと努力したことは一度もないはずだ。

その彼が、ひとまずは笑顔で迎えてくれた。

ベンは、イタリアから取り寄せたというソファセットに薫を誘い、運動不足と脂肪摂取過多で膨れあがった体をソファに沈めた。

「いやあ、竹浪君は予想以上のクレイジーさで爆走してくれているねえ。証券部はもう笑いが止まらないみたいじゃないか」

肥満している人間独特のしわがれ声で、ベンは切り出した。薫は上司をしっかりと見据えて頷《うなず》いた。

「昨日のニューズウィークリーのインタビュー記事は、効果覿面《てきめん》でした。あれを仕掛けたのはベンだって噂、聞きましたけれど……」

「俺はそこまでワルじゃないさ。あれはね、ハーバード好きの竹浪先生のために、アメリカのニューズウィークリー本社のお偉い人が、彼にダイレクトに電話を入れてお願いしたそうだ」

つまりは、ゴールド・マックスか、米政府筋の息のかかった役員がお膳立《ぜんだ》てしたということだ。そして、まるで赤子の手をひねるように、願ってもない「失言」を金融担当相から引き出したわけだ。

「でも、彼は確信犯みたいですね。本気でメガバンクを潰《つぶ》す気でいるみたい」

「そうだといいんだがね。日本という不可解な国はこれからが大変なんだ」

ベンにしては意外で弱気な言葉だった。

「どう大変なんです？」

「政府民自党の爺《じい》さんたちが騒ぎ出したし、銀行の頭取たちは財界を巻き込んで、必死で竹浪更迭に動き出した。彼はそう遠くない将来あの発言を撤回するだろう。おそらくは、木室君を入れて取り組んでいるＰＣだって彼らの思惑通りにはいかないだろう」

槇塚自身、日本の社会の不可解さは、いやというほど痛感していた。メガバンクの合併初日にシステムトラブルを起こしても、金融恐慌も起きないし、起こした銀行のトップがクビにもならない。不況だ、経済危機だと叫ばれているのに、青山や銀座に次々とブランドメーカーの巨大店舗がオープンし、連日客でごった返している。一体この国はどうなっているのか……。

「じゃあ、ベンは、マスコミが言うような銀行の国有化というのはないと？」

「まずないね。第一、日本の銀行以上に無能な政府の役人たちに、どうやって破綻《はたん》した銀行の立て直しができるんだね。それは我々の仕事だ」

ベンは当たり前のようにそう言い切った。そして、彼はいきなり本題に移った。

「まあ、銀行を買う話はまた今度にして、清和はどうだね？　連中にとって、この株安は相当こたえているだろう」

「おっしゃる通り。何しろ彼らの含み益ラインは、一万二〇〇〇円でしたから」

「今期中に五〇〇〇億円相当の株を売るんだろ」

「計画では。しかし、この株安では売るに売り切れず、その上残っているのが、金融銘柄やグループ関係株だったりするんで売りあぐねています」

「愚かな連中だ。まだ株価が回復するとでも思っているのかね」

「現場の人間はそうは思っていないようですが、上層部の中にはそういう楽観派もいるようです」

「本当にどうしようもない会社だな、あそこは」

彼はそこでガラステーブルに置いてある葉巻入れから一本取り出しくわえた。薫は当たり前のように卓上のライターの火をともした。

「それでどうだね。年内には落ちそうか」

いよいよ本題に入ってきた。薫は緊張感を高めてベンの眼を見た。

「それが、さすがに清和クラスとなると、今までの中堅とは環境が違うようで」

「おいおい、何を言っているんだ。もう第丸やみずきの支援も無理だろ。ハーディーズにせっついて格付けも下げさせたんだぞ。ポールの話では、カウント10に入ったということだったが……」

「ポールはクソです。彼は、他人の成功を横取りする以外に能はありません。未《いま》だにカウント（COUNT）とカント（CUNT＝女性器の俗語）の差すら分からないんですから」

反射的にベンジャミンが笑ったのに合わせて、薫も大爆笑した。くだらないジョークで大笑いできる。これもインベストメント・バンカーには重要な資質だ。

「ほんと、薫のジョークは毒が効いていておっかしいな。だが、その一方で、君に最初に英語を教えた男が君に本当に正しい意味を教えてくれたのかどうかを、いつも心配しているんだが」

「すみません。最初に英語を教えてくれたのは、女性でした」

だが今度は笑ってくれなかった。引き際が肝心。これもインベストメント・バンカーの重要な心構えだ。

「冗談はさておき、一体何を手こずっているんだね」

「彼らは思っていた以上に、したたかなんです」

「ほお、君からそんな弱気な言葉が出るとは意外だ。忘れたわけではないよね、アランたちを追放したとき、君は私に『私一人になっても、このディールは成就させる』と誓ったのを」

相手の弱み、反故《ほご》にされそうな約束を容赦なく攻める――。ベンは、それに何の躊躇《ちゅうちょ》もしない。確かに彼が言う通り、彼女の元上司であり恋人でもあったアラン・パーキンスが、突然解雇された直後、彼女はベンに呼ばれて「君もアランと行動を共にするのか、それともここに踏みとどまるのか」と質《ただ》された。

既にアランとのことは終わっていた。彼がなぜ解雇されたのかはよく分からなかったが、彼と行動を共にする気はなかったし、それは辛《つら》すぎた。彼女は迷いなく、このまま清和生命のアドバイザーのポジションを続けさせてほしいと答えた。その答えにベンは満足げに頷いた。

「今、あっちこっちで重要案件を抱えているので、このディールをポール・シモンズに任せるが、基本的には君が動かすつもりでいてくれ」

彼女は我が耳を疑った。ゴールド・マックス広しといえども、ポール・シモンズほどの無能なシニア・バイスプレジデント（課長職）はいなかった。そんなクズに、このデリケートな案件を任せるなんぞ、正気の沙汰《さた》ではなかった。だが、それは逆に彼女にとってチャンスが到来したということに他ならない。ポールを嫌っていることを否定しないベンは、このディールがもし不首尾に終わったとき、その責任をポールにとらせるつもりなのだ。常に緊急避難先を作っておくことも、ゴールド・マックスの中で権力を掌握するためには、重要な処世術だった。

そして、ベンは、薫に「成功した暁には、君には一つ上のポストを用意する」と約束してくれている。待ちに待った昇進が目の前にぶら下がっていた。

「私が申し上げた言葉に何の偽りもありません。必ずこのディールは成就させます。ただ……」


【2002年10月7日】

「ただ、何だね？」

「日本の生保の場合、潰れるのを待ってから買いに入るほうがメリットがあるのは分かります。ですがこのままでは、会社が傷みすぎてしまいます。実際破綻後に受け皿として入って成功した外資はありません」

ポール・シモンズが、アラン・パーキンスに代わって清和の主任アドバイザーになった頃から、ベンの指示が微妙に変化し始めた。清和生命の提携先、いや救済先を見つけることが、自分たちの仕事だと思っていたのだが、ベンは「清和のためにも一刻も早く潰してしまえ」と言い出していた。

「会社が傷む前に更生特例法を申請させ、清算してから受け皿を探さなければ、このディールはありえない」

彼の意見はしごく正論だった。クライアントにとっての最良の選択を見つけることを重視する一方で、ゴールド・マックスが、営々とM&A事業で世界に君臨し続けてこられたのは、彼らが揺るぎないポリシーを貫き続けてきたからだった。

つまり、彼らの行動が自社にとって「経済的合理性」があるかどうかを、常に肝に銘じて動くということだった。

そして清和生命との取引では、彼らは清和を潰すことに「経済的合理性」を見いだしているのだ。ただ、問題は、より大きな「利益」を得るために、ベンは、すでに清算後の清和の身請け先まで見つけているのではないかという疑念が、薫の頭から離れなかった。ベンは、清和のためではなく、その受け皿企業のために動いているのではないか。薫にはそう思えてならなかった。

もし、それが事実なら、それはアドバイザーとしてあってはならないコンフリクト（法的衝突）条項を犯している違法行為だった。しかし薫が気にしているのは、そういうコンプライアンスの問題ではない。最初からゴールド・マックスがその気なら、法的な問題は顧問弁護士らと十分に話し合って、抜け道を既に用意しているはずだ。

自分が何を目的に清和と接するべきなのかが、彼女には分からなかった。そんなことでは、ベンの期待に応《こた》えて、このメガディールを成就させるのは至難の業だ。

ベンが意外そうな顔をした。槙塚は、事情を知らずに言っているわけではないと証明する必要を感じ、続けた。

「過去に破綻した生保は、破綻した段階で、いずれも保険金の支払いのために一定比率蓄積しておく責任準備金を、一律一〇％カットしてきました。つまり一〇％分の保険金をペイオフしてきたわけです。また過去に契約した分を含めて、金利に当たる予定利率を自由に引き下げられるので、破綻生保が持っていた莫大《ばくだい》な債務も一掃できます。その上、保有している資産も安く買いたたけます」

ベンはまるでできの良い学生の答弁を聞く指導教官よろしく、目を閉じて何度も頷《うなず》いて見せた。

「ただ日本の生保の破綻は、危機説が流されて潰れるまでのタームが長すぎます。一年

【2002年10月7日】

近くマスコミなどで危ないと騒がれ続け、その間に、質の良い客や受け皿企業が欲している優秀な営業職員、そして優良資産などの毀損《きそん》が進んで、破綻《はたん》する前から既にゾンビ状態になってしまっています。実際、二〇〇〇年に破綻した八千代《やちよ》生命を引き受けたAIC は、日本で最も成功した外資系生保だったにもかかわらず、再建に四苦八苦しています。

それを考えると、本気で日本での生保事業を展開したいのであれば、生きている間――、それも傷みの少ない間に、とにかく買い付けてしまうのが得策だと思います。これから三月決算までまだ半年近くあります。その間にも清和は、生き残るためにさらに優良な物件を手放し、優秀な職員を失っていくでしょう。ならば、このあたりで手打ちをするべきだと思うのですが……」

既に槇塚は、自分たちが清和を買収する側の企業の立場に立って働いていることを前提に話をしていた。

「君の主張は、正しい。だが清和の場合、君が説いてくれた正論は当てはまらない」

「既に清和生命は、死に体ということですか?」

ベンは大きく頷いた。

「それがまず大きいね。一体清和が抱える不良債権の本当の額はいくらなんだね。アランが、東和との統合のために入れたデューデリジェンスでは、昨年の不良債権の額を五〇〇〇億円程度だと見ていたようだが、実際はその五倍ぐらいはあるんじゃないのか」

薫はその言葉にハッとした。東和との提携話に入るために行ったデューデリジェンスの結果をアランは、「この一〇倍あってもおかしくない。とんでもない粉飾をしている」と溜息《ためいき》を漏らしていたのを彼女は覚えていた。

ベンは表情を変えることなく続ける。

「徹底的に洗い始めたら、もっと行くかも知れないな。そんな企業が生きていると言えるかね。しかも君の言う通り、既に清和の上客である大手企業や優秀な社員、さらに腕利きの生保レディはもういなくなっているわけだろ。にもかかわらずこの段階で、あれを飲み込んだらどうなると思う?」

「買収側の企業も、甚大な損失を被むる」

ベンはにんまりと笑って頷いた。

「つまり、もう手遅れなんだ……。人間の命でもそうだが、最近は延命ばかりが美学のように言われているが、本当にそうだろうか。人でも企業でも、尊厳を持って生を終えられることほど、幸せなことはないと思うがね」

その考えに異論はなかった。だが、自分が知りたいのはその前提だ。槇塚の苛立《いらだ》ちを知ってか知らずか、ベンはうまそうに葉巻をふかしながら続けた。

「本来なら、清和生命はおろか日本の生保なんて大半、消えてなくなっているべきだよ。小国の国家予算以上の資産を持ちながら、それに何の責任も感じずに生き延びようとする連中を救う道理はどうやれば見つかるのかね。日本の連中は我々をハゲタカだのハイ

【2002年10月7日】

エナだのと言うが、私から言わせたら日本の金融機関なんぞ全部ゾンビじゃないか。死臭をまき散らし、健全なものまでをも蝕《むしば》んでいく病原菌じゃないか。こんなものを潰《つぶ》すのに手段を選ぶ必要があるかね？」

　薫は、ベンから目線を逸《そ》らさなかった。逸らせば、彼女の負けだ。

「一つだけ教えてください」

「何だね？」

「つまり我々は、清和を買収しようとしている企業のために働いていると思っていいんでしょうか？」

　そう言ってしまってすぐ大きな不安が薫を襲った。ベンは暫《しばら》く間をおいてから、不敵な笑みを浮かべた。

「何を言い出すんだ、薫。我々は、清和生命とアドバイザリー契約を結んでいるんじゃなかったのかね」

「ええ。でも、今のベンのお話は、清和側ではなく清和を買う側からの視点だったような気がするのですが」

　我が意を得たりと言わんばかりにベンは、葉巻を彼女のほうに少し突き出した。

「良い指摘だ。君の言う通り、私の視点は常に買い手側にある。そこまでは正しい。だが、その理由が違う」

「私にはおっしゃっていることが分かりませんが……」

「清和の申し出を聞いたとき、君はどう感じたかね」

ベンに質問してもまともに答えは返ってこない。常に相手に考えさせ、答えを探させる。そして、そのテストで及第点をもらえなければ、彼にとってそのスタッフは、「不要」になる。薫は動揺している己を叱咤《しった》し、必死で記憶を辿《たど》っていた。

「最初は、一体何を考えているのか、と思ったように記憶しています」

ベンの笑みが広がった。

「なぜ」

「なぜ？……。それは、清和生命の要請が余りに幼稚だったからです」

「どう幼稚だったのかね」

「通常、私たちに持ち込まれるM＆A案件は既にターゲットが定まっていて、その交渉役として指名されるのが一般的です。しかし、清和はそうではなかった。どこでもいいから助けてくれる先を探してほしい。そんなオーダーだったと思います」

ベンが頷いた。どうやらいい線をいっているようだ。

「その段階で、我々を雇う馬鹿はいません。アドバイザリー料だって半端じゃない。まずコンサル会社にでも依頼して会社探しをして、それからうちに駆け込むのが筋です」

「なのに、ウチは受けた」

そうだ！　そもそもそれをおかしいと自分はなぜ思わなかったんだ！　薫は、改めて己の不覚を感じた。


【2002年10月7日】

「そうです。この案件は、清和だけじゃなく金融庁からも声がかかって、ひと肌脱いでやってほしいと頭を下げてきたからです」

「それ以外に、金融庁には結構気を使わなければならないことがあったので、我々は受けた」

「そうです」

ベンは、そこで葉巻を今度は左右に振って見せた。

「おいおい、薫、我々は慈善団体じゃないんだ。我々の行動は、常に我々にとってそのディールの『経済的合理性とは何か?』にある。金融庁に頭を下げられたぐらいで、それを曲げたりはしないさ」

つまり、その段階から今日のレールが敷かれていたということか。だが、当初ベンから指名されたアランはそれを知らずに、清和を救うために格好の企業を見つけてきた。それが、ベンにとっては余計なお世話だった……。

薫はベンに呼ばれる前からずっと迷っていたことがあった。一週間前に各務から依頼された新しいディール先の件をベンに耳打ちしておくべきかどうか……。ゴールド・マックスの常識からすれば、それは当然だった。

しかし、各務からは箝口令《かんこうれい》が敷かれていた。彼は、はっきり自分たちに対して不信感があるとまで言ったのだ。ベンの話を聞いていると、各務の不信感は的を射ている。ベンに「清和がプレジデンシャル生命との提携を依頼してきた」と言えば、彼は「話を進めろ」と言いながら、また潰しにかかるかも知れない。

清和に肩入れする気はなかった。だが、彼女は最低限のルールは守るべきだと思っていた。自分たちは清和生命のアドバイザーなんだ。彼らが求める相手とディール交渉をして、それを成功させるのが仕事だ。そのためには、上司の思惑に対しても時には背くことだって必要だ。彼女が「一流」と尊敬していたアラン・パーキンスはよくそう言っていた。だが、もし彼女が隠し切れなかった場合、ベンは容赦なく薫の将来をひねり潰してしまう。

どうしよう……。まだ迷いながら薫はさらに一歩踏み込んだ。

「じゃあ、我々は最初から清和を買う側のために動いていたんですか？」

ベンが苦笑した。

「そこが違うんだ。そんなことをしたら違法じゃないか。ただ、考えてみたまえ、M&Aを我々に依頼してくる企業の中で、『どこでもいいから』とすがってくるのは、日本企業だけだ。そんな馬鹿な話があるかね。それはM&Aじゃない。身売りって言うんだろ。普通は、そんな話に真面目に応対するか？　するわけがない。だが、日本の大手生保を欲しがっている企業は、両手でも足りないぐらいある。その連中にとっては、この話はうまいわけだろ。ならばその連中がどういう状態になったら、清和を食ってくれるかを考えなければ、提携先なんぞ見つかりはせんだろ」

それを鵜《う》呑《の》みにすれば、ベンは敢《あ》えて売る側ではなく、買う側の視点から清和を見て

【2002年10月7日】

問題点を指摘し、より「売りやすく」するためのアドバイスをしているということになる。だが、本当にそうなんだろうか……。

またベンが嬉《うれ》しげに笑っていた。

「なあ、薫。一寸先は闇だということわざが日本にはあるんだろう。金融界とはそういうものだ。したがって、我々は常にベストを探して、最良の選択をするが、それは、日々変化するわけだ。したがって、我々が探してきた見合い先から、今のクライアント以上の好条件が提示されれば、躊躇《ちゅうちょ》なくクライアントを替える。弱肉強食の中で生き残る秘訣《ひけつ》はそれしかない」

つまり、自分の推理は間違っていないんだ。

「ですが、コンフリクトはどうクリアするんですか」

ベンはそう言われて高らかに笑った。そして、体をこちらに寄せて言った。

「薫、法律というのはシステムだ。システムには必ず抜け道がある。要は引っかからなければいいんだ。すり抜ければいいんだよ」

薫は背中に寒気を感じた。そして、今の段階で、ベンにプレジデンシャル生命の一件を話すのをやめることにした。気が付くと、ベンがじっと自分を見ていた。

「失礼しました。改めて己の浅はかさを知りました」

「いやいや、君はよくやっているよ。第一、正義だとかを振りかざさないのがいい。大事なことは結果、そしてマネーだ」

「では、もう一つよろしいでしょうか？」

ベンはすっかり上機嫌で頷《うなず》いた。

「仮に清和を本気で買ってもいいと思っている企業があるとします。その連中が、今の清和で一番欲しがっているものは何なんでしょうか？」

「欲しがっているもの？」

「日本での生保事業を展開するための営業チャネルを求めているのでしょうか？　それとも、清和が抱えている不動産ですか」

ベンは葉巻を灰皿に押し潰して言った。

「答えは簡単だ。マネーだ」

聞くだけ無駄だった。ベンは続けた。

「連中に一刻も早く諦《あきら》めさせるんだ。なるべく早く更生特例法を申請するようにアドバイスするんだ」

「しかし、清和破綻《はたん》によって起きるダブルギアリング破綻を、金融庁は警戒していますす」

「それは柳井がいた頃だろ。今の竹浪ならそんなことはしない。四大銀行でも潰《つぶ》そうって言うんだ。潰れかけた生保なんぞ、気にも留めないだろ」

「先日、ある筋から金融庁の高城長官が、またぞろ破綻前に予定利率を引き下げる業法（保険業法）改正を模索しているという噂を耳にしたんですが」


【2002年10月7日】

「毎年のように取り沙汰《ざた》されている問題でしょ。そんな法律を生保業界が受け入れると思うかね。万が一、そんな法改正があっても、それを申請する生保なんぞあり得ないだろ」

「どうしてです」

「手を挙げた瞬間、自ら逆ざやに喘《あえ》ぎ、破綻危機にあると表明するようなもんだ。それは自殺行為だ」

実は生保業界も密《ひそ》かに実現を望んでいるという声もある。だが、今の話ではあり得ないと思うべきなのかも知れない。

「連中のフェニックスXプランなんだがね」

不意にベンが話題を変えた。「フェニックスX」とは清和のリストラ案だった。

「あのポールの案を修正したい。ポイントは、三つ。本社・支社ビルの証券化、さらに希望退職者の項目を、解雇に改める。数は一〇〇〇人を三月までに」

薫は我が耳を疑った。

「あの、解雇ですか」

「そうだ。希望退職の場合、退職金の上乗せが必要になる。そんな金をどうやって捻《ねん》出《しゅつ》するのかね。しかも、希望退職者を募ると、優秀な連中が我先に船を下りていく。それは避けたいから指名解雇を断行させるさ。仕事のできない奴から辞めてもらうんだ」

そうなると、やはり買い手は清和を生保としても欲しているのだろうか……?

「分かりました。それで本社・支社の証券化ですが、ポールが嚙《か》みついてくると思いますが」

「あんな能なしは放っておけ。奴は破綻した後、大きな利益を生む不動産を残しておきたいんだろう」

その通りだった。ベンはそれも見抜いていた。

「浅はかな。あの馬鹿は、なぜ不動産の証券化を進めようとしているのか分かっていない」

すみません、もしかして私もそうかも知れません。そういう思いで、薫は上司を見つめた。

「不動産を証券化するポイントは何かね」

「ビルの収益性だと思いますが」

「その通り！　ところが古い体質の清和の連中は、それが分かっていない。相も変わらず土地神話にしがみつき、奴らは、新宿や銀座はもちろん日本中の一等地に土地を持っていることを誇りに思っている。

収益性の高いビルはほとんど売り払い、今あるビルは、どれも築二〇年以上のボロビルばかりだ。そんなところでどうやって収益性を上げるんだ。

しかも連中はいまだ簿価で保有不動産を計上している。だが、証券化を行えば、それらがいかに価値のないものかが分かる。つまり見えていなかった債務が、ここでも露《あら》わになる。誰も買わんよ。ＬＡＮも光ファイバーもない七階建てのオンボロビルの証券なんぞ。そうすると、連中はさらなる負債を抱えてしまう」

　薫は、ベンの深謀遠慮に言葉もなかった。

「つまり連中が隠し続けている不動産の損失が顕在化するだけではなく、結局は不動産も売れ残る」

「なるほど。主要不動産の証券化も指示します」

「そうしてくれ。で、三つ目は、保有株式の中で、銀行株以外全てを売却」

既に、現在の案でも「株式の売却」は、提示されていた。それでも、株の全てを売るのではなく、保有している株の約三分の一程度だった。売ろうとしている株も売却損を出さないように売ろうとするので、この株安で売りあぐねていた。

「あの、銀行株以外全部ですか？」

「そうだ。そもそも生保がエクイティを持つこと自体ナンセンスだ。そして、それによってまた見えていなかった債務額が浮き彫りになるだろう」

　ベンは、途中で薫の質問をそらした。生保が株式などのエクイティを持つことがおかしいという彼の意見は正しい。だが銀行株だけ残すというのは、その意見と矛盾している。薫は、じっとこちらを見ているベンの視線を感じて、その疑問を飲み込んだ。「今は聞くな！」彼の眼が、そう言っていた。いずれにしてもこの三つを断行するだけで、清和の隠された汚点は相当白日の下にさらされる。

下手をすれば、これは解約を一気に加速させてしまうだろう。だが、ベンが提示した再生案は、健全経営を目指すなら当たり前のことなのだ。いや、それを自主的に出せない清和の体質が何よりも問題なんだ。

薫は、そう自分を納得させ、きらめく街に視線を投げた。こんな虚飾の街に未練なんぞない。とっとと消えてしまえばいいんだ……。

3

暖簾《のれん》をくぐって入ってきた三翼電機の坂部経理部長は、中根の出迎えにギョッとしたように立ち尽くした。無理もない。急に三翼電機の和久井《わくい》専務に大阪ミナミの料亭に呼び出しを受けたのに、彼を迎えたのが、先日来一切会おうとしなかった清和生命の中根だったのだから。彼は中根を睨《にら》みつけると、「どういう真似ですか、これは」と詰め寄った。

中根は胃がキリキリするのを感じながら、「お待ち申し上げておりました。ご案内いたします」とだけ告げて、坂部を誘おうとした。だが、坂部は広い料亭の玄関口から動こうとしない。それを中根の後ろに控えていた女将《おかみ》が、笑顔を作って二人の間に入った。

「いらっしゃいませ。和久井専務はもうお待ちかねでございますよ。さあさ、どうぞどうぞ」

【2002年10月7日】

彼女はそう言うと、坂部の手から革鞄《かわかばん》を受け取り、廊下を進み始めた。

坂部はなおも暫《しばら》く中根を睨んでいたが、女将から催促されて、渋々彼女に続いた。そして、「山鹿屋《やまがや》」の奥まった部屋には、坂部が予想もしなかった人物がいた。

「やあ、これはこれは、坂部部長、不躾《ぶしつけ》にお呼び出ししまして、大変失礼いたしました。清和生命の会長、竜崎でございます」

見事なカウンターパンチだった。「清和の竜崎」と名乗られた瞬間、坂部の顔から不機嫌さは吹き飛び、狼狽《ろうばい》と動揺の色がありありと浮かんだ。彼は竜崎の隣でにこやかに頷いている和久井専務のほうを見た。

「やあ、坂部君、びっくりさせてしまってすまない。実は、どうしても竜崎さんが折り入って君に頼みたいことがあると言われるもんだからね。さあさ、ここに」

専務はそう言うと、竜崎の正面を指し示した。次期社長候補の最有力と言われる和久井専務と、金融界の大物として今なお隠然たる力を誇る清和の竜崎会長の正面に座布団が一枚置かれている。

坂部は救いを求めるように部屋を見渡した。この部屋にいるのは、あとは中根ただ一人。そこでようやく自分がとんでもない場所に連れてこられたことを感じたようだった。額に滲《にじ》む汗を皺《しわ》だらけのハンカチで拭《ふ》くと、彼は観念したように座布団を脇に避《よ》け、二人の前に正座した。すかさず、竜崎がビール瓶を手にしていた。

「さあさ、驚かされてすっかり喉《のど》が渇いたでしょう。ひとまず、駆けつけ一杯」

坂部はグラスを両手で掲げて、竜崎のビールを受けた。そして、正面にいる二人に一礼して、一気にビールをあおった。そしてすぐに竜崎と和久井に返杯した。

「私のような者が、このような場所に、お招きいただいた理由を伺えればと思います」

中根は、坂部の毅然《きぜん》とした態度に感心していた。そして彼をこんな場所に追い込んだ自分を恥じた。竜崎はごま塩頭を一撫《な》でしてから、恰幅《かっぷく》の良い体を揺らして豪快に笑った。

「いやあ、さすが和久井専務が、ミスター経理とおっしゃるだけはある。見事な切り返しだ。しかも、この毅然とした態度。一見温厚そうに見えながら、なかなかどうして坂部部長は大物だ、あははは」

坂部はそう言われても目線を落とさなかった。

「お忙しい坂部さんをお呼び立てしたのは他でもありません。弊社が、御社にご無理を申し上げている三翼年金の件です。中根の話では、先日、坂部部長からお呼び立て戴《いただ》き、その席で、全額シェアアウトしてほしいと言われたと伺いました」

竜崎はそこで一転表情を和らげて続けた。

「いや、驚きました。そんなはずはない。それは何かの間違いだろう。同席させていただいた関西本部長の本多にも質《ただ》しましたが、その通りだと言うじゃないですか。もう私はそれを聞いてびっくりして、こうして大阪まで飛んできた次第です」

坂部はそこで目線をテーブルの上に落とした。竜崎はさらに穏やかな口調になって続けた。

「もちろん坂部部長もご存じだと思いますが、この三翼年金を御社にお願いしたのは、不肖この竜崎です。御社に連日のように通い、亡くなられた井浦《いうら》前会長に直談判《じかだんぱん》させて戴き実現した夢の年金です。これは弊社だけではなく、御社で働かれる社員の皆様の安心も守り続けて参ったはずだと確信いたしております。それがなくなる……。私にはそれが信じられませんでした。

一体、貴様たちは三翼電機様にどんな失礼をしたんだ！　私は本多を東京まで呼びつけて、厳しく問い質しました。至らぬ点は多々あったようです。しかし、ここまでの仕打ちを受けるような失礼をした記憶は全くない。しかも弊社は、将来の社長候補と言われている中根を、わざわざ本社の総合企画部から大阪に引っ張ってきて御社の担当にしたばかりだ、と言うじゃありませんか」

竜崎はそこで言葉を切ると、首を左右に何度か振りながら、手酌でビールを注いだ。

突然、竜崎は体を横にずらすと畳に額を押しつけた。慌てて中根もそれに続いた。目線の端で、坂部の体が震えているのが見えた。

「り、竜崎会長、どうか手を、お手をあげてください。そんなことをされては困ります。ただ、これぱっかりは私の一存では何とも」

そこで竜崎は顔を上げたようだ。

「何をおっしゃる、坂部さん。この一件については経理部長であるあなたに一任されていると伺っています。あなたさえ『うん』とおっしゃっていただければ、話は丸く収まると」

「よしてください、竜崎会長。私は一介の部長に過ぎません。また、この案件は、弊社の総務担当常務が取り仕切っています。私の一存では何とも」

「なあ坂部君、そう杓子定規《しゃくしじょうぎ》な話はそろそろやめるべきじゃないのかな。実は私は、次の株主総会で、君の取締役就任を強く推すつもりでいる。物づくりには秀でた役員が多いが、コーポレート・ガバナンスの面では、二流と陰口を叩《たた》かれている我々の新しい時代を担うためにも、君にはもっと上まで来てもらわねば」

　竜崎の話では、坂部は現社長の覚えが目出度《めでた》く、結果重視主義の和久井専務とはさほど折り合いはよくなかった。ただ、今年の株主総会で取締役就任間違いなしだと言われながらそれが見送られ、彼の代わりに創業者一族の御曹司が八人抜きで取締役に就いた。それを踏まえての和久井の誘惑だった。

　坂部はそれでも怯《ひる》まなかった。

「専務、もったいないお言葉、感謝に堪えません。ただ、この件は、既決事項です。私や専務の一存で翻るものではありません」

　そこで和久井専務が怒りを露《あら》わにした。

「既決事項だと！　常務会での承認はまだじゃないかね。にもかかわらず、君はここにいる中根さんに『既に常務会でも決まったことだから』と言ったそうじゃないか。一体ウチはいつから、総務部長風情の決断を、役員会の決定事項と言うようになったんだね！」

「まあまあ、和久井専務。それは嘘も方便。一概に坂部さんを責められないでしょう。ただね、坂部さん」

宥《なだ》めに入った竜崎は、そこでまた顔を上げていた坂部をしっかり睨《にら》みつけて言った。

「三翼年金自体は、みずき銀行に代替わりして継続するとおっしゃったそうですが、それは無理ですよ」

坂部の顔に動揺が浮かんだ。

「この年金は、成立時にウチと御社の間で交わした約束があるんです。弊社以外がこの年金を行うことは厳禁とする。もしその場合は、弊社は告訴も辞しません。いやいや、別に事を荒立てるつもりはないんです。ただね、現実的な話として、企業年金というのは、とても厄介な代物で、銀行風情にできるわけがありません。

しかもみずきの今の惨状をごらんなさい。本業の銀行業務ですらまともにできていない。そんなところに、御社の大切な社員の皆様の安心を任せられるんですか」

見事な説得だった。しかも竜崎会長の独特の太く力強い物言いは、相手がつい引き込まれてしまう不思議な魔力を持っていた。坂部も、竜崎の話に何度も頷《うなず》いていた。

竜崎はさらに畳みかける。

「今我々は、同じみずきファイナンシャルグループ内の第丸生命との統合を進めています。そうなれば、弊社に投げつけられていたあらぬ噂は一掃されます。それどころか、近い将来大日本生命を凌《しの》ぐトップ生保となることは、この竜崎が保証いたします。けっして損はさせない。だから、ここはどうか私に免じて、三翼年金の継続をお願いしたい」

竜崎はそこでまた畳に頭をすりつけた。竜崎が必死になるのも分かった。実際の利益を考えるとそこまで三翼年金に執着する必要はない。職員のリストラを考えれば、企業や団体の保険や年金業務から撤退すべきだという意見が、既に社内やファイナンシャル・アドバイザーからも出ているようだった。

だが、第丸との統合を考えると、数少ない第丸より有利な点である「企業年金に強い清和」のシンボルである三翼年金だけは、死守しなければならなかったのだ。

そこで、三翼電機の和久井専務が後押しした。

「なあ、坂部君。何とかならんのかね。竜崎さんにここまでされて、何の善処もないというのは、いかがなものなんだろうな。君も少しは賢くなったらどうかね」

坂部の膝《ひざ》に置かれていた両手の拳《こぶし》がギュッと握りしめられたのが見えた。

「竜崎会長、どうかお顔をあげてください。先ほども申し上げた通り、私の一存では判断できません。ですが早急に持ち帰り、善処いたし」

「いや、坂部さん、それでは困るんです」

竜崎は表情を険しくして顔を上げた。

「これは申し上げないでおこうと思ったのですが、実は、先日来、弊社の財務担当常務から、私に対してある催促が続いています。その期限があと三日しかないのです」

竜崎が何を言おうとしているのか中根には分からなかった。坂部も同様に怪訝《けげん》そうに竜崎を見た。

「ご存じのように弊社は財務体質改善のために、自社で保有している株式の売却を進めております。今年度中に約五〇〇〇億円を圧縮しようとしています。尤《もっと》も、それでようやく三分の一が売却できるのですが、その売却リストの中に、御社の名があるんです」

中根と坂部はハッとして竜崎を見た。どうやら和久井専務はすでに竜崎から聞いていたのだろう。難しい顔で腕組みをして自分で酒を注いでいた。

「もちろんご存じだと思いますが、弊社が保有している御社の株は一億株、時価総額だと一二〇〇億足らず、これを全額どうしても手放したい。財務部ではそう言ってきておるんです」

坂部が反論しようとした。だが、竜崎は太い手を開いてそれを制して続けた。

「もちろん、私はそれを一蹴《いっしゅう》しました。とんでもない話だ。御社の株は、いわば三翼年金成就を記念して、弊社が誠意としてお預かりしたものだ。ウチの財務状態がちょっとばかしきついからと言って、恩を仇《あだ》で返すような行為は断じて許さん！　とね。ところが、財務が、三翼年金の一件を聞きつけてしまったみたいで、一〇日までにシェアアウトが解消されない限り、御社の株一億株、さらに社債で総額約三〇〇〇億円分を手放すと言ってきかんのですよ。ですから坂部さん、不肖竜崎がここまで醜態をさらして、坂部部長に救いを求めに参った次第で……」

これは脅迫だった。しかも信憑性《しんぴょうせい》がある。以前、竜崎の政治家がらみの不正融資疑惑が持ち上がった際に、自動車メーカー大手のトヨハシ自動車が社員総代を辞退し、さらには企業年金をシェアダウンしたことがあった。激怒した竜崎は、トヨハシ株を全額売り払い、一時同社の株が急落した。

そのとき中根は、総代会の取り仕切り責任者だった。

もちろん、坂部もそれは知っているはずだった。彼はじっと竜崎を見、さらに自社の専務を見てから答えた。

「分かりました。では二日以内にご返事いたします。和久井専務、この案件については専務の後方支援も戴《いただ》けると思ってよろしいんでしょうか？」

「もちろんだよ。IT転換に乗り遅れたのを、せっかく中国最大のメーカー、ハイ・アーレとの提携で株価を復活させた矢先に、銀行への持ち合い株比率規制なんぞが起きて、そうでなくても株価下落が懸念されているんだ。そこに一億株も市場に出たら目も当てられない。まさにウチの危機だよ。そして、君と僕はそれを救うことのできる英雄になれるわけだ」

だが坂部は、こんな英雄になりたくないだろう。唇をギュッと強く結んで頷いただけだった。和久井専務が続けた。


【2002年10月7日】

「それと君が来るまでの間に、竜崎さんが確約してくださったんだが、もし、清和生命が何かの理由でウチの株を手放さざるを得なくなった場合でも、まずウチに優先買い取り権を与えてくれるそうだ」

さすが竜崎誠一だった。相手に無理をゴリ押しするだけではなく、まことしやかな屁《へ》理屈《りくつ》で恩まで売っている。坂部は、それには反応せずに竜崎に言った。

「本日は、お招きにあずかりありがとうございました。時間もありません。ただいまから戻りまして、早速事態の収拾を図りたいと思います」

彼はそう言って深々と頭を下げると、立ち上がった。中根はすかさずふすまを開けて、彼に続こうとした。

「お見送りは結構」

坂部は振り向きもせずにそう言い放ち、廊下を大股《おおまた》で進んでいった。中根は、黙って彼の後に続いた。そして、玄関口で女将《おかみ》から鞄《かばん》を受け取った坂部は、そこでようやく中根を見た。

「良い気分でしょうな。先日の仇《かたき》を討っただけではなく、一気に形勢を逆転させる起死回生の一打だった」

「いえ、とんでもありません。本当に坂部部長には不快な想いをさせてしまい、一言もありません。しかし」

「言い訳は結構です。あなたも私もサラリーマンですから、こんなこともあるでしょう。

しかし、あんな役員を持った不幸を、私は心から悔やみます。そして、そういう連中の命令に唯々諾々と従ってしまう自分をね」

彼はそう言うと、店を出ていった。中根は、追いかけることもできずただ、彼が通り過ぎた後で揺れている暖簾《のれん》を見つめていた。

かつて、トヨハシ自動車の総務部長が、総代を辞退する電話をかけてきたとき、言われたことがあった。

「あなた方は二言目には誠意を尽くして、とおっしゃる。でもね、中根さん。誠意というのは言葉じゃないですよ。行動であり、結果でしょ。まず毅然《きぜん》として御社が抱えている問題に立ち向かわれて、再び我々が安心して、社員のまさかのときのことを託せる企業になってください……」

自分たちはその問題をずっと棚上げしてきた。そしてあろうことか、その問題の根源とも言える人物の力にすがって、誠意から一番遠いことをしている。

そこまでして生き残りたいのか、俺たちは……。

4

大亜銀行の勝部《かつべ》晃久《てるひさ》頭取から高村宛《あて》に電話があったのは、金融界が竹浪ショックで揺れた翌日の一〇月一日の午後だった。

【2002年10月7日】

「折り入ってご相談したい」

勝部はそれ以上詳しいことを話さなかった。他の大手都市銀行の大合併の中で後れをとった大亜銀行だったが、最後にあさみ銀行、畿内《きない》銀行、平城銀行などの地銀までも含めた「スーパー・リージョナル戦略」を掲げ、巻き返しを図ってきた。自行の倍近い規模を持つあさみ銀行を一飲みした上に、大亜主導でグループ作りに邁進《まいしん》する勝部頭取は、一昔前の頭取の匂いが漂っていた。会長の竜崎との仲が良く、おかげで今年三月に一時ギリギリの崖《がけ》っぷちまで追い込まれた清和に、「パートナー」であるあさみ銀行と各二五〇億円にも及ぶ基金拠出をしてくれた、いわば「救世主」でもあった。

だが彼らに清和を救う力などあるはずがない。それが大方の情報通の一致した意見だった。

前回の清和への基金拠出は、竜崎―柳井ラインから生まれた奇策だった。清和以上に危機に瀕《ひん》していた大亜、あさみ両行の決算についての審査に手加減を加える代わりに、清和生命救済に基金を拠出する――。信じられないような交換条件で、両行はお目こぼしを戴き、清和は喉《のど》から手が出るほど欲しかった「真水＝キャッシュ」を手に入れた。

そして夏頃から始まった株価下落の対策として、清和はなりふり構わない資金づくりに奔走し始めていた。もちろん、大亜やあさみ銀行にも声を掛けていた。しかし、大亜の頭取直々に呼び出しをもらうというのは、不可解だった。しかも頭取自らが高村に電話をしてきたのだ。その上、勝部は一対一の会合を求めてきた。

「十中八九、基金の返還請求か、りそあ株の購入を押しつけてくる気だろう」

それが大方の予想だった。高村は、竜崎にも相談して、各務を伴い、彼を別室で控えさせて会談に臨んだ。

驚いたことに、勝部自身は、秘書役すら連れずに一人で現れた。彼は急な呼び出しを詫《わ》びて高村と共に部屋へ入っていった。

竜崎が社長に就任以来、清和では料亭やホテルでのトップたちの会合を全て録音していた。後々の証拠とするためで、それは高村が社長に就いてからも続けられていた。この夜も高村のネクタイにピンタイプのマイクをつけて、別室に控えていた、各務はリアルタイムで二人のやりとりを聞いていた。

そこで勝部頭取が切り出してきたのは、清和側に対しての基金を追加するという申し出だった。

「御社はあと二五〇億とおっしゃっているようだが、ここはりそあホールディングスとして総額一〇〇〇億円規模を予定しているんです」

話を聞いていた各務は、思わず口笛を吹いたほどだった。竹浪金融担当相就任を機に、りそあグループは発足を待たずに国有化されるのではないかという噂が既にあった。株価は下がり続け、このままでは額面を割るのも時間の問題だった。そんなところがどうやって一〇〇〇億円もの基金をひねり出すんだ！

「合併差益が思った以上に出ることになりましてな。ならば、それをぜひ御社にと思いまして」

勝部は太い声でそう嬉《うれ》しげに言った。その額の意味するところは、ある程度理解できた。もし、りそあグループから一〇〇〇億円の基金が拠出されると、総額で同グループはみずきファイナンシャルグループからの基金総額に並ぶ。ただ、来年三月までには、みずきに基金の中から二〇〇億を返すことになっていて、現状では、みずきからの追加拠出は「あり得ない」と言われている。

それによって、りそあホールディングスが、第一基金拠出銀行となる。グループ内に生保がないための取り込みなのか、それともみずきと同格の発言権を求めようとしているのか……。各務にもその段階では予測がつかなかった。

そして次に勝部頭取は、意外な話を持ち出してきた。

「で、その代わりと言っては何ですが、御社に五〇〇〇億円相当のクレデリを引き受けて戴《いただ》きたいんです」

「クレデリというと、クレジットデリバティブということですか」

各務は、その手の財務トリックに弱かった。彼はそこですぐに、本社の財務部資産運用課の野添明《のぞえあきら》課長を電話で呼びだした。

「クレジットデリバティブというのは、貸出債権の信用リスクを肩代わりするものです。たとえば、東電やNTTなどの超優良企業への貸出債権の貸し倒れリスクを、年利〇・二%程度のプレミアムを支払って、損保や海外SPC（特別目的会社）に肩代わりしてもらうというのが一般的です。買い手の大手銀行などはそれによって自己資本比率を上げることができます」

野添の説明が理解できず、各務は「もっと分かりやすく説明してくれ！」と返した。

「簡単に言うと、その銀行が貸している金が、相手側の倒産で回収できなくても、クレデリを買っていれば、クレデリの売り主が、倒産した企業に代わって貸した金を返してくれるわけです。しかも銀行は帳簿上、貸した金を保持したまま、リスクだけを手放せるわけです」

勝部はさらにまくしたてていた。

「ご存じのように新しい金融担当相は、細かい数字にやたらうるさい人です。で、来年度末は、自己資本比率が相当厳格に査定されるという噂で。既に当銀行は、国際銀行業務から撤退しているので、ＢＩＳ規制をクリアする必要はない。それでも自己資本比率を上げるに越したことはないわけです。で、ちょっと無理を聞いて戴ければと思っておるんです」

「つまり弊社が、クレデリの売り手となって御社からプレミアムの支払いを受けるということですね」

だが、もしその当該債権が焦げ付けば、売り手である清和はその額を買い手であるりそあホールディングスに支払わなければならなくなるということだ。高村もそのリスクには気付いていていた。

「弊社がリスクを負わせていただく貸出債権の銘柄はどういう企業でしょうか」

「それはもう、当銀行の超優良得意先銘柄であることは間違いありません」

「具体的には？」

「そうですな、電力やガス、あるいは大手メーカーになりますか。御社が、この申し出を受けていただけるのであれば、ご相談させて戴きますよ」

「しかもプレミアムのお支払いも戴ける」

「もちろんです！」

もし五〇〇〇億のクレデリで、年間〇・二％のプレミアムとしても、一〇億円に上る。これだけ聞いていると悪い話ではない。しかし、勝部頭取は、「はったりと強引さ」で現在のポジションを手に入れたと言われている。しかも失策を犯しても責任は一切とらず、大型合併などで目先を逸《そ》らさせ逆に自分の地位の安泰を強化する。責任逃れのための合併を繰り返す経営者の典型という噂も聞く。欧米などで「塹壕《ざんごう》仮説」と呼ばれるパターンだ。各務は、会談の内容を改めて野添に確認した。

「問題は中身ですね。ウチにまでクレデリを持ち込んでくるというのは、りそあは親密先に全部押しつけてもまだ足りないからでしょう。ということは、危ない債権が混じっている可能性もあります」

そういうことだ。だからこそ、高村は銘柄の念を押したのだ。案の定、勝部は具体的な社名の明言を避けてきた。ポイントはそこか……。

高村は答えていた。

「デリバティブについて、私はあまり詳しくありません。このお話は持ち帰らせていただいて、早急に財務担当に検討させます。しばらくお時間を戴いてもよろしいでしょうか？」

「ああ、そうしてください。じっくり検討戴いて、それからご返事ください」

それからは仕事の話は一切出なかった。勝部の幅広い交友歴からのエピソードが次々と披露され、高村は聞き役に徹して会談は一時間余りで終わった。

結局、不可解さを残したまま勝部は車上の人となり、高村と各務もそれに続いた。

「今日の話は、どう解釈すればいいんでしょうか」

来年三月に発足する第五のメガバンク、りそあホールディングスの社長に内定している人物が乗った黒塗りの車を見送った後、そのまま社用車に乗り込んだ高村は、隣に座った各務にそう尋ねた。

「おそらくは、我々を自社の保険にするつもりじゃないんでしょうか」

まだ各務自身、迷いながらそう答えていた。

「保険ですか？」

「ええ、前回の基金拠出も、金融庁からの強いプッシュに乗って、自社の生き残りのために出してきました。今回も同様じゃないですか。りそあを潰《つぶ》せば、それは清和へと波及する。そして、火の手はみずきグループにまで及ぶ。本当は、りそあの株をウチに買わせたかったんでしょうが、それは今の清和にはあり得ないと思って、クレデリ話を持ち込んだんでしょう」

「この話を飲んだとして、もしりそあが世間で言われているように国有化された場合、ウチにはどんな影響が出るんでしょうか？」

「財務的なことは私には分かりません。ただ、基金の回収の可能性はありますし、クレデリの中身次第では、ウチは巨額の債務を抱えます。さらに風評もあります」

「国有化されたりそあから支援されていた清和はやっぱり危ないという風評ですね」

生保にとって、風評が一番怖かった。二〇〇二年の二月に起きた異常な解約ラッシュも、雑誌関係の「清和破綻《はたん》間近」を思わせる記事に端を発し、他社の生保レディが噂を蔓延《まんえん》させた。そして、彼らにとって一番大切な若い世代の契約者を大量に失ってしまった。

「そうです。今年の二月規模の風評が来たら、もう保たないかも知れません。そういう意味で、りそあは金融庁との交渉で、ウチを楯《たて》に使う可能性はあります」

高村は大きな溜息《ためいき》をついた。

「それでも今日の申し出を断ることはできないでしょうね」

「おそらくは……。いずれにしてもクレデリについては、財務で徹底的に調べさせます。鵜飼常務や嘉瀬部長がいらっしゃれば、そのあたりは大丈夫でしょう」

「まあ、彼らは我々が『財務の清和』と呼ばれていた時代の残り少ない伝統継承者ですからね。それより、プレジデンシャルのほうはどうですか」

　高村はずっと窓の外を眺めながら話していた。

「明日、ゴールドの槇塚さんとその件で会うことにしています。またご報告します」

「最後の頼みの綱ですね。もしプレジデンシャルとの話がうまくいきそうなら、りそあの申し出も断りましょう」

　各務は何も言わなかった。現在の清和生命の財務状態を見たら、生保としては世界最大級と言われるプレジデンシャルでも逃げ出すんじゃないか。それは確信に近かった。

　財務状態をよくする自助努力をするか、もう一つの方法を選択するしかない。

　更生特例法という生保独特の破綻処理だ。だが、その必要性を既に誰もが考えているし、高村自身、法務部長に対して調査を命じているという。にもかかわらず、その言葉を口にするのはタブーだった。

　その時、各務の携帯が鳴った。妹の真奈美《まなみ》からだった。

「ああ、兄貴、今大丈夫？」

　必要なとき以外は電話をかけてこない妹の声が、少し震えていた。

「何だ」

「響《ひびき》ちゃんが……」

　一人娘の名に、各務はハッとした。

「響がどうかしたのか」


【2002年10月7日】

「睡眠薬飲み過ぎて、今、病院に運ばれて……」

自殺未遂……。各務の中でその言葉が浮かんだ。

「容態は？」

「発見が早かったので、命に別状はないそうよ」

そう言われて各務は喉元《のどもと》まで上がってきていたパニックを飲み込んだ。

「……そうか……」

「今すぐ来てくれる？」

各務は躊躇《ちゅうちょ》なく答えた。

「病院を教えてくれ。一時間以内には行く」

5

各務には中学三年になる響という一人娘がいる。六年前に妻を亡くしてからは、響は向島《むこうじま》の各務の実家で暮らしていた。娘と二人の生活が嫌なのではなく、元々肺に疾患があって、一人にしておくことができないためだった。ならば、各務も実家に戻って同居すればいいのだが、母との折り合いが良くないこともあって、ひとり御茶ノ水にマンションを借りて、週に何度か食事に行ったり、休みの日に娘を連れ出すという生活を続けてきた。

その娘が最近、自分を避け始めた。響の母親代わりを務めてくれていた真奈美は、「思春期だからでしょ。あまり深刻に考えなくていいと思うけれど」と言っていた。だが、夏休み前には、熱心に続けていた部活もやめてしまい、学校の成績も落ち始めているという。

昨年秋からはずっと土日もなく会社に出ていた各務が何とか時間を取って食事に誘ったりしても、彼女はぐずぐずするばかりでいつも流れていた。たまりかねて、実家で話をしようとしても、自室に閉じこもって彼が帰るまで出てこない。

何でも、最近「自分の血は汚れている」というようなことを言うようになって、「自分なんか生まれてこなければ良かった」と言い出しているという。

そして九月最後の日曜日、各務は響と向き合おうと実家に帰った。食事後、応接室で各務が世間話をし始めた矢先だった。それまでじっと虚《うつ》ろな表情で目を伏せていた響が顔を上げて、責めるような眼で各務を見て言った。

「何でわたしは生まれたの？　こんな汚らわしい血を持った子を、どうして母さんは産んだの！　第一あなたは、何で私を娘なんて呼ぶのよ！」

各務には言葉がなかった。娘の言葉に心当たりがないわけではない。だが、「汚らわしい血」という言葉の意味が分からなかった。響は不意に立ち上がると、机の上に飾っていた各務と亡き妻と響の三人が一緒に写っている写真を、カッターナイフで切り刻み始めた。

【2002年10月7日】

「やめないか！」

反射的に各務は、響の手からカッターナイフを取り上げ、頬をぶっていた。

「生きたくないのなら、死ねばいい！　父さんを恨むのなら恨めばいい。だが、母さんのことを悪く言うのは絶対に許さない。第一、おまえの血のどこが汚れているんだ！」

そのとき彼を睨《にら》んだ響の眼差《まなざ》しに各務は震えた。いつからそんな哀しい眼をするようになったんだ……。

そこへ騒ぎを聞きつけた妹が飛び込んで来た。そして各務を部屋から追い出そうとした。ところが先に響が飛び出し、家を出ていった。すぐに追いかけるべきだった。だが、響を追いかけようとした真奈美を各務が制した。

「しばらく頭を冷やせばいい。追いかけることはない」

竹浪ショックで大きく会社が揺れている最中だった。それでも、各務は時間を見つけては、渋谷や池袋など中高生がたむろしている場所を、響を求めて彷徨《さまよ》い続けた。三〇分に一度は、真奈美の携帯に電話も入れた。だが、結局響の居所が分かったのは、それから三日も後のことだった。友達の家に居候していたのだ。

真奈美から「見つかった」という連絡を受けたとき、社長を交えた経営戦略会議の真っ最中だった。それでも「すぐに行く！」と返事していた。

「悪いんだけど、兄貴、しばらくこの家に近づかないで。それが響ちゃんが家に帰る条件なの」

「何だと！」

彼は役員会議室の廊下でそう叫んでいた。

「まあ、そう興奮しないで。ここは私に任せて」

竜崎の娘として生まれた真奈美は、良い意味で父親の血を受け継いでいた。

中学時代までは、今の響のように自身の出生の秘密に潰されそうになった時期もあった。それを自分で克服し、母親の反対を押し切って高校時代にアメリカに留学して、そのまま大学まで出てしまった。そのまま永住するのかと思っていたが、その頃、体を壊した母の看病をするため、外資系の銀行に就職して帰国。そこも五年前に退職して母に代わって料亭「紺屋《こんや》」の若女将《おかみ》となって店を切り盛りしている。しかし、父の竜崎とは一切関係を断っているようで、今も店に客としてやって来る竜崎と顔を合わせても、若女将として挨拶《あいさつ》する以外は一切言葉を交わさない。

とにかく明るく、また前向きな性格で、店にとっても家族にとってもなくてはならない支えだった。

その彼女が「任せて」と言い切っているのだ。各務はそれ以上何も言わず、妹に娘を託していた。

それだけに、響の自殺未遂の電話はショックだった。

各務は、高村に事情を話して、途中で車を降りると真奈美に告げられた病院に急行した。すでに医師の姿はなく、病室のベッドのそばに真奈美が付き添っていた。

男勝りの真奈美の顔にもはっきりと疲労感が出ていた。彼女は各務に気づくと、ベッドサイドのパイプ椅子から立ち上がり、兄に席を譲った。

「もう大丈夫。先生も数日様子を見たら、帰っていいって」

「ああ、そうか」

各務はそういうと静かな寝息を立てている娘を見つめていた。俺はなんて無力なんだ……。

「ごめん、本当に私何て謝ればいいのか。あんなえらそうなこと言っていたのに、このざまで……」

真奈美はそう言って唇を噛《か》んだ。母親譲りの華奢《きゃしゃ》だが端整な顔が涙で濡れていた。

「ばか、おまえが責任感じてどうすんだ。俺が悪いんじゃないか」

真奈美は激しく首を左右に振ってから言った。

「今日から学校へも行ってね。ちゃんと一緒に晩御飯も食べたの。もう普段と余り変わりない響ちゃんだった。それどころか、次の土曜日はお父さんの家に遊びに行くとまで言っていたの。それで安心した私もバカだったわ。お風呂《ふろ》に入るように呼んでも自分の部屋から出てこないもんだから部屋に行くと眠りこけていて……。ベッドのわきに睡眠薬の瓶が転がっていたの」

「睡眠薬？　響はそんなものを飲んでいたのか？」

「母さんのよ」

各務は母親が睡眠薬を飲んでいたことも知らなかった。彼は静かに首を左右に振った。

「何でも自分が苦労しているって言いたがる母さんの気休めみたいなものよ。でも、それが幸いしたの。瓶全部を飲んでも、死ねない程度のものだったそうだから」

各務は黙って頷《うなず》いた。

「実は今日、あの子が学校行っている間に、悪いと思ったんだけれど、響ちゃんの日記を見たの」

各務は「外に出よう」と立ち上がった。そして二人で部屋の外にある長椅子に座り込んだ。

「それで」

各務の催促に、真奈美は頷いた。

「あの子の最近の不可解な行動の原因が分かったわ」

「……………？」

「献血よ」

「献血？」

「そう。あの子、夏休みに街で献血をしたの。そして知ったのよ、自分の血液型を」

各務はそう言われてもまだピンとこなかった。

「響の血液型はＡＢ型。そして良子義姉《りょうこねえ》さんはＢ型、兄貴はＯ型でしょ」

【2002年10月7日】

そう言われてようやく各務はハッとした。

「つまり彼女は、少なくとも自分が、兄貴の娘じゃないことを知ったわけ」

愚かだった……。いつか話さなければならないと思いながら、一日延ばしにしていたことが、こんな禍《わざわい》を呼んだのか。

「しかも、最悪なことに、彼女は自分は不義の子だと早合点してしまったことよ」

「不義の子？」

「彼女は、良子さんの血は受け継いでいるけれど、兄貴の血は受け継いでいない。つまり、良子さんの娘ではあるけれど、兄貴の子ではないと思ったわけよ」

最悪だった……。

「良子さんは兄貴にはもったいない人だったからね」

死んだ妻は各務の幼なじみで、母と同様向島の芸者だった。美貌《びぼう》と気っぷの良さで向島随一の人気を誇っていたのだが、なぜかずっと子どもの頃から「私は裕之さんのお嫁さんになる」と言い続け、二七でそれを実行してみせた。

「あれだけの美貌で花街の人だから、あらぬ想像をしちゃったんだろうね」

そう言われて各務は唇を噛んだ。響は裕之の娘ではなかった。だが、良子の子でもなかった。

響の両親は、響が生まれてすぐに相次いで亡くなっていた。その二人の死に各務自身が関わっていたこともあって、身寄りを失った響を、二人が娘として引き取ったのだ。

不妊で悩み始めていた良子は、響を我が子として愛情を注いだ。そして、各務も自分のどこにこんな気持ちが秘められていたのかと思うほど響を溺愛《できあい》した。

良子を乳ガンで失ったときの悲しみも、響がいたから乗り越えられた。彼にとって、もはや響が人生の全てになっていた。それが、彼から響の出生の秘密を口にするタイミングを奪っていったのだ。

彼女の両親は不幸な死に方をしたのだが、犯罪者の娘というわけではない。また妹の真奈美のようなパターンでもない。したがって、響の出生の秘密を口にしなかったのは、ひとえに各務のエゴだった。自分が本当の父親ではないと告げたときに、彼女は今まで通り、自分を父親として愛してくれるのだろうか……。各務はそれが不安でしようがなかった。

けっして清廉潔白な生き方をしてきたわけではないにもかかわらず、各務は真実を語ることで失うものが怖かった。それが、こんな結果を生んでしまったのだ……。

「俺は……」それ以上言葉が続かなかった。

真奈美がそっと兄の肩に手を回してきた。

「ちゃんと話してあげようよ。大丈夫、兄貴ほど響を愛している人はいないんだから。もっと胸を張って、響ちゃんを信じてあげようよ」

その言葉に、各務は黙って頷いた。せめて自分の娘にだけは正直でいよう。会社にいる各務なら考えもつかないような言葉が、自然に込み上げてきた。


【2002年10月7日】

各務は一人病室に戻ると、安らかな寝息を立てている娘をじっと見守った。

響の母親が死んだ夜、自分にはもう一つ清和生命でやらなければならないことを見つけた。そのことを彼ははっきりと思い出した。そのためには、どんなことをしてもこの会社を潰《つぶ》すわけにはいかない。

各務は娘の髪をそっと撫《な》でながら、改めて心にそう誓った。それがどれだけ、無謀で無茶でも、俺は諦《あきら》めない。いや、諦めるわけにはいかないんだ。

「お父さん……」

気がつくと響がこちらを見ていた。各務は、安堵《あんど》の笑みを浮かべて言った。

「おはよう。……実は、お父さん、響に話さなければならないことがある」

第二部　狂気の始まり、そして沸騰　一九八二年～八七年

どんな悪事も露顕する。
硬い大地が結束して、それをひたかくしに隠そうと、
所詮《しょせん》はむだだ。

～ウィリアム・シェイクスピア『ハムレット』より～

第一章　迷い　一九八二年二月

1

相互会社とは、およそ善人が経営する場合、これほど理想的な経営形態はないが、ひとたび悪人が入り込むと、大変なことになる。

それは、その代表格である生命保険会社が常に肝に銘じなければならない言葉だと言われている。相互会社とは、「助け合い」を目的とした相互扶助の精神に則《のっと》って生まれた法人の考え方だ。日本に古くからある漢字生保（社名を漢字にしている生保会社のことで、カタカナである外資系や、ひらがなの損保系生保と区別されている）の多くは、この相互会社として歴史を刻んできた。

相互会社の目的は、営利ではなくその会社と契約している出資者が、まさかのときに備える事務処理をするためにある。したがって、会社として得た利益は、すべて出資者（生保でいえば、契約者）に還元されなければならない。

そうした発想から、生保社員は職員と呼ばれ、契約者を社員と呼んでいる。また株式会社のような株主総会もなく、経営は、職員から選ばれた経営者が「良心に則って」行うことになる。そもそも、私利私欲に走ったり、預かっている金を私物化するようなトップが現れることを、最初から予見していない。だからこそ、冒頭の言葉が大きな意味を持った。しかしひとたび悪人が実権を掌握したら最後、何者も彼を排除する術を持っていなかった。

九七年の日産《にっさん》生命の破綻《はたん》以来、「絶対に潰れるはずがない」不倒神話を持っていた生保が次々と倒産していったのも、原因はそこにある場合が多かった。

そして清和生命の窮地は、八二年、創業者一族による同族企業からの脱皮を図り、企業としての拡大成長を託すことのできる人物を、社長に指名したことから始まった。指名された人物の名は、竜崎誠一。以来、実に二〇年以上にわたり、清和生命の経営を支配し続けている。そのキャリアの前半では、同社の再生を図り大手復帰を実現させたが、後半、彼は絶大なる権力を手中にし、生保の莫大《ばくだい》な資産を湯水のごとく浪費し、会社を破滅へと導いていった。

歴史に〝if〟はあり得ない。だが、当時の会長古田礼吉が、それまでの先例を踏襲していたら、もしかすると、清和は二一世紀をリードする生保になっていたかも知れない。

【1982年2月】

次期社長を指名しなければならない時期が近づき、古田会長は、竜崎を自宅に呼んだ。

迷った末に、彼を次期社長に指名するためだ。だが彼は、それでもまだ迷っていた。

何もしないのが、優秀な社長。

古田は、それが生命保険会社の社長の理想だと思っていた。大っぴらには言えなかったが、生命保険会社の社長なんぞ、幼稚園児にでも務まった。幾重にも安全ネットが張られ、契約者に対する互助組織という名目を掲げながらその実、関東大震災規模の惨事が起きても、保険金を支払えるだけの資金があった。

したがって社長選びの最大のポイントは、「業界の紳士」を自他共に認める清和生命にふさわしいかどうかだった。つまり社長とは看板なのだ。ならば、品格・言動等で社内外から尊敬される紳士が社長を務めるべきだ。

逆に、「野心家」だけは、社長にしてはいけない。下手に拡大路線や冒険をすれば、契約者からお預かりしている大切な保険金を失うリスクが発生してしまう。利益より安全、成長より信頼。それもまた、生命保険会社経営の「奥義」だった。

生命保険を日本に伝えたのは、福沢諭吉《ふくざわゆきち》だった。一八六七年、彼が著した『西洋旅案内』の中で、福沢は欧米の保険制度について触れ、「災難請合ノコト」という表現で保険制度を紹介。生命保険を「生涯請合」と呼んだ。

一八八〇年に日本最初の生命保険会社・共済五百名社を設立。以後、現在の大手生保の前身が、相次いで産声を上げる。そんな中、福沢諭吉の高弟であり、日本の鉱工業の大立て者である古田財閥のプリンス古田辰之助《たつのすけ》らが中心となって、一九〇四（明治三七）年に設立した清和生命保険は、古田財閥が経営する様々な職場で働く社員の互助組織的発想から生まれた。しかも辰之助以下経営者らがクリスチャンだったこともあり、他社以上に博愛主義を貫き、「生保の良心」という輝かしい歴史を刻んできた。その博愛主義は、「契約者の幸福を最大の目標に」という清和生命の社是にも表れている。

業界に先駆けて欧米式相互会社制度を取り入れ、戦前は大日本生命の最大のライバルと言われ、業界第二位にまでなったこともある。企業成長の鍵《かぎ》は、古田財閥の躍進と戦前の満州や朝鮮、台湾などの開拓者たちの陰に清和ありと言われたことが大きかった。

戦前の生命保険は、現在の損害保険と同様、代理店のチャネルからの契約が圧倒的で、清和生命は、優秀な代理店を多数抱えていた。しかし、戦後、環境は一変する。

終戦後、戦争未亡人や夫の帰りを待つ婦人たちの生活を支える仕事がなく、進駐軍に体を売るなどの悲惨な事態を重く見たＧＨＱは、大日本生命の社長を呼びつけ、保険外交員として戦争未亡人を使ってはどうか、という提案をする。それが当たった。女性の人当たりの良さと熱心さが、多くの契約者を獲得したのだ。

しかし、清和生命は、そうした時代の趨勢《すうせい》を読み違い、後れをとってしまった。さらに、地盤としていた台湾、朝鮮での契約の喪失が重なった。

その結果、清和生命は年々歳々、地盤沈下を続け、やがて大手八社の中で最下位となる。つい最近までは、中堅上位の八千代生命に追いつかれる寸前だった。それを、竜崎の活躍で何とか突き放し、第七位の安井生命を射程距離に入れるまでに復活していた。

【1982年2月】

留学経験もある古田は、清和生命が「大人の企業」へと脱皮する時が来ているとも感じていた。過当競争の中で、生き残る実力と個性が必要な時代がまもなくやってくる。だから自分は清和生命を、同族企業から決別させたのだ。だが、彼が選んだ三人の社長のいずれもが、守りの経営、いや消極的な事なかれ主義に走ってしまった。彼らは、何をするのも古田会長にお伺いを立てながら、とにかく日々これ無事が何よりとばかり十年一日の経営を続けてきてしまった。

このままではいけない！　古田は危機感を募らせた。ぬるま湯が過ぎた。こんなことをしていると近い将来、清和生命は時代の波から弾《はじ》き出されかねない。今までとは異なる、改革を畏《おそ》れず冒険心に富んだ人物が必要かも知れない。

そういう意味では、竜崎誠一専務は申し分なかった。竜崎を社長に据えれば、狭義の大手の領域にまで挽回《ばんかい》も可能だろう。問題は、それが清和生命のとる道かどうかだった。

どう見ても竜崎は、清和生命の社長の器ではなかった。彼にはそんな品格も、多くの人を束ねるために必要な懐の深さもなかった。また野心家であるだけでなく、目的のために手段を選ばないところがあった。たとえば、彼を嫌っていた古田の妻すら、彼女が最も欲しているものを与えることで味方につけてしまった。

妻が理事を務めていた交通遺児の会に清和生命が出資して、彼女の名前を冠した基金を設ける話を竜崎はまとめたのだ。その〝功績〟により、妻は念願だった理事長の座を手に入れた。そして最後のダメ押しとして、日本のカトリック教会の重鎮が行くバチカンツアーに彼女を招待し、ローマ法王と一緒に会食する機会まで作ってしまう。おかげで妻は「竜崎の大ファン」になっていた。

古田には、それが余りに露骨であざとく見えた。竜崎が妻の懐柔のために行った行為は、「企業の私物化！」と糾弾されても反論できないものだ。目的を達成するためには手段を選ばないという竜崎のやり方が、年々エスカレートしてきている気がしてならなかった。

取引業者や融資先との関係にもきな臭いものがあった。竜崎が荻窪に建てた豪邸も、土地から建物に至るまで破格の安さだったという。また屋敷が完成したと訊《き》くと、インテリアだの美術品だのの付け届けが殺到して、近所の話題になったという話も耳にしていた。

人には分相応というものがある。竜崎には、これ以上力を与えるべきではない。できれば、竜崎にはずっと日の当たらない場所で実力を発揮させ、清和復興の陰の立て役者に徹してほしい。

第一竜崎を社長に指名すれば、「野心家は清和生命の社長になるべからず」という不文律を破ることになる。

そして、もう一つ――。古田が、竜崎の社長就任に二の足を踏んでいる理由があった。それは、彼がまだ常務時代だった七〇年代の終わりに、業界に先駆けて導入したある業界に対して販売した団体信用保険のせいだった。

【1982年2月】

それは、「サラ金保険」と呼ばれていたが、実態を知る者は社内でも少なかった。

2

「サラ金保険」が始まったのは、七五年だった。営業不振から抜け出せないでいた清和生命は、常務取締役市場開発部長だった竜崎を先頭に、未開拓分野の洗い出しを続けていた。そんな中で、ある若手営業マンから持ち込まれてきたのが、消費者金融の利用者、つまりサラ金から金を借りている人に保険をかけるというアイデアだった。会議の度に、「もっと固定観念を破らんか！」と檄《げき》を飛ばしていた竜崎の表情が、その提案で一変する。

当時、社会的非難を浴びながらも、サラ金業界は急成長していた。ただ、サラ金業界には大きな悩みがあった。世間から非難されるほどの厳しい取り立てをしても、所詮《しょせん》金のない人間からの回収には限界があったことだ。中でも、途中で自殺された場合の回収は、困難を極めた。もっとも、借り主が生命保険にでも入っていたなら、回収もできたのだろうが、サラ金の借金苦で自殺にまで追い込まれるような人間で、生命保険の保険料を払い続けている者は稀《まれ》だ……。

たまたま飲み屋で知り合ったサラ金業者から、そんな話を聞いたその営業マンが、あることを思いついた。

ならば、サラ金業者が、その借り主に保険をかければいいのだ、と。すなわち――、「万一借りている人が借金苦で自殺をしても、一年以上経っていれば、借り入れ残高と同額の保険金が支払われる。貸方はとりっぱぐれがなくなり、借り手は借金が消える」

その話を聞いて竜崎の眼は輝き、すぐさまその場で、商品開発室課長を呼んだ。他の生命保険会社で、サラ金業界に対して保険を販売しているところはなかった。「業界に先駆けた市場開拓！」を標榜《ひょうぼう》していた竜崎にとって願ってもない新しいマーケットだった。

だが商品開発課長は、異を唱える。

「社会的に非難されているサラ金のために、そんな保険をつくることは清和生命の歴史に傷をつけます」

その言葉に、竜崎は烈火のごとく怒り狂った。

「貴様、どうやって毎月給料をもらっているんだ！　我々は慈善団体じゃねえんだ！　どんどん新しい市場を開拓していかなければ、うちは弱小生保に転落するぞ！　それとも何か、貴様が、会社が大喜びするような商品を作ってくださるとでも言うのか！」

三〇人近い市場開発部のメンバーの前で、エリート課長は罵倒《ばとう》された。彼は怒りより恐怖に震え、唇を嚙《か》みしめ、部屋を出ていった。

そして、わずか二週間で概要がまとまった。竜崎はそれを手に、提案者である営業マンと共に業界大手のあるサラ金会社を訪れる。

【1982年2月】

自殺する客に悩んでいたサラ金会社は飛びついた。しかも計算高い彼らは、さらに条件を提示した。

「業界の健全な発展のために、保険契約は必要です。しかしもうひとつ、低利で安定的な貸付を行うために保険会社の良質な資金が欲しい」

当時、サラ金には社会的批判が集中し、どの金融機関も金を貸したがらなかった。サラ金に金を貸す銀行とは付き合わない、と消費者団体が息巻いていた頃でもある。もちろん、生命保険業界にサラ金に融資をしているところは一社もなかった。巨額の契約をエサに、彼らは清和生命を釣ろうとした。しかも彼らには、もっと深い打算があった。清和生命がＯＫすれば、過去のパターンから見て他の大手生保もやがては金を貸すようになる。

かつて清和生命は昭和二〇年代末、川島製鉄が千葉に計画した日本最大級の製鉄所建設に、生保業界の口火を切って資金融資をしたことがあった。この製鉄所建設計画は、当時の大蔵大臣から時期尚早と批判され、「(失敗して)ペンペン草が生えるだろう」と言われた。

それを清和生命は、「生命保険会社とは、契約者の助け合いから成り立っている。今は国を挙げて産業復興を遂げることが、多くの幸せをもたらす」と、川島製鉄からの要望額を満額融資した。

その頃の清和生命は、「財務の清和」と言われるほど財務審査が厳しく、「石橋を叩《たた》いても滅多に渡らない」とまで言われた。それだけにこの融資は「大英断」として業界で話題を呼んだ。そして、「あの清和生命が出すならば我が社も」と、他の大手生保が次々と応諾しプロジェクトは成功した。完成した製鉄所は高度経済成長の原動力となった。

高邁《こうまい》な理念に基づく思い切った融資姿勢は、清和生命の社会的評価を高め、営業不振による業界順位の下落にもかかわらず、長く「財務五社会」という大手生保の財務担当者ばかりの研究会のメンバーとして、資産運用面でのオピニオンリーダーを務めてきた。清和から融資を取り付けることができれば、他社が追随する可能性は高い。サラ金業界は、そういう清和のポジションも熟知していたのだ。

竜崎はサラ金からの融資依頼も快諾し、サラ金保険を、その存在を世間に公表せずに静かにスタートさせた。

しかしサラ金への融資に対して、時の財務担当役員は頑として首をタテに振らなかった。

「社会的批判の対象となる会社への融資は、創業の理念に反する」

担当者が日参しようと、竜崎が大声をあげようと、財務部の答えは、「ノー」だった。そこで竜崎は奥の手を使う。サラ金に対する融資を小口化して申請したのだ。当時の清和生命では、一〇億円以上は、財務担当役員決裁が必要だった。だがそれ以下は、部長決裁で済む。さらに財務部長を取り込み、部長決裁で融資ができるように数口に分散した小口融資を決裁させ、サラ金への融資を実現させる。事後報告を受けたその担当役員は烈火のごとく怒るが、すでに後の祭りだった。

融資成就に浮かれた市場開発部の宴会で、竜崎はこう言い放つ。

「かつて我々は、川島製鉄のビッグプロジェクトへの勇気ある融資で、その先見性を日本中に高らかに宣言した。この案件も将来、同列の画期的商品として歴史の一ページを刻むだろう」

こうした一連の出来事を古田は、その担当役員からの直訴で知る。だが、竜崎が予言したように、清和の「サラ金保険」が誕生した直後から、生保各社も一斉にサラ金保険を発売し、サラ金への融資も始めてしまう。古田らの危惧《きぐ》をよそに、サラ金と生保の関係はアッという間に蜜月《みつげつ》時代に突入してしまったのだ。

生保のモラルとして許し難い案件ではあったが、画期的なビッグヒットだったこの保険を中止せよという指示を出すことは、もはや不可能だった。

古田は、あの時の苦い想い出を忘れてはいなかった。

一体、清和生命が進むべき道とは何なんだろうか。

企業経営とは、きれい事では成功しない――。そんなことは百も承知だった。だが相互会社という特殊な企業形態の生命保険会社は、営利だけを追い求めてはいけない宿命も背負っている。そんな業界の中でも清和生命とは、まさにその名に相応《ふさわ》しい清廉潔白さが企業ブランドだった。それからすれば、竜崎の行為は長年培ってきた清和イメージへの冒瀆だった。しかし、そのイメージにこだわり続けてきたことが、今の低迷を招いたのだ。

「契約者の幸福を最大の目標に」

清和生命の企業理念である。

その理念に合致するのは、どっちだ……。

3

【1982年2月】


「あら、あなた、まだこんなところにいらしたの？　竜崎さんがずっとお待ちよ」

ノックもなしに書斎に入ってきた妻が言った。

いい気なもんだ。あれほど嫌っていたのに、今では竜崎の応援団長気取りでいる。彼はそんな妻の顔も見ずに頷《うなず》いた。

「ああ、そうだった。ちょっと昔のことを思い出していたんでね」

「昔を懐かしいと思い始めると、年寄りだって言いますわよ。そんな郷愁に浸らずに、早く竜崎さんに会ってあげなさいまし。もう気持ちは決まっているんでしょ」

いや、まだ迷っているんだ、とは言えなかった。今夜、竜崎を呼んだ理由は、一つしかないのだから。

だが、古田は怖かったのだ。今までの人生、冒険らしい冒険をしてこなかった彼にとって、おそらくこれは人生最大の冒険であり決断だった。もしかして、自分は、〝生命保険業界の良心〟といわれた清和生命の将来を誤らせるのではないのか。

そんなことはない！　彼は今、必死でそう自答できる材料を探していたのだ。

「あなた！」

妻の声に、彼は珍しく表情を険しくした。だが、咎《とが》めるような眼差《まなざ》しを自分にぶつけていた妻の眼と会った瞬間、古田は腰を浮かせていた。

選択の余地はない、そういうことか……。

彼は妻に頷いて、竜崎が待つ応接室へと向かった。

第二章　綻び

1

一九八五年二月

商品開発課主査・中根亮介は客を迎えるため、一階ロビーにいた。このところ彼は、「変額保険」の研究を命ぜられ、憂鬱《ゆううつ》な日々を送っていた。入社五年目の二七歳、同期入社の中で最初に「主査」となった中根は期待の星だった。

「どう考えても、これは我々が扱う商品とは思えません！」

彼は何度もそう異を唱えた。

「生保横並びが常識であったとしても、この商品だけは、やめるべきです。それが清和のブランドイメージなんですから」

そう言う中根を同僚たちは少し距離を置いて眺め、上司は困惑した顔でそれをやり過

【1985年2月】

ごした。

商品開発課長は良くも悪くも典型的な清和マンだった。人柄が良く、部下の意見は熱心に聞くし、上に打診することは忘れない。部下として仕えるには理想的な人だった。商品開発能力もそれなりには優れている。数字にもそこそこ強く、営業との関係も良好だった。だが、彼は清和マンの典型だけに、争いを好まない。上からの通達や指示は絶対であり、その中でどう工夫するかに腐心するタイプだった。

今回の一件についても、中根の反対にたっぷりと時間を割いて耳を傾けてくれた。だが結局、「心情的には分かる」以上の受け入れ方をしなかった。

「ねえ、中根君。僕は生命保険というのは最大公約数の幸福論だと思うんだ。そして、その幸福度を高めるために、より柔軟性とバラエティに富んだ商品を開発することが、我々の使命だ。でもね、それ以上に大切なのは、まずその商品をどう売るかだよ。君は、ローンと一体となった一時払い個人年金のときも懐疑的だった。だが、本来なら手に入れることのできなかった幸せをあれで手に入れた人もいる。結局、保険というのは、契約者がどう利用するかでしょ。君が言うように、変額保険には問題もある。しかし、この保険がアメリカで生まれたのは、インフレで目減りしやすい生命保険の性質を克服するためだったというじゃないですか。このところの物価高などを考えると、固定した予定利率というのが、必ずしも契約者の幸せには繋《つな》がらない気がします。またこの保険で、相続税対策で頭を痛めている老夫婦を幸せにできるのなら、僕はひとつのアイテムとしてこういう保険があってもいいと思うよ」

中根は、上司の言葉に我が耳を疑った。

相続税対策のための保険――それは、MOF（大蔵省）や銀行の勝手な方便に過ぎない。土地を担保に融資を押しつけられ、それと同額かそれ以上の保険金を子どもに残す。つまり遺産が不動産だった場合、相続人には多額の相続税がかかる。一方、生保の死亡保険金は無税だ。そのため不動産の地価相当の生命保険に入れば、親が死んだ場合、その保険金で相続税を支払うことができる。さらに相続税を支払った残りを遺族に残すことができる。しかも、約束された運用利回りが達成できれば、親の資産以上の遺産が子どもたちに転がり込むのだ。

それが、変額保険の謳《うた》い文句であり、おそらく営業トークになるのだろう。子どもに対しては「親孝行だから」、親には「子どもたちに資産を残してあげるため」と情に訴える生命保険セールスの常套《じょうとう》手段がここでも見事に使われている。だが、待ってほしい。保険はまさかの時のために備えるものであり、持っていもしない資産を増やす錬金術ではないはずだ。

いや百歩譲って、保険をどう活用するのかは、契約者の自由だということにしよう。しかし、最初からその契約に銀行のローンをつけて、ローンと一体で販売するという発想が、中根には理解しがたかった。

中根自身、インフレ対策のための市場連動型の変額保険があってもいいと思った。だが、今清和をはじめ日本の生保各社が必死になって商品化と顧客獲得を狙っているターゲットは、インフレが生活に影響を及ぼすような少額契約者じゃない。最初から、銀行からの多額の融資という紐《ひも》付きで、都内の一等地に大きな土地を持っている資産家の不安を煽《あお》ろうというのだ。それのどこに「契約者の幸せ」があるというのだ。

だが、それ以上何を言っても課長は取り合ってくれなかった。

「中根君、悪いことは言わない。これは社長提案の商品なんだ。君は、同期の一選抜だし、いずれボードを狙う人じゃないですか。だからこそ、この商品を託されているのです。正論やきれい事ではボードは任せられない。上は君にそう言いたいんだと思いますよ」

彼はそう言って、哀しげな微笑みを浮かべた。それでも中根は引き下がらなかった。

「お言葉ですが課長、私はボードなんかに何の興味もありません。それより私は、一人でも多くの人に安心して一生涯を終えてもらうためのお手伝いをしたいんです。この保険は、そういう善意の人を、お金の魔力で迷わせてしまうだけです」

商品開発課長は、そこで最後通牒《つうちょう》を中根に突きつけた。

「分かりました。ならば君が直接、高村部長と掛け合いなさい。もともとこの案件を君に託したのは、高村部長なのですから……」

ショックだった。中根は、高村だけは自分同様、この商品に反対していると信じていた。役員会の席上、事務局長という立場で出席していた高村は、この商品について、役員以外の発言は認められないことを承知で、異を唱えたと聞いている。そんな人が、この商品開発を俺に任せるのか……。

自席に戻って数分も経たないうちに中根は、高村から呼ばれた。

「変額保険は、そんなに嫌ですか？」

長身痩軀《そうく》の高村が細面の顔をほころばせながら、そう切り出した。

「絶対に清和生命の商品とすべきではありません！」

中根は即答した。

「私も同感です」

「はっ？」

肩すかしを食らった気分で中根は、尊敬する上司を見つめた。

「そんな怖い顔をしないでください。私自身がこの保険に反対していたのは、君も知っているはずです」

彼は中根にソファに腰を下ろすように促し、その正面に座った。

「私も変額保険は、生命保険会社の本分を逸脱した商品だと思っています。でもね、これはもう敷かれてしまったレールなんです」

「意味が分かりかねます」

「君も、我々がＭＯＦとどういう関係にあるのかは知っていますよね。我々は彼らのＯＫがなければ、新商品の販売も、保険料や配当の改定もできない。まさに箸《はし》の上げ下げまで、いちいちお伺いを立てなければならない。本来それは、自由競争が基本の資本主義ではまかり通らないことです。それが、この国ではまかり通るどころか、常識になってしまっている。そのルールに刃向かえば最後、どれほど優良な生保であっても、将来が危うくなってしまう。そういう仕組みがすでに出来上がっているんです。

変額保険が生保以上に銀行のためなのは、私も重々承知しています。連中は、なかなか財布の紐を開かない大地主に金を貸し付けるチャンスをずっと狙っていた。それがこの保険で、金持ち連中の危機感を煽り、結果的に億単位の融資を引き出すことを可能にしました。変額保険は、契約者を必ず不幸にする悪魔の保険かも知れません」

不意にそこで高村は言葉を切った。まるでそれに誘われるように、中根の反論が始まった。

「お言葉ですが、ならばなぜ初志貫徹なさらないんです。聞くところでは、社長も高村さんの助言だけは、耳を傾けられるそうじゃないですか。人を不幸にする保険は、サラ金保険とPローン（融資一体型一時払い個人年金）で十分です。これ以上ひどい保険をつくるのは、どんなことをしてもやめるべきです」

高村はそう言われて、大きな溜息《ためいき》をもらした。

「相変わらず痛いところをついてきますね。だが、もう抗《あらが》うことはできない。事態はそこまで来ているんです」

清和生命に入ってまだ五年余り、それでも中根は何度かこういう挫折《ざせつ》感を感じた。誰もが「おかしい」と思うことを、清和生命のトップですら変えることができない。そういうことが時として起こる。調査課時代に、次長と一緒にMOF担という大蔵省銀行局との窓口を担当したとき、彼は何度もそう感じた。

「銀行が苦しいようなので、ちょっと株価を支えてあげてください」

連中はいとも簡単にそう言い放つが、生保が蓄えている金は、生保のものでもましてや大蔵省や銀行のものでもない。我々を信頼し、お金を積み立ててくれている契約者のものだ。だがそういう発想をする者は稀《まれ》だ。いったい何が正しくて、何が間違っているのかが、中根には分からなくなり始めていた。

高村は、中根の迷いを斟酌《しんしゃく》したように言葉を継いだ。

「ねえ、中根君、私は以前、君に言ったことがありますよね。我々の仕事で求められる最大の能力は、適合力だと」

中根はそう言われて、伏せていた視線を上げた。

「適合力」というのは、高村の口癖だった。

「我々は、清和マンとしても、あるいは日本人としても一つのルールの中で生きている。このルールが我々を守ってくれているだけでなく、これは、会社と社会との契約でもある。だから我々はそういうルール、あるいはすでに決断されてしまった案件について、その枠の中で最大限の創意工夫を発揮すべきなんです。つまり組織やルールに適合する力、適合力が求められる」

【1985年2月】

そういえば以前、各務と二人、「タイプは異なるが、君たちには適合力がない」と高村から注意されたことを思い出した。高村が続けた。

「変額保険は、そういう適合力が試されるんじゃないんでしょうか」

「おっしゃることが分かりかねますが。この保険は、契約者の最大公約数としての幸せすら侵す可能性が明らかに高いと思います」

そう反論すると、高村が苦笑した。

「そういう意味ではありません。既にこの保険を商品化しないわけにはいかない。ならば、君が言う契約者の最大公約数の幸せを充たせる商品にすればいいじゃないですか」

そう言われて、中根はハッとした。

「反対ばかりしたところで、事態はもっと悪い方向へ進むだけですよ。もし君がこの商品化のプロジェクト担当を拒否すれば、誰か別の人がやることになります。今の商品開発課の中で、契約者の幸せを最優先にして商品を考えている人が、あなた以外に誰かいますか」

中根はそこで、唇をかんだ。

以前、上昇志向の高い課長補佐からこう言われた。

「良い商品というのは、保険金をいっさい払わないで済む保険だ」と。

細分化が進む特約の中には、そういう商品もある。

「たくさん払ってもらってほとんど返さない。それが理想」

そう考えている商品開発課のメンバーは、少なくない。

「おっしゃることは、分かりました。では一生懸命私に欠けている『適合力』を磨いてみます」

そう約束したのが、八四年の年末だった。中根は、変額保険の先進国であるアメリカの商品を徹底的に研究した。アメリカで変額保険で大きな実績を誇っているのは、エクイティ生命だった。エクイティの変額保険には、三つのメニューがあった。より安定的な「金融市場型」、運用成績が日本の株式市場と連動する「日本株式型」、そしてアメリカの株式市場に連動する「米国株式型」の三つだった。これらを組み合わせることも、途中でコース変更をすることもできた。

清和の変額保険は、エクイティ方式を採用すべきだと中根は思った。それ以上に、アメリカのエクイティ生命の三つのタイプをミックスさせた「融合タイプ」を自社で開発すべきだと考えた。課長も高村総合企画部長も、この提案を評価してくれた。

だが、提案はあっさりと却下された。

なぜなら、「日本の大手生保での変額保険は、日本の株式連動型の一種類とＭＯＦからすでに通達済み」だったためだ。そもそも日本の変額保険は、外資系生保からの強い突き上げで大蔵省が認可し「日本の生保でも商品化を急げ！」という大蔵省の上意下達で成立したという経緯《ひながた》がある。それだけに、大半の生保は商品化に時間をかけず、大蔵省から下りてきた雛型通りに商品化を進めた。


【1985年2月】

新商品の開発は大蔵省の許認可事業だ。その大蔵省が、すでに「既決事項」として商品を決めてしまっているのだ。今さら新しい商品を提案するわけにはいかなかった。

中根は、それ以上は高村に反論しなかった。本音では担当を外してほしかった。だがハイリスクを承知で、投機的な商品を出そうというのだ、歯止めをかけられる人間がラインの中にいなければ、たちまち暴走するだろう。中根は課長からの担当替えの打診を断り、より具体的な商品化作業に入る変額保険の開発担当者を続けた。

そして今日、清和とコンビを組んで契約者に融資を行う清和の最大の親密銀行、第一興業銀行の担当者を交えた会議が行われるのだ。

エレベーターのドアが開き、三階分は楽にある高い天井の清和生命ご自慢の玄関ホールに中根は降り立った。

2

新宿にある清和生命本社正面玄関ホールは、豪華なつくりだった。三階までの吹き抜けという広々とした空間に、天井の明かり窓からステンドグラスを通した光が穏やかに差し込む。床や壁には大理石がふんだんに使われている。エントランスに入って正面右手にあるガラスの向こうには、十数メートルもの本物の滝がある日本庭園が広がっていた。そして通路に沿って深さ二センチほどの水をたたえた「水路」が切ってあった。

第一興業銀行企画部副調査役の永見《ながみ》武史《たけし》は、応接セットの一つに腰を下ろし、庭園を眺めていた。中根と同じ年に入社した永見も、同じく一選抜という期待の星だった。

「どうも大変、遅くなってしまいまして」

中根が待たせたことを詫《わ》びると、永見が立ち上がった。身長は一七六センチの中根と変わらなかったが、早稲田の柔道部で鳴らしただけあって、永見は胸板の厚いがっしりとした体格をしていた。

「いやあどうも、お世話さんです。しかし、いつ来ても素晴らしい本社ですね。窓の外をうっとりと眺めていましたよ」

彼は重そうな黒い革鞄《かわかばん》を軽々と手にして、中根に続いた。

「オフィスというより、美術館ですよね、ここは」

永見は天井のステンドグラスを見上げて言った。

「ここに負けない仕事を、と肝に銘じています」

「確かにそんな気持になりますね。立派な本社ですよ」

永見は相槌《あいづち》を打ちながらも、何か言いたそうだった。つい二、三年前までは地味で成長力もなかった清和生命が、竜崎社長就任と同時に、にわかに業績を伸ばしている。永見の目にも、それがある種の驚きとして映っているのだろう。

「これぞ、まさにザ・セイホって感じですよね。俺は入るところを間違えたかなあ」

永見は外見とは異なり、とにかくしゃべり続けるタイプだった。彼は、中根の後ろに続きながらもしゃべり続けた。

「生保さんは羨《うらや》ましいですよね。きちんと手数料を取れるから。我々は利ざや商売ですからね。一万円のお金を預かって、五%で回してやっと五〇〇円の利息収入。そこから預金者への支払い利息を引くと、手元に残るのは三〇〇円弱です」

中根は絵画や彫刻が展示された「美術館」のようなプロムナードを早足で進んだ。できれば避けたい話題だった。

生保は儲《もう》けすぎ——。そういう話は、もううんざりだった。だが悲しいかな、清和の玄関ホールは広すぎた。中根は仕方なく、永見の話につきあわされた。

「利ざやという点では、一緒ですよ」

「でも、一万円の保険料を払っても、まるまる一万円預かっているわけではないでしょう。先に一〇〇〇円とか、二〇〇〇円とか手数料を抜いちゃう。実際に運用されるのは、一万円からその手数料を除いた八〇〇〇円くらいって言うじゃないですか。初めに自分の取り分をがっちり取れるんだから、羨ましい」

価値観の相違ですね、と言いたいのを飲み込んで、中根は笑った。

「そう言われると確かにそうですね。でもたった一万円で、一〇〇〇万円の保険金を支払わなければならないときもありますよ」

中根は一応反論してみた。ここまでの会話をしてなお正面受付には着かない。なんという広さだろう……。第一興業銀行のエリート行員をして、ひと言苦言を呈したくなるのも無理からぬものがある。

「いやあそう言うけれど、中根さん、支払った保険料から、いくら手数料が取られているのか、我々にはわかりません。しかも一、二年掛けたぐらいでは、解約してもほとんどお金は戻ってこない。銀行のように二％でお預かりして六％でお貸しすると、銀行の取り分は六％－二％、なんていう説明もしてくれない」

中根はようやく辿《たど》り着いたエレベーターホールで、せわしなくボタンを押してエレベーターを呼びながら答えた。

「生命保険の商品の場合、契約者の数だけ商品がある、という事情がありますから。ただ、おっしゃる通り、もう少しディスクローズする時代だと、私個人は思っているんですが……」

荘厳だが、とにかく何でもゆっくりしているのが、清和本社ビルの欠点だった。エレベーターもなかなか下りてこなかった。

「私も銀行員ですから、理屈ではわかりますよ。でもねえ……」

永見はまるで不当に儲けた金でこんな立派な本社を建てて、と言わんばかりにあたりを見渡した。

「一時払い養老はすごいですね。この間も支店に行ったら、おばちゃんたちがへソクリをおろして、『保険会社へ預け替えるから、定期預金を解約する』ってやってんですよ。聞けば個人の優良顧客もどんどん流れているそうじゃないですか。これはさすがに脅威

【1985年2月】

です」

それでおたくらは変額保険に色気を見せているんだろう。

中根はムッとして永見を見たが、彼は気づいていないようだ。

「永見さんには申し訳ありませんが、お客様の金利選好意識が強いのは事実です。ただ、あまり儲かる商品ではないので、それほど積極的に集めているわけではありません」

「えっ！　一時払い養老は儲からないのですか？」

永見の驚きに、中根は正直に答えてしまったことを後悔した。

だが中根は嘘をついているわけではない。実際、一時払い養老保険の付加保険料は低かった。生命保険の保険料は、純保険料と付加保険料の二つから構成されている。

純保険料とは将来の保険金・年金・給付金の支払いに充てられる部分を指す。つまり、契約者自身の積み立てているお金のことだ。

一方の付加保険料とは、生命保険会社が保険事業を営むために必要な事業費のことを言う。そこには生保レディへの報酬である募集費や集金費、生保会社自体が存続していくための維持費などが含まれる。中根たちの給与もこの付加保険料から支払われる。純然とした「儲け」ではないが、他の企業に置き換えれば収益的な部分だ。

「どのくらいの手数料なのですか」

「そうですね。セールスマンのコミッションほか、全てひっくるめて付加保険料は三％くらいです」

それを聞いて、永見は眼を大きくして中根に問い返す。

「三％っ！　それはまるまる儲けでしょう。銀行で言えば、振込手数料みたいなものでしょう。それが三％もあれば、もうかなりの儲けだと思いますけれど。他の保険はもっとたくさん手数料を取っているのですか？」

儲からない、などと言ったのがヤブヘビだった。永見は一気にヒートアップしてきた。

「商品によってまちまちですけれど、一般に死亡時に三〇〇〇万とか保障性の高いものほど、付加保険料は高いですね」

「どのくらいです？」

永見は、好奇心むき出しで尋ねてきた。ようやくエレベーターがやってきた。

「最大で二五％くらいですか……」

「二五％！　ということは、一万円払って二五〇〇円は、保険会社のポケットに入るわけですか？」

「まあ、そんなところです」

もっとすごい商品もあったが、中根は敢《あ》えて控えめな例を挙げた。大型保障商品であり最大の売れ筋である定期付終身保険では、付加保険料は最大三五％を超えた。一万円の保険料のうち、三五〇〇円が保険会社の取り分である。一時払い養老の『三％！』で、興奮している永見にはとても言えない。しかも、今日は、彼らがその「儲かっている生保のおこぼれをもらいにやってきている」のだ。これ以上、「生保は儲けすぎ！」とい

ない」

「すごい商売だなあ。ウチも銀行の看板おろして保険会社になったほうがいいかも知れ

永見は冗談とも本気ともつかぬ口調で言った。中根は苦笑して、ゆっくりと上がるエレベーターの数字を見上げていた。

「でも、運用はどうしているのですか？　公定歩合が五・〇％の時期に、それより高い五・五％に予定利率を上げてくるとは、大変じゃないんですか？」

永見は話題を変えてきた。この年の四月に、生保各社は予定利率五・五％の引き上げが決まっていた。薄い利ざやで運用している銀行員からすれば、その行為は傲慢《ごうまん》に見えるのかも知れない。

「生保は儲けすぎ！　というイメージに押されてしまったんじゃないでしょうか。MOFからの強い指導だったんです。ただ、私個人はこの利率は厳しいと思っています。今後は、生保の運用力が問われることになるんでしょうね」

生命保険の運用は、安全第一だと言われていた。その中でも、清和生命は「健全財務」が信条なのだ。清和に限って、無茶な運用や財務での失敗はあり得ない。中根はそう思っていた。

「まあ、それだけ儲かっているということなんでしょうね。だからスケールメリットも利かせられるしね。ねえ中根さん、しばらくふがいない銀行のお世話、頼みますよ！」

計ったように、エレベーターは七階に止まった。やれやれ、こういう先入観を持つ相手と、これから「変額保険」という厄介な商品を詰めていかなければならないのか……。中根には、永見が口元から涎《よだれ》を垂らしたハイエナに見えていた。

3

一九八五年一一月

一〇月から葛飾《かつしか》営業支部の支部長に異動していた各務裕之は、営業支部に入った瞬間に鼻を突いた匂いに顔をしかめた。噎《む》せ返るような化粧と香水の匂い……。総合企画部調査課のMOF（大蔵省）担（当）だったが、保険課の係長の胸ぐらにつかみかかったために、葛飾営業支部に異動してきて一ヵ月余り。まだこの「匂い」に慣れなかった。しかも今月は生命保険獲得の重要月である〝保険月〟なだけに、普段以上に強烈に鼻をついた。

「おはようございます！」

ドアを開けるなりフロアにいた生保レディ全員にそう挨拶《あいさつ》されても、各務は顔をしかめて頷《うなず》くだけだった。すでに、朝礼が始まっている。

葛飾支部は総勢で二〇人の生命保険募集人、すなわち生保レディがいた。それをいくつかの「班」と呼ぶグループに分けて、班長以下三、四人一組で業務を回していく。この支部で清和生命の職員は、支部長である各務と、エリア採用された佐藤という支部長補佐、そして二人の事務職員だけだった。

各務は支部長補佐に先を続けるように指示して、自分は、フロアの中央にあるデスクに腰を下ろした。朝礼は彼のデスクのそばにある掲示板の前で続けられていた。掲示板には、生保ではお馴染《なじ》みの班単位のグラフ、そして目標額などが記され、毎朝、前日の契約が発表されるたびに、グラフの棒が上に伸びていった。さらにその横には、いくつものスローガンが大きく書かれてある。

「目標額を達成してハワイへ行こう！」

「対話と熱意を忘れずに！」……。

一一月に入って二週間。普段の月単位の保険契約高は既にクリアしていたが、保険月と呼ばれる強化月間である今月の目標には程遠かった。

「最後の追い込み目指して頑張るぞ！」

支部一番のベテランが、そう言って拳《こぶし》を振り上げた。

「オーッ」とマニキュアだらけの拳が、一斉に部屋の中で突き上げられた。各務はそこで手を叩《たた》き、営業職員にハッパをかける。

「じゃあ、みなさん、今日も頑張って！」

それで生保レディたちは散開し、今度は各班単位でのミーティングを始める。

各務の前に大きな湯飲み茶碗《ちゃわん》が置かれた。

「おっ、おっはよう田村《たむら》さん、今日もきれいだね」

五〇を過ぎた事務職員に各務がそう言うと、彼女も減らず口を返してくる。

「支部長、昨日とおんなじネクタイ！」

「あれ、そうだっけ？　まあいいでしょ」

「それじゃあ、女の所から来たことバレバレですよ」

自席に戻ってきた佐藤が神経質そうに言った。

「そう？　ちゃんと家には帰ったんだぜ。でも邪魔くさいでしょ、ネクタイ替えるの」

「そういう問題じゃないですよ。それより支部長、今は保険月なんですから、せめて朝礼の時間までにはいらしてください」

生命保険会社では通常年に二回、保険の重要月と呼ばれる契約強化月間がある。通常六月と一一月、そして概《おおむ》ね各社の創立記念月（清和の場合は三月）も同様の強化月間になっていた。この月は、通常の二倍から三倍の目標額が本社営業統括部・支社を経由して通達される。葛飾支部の今月の目標保険契約高は、二五億円。中小企業の年間売り上げに匹敵する額を、ひと月で、しかも二〇人程度の営業職員で達成するのだ。一人当たり最低でも一億円、営業主任クラスには、三億円以上の目標額が定められていた。

満額達成は無理でも、それに近い契約高を日本全国に一〇〇〇以上ある支部で上げてくる。それが、個人契約の保険契約高だけでも七〇兆円を超える金額を維持し、清和生命の屋台骨を支えているのだ。

「漢字生保」と呼ばれる古くからある日本の生命保険会社は、みな保険契約高をベースにして様々な競争が行われる。生保レディたちの報酬も、月当たりに支払われる保険料額ではなく、死亡保険の額にしたがって支払われる。一人当たり一億円のノルマというのは、死亡保険（定期付終身保険などの、いわゆる保障性商品）で五〇〇〇万円なら二人、三〇〇〇万円なら三人は新規契約を結ぶ必要があるということを意味する。

毎月三〇〇〇万円クラスの契約を一件取るだけでも大変なのが、最低でも三件の新規契約を取ってこいと言っているのだ。誰もが腰が引けてしまう。

だが、生保各社は様々な集団心理を利用して、生保レディの意識高揚を狙う。保険月突入前には支社単位で決起大会が開かれ、本部長ら幹部が檄《げき》を飛ばし、各営業支部の目標額が「宣告」される。さらに得意先や生保レディらを招くパーティを開き、全社的にお祭り気分を盛り上げていく。

高い目標を掲げる一方で、その頑張りに応じたインセンティブも忘れない。今回は一人三億円の新規契約達成で国内温泉旅行、五億円を突破するとハワイ旅行がプレゼントされる。それなら自分で払っていくほうが楽なのにと各務は思うのだが、こうしたインセンティブが彼女たちを刺激するのだ。生保の営業現場とは、まさにアメとムチの世界だった。

そういう重要月にもかかわらず、それを牽引《けんいん》する支部長が毎朝遅刻では確かに生保レディの志気に影響しかねない。

「まあ、別に僕が何か言ったからって、契約獲得が変わるわけじゃないでしょ。佐藤君が頑張ってくれているから、大丈夫」

神経質そうな佐藤はメタルフレームの眼鏡のずれを直して、各務に食ってかかった。

「現状の数字見てくださいよ。目標の半分どころか、三分の一すら達成できていないんです。こんなことではとんでもないことに」

「とんでもないって?」

各務は濃いお茶をすすりながら、佐藤を見た。

「保険月での目標達成率は、我々の人事考課に大きく影響します。こんな数字では、我々の監督責任が問われちゃいます」

「それならみんな僕のせいにすればいいでしょ。上はみな、知ってますよ、僕がどういう人間か。逆にここで目標の半分でも達成できれば、君は誉められると思うな。だから、大船に乗ったつもりでやってよ。失敗は各務のせい。業績は佐藤君のお陰。これでいいでしょ」

「ですが、支部長」

各務は受話器を取り上げて電話をかけ始め、佐藤を追っ払った。

大体、生命保険というのは、加入したい人だけが入ればいいのだ。無理やり入ってもらうもんじゃないと考えている。強引に契約させるから解約率も高くなるし、色んなトラブルを生むのだ。

彼は、「告知義務違反」のために、保険金が支払われなかった騒動のことを思い出した。確か着任して一〇日ほど経った日のことだった。営業職員らは企業の昼休みを狙った営業に出て、支部が閑散としていた午後の早い時間に突然、中年女性が現れて、「ここの責任者はどこです！」と大声を上げた。

各務が支部の片隅にある応接室へ通すと、挨拶もそこそこに相手は嚙《か》み付いてきた。

「一体どういうことなんでしょうか！」

「……………？　あの失礼ですが、私どもが、何か失礼なことをいたしましたでしょうか？」

「どうして保険金を支払ってくれないんです！」

彼女は感情的な声で、各務を睨《にら》みつけた。

「申し訳ございません。もう少し事情をお伺いしてもよろしいでしょうか」

彼がそう言ったとき、田村が冷たいお茶を持ってきた。相手は少し落ち着き、事情を説明し始めた。

先月、証券会社に勤めていた四二歳の夫が脳梗塞《のうこうそく》で急死した。職場で倒れ、そのまま昏睡《こんすい》状態に陥り、翌朝には息を引き取ったのだという。夫は、職場に営業に来ていた葛飾支部の生保レディから薦められて、契約していた他社の保険から、半年前に〝乗り換え〟ていた。ところが、その保険が下りないというのだ。

理由は、「告知義務違反」だった。保険金の請求があり、亡くなった彼女の夫の健康状態が調査された。その結果、三年ほど前に、胸の痛みによる入院歴があったと分かった。高血圧と高脂血症などによって心臓に小さな血栓ができたことが原因で、結局大きな問題にもならずその日で退院。以後は普段通りの勤務を続けていたという。ところが、これを〝乗り換え〟の際に自己申告しなかった。

「申告はしたそうなんです。でも、こちらの赤塚《あかつか》さんという方に、『一日で退院したぐらいだったら、大丈夫。そんな細かいことは気にしませんから』って言われたって主人から聞いていました」

それは、明らかに「虚偽説明」だった。

だが、それと脳梗塞とがどう繋《つな》がるんだ。各務は少し落ち着き始めた未亡人に、その点を質《ただ》した。

「主人の脳梗塞は、心原性のものだったんです。通常の脳梗塞だと助かる人が多いのに、心原性は突発的で劇症なために命を落とすケースが多いそうで……」

なるほど、そういうことか……。生保の調査員は、数年前に胸が痛くて倒れた時の症状が、今回の脳梗塞を誘発したと判断したわけだ……。

各務はそこまで話を聞くと席をはずして、赤塚という営業職員をすぐに呼び戻してほしいと田村に頼んだ。

「赤塚さんなら先月辞めちゃいましたよ」

【1985年11月】

う。

は五〇〇万円にも及んだが、すぐに本人が全額返済したために内々に処理したのだとい
　原因は、契約者から預かった一時払い養老保険の保険料を着服した疑いだった。総額
　そう聞くと田村は大きな溜息《ためいき》を漏らし、彼女がなぜ辞めたのかを説明してくれた。
「ええ。ちょっと勧誘法に問題ありそうでね」
「あの方、赤塚さんのお客さん？」
「えっ？」

　葛飾支部では三本の指に入る実力派だったが、そういう生保レディに限って数字にばかり眼がいってしまい、こうした不始末を起こすケースが多かった。

　各務は応接室へ戻り、亡くなったご主人の案件では、「告知義務違反」に問われても仕方がないことを説明した上で、「今回の場合、保険をお奨《すす》めした当方の生保レディにも問題があると考えます。ただ、こういう話は私の一存では何とも申し上げられません。暫《しばら》くお時間をください」と頭を下げた。

　彼女は各務の対応に安心したのか、涙ながらに礼を言った。

「私が悪いんです！　仕事、仕事って家にも戻らない夫に、過労死しても困らないだけのことをやってよって嫌みを言ったばっかりに、主人は」

　彼女はそう言って泣き崩れた。各務は、ただ彼女に頭を下げるしかなかった。

　だが、問題はそれで解決しなかった。辞めた赤塚に問い合わせたものの、「そんな説

明をしたこともないし、相手から入院したなどと聞いたこともない」と彼女は一方的に電話を切った。そこで各務は本社に赴き、担当部署の次長に掛け合ったが、「営業職員が勧誘のためにどう言ったのかについて、我々は責任を負わない」という通り一遍の説明で、支払いを拒否された。

生保レディと呼ばれる営業職員には、契約締結権がない。つまり生保レディが契約の際に「私が保証します」と言っても、実はそんな権限を彼女らは持っていない。契約締結権を持っているのは、生命保険会社だけ。つまり生保レディは、契約者と保険会社の仲介者に過ぎない。その結果、契約に際して生保レディが約束したり保証したとしても、それを生保会社自体が認めない限り、「与《あずか》り知らぬ」ことになってしまうのだ。

もちろん、明らかにその生保レディの行為が虚偽説明だと証明できればいいのだが、通常はたとえ生保レディがそれを認めたとしても、「我々はそんな売り方をしろと指導していない」と生保会社は突っぱねて責任を取ろうとしない。

各務は宥《なだ》めすかし、挙げ句には脅しまでしたが、頑として受け入れない次長を罵《のの》って支社を後にした。そして、その足で知り合いの弁護士を訪ねて、その未亡人の訴えをフォローしてほしいと依頼した。「契約者の信頼を逆手にとった悪質な営業方法として法廷で争う。また、マスコミにも訴える」と会社を脅してもらうためだ。

原理原則にうるさいくせに、生保は評判には過敏だった。

清和側は一度その弁護士の訪問を受けただけで、「見舞金」という形で保険金の半額を未亡人に支払った。

「生命保険とは人を幸せにするためにあるのではなく、人を不幸にして自分たちが太るためにある」

そうマスコミに揶揄《やゆ》されて、胸を張って反論できる生保は存在しない。各務はそう思っていた。

そんなことを思い出していると、田村がさっきとは別人のような心配そうな顔で、目の前に立っていた。

「何？　田村さん、愛の告白でも始めるの？」

すでに支部内には、彼ら内勤者四人と、電話で話をしている生保レディが一人いるだけだった。田村は、各務の冗談にも表情を変えなかった。

「ちょっとお時間もらえますか？」

彼女はそう言うと、応接室のほうを見た。各務は頷《うなず》くと、隣で眉間《みけん》に皺《しわ》を寄せながら各生保レディの営業日誌を読んでいた佐藤に声を掛けた。

「田村さんとデータの読み合わせをするから、応接使うぞ」

佐藤は顔も上げずに「了解」とだけ答えた。田村は二人分のコーヒーを持って、各務に続いて応接室に入った。各務は彼女にソファを勧めて、煙草をくわえた。

「何です。ついに結婚が決まったとか？」

「何言ってンです。わたしには、もう孫もいますよ」

彼女は笑いもせずにそう返した。

「あれ、そうでしたっけ。失礼。じゃあ、なんなりとどうぞ」

そう言われて田村は唇をひとなめして、話し始めた。

「ご相談というのは、実は三宅《みやけ》さんのことです」

生保レディを始めて三年で、今やトップセールスマンの一角を占め始めた営業主任の名を聞いて、各務は新たなトラブルを予感した。赤塚事件以来、支部内でトラブルや問題発生を感じたら、噂話のレベルでいいので一刻も早く各務の耳に入れてほしいと田村には頼んであった。支部内で余り好かれているとは思えない各務だったが、田村だけは妙に彼を贔屓《ひいき》にしていた。

「三宅さんて、あのボディコン・レディだよな」

「まあ言い方は好きにどうぞ。実は、彼女、『作成』でかなり追い詰められているようなんです」

4

【1985年11月】

「作成」、つまり作成契約のことだ。「作成」とは、生保レディが本当は契約していない保険を、名義だけ借りて契約を架空作成し、生保レディ自身が保険料を払うことを言う。

通常、成約時には生保レディらに契約コミッションとして、成績手当の総額の二〇〜三〇％が支払われ、その後は三カ月ごとに二〇％ずつ、一年かけてようやく一〇〇％支払われる。そして満二年継続した段階で、さらに成績手当が支払われる。

ところが契約の継続を重視する生保では、営業職員に非常に厳しい規則を設けている。たとえ成約しても二カ月目に入金がないと、契約不成立になり、手当も全額取り消される。つまり次の報酬の支払いの時に、先に払った手当が差し引かれる。継続が半年続いた後の解約でも成績の八割がカットされ、翌月以降で差し引かれてしまう。結局、「成績手当2」と呼ばれる満二年継続の手当が出るまでに解約されてしまうと、生保レディには何らかのペナルティが科されることになる。そのため一度作成契約したら、最低二年は自腹を切ってでも保険料を払い続けなければ、自分に負の財産が溜《た》まるばかりという悪循環に陥るのだ。

生保レディを三、四年続けていると、一度や二度は、「作成」に手を染めてしまうと言われ、時には支部ぐるみで「作成」して、支部の業績を上げようとすることもある。

この行為の恐ろしいところは、成績手当やセールス手当などの収入よりも、作成で支払う保険料が超えてしまうケースがあることだ。一度負のサイクルにはまってしまうと、サラ金などから金を調達し、「作成」を繰り返してしまう。

こうした蟻地獄に陥るのは、周囲から実力派と評価されている生保レディが多い。どんなに腕が良くても、時にはさっぱり契約が取れないスランプがあるものだ。そういう低迷が耐えられないタイプが、禁断の果実を食べてしまう。何の努力をしなくても自分がお金さえ出せば、契約件数だけはいくらでも増えるのだ。そして一度知った蜜《みつ》の味が忘れられなくなり、結果的に破滅の道をたどる。

生命保険の契約条件には、医師の診断書が必要なため、架空契約はそもそも難しいというイメージがある。ところが当時は、契約の際の診査が二通りあった。保険金が一〇〇〇万円以下の保険の場合、医師による診察の必要がない場合が多く、つまり告知書の記入だけで、契約を締結することができるのだ。

ただそれだけでは契約高が低い。そこでさらに悪質になると、健康な若者に医師の診察も受けてもらって一億円近い「作成契約」をでっち上げた強者《つわもの》もいる。また、「作成契約」で借りた名義人がその間に死んでしまい、保険金が支払われた例もあった。

「『作成』って、彼女が作成契約をやっているってこと?」

各務は、努めて穏やかにそう質《ただ》した。

「ええ、それもかなり末期的な状態のようなんです」

「末期的?」

「最近、彼女宛《あて》によく分からない筋からの電話が頻繁にかかってたんです。で、ちょっと調べてみたんです。そしたらここ半年ほどの彼女の契約、ちょっと変で」

「変というのは?」

「大半が、特約のない契約なんです」

【1985年11月】

生保レディの成績は死亡保険金か、定期付終身の総額で決められる。逆に言うと、特約はいくらつけても成績にカウントされない。そのため「作成契約」には、特約を付けないことが多い。少しでも支払う保険料を少なくするためだ。

各務はコーヒーを一口すすり、核心に踏み込んだ。

「大半というのは、件数にしてどれぐらいです？」

「三〇件はくだらないと思います。先週末、スーツ姿の女性が彼女を訪ねてきたんです。私もこの世界が長いんで、それがどういう筋の人間か分かってしまって」

「筋？」

「サラ金の取り立て屋です。最近は、若いスーツ姿の身ぎれいな女性の取り立て屋も少なくないんですが、化粧品などの勧誘員とは雰囲気が違うんで、分かるんです。で、三宅さんがどれぐらいサラ金からお金を借りているのかを、裏から調べてもらったんです」

だてに長い年月、生保レディ相手に事務処理をやっていない。各務は感心しながら先を促した。

「びっくりしました。借りている額は、二〇〇〇万円以上。利息だけで一月に一〇〇万円ぐらいは払っているみたいなんです。すでにサラ金ではブラックリストに載っていて、実際はもっと借りている可能性もあります」

各務は、大きく頬を膨らませた。

「支社や本社のチェックには引っかかってないの？」

田村は肩をすくめた。

「私は聞いていません。けれど彼らはマルサみたいに神出鬼没ですから、調査中なのかも知れませんけれど」

本社には、サービス課という生保レディの不正行為をチェックするセクションがある。本社に上がってくる契約で、特約のない契約や少額がやたら多い営業職員の契約をチェックして、「作成契約」の防止に努めていた。

「今日、三宅さんは？」

「来てました。朝礼が終わったら、すぐに出ちゃいましたけれど。最近、覇気もないし、ボーッとしていることが多くて。随分疲れているようにも見えます」

各務はもう一口コーヒーを飲んで思案した。

彼女に直接、質すべきか、あるいはサービス課に委《ゆだ》ねるべきか。

「彼女の家は、どんなところ？」

「これがファイルですが」と用意周到の田村が、三宅祐子《ゆうこ》の個人ファイルを開いた。

東京の短大卒の三九歳。夫はメーカー勤務で、小学生の子どもが二人。姑《しゅうとめ》と同居か……。自宅は、葛飾区内にあり、持ち家のようだった。

「一度話をしてみますか」

「そうですね。でも、気を付けてくださいね」


【1985年11月】

ずりますよ」

「相当鼻っ柱の強い人ですから、簡単には、『作成』を認めないでしょうし。結構手こずりますよ」

そう言われて各務はにんまりした。

「まあ、女のあしらいだけは修業してきたから。それより一つ、聞いていいかな？」

胸のつかえが降りたせいか、田村は肩の力を抜いてコーヒーをすすりながら頷《うなず》いた。

「いつぞやの赤塚さんの件もそうだけれど、ここの支部で起きているってことは、他の支部でも同じようなもんなんだろうか？　それともウチは特別かい？」

田村は各務をじっと見つめていた。どうやら、どれぐらい彼を信じていいのか品定めをしていたようだった。やがて、彼女はもう一口コーヒーを飲むと、話し始めた。

「前任の寺沢《てらさわ》支部長のこと、何か聞いていません？」

「いや、なんせ僕の場合、不始末をしでかして飛ばされた人だから、前の人がどうかとか、全然気にしてなかったんで」

「大蔵省の人を殴り飛ばしたって、聞きましたけれど？」

そう言われて各務は苦笑した。噂には尾ひれがついていく。

「いや、押し倒しちゃったんだよ」

そう言われて田村は、のけぞった。

「あははごめん、うそうそ。実はね、接待ゴルフで相手に勝たせなきゃいけないのに、僕が勝っちゃって。挙げ句にそのお兄さんが入れあげていたホステスに振られたのが、僕のせいだって言いがかりをつけられてね」

「まあ、大蔵省ってあれでしょ、東大の偉い人ばっかりなんでしょ。それにしては人間小さいですねえ」

「そうそう、だって大半がマザコン野郎だからさ。自分が何でも勝たないと駄々こねちゃうんだよ」

それは嘘だった。保険一課の係長が、各務の実家が高級料亭だとどこからか聞きつけ、「紹介」してくれと言ってきた。こういう場合、費用も生保持ちという場合が多い。だが、各務はそれをきっぱりと断った。

そのことでその係長が、MOF担の責任者である調査部次長に嫌みを言った。横にいた各務は、そこで謝ればいいものを、「せこい野郎だな。税金泥棒っていうのは、あんたのことだぜ」と言い放って胸ぐらを摑《つか》んですごんでしまった。その話が上に知れ、竜崎は爆笑したそうだが、彼が大蔵省から招いた副社長が激怒し、懲罰人事として各務を支部に出したのだ。

各務は、話題が逸《そ》れたのを戻して言った。

「それで、その寺沢がどうしました」

田村は真顔で頷いて、話し始めた。

「寺沢さんは、色々噂のある人で。数字絶対主義だし、数字捻出《ねんしゅつ》のためには手段を選ばない人でした。もともとは出世街道を走っていたのに、女性問題で支部に出されて、必死で挽回《ばんかい》を図っていたみたい。なので締め付けは相当なものでした。ノルマを達成できない人は、人間のクズみたいに言われていたし、『作成』でも騙《だま》してでもいいから数字をあげろって。お陰でウチは、関東の支部の中でも急成長を遂げた優良支部となって、彼は各務さんと入れ代わりで本社の営業部に栄転したんです」

竜崎好みの管理職だった。

「女性関係も派手で、問題になった赤塚さんにしても、今度の三宅さんにしても、噂は色々ありました」

つまり俺はそういう宴の後始末のために、ここに飛ばされたわけだ。

「じゃあ、赤塚・三宅以外にも色々出てくる可能性もある？」

「そうですね。覚悟されたほうがいいでしょうね。とにかく、寺沢さんがいた二年ぐらいの契約は、解約失効率が滅茶苦茶高いんです。それもおそらくは強引な契約が原因だと思います」

やれやれ。この会社は、こうやって腐っていくのかね……。

「そうか、僕も楽しい職場に配属されちゃったわけだ。まあいいでしょう。じゃあ、一度営業主任クラスを集めて会議をしましょうかね。そして今月の契約については、もう目標額無視しましょう」

「えっ！　無視って？」

「保険月の二週目を終えても、まだ目標を達成しそうな人が見えてこない。このままでいくと、またいけない契約が増えそうでしょ。それなら、ないほうがいい」

　彼の言葉に、田村は啞然《あぜん》とした。

「あの、支部長、でも、それは……」

「別に保険月だから売らなきゃならないわけじゃない。元々、ウチは無理な契約はしない、というのが方針だったはずでしょ。それに、僕は研修時代に一件も成約できなかったという記録保持者ですから。最初から誰もあてにしてませんよ」

「でも、本部長あたりから色々言われますよ」

「ああ大丈夫。そういうの、気にしませんから」

　田村は、すっかり感心したように各務を見ていた。各務は冷めたコーヒーをあおり、立ち上がった。

「明日の朝礼で僕がそう言いますよ」

　そのときだった。佐藤が真っ青になって飛び込んできた。

「ああ、支部長、今、け、警察から連絡があって！」

　その言葉に、各務から笑みが消えた。

「警察？」

「三〇分ほど前に、両国の駅で飛び込みがあって。それが、うちの三宅さんだって言うんです！」


【1985年11月】

田村が不意に泣き出した。

「あ、あたしが悪いんです！」

佐藤は唖然としてベテラン事務職員を見ていたが、各務がすぐに佐藤の注意を自分に戻した。

「で、彼女は？」

「即死だったそうです」

その言葉に、田村の泣き声がさらに大きくなった。

「そうか……。で、警察は何と？」

「ええ、何でもご主人が出張中で他に連絡先がないんで、身元を確認してほしいと」

「分かった。病院は聞いているな。じゃあ僕が行くから。しばらく箝口令《かんこうれい》を敷いてくれ。で、支社長にだけ連絡して」

「ああ、はい」

佐藤はまだ田村の様子を訝《いぶか》っていたが、各務に促されて部屋を出ていった。各務はドアを閉めて泣きじゃくる田村の肩を揺さぶった。

「どうしたんです。田村さん。しっかりして！」

「あたしが、いけなかったんです。きのう、また変な電話がかかってきたんで、私、彼女に言ったんです。支部長に相談したらどうかって。そうしないととんでもないことになるわよって。彼女、びっくりしたように私を見ていたんですが、『それを他の人に言ったら、ただじゃ済まないから』って凄《すご》まれて。でもまさか、じ、自殺するなんて……」

田村に罪はない。だが、三宅は、自分の行為が誰かに知られていることを知ってショックだったのだろう。そして、取り立て屋から何らかの催促でもあれば、衝動的なことはやりかねない。迂闊《うかつ》だった……。彼自身、三宅の虚《うつ》ろな表情には気づいていた。だが、そういうキャラクターなんだ、と勝手に解釈していた。

各務は己に対する怒りを飲み込むと、田村に言った。

「ねえ田村さん、あなたには何の責任もないですよ。おそらく彼女は相当追いつめられていたんでしょう。それに僕が気づくべきでした。だから責められるのは、支部長である僕ですから」

各務はそう言うと、田村の肩を強くつかんで部屋を出た。

箝口令を敷けと言うのは、もはや無理のようだった。〝昼休み〟営業から戻った生保レディたちが、蒼白《そうはく》になって各務を見ていた。明日は、我が身。誰もがそう言いたげに……。

俺たちは、こういうギリギリのところまで彼女たちを追いつめて、人に幸せを売っているのか？

いや、幸せになっているのは、契約者でも生保レディでもない。金の使い方に困るほどの資産に溺《おぼ》れている一部の経営者や、その資産に群がるハイエナたちが、人の不幸を

【1985年11月】

肥やしに太り続けているのだ。

そのフロアにいた全員から厳しい眼差《まなざ》しを受けながら各務は、黙って部屋を出た。

「大丈夫だ。落ち着いて」

そんな気休めを言う勇気はなかった。

第三章　歪み

1

一九八七年二月

「協力預金?」

耳慣れない言葉に、中根は思わず聞き返した。彼はこの日、第一興業銀行の永見に突然、京王プラザホテル最上階の日本料理屋「みやま」に呼び出されていた。個室で待っていた永見は、中根にビールを注ぐなり「協力預金」について話し始めた。

「言い方は色々あるんです。清和さんには、Pローン(融資一体型一時払い個人年金)以来、ご協力戴《いただ》いているんで、お分かりでしょ」

中根にはさっぱり分からなかった。というか、分かりたくなかった。

「さあ。Pローン立案にはタッチしていませんでしたから」


【1987年2月】

そう言われて、永見は薄くなり始めた額を強く打った。

「そうだった。中根さんはまだ今のポジション浅いんだ。なるほどなるほど。じゃあ知らなくても当然だ。実はね、協力預金というのは、毎年決算期に、親密先に一週間だけ預金をお願いしとるんですよ」

そういうものがあるらしいと、聞いたことはあるが、それを「協力預金」と呼ぶわけだ。

「なるほど。ですが、それは財務か運用担当セクションと話をしてくださいよ」

永見はそう言われて慌てた。

「ああいや、そうじゃないんだ。これはね、変額保険とセットなんですよ」

「セット……？」

「ああもうじれったいな、ねえ中根さん、上から何も聞いていないんですか？」

「上というと？」

「トップですよ。竜崎さん」

「はて、私のような下っ端が社長と会う機会は、入社式と退職式ぐらいでしょうから」

永見は豪快に笑ったが、眼が笑っていなかった。

「これはもうトップ間で合意されているんです。変額保険と同額の協力預金をお願いするというのが」

中根には、相手の話がまだ飲み込めなかった。

「同額の協力預金ですか……」

　永見はじれったいという感じで、身を乗り出した。

「そうです。つまり、我々のある支店、たとえば、新宿支店にしましょうか。その場合、おたくの新宿支部に二億円の変額保険のお客を紹介したとします。その場合、新宿支店が、おたくの系列のノンバンクでも子会社でも、あるいは御社自身でもいいので、新宿支店に三月末の決算期の三、四日前に同額の口座を開いてもらいます。そして一週間、寝かせてもらう。その後はお引き出されるのも、そのまま置かれるのも、それは自由です」

　中根は唇を嚙んで相手を見つめた。そして半ば無意識に言葉を漏らしていた。

「つまり、我々は銀行からお世話になったお礼を強要されているわけですね」

　相手の顔から薄ら笑いが消えた。

「おやおや強要とは穏やかじゃないですね。そうじゃない。一時払い個人年金にしても、変額保険にしても、まさに銀行と生保の蜜月《みつげつ》時代の到来じゃないですか。だからこそお互い助け合うというか、関係をより良好にするための潤滑油っていうのか」

　潤滑油が聞いて呆《あき》れた。第一これは、蜜月時代ではなく癒着じゃないか。銀行の論理で言わせると、銀行は大切な大口預金者を変額保険の相手として紹介してあげるだけではなく、一時払いのための資金も融資して差し上げているんだから、その見返りに生保にとって腹の痛まない「協力預金」を喜んで差し出すべきだと。

　中根は、ゴルフ焼けした永見の顔に浮かんだふてぶてしい笑顔をじっと見つめていた。


【1987年2月】

何かおかしい。たった一週間だけ預金して、決算期の預金高を膨らませて、それでどうなるんだ……。銀行は、そういう行為を恥ずかしいとは感じないんだろうか……。清和生命に入社後に、銀行が証券会社を「株屋」と呼び、生保会社を「保険屋」と蔑《さげす》んでいたのを知った。それが、どうだ。この異常な地価高騰と株価の高騰で、力を持った証券会社や生命保険会社に対して、連中は臆面《おくめん》もなく自分たちも仲間に入れろと言っている。頭一つ下げるわけでもなく、逆に「畏《おそ》れ多くも銀行様が、おまえたちとつきあってやろうって言っているんだ。ありがたく思え」と言わんばかりに。中根は呆れと怒りを飲み込み、努めて冷静に尋ねた。

「先ほど永見さんは一時払い個人年金の際にも、同様のことがあったとおっしゃいましたが」

中根の反応に戸惑っていた永見は、比較的まともな問いが返ってきたことにホッとしたように空になったグラスにビールを注ぎ、一気に飲み干してから答えた。

「そうですよ。我々がご紹介、あるいはご融資のお手伝いをさせてもらったPローンのときも、契約ごとに『協力預金』をお願いしてきました」

「そのときも、商品開発課主導のパッケージ商品として、そこまでの取り決めがあったんでしょうか」

永見はその言葉に、中根を指さし大きく頷《うなず》いた。

「そっ！　そこなんですよ、今日、中根さんにわざわざご足労いただいたのは。実は、前回のPローンの際は、『協力預金』は、暗黙の了解というか、担当者ベースの話でまとめていったんです。ですが、それだと細部の部分での取り決めを、担当者ごとにいちいち組み立てなければならなくて手間暇がかかる。そこで、今回はそのためのガイドラインを私と中根さんの間でまとめよう、とまあこういうわけです」

癒着のガイドラインをまとめるとは、大胆なことだ。中根は不意に飲みたい気分になって、半分ぐらいしか飲んでいなかったビールをあおった。永見は、あわててビールを注ぐと、テーブルから離れて、部屋の隅にある電話の受話器を上げた。

「お願いします。それとビールをあと三本頼む」

すぐにドアが開かれ、ボーイとウエイトレスが入ってきて、彼らのテーブルにステーキとサラダ、大盛りのライスが用意された。相手の好みも何も聞かず、永見が勝手に注文したらしい。いかにも独善的な彼らしかった。

「とにかく食いましょうか。日本料理屋なんですけど、ここの肉はいけます。今日は、ウチがごちそうしますよ」

永見はそう言うと、ナプキンを首に巻き付け、ジュウジュウと音をたてているサイコロステーキを頬張った。中根は、焼けすぎたステーキを横目で見ながら手酌でビールを注いで一気に飲み干すと、永見に言った。

「申し訳ないんですが、永見さん。その話、私の一存ではお答えできません。永見さんの言葉を信じないわけじゃないけれど、私は上から何も言われていない。商品について

【1987年2月】

のことであれば、ある程度私の権限内で対応もできますが、そういう内容だとウチの場合は営業企画部や財務部を抜きでお話はできないんです。ですので、もし既にそちらでレジュメなり腹案をお持ちなら、お預かりして検討させて戴くということでいかがですか」

永見は頷くと、肉をビールで流し込んだ。

「分かります、分かりますよ。何しろ石橋を叩《たた》いても滅多に渡らない清和生命さんだからね。そうおっしゃると思って叩き台をお持ちしました」

彼はナプキンで口元を拭《ぬぐ》うと、足下に置いてあった銀色のアタッシュケースからファイルを取り出した。

中根はそれを受け取り、中を確かめた。

『大型フリーローンによる変額保険への融資について

関係者以外閲覧厳禁　複写厳禁　社外秘』

勿体《もったい》をつけた名称が表紙に印字されてあった。

「これは……」

永見は嬉《うれ》しそうに「なかなかよくできているでしょ。まさにうちと清和さんの信頼の結晶ですよ」と言いながら肉を頬張った。

中根は、傲岸不遜《ごうがんふそん》な銀行員の顔を鉄板に押しつけてやりたかった。そこには三つの取り決めがあった。

その1：融資一体型変額保険の成約が成就した場合、清和生命は、第一興業銀行に対して、三月二七日から四月三日（決算をまたがる五営業日）、成約額と同額を融資の窓口となった支店にお預け戴《いただ》く。

その2：また、同契約が当銀行よりの紹介の場合、「協力預金」に際しては、第一興業銀行系列のノンバンクから、その成約に際して発生する契約手数料と同額の金利相当分の融資を受け、それを全額「協力預金」として紹介した支店にお預け戴く。

その3：清和生命側から融資を依頼された場合、第一興業銀行系列のノンバンクから融資の金利相当分を借り受け、一ヵ月間、融資窓口支店に定期預金を積み立てて戴く。

中根は、開いた口が塞《ふさ》がらなかった。そもそも変額保険の一時払いの融資を積極的に求めてきたのは、銀行のほうだった。しかも融資先からは土地を担保で取った上に高額の融資もして、その金利が入ってくる。これじゃ、まさに「坊主丸儲《まるもう》け」じゃないか。

「その1の協力預金をさせて戴く案件は、何とかなるとは思いますが、それ以外の二つは、ちょっと行き過ぎじゃないですか」

中根は、精一杯怒りを堪《こら》えて反論した。

「そんなことはないでしょう。その2は、言ってみれば、保険代理店であれば請求できる正当な契約手数料じゃないですか。ただ我々は銀行法で、生命保険の販売を禁じられているだけでなく、募取法で、販売資格のない者が生保商品を売ることも規制されている。ですが実際は、間違いなくこれは契約者の斡旋《あっせん》でしょ。ならば通常の代理店に支払うべきものを、そういう形でお支払い願いたいと思っているんです」

永見は悪びれもせずに続けた。

「その3が、まさに第一興業—清和蜜月の証《あかし》とでもいいましょうか。もちろん、このプロジェクトの結果、我々は高額の融資増という願ってもない潤いを手に入れることができます。そういう意味では非常に感謝していますよ。ですがね中根さん、以前申し上げたように、六%でお貸ししても、実際の利益は預金金利との差額からするとわずかに四%に過ぎません。でも生保なら、最大で二五%も利ざやがあるっておっしゃっていたじゃないですか。一時払い変額保険も同様でしょ。ならばそのお裾《すそ》分けを戴くというのは、正当な権利だと思うんですよね」

中根は以前、自分が永見にしゃべったことを悔やんでいた。だが、どちらにしても、ここで、議論しても始まらないのだ。中根は何も言わず、黙ってそのファイルを閉じて、腰を浮かせた。

「では持ち帰り、検討させてもらいます。申し訳ないのですが、今、大変取り込んでおりまして、これで失礼させて戴きます。ビールごちそうさまでした」

中根は、永見が止めるのも聞かず、部屋を出た。

無性に情けなかった。自分たちが銀行の「食い物」になっているからではない。所詮《しょせん》、自分たちのやっていることは、連中と変わらない。お互い、この保険を契約した人を見ていない。銀行も生命保険会社も、見ているのは契約額だけだ。その大きさにほくそ笑み、分け前を少しでも多くするためのせこい争いをしている。

しかも、自分はその真っ只中《ただなか》にいるんだ。変額保険は売れに売れていた。生保業界、銀行業界の起死回生の大ヒット商品だった。

「九％以上の利回りは確実。すでに、昨年秋からずっと三〇％以上の高い運用利回りを得て、契約者の皆さんに喜んで戴いております！」という宣伝文句の裏側にあるハイリスクを、一切説明しない営業トークを繰り広げ、その一方で、「相続税対策にもってこいの資産運用」と資産家たちの不安を煽《あお》る。

中根は、「変額保険」セミナーのコーディネーターとして奔走していた。高級ホテルの宴会場を借り、大学教授やエコノミストを招き、日本中の資産家たちを招いたセミナーは、毎回、最低でも五倍以上の競争率があった。

日本にはこんなに金持ちがいたのか！

そう中根たちを驚かせるほど、セミナー参加者の資産額は半端ではなかった。

一因は、地価の高騰にあった。親が生きている間は、都心の一等地という認識しかなかった土地が、気が付くと億単位の資産となっていた。ところが相続税を払うために、親の残してくれた土地を売るしかないという事態が続発した。そんなニュースを知ったにわか資産家が、必死でその資産の保全を図ろうとしていた。


【1987年2月】

「変額保険」は、そうした人たちの危機感を上手に煽ったのだ。

本音を言えば、安易に契約してほしくない。もし途中で、ローンが払えなくなったら、後に残るのは、借金ばかり。土地も家も失い、それでもまだ借金を払い続けなければならないという可能性もあるのだ。しかも「変額」という言葉通り、株式市況が好調な間はいい。だが、生保のスパンは長い。山の後にやってくる谷の時に、この商品は一気にそのハイリスク性を露呈する。しかも、そのハイリスクを生保も銀行も一切負わないのだ。

中根は、そこをもっとしっかり訴えたかった。

だが、セミナーで語られるのは、「誰もが望んでいたハイリターン商品！　変額保険こそ、相続税対策に頭を痛めていた資産家の福音！」という論調ばかり。しかもセミナーを主催しているのは、生命保険業界の「良心」と定評のある清和生命と、都銀の雄・第一興業銀行なのだ。

俺は、選ぶべき仕事を間違えたかも知れない……。中根は、ただ夢中でボールを追いかけていた時代に無性に戻りたくなった。

一九八七年は、後に「バブル」と呼ばれる日本の異常な経済的熱狂ぶりを象徴した一年だった。この年に上場されたＮＴＴ株は、異常な投機熱が庶民にまで広がったことを知らしめた。上場前に、野村総研が算出した初値の予想価格は、四七万円だった。それが、事前調査での人気ぶりで急遽《きゅうきょ》、価格を七三万円に上方修正。さらに政府は一一九万円で売り出した。にもかかわらず、一六倍もの競争率がついた。NTT株は周囲の不安をよそに、上場後も値を上げ続け、わずか二カ月で、初値の三倍にあたる三一八万円となっていた。

誰も彼もが土地を買い漁《あさ》り、資産と名が付けば、飛ぶように売れた。

「黄金の国・ジパングの復活」

世界中でそう騒がれ、世界の投資家がそれに群がった。

八六年にオープンした六本木のアーク森ビルには、外資系の投資銀行の日本支店がずらりと軒を並べ、日本人相手の「おいしいビジネス」獲得の準備を整え始めていた。

高層ビルの合間を吹きすさぶ木枯らしの中、中根は、社へ戻るためにゆっくりと歩き始めた。

2

一九八七年一一月

各務にとっては余り意味のない、保険月の一一月が終わろうとしていた。彼は支部が閑散とした昼下がりに窓際のソファに体を預けて、ぼんやりと外を眺めていた。

二年前におきた三宅祐子の事件以後、彼は支社の指示を無視して営業職員に対して、

【1987年11月】

一切のノルマを廃止した。

「ノルマがなくても、それぞれがお稼ぎになりたい額はあるわけでしょ。それを無理せず目指してください。また無契約月が何カ月続こうが、それを理由にこちらから離職勧告をすることもありません」と言い切り、その一方で「作成契約」や「虚偽説明」などによる強引契約を厳禁にした。

「現在、作成契約をされている人も、三カ月以内に全部解約してください。その間だけは作成に対する処分はしません」

その結果、葛飾支部だけで、実に五八件もの作成があったことが判明した。それらを解約すれば、手当を失ったりペナルティも科されるが、それでもその重圧から逃れたい大半の生保レディが、解約していった。

おかげで、支部の雰囲気がガラリと変わった。化粧と香水の匂いは相変わらずであったが、何ともいえない停滞ムードとギスギスした雰囲気がなくなった。

さらに驚いたのが、そうした方針を打ち出した直後から、新規契約は順調に伸びていったことだ。そして保険月と呼ばれる今月も、支社から押しつけられた額には及ばなかったが、達成率では各務が赴任して以来の最高値を記録した。

各務は、ここでののんびりとした時間が気に入っていた。小さなトラブルは後を絶たないし、解約や失効に関してのクレームもある。だがこちらが相手の求めることに誠心誠意対応すれば概《おおむ》ね沈静化した。

それに各務自身も変わった。契約者にも生保レディにも、穏やかに会話ができるようになったのは意外だった。こういう人生もあるのかもしれない……。そんなことすら思い始めていた。

その彼の将来を左右する出来事が起きたのは、冷たい雨が降る一一月の午後のことだった。

各務が長い「昼休み」を終えて、支部に戻った時だった。幼子をおぶり、四歳ぐらいの女の子の手を握った女性が、傘も差さずにビルを見上げて立っていた。

「あの手前どもに何か？」

各務は、ずぶ濡れの女性に傘を差し掛けた。彼女はその言葉を無視して、ビルの二万を眺め続けていた。小さいながらも自社ビルだった葛飾支部の屋上には、清和生命の看板があった。

「あの私、清和生命のものですが、私どもに何か？」

途端に彼女はキッと各務を睨《にら》みつけて、しわがれた声で言った。

「夫を返してください！」

それ以上何を聞いても、彼女は各務を睨むだけだった。各務は話しかけることを諦《あきら》め、母子三人を支部に招き入れた。そして所内に残っていた生保レディ全員に声をかけて、ノベルティのTシャツだの、バスタオルだのを出して、二人の子どもの体を拭《ふ》き、着替えさせ、暖をとらせるように頼んだ。

【1987年11月】

子どもたちは彼女らに任せ、母親には、田村を付けて応接室で着替えてもらった。

人心地ついたのを見計らって、各務は応接室に入った。清和生命のキャラクターのトレーナーとスウェットスーツという格好で、ココアの入ったカップを抱えていた女性は、小柄で華奢《きやしや》な体つきのせいか大学生ぐらいにしか見えなかった。雰囲気は落ち着いた知性を感じさせたが、彼女は各務が自分の前に座ったとたん、また険しい表情で彼を睨んだ。各務は、まず自分の名刺を出してから話しかけた。

「支部長をしております各務と言います。何か手前どものほうで、ご迷惑をおかけいたしましたでしょうか」

彼女はそれでも、ただじっと各務を睨んでいた。

「寒くはありませんか？　あり合わせのもので対応させていただくしかなく、そんな格好しかご用意できませんでした。まだお寒いようでしたら何か探させます」

それでも、彼女は何も答えなかった。

「お子さまお二人は、大丈夫です。子どもも好きの職員が応対していますので、楽しく遊んでいらっしゃいます。今、近くのスーパーに一人走らせましたので、お節介だとは思いますがおむつの換えや、ミルクなどを差し上げてよろしいですか」

彼女はそこでまたハッとして我に返った。だが返ってきたのは厳しい口調だった。

「結構です。おかまいなく！」

女性は清和生命の世話になりたくないのだろうが、みぞれ混じりの雨の中で、ずぶぬれになった子どもたちを放っておくわけにはいかなかった。

各務は、相手から激しい憎悪を感じていた。今まで怒鳴り込んできた人に色んな形で応対してきた。電話で泣きつかれたこともあったが、こんな殺意に近い憎悪をぶつけられたのは初めてだった。

「先ほど、『夫を返して！』っておっしゃいましたが、それはどういう」

「あんたたちが、主人を殺したのよ！」

「えっ……」

さすがの各務も二の句が継げなかった。

彼女は寒さで紫色になった唇を震わせながら、怒りをぶつけてきた。

「夫は、あんたたちがサラ金に売りつけたサラ金保険のせいで、殺されたのよ！」

サラ金保険だと……。そういう商品があるのは知っていた。だが、それは支部単位で扱うものではない。法人営業部がサラ金会社と契約しているはずだった。

「あの、それはつまりご主人がお亡くなりになったっていうことでしょうか」

「そうよ、一週間前、隅田《すみだ》川の土手で灯油を被《かぶ》って」

そう言えば記事を新聞で読んだのを思い出した。借金苦で焼身自殺をした、とあったはずだ。

「確か両国で、何代も続いた民芸品卸会社の社長様だったと記憶していますが……」

その言葉に、彼女は不意にワッと泣き始めた。各務はじっと見守り、彼女が話し始め

【1987年11月】

るのを待った。

やがてとぎれとぎれに、これまでの経緯を話し始めた。

彼女の夫、植草雅彦《うえくさまさひこ》は、両国で三代続いた民芸品の卸会社の御曹司だった。会社は浅草の仲見世を中心に土産物を卸し、順調に売り上げを維持していた。早くに父を亡くした雅彦は、高校時代から遊び回り、大学中退後に、単身、渡米する。帰国後は、アメリカ在住時代に関係をつくったいくつかの小さな貿易商社と組んで、日本の民芸品をアメリカに輸出する会社を設立した。珍しさと安さ、そしてアメリカで起き始めた日本ブームも手伝って業績を上げていった。

ところが八〇年代に入ると、円高の影響が、雅彦の会社の体力をそぎ始めた。その矢先、後ろ盾だった祖父と母親が相次いで死亡する。そこで起死回生を狙い、手にした遺産で証券、商品先物に投資するが大失敗し、負債額を余計に大きくしてしまう。

結局は昨年、自分の会社だけでなく、四代続いた老舗《しにせ》も清算。借金だけが残った。それでも彼は復活を夢見て新ビジネスに挑戦するが、全て裏目に出てしまい、今年の春には資産の全てが消えていた。

雅彦と幼なじみだった和美《かずみ》は、地元の信用金庫に勤めていた経験を生かして、会社の経理を担当して彼を盛り立てたのだが、彼女の内助の功は逆に雅彦の自暴自棄を加速させるだけだった。

結局、家財の一切も、信用も職も失った植草家は、雅彦の祖父が持っていたアパートの一室に逃げるようにして住み始める。だが、そこにも執拗《しつよう》にサラ金やノンバンク、そして街金融の連中からの熾烈《しれつ》な催促が続き、彼らは転々と居をかえていくしかなかった。散々搾れるだけ搾り取ったはずの金融業者は、この秋ぐらいから金の取り立て方を変えてきた。

「払えないのなら、自らの命で払え！」「俺たちが、おまえのために保険を掛けてやっている。家族のためを思うならあなたは死になさい！」などという貼り紙をアパートに貼り始めた。もう夜逃げするしかないと夫婦で話し合っていた矢先、夫は灯油を被って自殺してしまった。

その直後、和美は金融業者のビラの意味を知る。ノンバンクもサラ金も、そして一部街金までが、金を貸す際に、雅彦に保険を掛けていたのだ。もし借り主が、返済途中で不慮の死を遂げた場合、残金を保険会社が支払ってくれる。そういう仕組みだった。だからこそ、もうこれ以上夫から取れそうにないと判断した業者が一斉に、「死んで払え」と言い出したのだ。

その仕組みを聞かされた瞬間、彼女の怒りの矛先は、金貸し連中ではなく、保険会社に変わっていく。

彼女は、借りていた全ての相手にその保険を請け負った会社を尋ねた。七社あった会社の五社が、清和生命の保険を使っていると答えた。中でも彼女が許せなかったのが、とんでもない利子をつきつけ、夫を一番脅し続けてきた「アイゼン」というサラ金の系列である金貸し業者までもが、清和生命の保険に入っていたことだ。

だが、悲劇はそれだけでは済まなかった。雅彦の自殺によって生保から支払われた保険金で資金回収を終えたのは、七社のうち二社に過ぎなかった。残り三社も一部は回収していたが、それらを合わせても借金の総額の半分にも充たなかった。

「死んでこの身で借金を完済する」とあった遺書の言葉は、彼の無知さを象徴していた。生命保険には、契約後一年の間に自殺した場合には、保険金は支払われないという規定があった。その結果、彼が借りていた相手の大半が、彼の借金に保険をかけていたにもかかわらず、保険金が下りなかったのだ。

まだ三〇〇〇万円近い借金が残っているのだという。もちろん、夫に生命保険なんて掛けていない。つまり彼女は最愛の夫を失っただけではなく、これからは多額の借金を返しながら、五歳と一歳の娘を育てなければならない。最近は、取り立て屋が娘を差し出せとまで言ってきている。

「あんたじゃ三〇〇万円ぐらいにしかならないが、お嬢ちゃんのどっちかなら一〇〇〇万円ぐらいで売れる。楽になるぞ」と言われたのだという。

「どうしてなんです！　どうして生命保険会社が、サラ金や街金融にまで保険を売っているんです。夫が自殺する気になったのも、自分さえ死ねばサラ金保険で借金が相殺されるって、いやというほど言われ続けたせいです。夫を殺したのはあなたたちです！　彼を、雅彦を返してください！」

言いがかりだと言えば、それで済んだ。だが、各務にはそんなことは言えなかった。生命保険は人を幸せにするため、あるいは自分が先立った時、その後の不安を解消するためのものじゃないのか……。

各務は、こちらを睨みつけた植草和美をじっと見ていた。そして、静かに言葉を返した。

「何とお悔やみを申し上げればいいのか分かりません。おっしゃる通り、私たちがそんな商品をそうした金融業者に売りつけなければ、こんな悲劇は起こらなかったと思います。本当に申し訳ありません」

彼はそう言って頭を下げた。それが相手の視線から殺気を奪った。彼女は唖然《あぜん》として、各務を見ていた。

「どうして、謝るんですか？」

その言葉に、各務は顔を上げた。

「悪いのは夫です。どこへ行ってもそう言われました。おたくの本社のお客様係という慇懃《いんぎん》無礼な人にも、警察にも、弁護士さんにもそう言われました。なのになぜあなたは謝るんです」

彼女は、訴えられるところ全てに怒りをぶつけてきたのだという。そして万策尽き、絶望的になって家に帰ろうとして、葛飾支部の看板に足が止まり、見上げていたのだ。

そう泣きじゃくりながら教えてくれた。

【1987年11月】

「生命保険は、人を幸せにするためにある。みなさんそう信じてくださっている。それが我々の誇りであり自負です。ですが、そう信じてくださっているみなさんの信頼を裏切るだけでなく、こんな悲劇を生んだ責任は、誰が担当者だからという問題ではありません。私が清和生命という会社に属している限り、あなたにお詫《わ》び申し上げるのが当然のことです。

本当に申し訳ありませんでした。しかし、私は途方に暮れています。一体、私に何ができるのか。今ここに社長を連れてきて、土下座させることぐらいはできるかも知れません。ですが、それでもご主人は戻ってこられない。また下っ端の私には、この保険をなくすこともできそうにない。そんな無力な自分が無性に悔しいんです。あなたと二人のお嬢さまの力にならせてください」

「えっ……？」

「それなら私個人の努力で何とかできます。ですから、力にならせてください」

「力になるって……」

「まだ三〇〇〇万円近い借金が、あるんですよね」

彼女は弱々しく頷《うなず》いた。

「それを消しましょう」

「そんな、そんなことができるんですか」

各務は精一杯の微笑みで頷いた。

「私のポケットマネーでお支払いするんじゃありません。法律にあなたがたを守らせます」

「法律？」

「ええ。こういう仕事をしていますので、こうした問題に詳しい信頼のおける弁護士の友人がいます。彼に頼んで、遺産放棄の手続きをしてもらいます」

「遺産放棄？」

「ええ。借金の中で、ご主人名義の借金は、本来お借りになったご主人のものです。それが亡くなられた結果、奥様に移った。いわば負の遺産を相続したことになります。なので、その相続権の放棄をします。それ以外に奥様名義の借金もありますか」

彼女は黙って頷く。

「五〇〇万円ぐらいはあります」

そうか、ならばこれしかないか……。

「これは紹介した弁護士がちゃんと対応策を考えてくれますが、自己破産という手もあります」

「自己破産？」

「ええ。簡単に言うと、法律がその人の借金を棒引きにしてくれます。この手続きが成立すると、あなたがたに対して借金の返済要求ができなくなります」

彼女の顔が、少しだけ明るくなったように見えた。そこでノックがあり、田村が部屋に入ってきた。彼女は濃く熱そうなお茶を二人の前に置いた。「お嬢さんたちは今、うちの談話室でおやすみになられています。随分疲れていたみたいですね。服を着替えて温かくしてあげたら、アッという間に寝息を立ててしまって」

「すみません、何もかもお世話になって」

彼女は田村に向かって頭を下げた。

「いえいえ、どうかお気遣いなく。うちは支部長がこういう人で色々ありますから、慣れています。あの、サンドイッチかおにぎりでもどうです?」

和美は首を振ったが、そのときおなかが鳴った。田村はにっこりして「じゃあ、何か持ってきますね」と部屋を出ていった。

「それと、できればそういう手続きが済むまで、ご自宅には戻られないほうがいいと思います。どこか頼れるところはありますか?」

彼女は哀しげに顔を横に振った。

「実家は近くにありますが、そっちにも金貸し連中が顔を出しているんで」

「じゃあ近所に知り合いの小料理屋があります。離れが空いていますから、そこを使ってください」

「いえ、そんなことは」

「どうか、それぐらいはさせてください」

彼はそう言うと、友人の弁護士事務所に電話を入れた。あいにく弁護士は、四日ほど出張していた。彼は用向きを事務員に告げて、折り返し連絡してもらうように頼んだ。

そこで、田村が戻ってきた。盆の上には鍋《なべ》焼きうどんとコンビニのおにぎりが並んでいる。

「こんなものしかないですけれど、どうぞ」

そこで各務は、席を立った。そして自席に戻ると実家に電話を入れて、もともとは母親が彼のためにつくっていた離れに、母子三人を預けたいと告げた。

「裕之、おまえ」

非難がましい母親の言葉を抑え、彼は事情を説明した。

「本当なんだろうね。良子さんをまた悲しませるようなことをしているんじゃないよね」

まだ半信半疑で、彼女はそう言った。

「おいおい、くだらねえエロ親父の約束なら信じるのに、実の息子の言葉を疑うのか」

一言多い。彼はまた母親を傷つけていた。母はもう何も言わず、彼の申し出を受け入れてくれた。

3

【1987年11月】

その日の夕刻、中根は審査部に足を運んだ。同期の森嶋《もりしま》重治《しげはる》に呼ばれたためだ。

森嶋は席を外していた。審査部長に呼ばれて、応接室に入ったきりだという。中根は、きれいに整頓《せいとん》されている森嶋のデスクの前に腰を下ろした。偶然、隣の席にあった稟議《りんぎ》書に目がいった。

その稟議書には、怪しげなカタカナの会社の名前が書かれてあった。中根は何となく予感を感じて、そっと森嶋の回転椅子をずらして稟議書を読み始めた。

その会社の社長名を見て、彼は息をのむ。

横田英雄《よこたひでお》。八二年、自らが経営するホテル・ニューアカサカで大火災を起こしながら、遺族にまともな賠償金も支払わず、自分は財テクに走っている悪名高き人物の名があった。

稟議書は、火災に遭ったホテル・ニューアカサカを担保に、そのオーナーである横田氏の会社に、五〇〇億円の資金を貸し付けるというものだった。「買い占め王」として知られていた横田は当時、中堅損保である日東海上火災保険の株式買い占めを進めており、融資は買い占め資金に使われることは明らかだった。そしてこの会社は、清和から金を引き出すためだけのペーパーカンパニーの可能性が高かった。

中根が稟議書を覗《のぞ》いているのを見つけた担当者が飛んできて、慌てて書類を机の中にしまった。普段は明るい後輩が、顔面蒼白《そうはく》だった。

「まさかこんなところに、金を出す気か?」

中根は思わずそう尋ねていた。彼は怯《おび》えたように中根を見た後、彼の視線を嫌うようにそっぽを向いて、ぽつりと「上の指示ですから……」と言って席を外した。

「おお、お待たせした」

気が付くと、こちらは顔を真っ赤にした森嶋が、仁王立ちしていた。彼は、椅子の後ろにかけてあった背広を羽織ると、庶務係の女子事務職員に声を掛けた。

「ちょっと出てくる。たぶん帰らないから、何かあったらポケベル鳴らしてくれ」

彼は、中根の肩を軽く叩《たた》き部屋を出た。中根は何が何だか分からず森嶋に続こうとしたが、背中に視線を感じて振り向いた。薄ら笑いを浮かべた森嶋の上司、坂上《さかがみ》審査部部長が立っていた。彼は中根の視線に気づくと、苦虫を噛《か》み潰《つぶ》したような仏頂面で自席に戻っていった。

中根は、森嶋を追ってエレベーターホールに急いだ。

「何か急ぎで片づけることあるか？」

森嶋は、中根を見ずにそう聞いてきた。

「いや、特にないが、どうした？」

「じゃあつきあってくれ。無性に飲みたい」

まだ午後四時過ぎだった。だが中根は、何も言わずに頷くと、上りエレベーターに乗り込んだ。

「一〇分だけ下で待っててくれ。上を片づけて降りる」

二人は、行きつけの焼き鳥屋に行き、無理を言って開店前に店を開けてもらった。中ジョッキの生ビールを一気に飲み干して森嶋が言った。

「来月一日付けで、清和プロダクツの経理課長に、異動になった」

予想外の話に驚いて、中根は同期の横顔を見た。

「ウチのノベルティをつくっている会社か？」

生命保険会社は、無数の系列子会社を持っていた。ノンバンクや不動産から、清掃会社や印刷会社まであった。そうした中に清和プロダクツがあり、生保レディが勧誘に使う様々なグッズを製造・販売していた。

生保レディが勧誘に配るアメやテレビガイド、カレンダーなどは、全て生保レディの自腹で支払われている。しかも彼女たちは、そうしたグッズを会社指定の業者からしか買うことができなかった。その業者が、清和プロダクツだった。数字に強いだけではなく、社内でも指折りの正義漢である森嶋が行く会社ではなかった。

跳ねっ返りが多い八一年入社のキャリア組のうち、最も優れたバランス感覚の持ち主である森嶋は、財務部門のエースだった。東大工学部を出た変わり種で、数字やコンピュータに強く、いずれは保険計理人であるアクチュアリーになって、清和の〝良心〟を支える存在になると言われていた。細身で色白だったが、三代続いた神田育ちで、べらんめえ口調が板に付いており、辛辣《しんらつ》な毒舌で、書類の不備や誤魔化しに容赦なかった。

「何があったんだ？」

中根にはそれしか言えなかった。

「何もクソも、あの坂上の野郎にハメられた」

坂上審査部部長は、今年七月の総代会後の定期異動で、総務部次長から現在のポジションに就いた。融資審査にうるさい財務・審査部に、他部署から人が入ってくることは別にして稀《まれ》だった。それだけに、坂上審査部部長就任は、社内でも物議を醸した。彼は総務でもずっと社員旅行や福利厚生を担当してきており、総務内でも「一、二を争う数字音痴」と言われていた。

発端は、前任の飯島《いいじま》審査部長が、竜崎が融資しようとしていた消費者金融の「アイゼン」に対しての稟議書を、認めなかったことだった。サラ金保険と連動した融資で先鞭《せんべん》を付けたこともあって、清和生命はサラ金会社に対する融資額を年々膨らませていた。だが、「アイゼン」は、他のサラ金会社と比べても、「危ない会社」だった。使途不明金、焦げ付き、そして高金利貸付が多く、闇社会とのつながりも噂されていて、中堅生保ですら融資を見送っていた。

そこにいきなり三〇〇億円も融資しようというのだ。しかも案件が、ハワイのゴルフ場開発だという。飯島審査部部長は、財務担当役員である植村《うえむら》副社長と大喧嘩《おおげんか》をした後、この話を古田会長に持ち込んだ。そのことが、竜崎の逆鱗《げきりん》に触れた。その結果、七月の総代会で、飯島は清和クリーンという、清和生命ビルの清掃業務を行っている子会社の取締役に飛ばされてしまう。

そして竜崎の言う通りに判を押す以外に能のない坂上が、審査部長の要職に就いたのだ。

結果的にアイゼン案件は、坂上就任の当日、了承された。

以来、社内では審査部の「有名無実化」が囁《ささや》かれていた。だが中根はずっと「審査に森嶋主査がいる限り、『財務の清和』、『生保の良心』というブランドは安泰」だと思っていた。実際、変額保険の見返りの「協力預金」についても、森嶋は徹底抗戦してくれた。

「もう少し詳しく教えてくれ。俺の変額保険も影響しているのか？」

中根は森嶋につきあってビールを空けると、遠慮がちに生ビールを二杯追加した。

「そういうレベルの話じゃない。坂上はずっと俺を追放する時を狙っていやがった。それだけのことだ」

「どういうことだ？」

「さっきおまえ、横田への融資稟議を質《ただ》していたな」

「ああ、とんでもない案件だからな」

「そうだ。俺はあれを見たとき、社長を殺したくなったよ。けどそういう度胸はなくてな。その代わりマスコミにリークしてやろうと思った」

中根はその言葉に、ハッとした。そこまで思い詰めていたのか、おまえは……。

「ところが、それが罠《わな》だったんだ」

「どういうことだ？」

「今年の夏ぐらいから、ずっと俺に接近していた新聞記者がいた。某大手経済紙だと思ってくれ。そいつが俺を指名して会いに来た。そして、清和はこのままではダメになる。何とか不正を糺《ただ》したいとそそのかされた。俺は感動したね。彼に協力して清和の膿《うみ》を洗い流したかった。で、分かる範囲で危ない案件を彼に教えてやった。

ところが、全然記事にならない。相手に問い質すと、『裏が取れない』と抜かしやがった。それで俺は仕方なく、横田案件のコピーをその記者に渡してやったんだ」

いくら会社の綱紀粛正のためとはいえ、それはやり過ぎだった。そんなことをしたら、清和ブランドは一気に落ち込み解約が増えてしまう。だが、中根は黙って思い詰めた顔で語る同期の横顔を見つめ続けた。

「ところが、この記者っていうのがとんでもない食わせ者でな。俺が渡した資料を全部坂上に献上したんだ」

「えっ？」

森嶋は、中根の驚きに苦笑した。

「つまり最初から俺に情報をリークさせるために接近して、決定的な証拠をつかんだ時に御用ってことさ。裏が取れなかったのは、清和の不正融資の実態の証拠ではなく、俺の守秘義務違反の証拠だったわけさ」

中根には、にわかにそんな話は信じられなかった。森嶋が言っている某大手経済紙と言えば、総合経済新聞しかない。経済界のリーディングペーパーの記者が、そんなことをするものなのか？

「酷《ひど》い話だよな。おれは新聞記者っていうのは、もっと正義感で仕事をしているんだと思っていたよ。なのにウチに飼われていたとはな」

「飼われていた？」

「ああ、後で思い出したんだ。広報の樋口が以前、竜崎社長になってからマスコミ対策費が青天井になって連日接待で大変だって言ってたんだ」

その話は、中根も聞いたことがあった。マスコミに情報をディスクローズするのではなく、彼らを接待漬けにし、こちらの都合の良い情報だけを選別してリークする。それに記者連中は、群がっているのだと。

「その中で、株で穴をあけた大物記者に広報室長決裁で金を恵んでやったことがあるっていう話を樋口がしていたのを思い出した。さっきヤツに確認したら、その記者が、俺に近づいてきたヤツだったよ」

なんてことだ……。中根は、全身に怒りが沸々とわき上がってくるのを感じていた。

「それでどうするんだ？」

森嶋は、その言葉で初めて中根のほうを向いた。

「辞めたいよ……。だが、それもできない」

「どうして？　おまえ、税理士の資格も持っているだろ」

「ああ。だが、さっき坂上部長に言われたよ。もしこの異動に不服で会社を辞めるようなことがあれば、会社は俺を訴えるそうだ」

「訴える？」

「ああ商法違反だの、背任だのと言っていた」

「だがそんなことをすれば、会社だって傷つくだろ」

「俺も最初はそう思った。こけおどしだとね。ところが、坂上は、『自己申告して、社内の毒を一掃することは、企業イメージを上げることになる』とぬかしやがった。さらに、『訴えられれば、君の将来はそれでおしまいですよ。あなたが得意な分野は、信用が全てですからね。以前勤めていた会社から訴えられたような人を、どこが雇ってくれるんですか。今回のことは、あなたの人一倍強い会社を思う気持ちがさせたのだ、と私は一生懸命上に取りなしました。だから、しばらくプロダクツで大過なく過ごしてください。悪いようにはしません』とな」

　中根は反射的に、拳《こぶし》でカウンターを叩《たた》いていた。

「許せん！　おまえ、そんな話を黙ってのむ気か？」

　森嶋の表情が一気に曇った。

「上の娘の喘息《ぜんそく》が酷くてな。今でも入退院を繰り返している。さらに去年会社から金を借りて、二世帯住宅を建ててしまった。それも辞めたら返済しなきゃいけなくなる。だめだな、八方塞《ふさ》がりだ。坂上の話なんぞ全く期待していないが、今は辞められない。し

【1987年11月】

ょうがない。しばらく楽させてもらうよ」

彼はそう言うと、残っていたビールをあおった。全くやるせなかった。だがそれ以上森嶋が決めたことに、自分が口を挟むことはできなかった。

「よし分かった。じゃあ今日は俺が奢《おご》るよ。思いっきり飲もうぜ！」

中根はそう言うと、酒を日本酒に切り替え、「準備ができた」という自慢の焼き鳥を、たっぷりと注文した。

「いや、今日は俺が奢るよ」

「何を言ってるんだ。おまえの激励会だ。何なら、各務とかも呼ぼうか？」

森嶋は苦笑して首を横に振り、中根から一杯目を受け一気に飲み干すと、また厳しい表情になって始めた。

「いや、おまえを誘ったのは、俺の愚痴を聞いてもらうためじゃない。一つ託したいことがあったからだ」

その言葉に、中根も真顔になった。

「おまえ、社長案件って知ってるか？」

中根は、森嶋の問いに首を横に振った。

「社長案件？　なんだ」

「竜崎社長は最近、政界のお偉いさんとのパイプづくりに熱心だ。ところが政治家と仲良くすると、必ず怪しい企業がまとわりついてくる。そういう企業への融資については、社長案件として審査を通さずに、融資がされている」

「何だって！　だが、それこそ商法違反じゃないか」

森嶋は、そう言われて笑った。

「今の金融界には、商法や銀行法、保険業法なんぞは、破るためにあるんだ。第一、生保の場合、そういうトップの独走をチェックする仕組みもない」

相互会社である清和生命には、株主がいない。そのため株主総会もない。社員総代会という、契約者に対して会社の業績を報告する会はあるのだが、株主総会ほどのチェック機能を持っていなかった。その総代会に参加する社員総代は、自社の契約者の中から、有力取引先の社長や著名人、大学教授などから構成される。彼らは経営側によって人選された「社員総代選考委員会」によって選ばれる仕組みになっており、会社（経営者）にとって都合の悪い人物は選考されないようにできていた。

また、当時は、「契約者代表訴訟」で経営責任を問うためには、全契約者の三％の書面での意思統一が必要だった。生命保険会社の契約者の三％というのは、とてつもない数になる。八七年度の清和生命の契約者数は、約四〇〇万人。その三％は、一二万人に上る。しかも契約者同士の横のつながりはほとんどない。契約者が、経営者を法廷の場で糾弾することも、限りなく不可能に近かった。

そうした生保に対してある程度ものが言えたのは、大蔵省と銀行ぐらいだった。生保にとって大蔵省は、単なる監督官庁というレベルではない。様々な税制的法的保

【1987年11月】

護を得ている一方で、細部に至るまで大蔵省に打診し、彼らの許可を得なければ、新商品の発売や、配当や利率の改定もできなかった。だが、保険会社にとって頭が上がらない大蔵省にも天敵がいた。政治家、中でも大蔵族議員からの圧力に、彼らは極めて弱かった。

竜崎は、その大蔵族のドンである竹芝守・前蔵相の金融ブレーンであり、資金源でもあったのだ。その結果、竜崎に対して批判めいたことを公然と言える官僚はいなかった。

一方の銀行は、バブル期に入ってからは、生保に意見が言えるようなモラルはとっくにかなぐり捨てていた。彼らにとって、自分たちが貸せないような先を紹介したり、そうした先からの保険契約の見返りに多額の預金を積んでもらうには、竜崎のようなタイプがもってこいだった。そういう状況下であれば、生保が健全な状態であり続けるか否かは、社内の職員の良心にかかっていた。その砦《とりで》である審査部が今、有名無実化しようとしているのだ。

森嶋は、続けた。

「事業主体がよく分からないゴルフ場開発が二件、大がかりな絵画取引、ハワイ、モルジブのリゾート開発、さらに岡山県のサーキット場計画にも出資される」

「サーキット場だと？」

「ああ。鈴鹿、富士に次ぐF1のレース場をつくり、F1グランプリレースを開催する気でいる」

「さあ。今度、社長室に行って聞いてみてやってくれ。竜崎さん、あんた正気かって？」

「正気か？」

酒の量と共に森嶋の毒舌は冴《さ》えていった。

「闇の世界の有名人たちが、今ウチの周りで無数に蠢《うごめ》いているよ。あの竹芝さんっていう人は、一体何なんだろうな。次の首相候補だとか言われているけれど、彼の紹介案件が社長案件の大半なんだが、どれもこれも寒気がするよ」

「社長案件っていうのは、誰もチェックしないのか？」

中根はそう尋ねた。

「いや書類上は、審査・財務両部長に常務会の承認印まである。つまり、完全に手続きを踏んだ合法的なものだ。ただ合法的なのは紙の上だけで、そうした案件を調査したり審査した人間が、社内に誰もいない。

いずれそういう怪しい貸し先の融資は焦げ付き、回収不能になっていく。済んだ話は、しょうがないが、これ以上こんなバカをやらせてはいけない。俺はそう思って闘ってきた。もちろん、やり方に問題はあったかも知れない。だが、俺なりに精一杯考えた捨て身の策だったんだ。それが見事に失敗してしまった……。そこで、おまえに頼みたいというのは、俺に代わって何とかこの危ない流れを堰《せ》き止めてほしい」

「…………」

【1987年11月】

一体どうやって、俺に何ができるんだ！　中根はそう叫びたかった。第一、自分が置かれている状況だって、森嶋と変わりない。森嶋は、困惑している中根の表情を勝手に読みとったようだ。

「何もおまえに、財務や審査に異動を希望してくれとは言わん。だが、清和が今何をしているのかをちゃんと見ていてほしいんだ。そして、偉くなってくれ」

「なんだと？」

「いいか、結局こういう社会では偉くなってなんぼだ。主査クラスが、いくら喚《わめ》いても何も変わらない。だからおまえには、とにかく偉くなってほしい。そして偉くなってこの腐りきった会社の膿《うみ》を一滴残らず、絞り出してほしいんだ」

中根は驚いた顔で、同期の横顔を覗《のぞ》き込んだ。

「おいおい、冗談じゃない。俺はそんな器じゃない」

そう言われて森嶋は、また豪快に笑った。

「おまえ、自分のことが何も分かっていないようだな。この間、大手生保八社の審査部担当者の会で言われたよ。『さすが清和さん。変額保険の在り方に徹底的に異論を唱え続け、銀行と距離を置こうとしているのは、おたくの中根さんだけですよ』ってな。他社は、もう必死で金を貪《むさぼ》っている。おまえ、それぐらい注目されているんだ。もっと自信持て！」

だが、結果は変わらない。それどころか、変額保険で他社の一歩先を行っている。義理でも誉められたものではない。

「俺は今まで高村部長について、あまり高く評価していなかった。彼はクリスチャンだって聞いたけど、偽善者に見えるし、黒い噂も絶えない」

中根にとっても耳の痛い噂だった。次期取締役最有力と言われている、中根の上司である高村総合企画部長は、竜崎自身が開拓した政財界のルートの窓口を一手に引き受けている。変額保険でも銀行幹部との交渉は高村が行っていたし、そこでは様々なバックマージンの話や、怪しい融資が付随してきていた。

「清廉潔白の仮面を被《かぶ》った悪代官みたいな言われ方をしているが、あの人の筋の通し方もすごいよ。危ない案件で俺も何度か、彼にくってかかったことがあるが、彼はそれを恫喝《どうかつ》したりせず、なぜその融資が必要なのかを説明した上で、折り合える譲歩策を出してくる。そしてその案で何度か竜崎社長を説得してもくれた。

これは、坂上みたいな腰巾着《こしぎんちゃく》の連中には絶対できない芸当だ。しかも彼は、彼個人へのキックバックを絶対に受け取らない。そんな機会があったとしても、その時は、清和が出資している福祉施設や慈善施設運営のための基金に入れてほしいと言うそうだ」

そんな話は初耳だった。だがいかにも高村らしい。

「おまえは、あの高村さんの秘蔵っ子だろ。だからどんなことをしても、あの人についていくべきだ。そして大事の前の小事には目をつぶることも、時には必要だという考えを持ってほしいんだ」

「大事の前の小事だと……？」

森嶋が一番嫌うであろう発想が彼自身の口からこぼれて、中根は驚いた。森嶋もこちらを見ていた。

「協力預金のことなんぞ忘れちまえ。あんなものは今の清和にとっては何でもない。それよりも、おまえは実績を積んで偉くなれ。竜崎社長が、言ってたそうだぞ。『中根というのは変人か。あれだけ変額保険で実績を上げていながら、自分で変額保険の悪口ばかり言っているそうじゃないか。八一年入社っていうのは、問題児ばかりか』って。だが、高村さんが言ったそうだ。

『彼らこそが、将来清和にもしものことがあった時に、正しい舵《かじ》を取る人間たちかも知れません』とな」

その言葉に、中根は胸がいっぱいになった。

「こら、泣くな！　話にはまだ続きがある。そう言われて、あの鬼瓦《おにがわら》が、すごく嬉《うれ》しそうだったらしい」

中根は、意外そうに森嶋を見た。そのリアクションは、竜崎のイメージには合わない。

森嶋はこの日初めて笑みを浮かべて、酒を注いだ。

「実は俺は覚えていないんだが、おまえ、俺たちが採用された年、竜崎さんが新人採用を仕切っていたって知ってたか。彼は当時、営業担当専務だったはずなんだが、その頃から、あのお得意の大声で営業力強化を叫び続けていたみたいで、新人採用の責任者を買って出たんだそうだ。俺たちを選んだのは、彼の鶴の一声だったたというぜ」

言われてみれば、最終の役員面接で取り澄ました役員陣の中で、いたく元気で明るい人がずっと自分たちに質問をぶつけていたような気がする。そう、確かにあれは竜崎さんだった。中根は内定式のパーティで彼からビールを注がれ、彼からかけられた言葉も覚えていた。

「俺は大学で剣道をやっていたんだが、君の話を聞いてから、俺もラグビーをやっていたらよかったと思うよ。君は今年の優秀な新人の中でも期待の星だ。そういう自覚を持って励んでくれ！」

各務に言わせると、竜崎は全員に「君こそが清和の期待の星」と肩を叩《たた》いて酒を注いだんだというが、確かにあの人には人をその気にさせる何かがあった。

中根が、何度か頷《うなず》くと森嶋が続けた。

「俺は、どう考えても竜崎社長は問題があると思う。ただ一方で、単に私利私欲に走っているだけではない気もする。高村さんを側近に使うのも、俺たち跳ねっ返りを頼もしく思っているのも、会社のためを思ってのことだろうからな」

森嶋にしては、意外なほどの楽観的な発言だった。おそらく自分でもそう感じているんだろう。怪訝《けげん》そうな中根の視線とぶつかると彼は苦笑して、酒をあけた。

「ちょっと良く言い過ぎかも知れないが、それでも希望は捨てたくないんだ。誰かがこの会社を救えるとしたら、それはおまえしかいないって思っている」


【1987年11月】

「買いかぶり過ぎだ。俺は直情タイプだから、ダメだ」

「その直情的な正義感を振りかざすことを堪《こら》えてくれれば、おまえは上からも下からも、もっと慕われ支えられる幹部になれるはずだ。だから、この通りだ。暫《しばら》くは歯を食いしばって、偉くなってくれ」

森嶋はそう言って、頭を下げた。

「よせ。おまえに頭を下げられるいわれはない」

「じゃあ、約束してくれるか？」

森嶋の眼に酔いはなかった。中根はその真摯《しんし》さに反射的に頷いていた。

「頑張るよ。そして、おまえを呼び戻す」

「すまん！」

森嶋はそう言うと肩を震わせた。中根は、ただ呆然《ぼうぜん》と眺めることしかできなかった。あれほどまでに、周囲の圧力にも屈せず、自らの正義を信じていた者の今の言葉に、中根は何とも言えない辛《つら》さと現実を感じた。

偉くなる……。同期の中には、上昇志向を隠さない人間も、そのために媚《こ》びへつらうことに何の痛痒《つうよう》も感じない者もいた。だが、俺はやらない。中根はそう思っていた。しかし、森嶋が言うことは間違っていない。

いくら平社員が、「今の経営はおかしい！」と叫んだところで、労組も御用組合でしかない清和生命にとって、それは負け犬の遠吠《とおぼ》えでしかない。自分自身が、経営に参加できる場所に身を置かなければ、会社は変えられない。自分の欲のためではなく、正しいことを通すためなら、自分は上を目指すことができるだろうか……。

大事の前の小事。二九歳の中根亮介には、その言葉は遠い響きのように感じられた。だが、暫くその言葉の意味を、考えてみよう。彼は、空いたお銚子《ちょうし》を振ってお代わりを頼んだ。いくら飲んでも酔わないのは分かっていたが、飲まずにはいられなかった。

4

目の前で家が燃えていた。家と呼ぶにはおこがましい、薄っぺらな二階建ての文化アパートが、火柱を上げて燃えていた。その一室の住人の様子が気になって各務は、葛飾営業支部から飛んできたのだ。

「あんた、危ないから下がって！」

消防士にそう怒鳴られても、彼は動こうとしなかった。

「おい、聞いているのか！」

すでに煤《すす》で顔を真っ黒にした消防士が、険しい表情で各務を睨《にら》んでいた。

「中にいた人は無事だったんでしょうか？」

「何、おたく、関係者？」

各務は反射的に頷いていた。消防士は振り返ると大声で誰かを呼んだ。狭い路地に何台もひしめき合っていた消防車の中央にいた男がこちらを向いて頷いた。

「何か聞きたいんだったら、あの男に聞いてください。いずれにしてもここは邪魔ですんで」

消防士に呼ばれてやって来た人物は各務に頷き、彼をアパートから少し離れた場所へ誘った。

「東京消防庁広報官の南雲《なぐも》と言います」

各務は黙って名刺を出した。

「清和生命？　なんだ、保険屋さんか。えらく手回しが早いですな。もう火災保険の調査ですか」

相手は露骨に嫌悪感を露《あら》わにした。

「いや、そうじゃない。ウチは火災保険はやってない。実は、あそこに住んでいる人を訪ねるところなんです」

「住人を、どなたです？」

「植草和美という女性です。二〇三号室のはずです」

広報官はそう言われて、黒板の前の若い消防局員に、今の名前と部屋番号を告げた。

「火元と見られる部屋です！」

それを聞いた広報官の表情に好奇心が浮かんだ。

「何か事情をご存じなら、聞かせてください」

各務は、しばらく相手の眼を見つめた後、話し始めた。

植草和美ら親子は五日前から、各務の母の料亭「紺屋」の離れに仮住まいを始めた。店の手伝いに出ていた各務の妻、良子がいてくれたこともあって、各務は安心して三人を任せてきた。

そして、この日、「どうしても取りに行きたい荷物もあるのでアパートへ少しだけ行ってきます」という連絡が、彼のいない時間帯に支部にあった。それを知って、嫌な予感が走り、各務は彼女のアパートに急いだのだ。


消防庁の広報官は、じっとその話を聞いていた。

「なるほど。植草さんは、自室に立ち寄ったほんのわずかな間に、火を出してしまったことになりますねえ。そんな短い間に、何があったんでしょうな」

それは各務にも分からない。だがそこまで事情を説明したことで、こちらを信頼してくれたのか、南雲は火災の状況を説明してくれた。火元は、間違いなく植草和美の部屋からだったこと。バーンという大きな音がして、その後見る見るうちに火がアパート中に広がったということだった。

「では、事故の可能性が高いっていうことですか」

「そうですね。まだ何とも言えません。彼女が子どもを連れてアパートに戻ってきたのを一階の住人が見ていて、それからすぐにバーンという音がしたそうです。おそらくガスが漏れていて、それに気づかず電気をつけて、引火したというのが妥当なところでしょうか」

自殺ではなく、事故……。自殺した夫の植草雅彦の時には回収できなかったサラ金保険の保険金が、今度は下りる……。

「どうしました？」

「ああ、いえ、すみません。あの、それで安否は？」

「他の部屋の住人はみな無事です。ですが、火元の植草さんのところは、まだ中に入れないんで、何とも言えませんが、あの状態では中におられる方は、絶望的だと思わざるを得ませんね」

各務は怒りが込み上げてくるのを、ギュッと唇を噛《か》みしめて堪えた。

「さっき一階の方が植草さんは、子どもを連れて戻ってきたっておっしゃいましたよね。それは二人ですか？」

「さあどうだろ。ちょっと分かりません」

そこで、誰かが南雲を呼んだ。彼は現場に戻らなければならないという。各務は礼を言い、もう暫くここにいる許可をもらった。彼は自分が次に何をすべきかを必死で考えた。ようやく最優先でやることを思いつき、あたりを見渡した。探していたものは、そこから三〇〇メートルほど離れた酒屋の前にあった。彼はそこに駆け出すと、テレホンカードを取り出し、実家を呼び出した。

「各務でございます」

「ああ良子、おれだ」

運良く妻が出てくれた。

「ああ、裕ちゃん。どう？　和美さんには会えた？」

各務は絶句した。今、自分がここで見たことはとても言えない。彼は、努めて普通に答えた。

「いや。彼女は、二人の子どもを連れて出たのか」

「子ども？　いいえ。最初は一人で行くって言ったんだけれど、上のお嬢ちゃん、幸《さち》ちゃんがどうしてもお母さんと行くって言って聞かないんで、一緒に行ったわ」

彼の中で、アドレナリンが一気に噴き出した。

「じゃあ、響ちゃんは、家にいるのか！」

「ええ、ちょうどいい具合に昼寝してくれてね。さっき起きたけれど、義母さんと一緒に散歩に出たわよ。何だか急に孫ができたみたいだってはしゃがれて、……ねえ裕ちゃん、やっぱりわたし不妊治療を」

とそこまで話していた良子が、夫の異変に気づいた。各務は受話器を握りながら嗚咽《おえつ》を堪《こら》えていた。

「どうしたの？　裕ちゃん大丈夫？　和美さんたちに、何かあったの？　ねえ裕ちゃん！」


【1987年11月】

各務は、ずっと「ひとりは助かった」と繰り返しその場にへたり込んだ。涙が溢《あふ》れ、それと同時に安堵《あんど》感が全身から力を奪っていた。こんな気分は初めてだった。怒り、哀しみ、絶望が全身を襲っているのに、自分は泣きながら笑っている。一人の小さな命が救えたことで、自分は安堵で泣いていた。誰かが彼の肩を揺さぶった。

「あの、大丈夫ですか？　気分でも悪いんですか？」

見上げた先にあったのは、若い消防職員の不安げな顔と鉛色の雲の合間から僅《わず》かだけ覗《のぞ》いていた、日射しの眩《まぶ》しさだった。

5

その夜各務は、竜崎誠一を赤坂の料亭で捕まえた。ちょうど客を送り出した直後だったようだ。彼は躊躇《ちゅうちょ》なく竜崎の前に進むと、やにわに胸ぐらをつかんだ。

「おい、各務君、やめないか」

脇にいた高村部長が、二人の間に割って入ろうとした。

「あんたもちょうどいい。一緒に来てもらおう」

彼はそう言うと、そばにあった社用車に竜崎を押し込み、自分も乗り込んだ。高村は、抵抗しない竜崎にならって助手席に座った。

「葛飾だ」

運転手は何事か分からず二人の幹部を見たが、竜崎が不機嫌そうに「言われたようにしてやれ！」と怒鳴ったことでギアを入れた。

「おい裕之、自分が何をしているのか分かっているんだろうな」

だが各務はそれには答えず、前方を睨《にら》みつけた。

「大体、何だその格好は！　皺《しわ》だらけの上に、袖《そで》やズボンは泥だらけじゃないか。しかも煤《すす》臭いぞ。そんな格好で毎日支部に出ているのか」

それにも各務は答えなかった。

「しかし、おまえのところは凄《すご》いな。ノルマを課さずにあの売り上げだ。この間、首都圏本部長が、近いうちに支部運営をレクチャーしてもらいたいとか抜かしておったが、その様子じゃどうやら単なるラッキーだっただけだな」

各務はそれも無視して、運転手に道を指示した。竜崎もそこで諦《あきら》め、体をシートに預けると、高いびきをかき始めた。高村がそこで振り返った。

「どうしたんです。君らしくないじゃないですか」

各務は黙って前方を見つめるばかりだった。車は渋滞もなく、三〇分ほどで目的地に着いた。

「ここで降りてもらう」

各務はそう言うと、竜崎を引きずり出した。冷たい雨が降り始めていた。竜崎はうめき声を上げて眼を開けると外に出た。


【1987年11月】

「おお寒い！　しまった高村、コートを忘れたな」

「そんなもんはいらん！　歩け！」

昼間の喧噪《けんそう》はなく、街灯もない細い路地を各務は、竜崎を先に歩かせて進んだ。燃えたアパートの手前一〇〇メートルぐらいから焼けこげた異臭が漂い始めた。

「何だ、この臭いは」

「火事でもあったんですか？」

察しの良い高村がそう尋ねた。各務は現場保存用のロープの手前で、二人を止めた。警察か消防が残していった仮設ライトで、かろうじてあたりの様子はうかがえた。

二階建てのアパートは跡形もなく崩れ去り、そこにあるのは水浸しになって崩れ落ちた廃墟《はいきょ》と、二人の人間を焼いた後に残った異臭だけだった。

「今日の午後、ここでガス爆発があってアパートが全焼し、爆発した部屋にいた母子二人が亡くなった」

「それがどうした？　それはうちの客だったのか」

「母親の夫は一週間余り前、隅田川で灯油を被《かぶ》って焼身自殺した」

「だから、それがどうしたと聞いているんだ！」

竜崎は、苛立《いらだ》たしそうに叫んだ。

「その夫が死んだのは、貴様が考え出したサラ金保険のせいだ！」

そこで、竜崎と高村の表情が強《こわ》ばった。

「何を言い出すかと思ったら、おまえ正気か！」

各務は淡々と昼間消防庁の広報官にしたのと同じことを彼らに話した。

「いいか竜崎、貴様が考え出したあのとんでもない保険のお陰で、夫だけではなく、再起を期そうと思った母子の命まで奪ったんだ」

竜崎は反論しなかった。各務は、竜崎の緩められたネクタイを引きちぎらんばかりに引っ張り、彼を水浸しの廃墟の中に跪《ひざまず》かせた。

「懺悔《ざんげ》するんだ！　あんたは、自分がやっていることが分かっているのか！　あんな店で毎晩意味もない会合を繰り返し、ハイエナのような連中に金をくれてやっているのは、こういう人たちの不幸を食い物にしているからだ！　ここで土下座して謝れ！」

「おい裕之、冗談もいい加減にしろ。何を青臭いこと言っているんだ。俺たちのサラ金保険は、金を貸す側だけではなく、借りる側にも福音をもたらしてきたんだ。いいか、生命保険は慈善事業じゃないんだ。それぞれのリスクを積み立てて補完し合う、そのため」

そこで各務は竜崎に殴りかかった。剣道だけではなく柔道の覚えもある竜崎だったが、酔いと衝撃のせいで、されるままに殴られていた。やがて高村が各務を後ろから羽交い締めにして止め、各務は泥まみれの竜崎の顔に唾《つば》を吐き付けた。

「もういい、各務君。竜崎さんを見てみなさい」

高村の言葉で各務は、猛火でドロドロに溶けた瓦礫《がれき》の中で、両手を合わせて詫《わ》びてい

【1987年11月】

る竜崎を見つけた。彼は肉付きの良い肩を震わせて泣いていた。だが、それでも各務は容赦しなかった。竜崎の涙なんぞには、誠意のかけらもないことを各務は知っていた。竜崎は泣かなければならないときは、三秒で涙が出せる。そんな場面を各務は何度も見てきたのだ。

「竜崎さんよ、悪いが俺は、高村さんほど人間の出来がよくないんだ。あんたの涙には何の真実も感じない。もし、本当に自分のしでかしたことに責任感じるんなら、形にして見せてくれ！」

「形だと」

くぐもった声で、竜崎は顔を上げずにそう質《ただ》した。

「そうだ。基金を設立しろ。サラ金保険から上がった利益の半分相当の額を基金にして、サラ金保険で命を落とした人の遺族援助をするための基金だ」

「何だと！」

竜崎は体を起こし、真っ赤に腫《は》らした眼をこちらに向けた。各務は自分の顔を彼の鼻先まで近づけて喚《わめ》いた。

「良い話じゃないか。サラ金保険を設立した張本人が、自らの強欲を悔いて遺族のために基金を設け遺族の生活の援助をする。さすが清和生命、キリストの慈愛精神に則《のっと》った『生保業界の良心』だけはある」

そう言われて竜崎は、各務と高村を見た。そして各務は、竜崎の瞳《ひとみ》が、物事を計算するときの小賢《こざか》しさに輝き始めているのを見逃さなかった。

「よし、いいだろう。それぐらいは世間様のためにお役に立とう」

彼はそう言うと立ち上がった。各務は、小柄な竜崎を見下ろすようにして言った。

「ただし、この基金については、記者発表はなしだ」

「何だと、貴様！」

「当然だろ。こんな恥ずかしい基金は、人知れずやるからいいんだ。それとも広報室長に言わせるのか、実はウチのヒット商品のサラ金保険のせいで、最近自殺する人が増えてしまいまして。そこで、罪滅ぼしのために、遺族に金を恵んでやる基金つくることにしますって」

「おい、各務君、言葉が過ぎるぞ」

高村が耐えかねてそう言ったが、各務はそれは無視して、怒りで肩を震わせた竜崎を睨みつけた。

「おい裕之、俺を見損なうな！　男竜崎、そんなけちな真似はせん！　だが、貴様が今日わしや高村にやったことは、清和の社員というだけではなく、一人の人間として言語道断。この落とし前はつけてもらう」

「社長！」

高村は今度は竜崎を諫《いさ》めた。だが各務はニヒルな笑みを浮かべて頷《うなず》いた。

「安心しろ！　こんな会社に未練はねえ。いつでも辞めてやる！」


【1987年11月】

　そう言うと、竜崎は大声で笑い始めた。

「アハハハ、おまえ何を勘違いしている。貴様をクビにしたら、おまえを喜ばせるだけだ。いいか、来年早々、わしは直轄の社長室を置くつもりだが、俺が死ぬまで、おまえにはずっと、このセクションにいてもらう。それが嫌なら、基金の話なんぞやめだ。死にたい奴は死ねばいい」

「なんだと！」

　各務は反射的に、竜崎の襟元を摑《つか》んで絞め上げようとした。それをすぐに高村が制した。

「やめないか、各務君。それよりよく考えてみたまえ。この社長室は願ってもないポジションじゃないですか」

　各務は手を緩めて、高村を見つめ返した。

「竜崎社長のそばにいて行動を監視する。それがあなたが一番やりたい仕事じゃないんですか」

「おい高村、そういう物言いはいかんぞ。そんな話は、このガキをつけあがらせるだけだ。こいつの思い通りにはさせん。貴様は清和の汚い仕事の全てを一手に引き受けることになるんだ。ちょうど貴様が今着ている煤《すす》だらけの背広のようにな。貴様を何のために清和に入れたと思っているんだ。花街で育った男しか持てない殺気を見込んでだ。ようやくその機会が巡ってきたわけだ。せいぜい働いてもらうからな。しっかり務めろ。

貴様が俺の言うことを聞いている間は、その基金を守ってやる。だが俺から逃げ出したり、俺に反旗を翻そうとしたら、すぐに潰《つぶ》してやるからな」

各務はそこまで言われてまた竜崎につかみかかった。

「殴りたければ殴れ。そうだ、ちょうどいいから一つ、貴様にいいことを教えてやる」

すでに体勢を立て直した竜崎は太い手で、各務の手をほどくと、逆に各務を泥の中へ突き落とした。そして、各務の鼻先に太い指をつきつけた。

「いいか、おまえは知らんだろうがな。おまえの死んだ父親っていうのは、五年前に亡くなった先代会長の古田千尋翁が社長時代の秘書役だったんだ。一見、清廉潔白な顔をしながら平気で闇の世界とも繋《つな》がっていた千尋翁の汚い役回りを、貴様の親父は、一身に背負って忠義を尽くしていた。そしてある疑獄事件で千尋翁にも疑惑の眼が向けられると知ると、翌日には自ら命を絶った壮絶な男だった」

「社長！　何もこんなときに、そんなことを！」

高村がそうたしなめたのが、逆に各務に大きな衝撃を与えた。

「な、何だと……」

各務の父が故古田千尋翁の秘書役だったことは知っていた。そして、四五歳で急死したことも。だが自殺とは聞いていなかった。彼は呆然《ぼうぜん》として、竜崎の顔を睨《にら》み続けていた。

「なんだ、やっぱり知らなかったのか。それは気の毒なことをした。


【1987年11月】

男竜崎、基金の件は承知した。エンゼル基金という名はどうだ？ 今後サラ金保険のせいで自殺したり、不慮の事故を遂げた者の遺族には、相応の手当を出せるようにしてやる。その代わり、貴様も約束を守れ。おまえは、ここにいる高村同様、わしと一蓮托《いちれんたく》生《しょう》、運命共同体となるんだ。アハハハハ」

各務は途中から、激しい耳鳴りがして竜崎の言葉が頭に入ってこなかった。彼は必死で自分を叱りとばしていた。相手の不意をつき冷静さを失わせるのは、竜崎の常套《じょうとう》手段じゃないか。そんな術中にはまるな！ 今俺たちがここにいるのは、そんな話をするためじゃない！

そこでようやく各務は立ち上がり、反り返るようにして笑い声を挙げていた竜崎を瓦礫の中へ突き飛ばした。

「あんた、ここで笑い声を上げるとは、どういう神経なんだ。もっとちゃんとお詫びしろ。おまえのせいで命を絶った家族のために、演技ではなく本当の涙を流したらどうだ！」

各務はそう言うと竜崎の髪の毛を摑《つか》み、泥の中に押しつけた。竜崎が必死で暴れても、各務は絶対にその力を緩めない。慌てて高村が各務を止めなければ、そのまま竜崎は殺されていたかも知れなかった。竜崎は激しく咳《せき》込みながら必死で這《は》って各務から逃れようとしていた。どろどろの瓦礫の中に顔を押しつけられたせいで、口が切れて血が流れていた。

「俺が何をしたと言うんだ！　俺はただ清和のために必死で働いているだけじゃないか。おい高村、君からも各務にそう言ってやれ。青臭い正義感なんぞ捨てろ！」

各務は、竜崎の顎《あご》を蹴《け》り上げた。

「これは正義感の問題じゃない。人として最低限守らなければならないルールの話をしてるんだ！　いいか、竜崎！　今まで俺は単におまえのことが嫌いなだけだった。だが、この瞬間から、人間として絶対に許せなくなった。あんたが言うように、あんたが野垂れ死ぬまで、そばにいてやる。だが、もし今晩の約束を反故《ほご》にしたときは、俺は躊躇《ちゅうちょ》なく貴様を殺す」

視線で人が殺せるのであれば、各務のそのときの瞳で、竜崎の全身は引き裂かれていたかも知れない。

氷雨が降り始めていた。それが竜崎の悲鳴と各務の怒号を覆い隠し、高村が死者に捧《ささ》げる祈りの言葉を封じ込んだ。各務は頬を流れる涙を拭《ぬぐ》うこともせず、路地をさまよい歩いた。暗い混沌《こんとん》とした闇に包まれながら、絶望の味を初めて嚙《か》みしめて。


八〇年代後半から九〇年代前半にかけて日本は、最大のバブル経済を経験した。その始まりがいつからだったのか、という定義には諸説がある。概《おおむ》ね八五年九月のプラザ合意による、円高ドル安の国際協調だと言われている。しかし、多くの人がバブルの膨張を感じ始めるのはこの年、八七年頃からだ。僅《わず》か二カ月でブラックマンデーから回復し

【1987年11月】

た日本は、大暴落時以上の株高や円高を続け、世界経済に君臨し始めた。

また、政治家としてバブルを最も享受した竹芝守が、小曽根《おぞね》家春《いえはる》首相から民自党総裁を禅譲されたのも、そのブラックマンデーの翌日のことだった。竹芝の政権奪取はすなわち、竜崎の新しい春の到来でもあった。

「豊かさ」の意味を知らないままに世界一の金持ち国になった日本人は、滑稽《こっけい》なほどはしゃぎ、浮かれていた。そして誰一人、気づいていなかった。熱狂的な宴《うたげ》の後に待っている混沌と破滅の世界を。

「パックス・ジャポニカ」の到来とは、日本という国の破滅を告げる号砲だということを。

第三部　断崖　二〇〇二年一一月〜一二月

ああ、今や分別も野獣のもとに走り、
人々は理性を失ってしまったのか！
〜ウィリアム・シェイクスピア『ジュリアス・シーザー』より〜

第一章　混沌

1

二〇〇二年一一月二五日

生保各社の上半期業績が報告されるこの日、清和生命を激震が襲った。高村社長と各務が密《ひそ》かに進めていたアメリカ大手生保プレジデンシャル生命との提携話が、総合経済新聞にスクープされたのだ。

各務がその第一報を聞いたのは夜明けに近い時刻だった、業績報告に備えた想定問答集を、広報室次長の樋口と夜更けまで検討し、仮眠をとるために会社近くのビジネスホテルに戻ってきた時だった。

「今、総経新聞のネットニュースの『クイッキー』が伝えたんだが、アメリカ最大手のプレジデンシャルがウチと提携するそうだ。おまえ、知ってたのか」

ほんの一時間ほど前まで一緒に仕事をしていた樋口は電話口で、冷たくそう各務に質《ただ》した。各務はそう言われて、ノートパソコンで、「クイッキー」に繫《つな》いだ。

アメリカ最大手プレジデンシャル生命が、清和との提携か？

各務は「悪い、原稿を読んでからかけなおす」とだけ言うと電話を切り、記事を読んだ。

アメリカ生保最大手のプレジデンシャル生命が、日本生保大手の清和生命（本社・東京都新宿区、高村怜一郎社長）との提携交渉を進めていることが、二四日までに、関係者の話で分かった。

記事自体は、憶測の域を出ない短いものだった。両社の業績や現状を説明し、すでに両社の幹部が提携に向けての交渉に入っているとだけ記されてあった。

「くそ！」

各務は午前四時過ぎという時間すら気にせず、高村社長宅の電話を鳴らした。相手は七コール目で出た。

「はい高村です」社長本人だった。

【2002年11月25日】

「早朝にすみません、各務です。総経新聞にプレジデンシャルとの一件が、スクープされました」

「…………」

「社長？」

「ええ、聞いています。そうですか。大変なことになりましたね」

「今日の記者会見で、何らかのコメントが求められると思いますが」

「その前に、プレジデンシャル側にお詫《わ》びの連絡をすべきじゃないでしょうか」

ここで詫びてしまえば、清和側から情報が流れたと認めたことになる。

「お詫びは時期尚早かと思います。ひとまず、先方の窓口に連絡を入れます。社長は、腹を決めてください」

「腹ですか？」

「そうです。この一報で、社内外から一気に火の手が上がります。竜崎会長、社内の役員連中、さらには金融庁、第丸生命やみずきは大騒ぎするはずです。それら全てを敵に回すことになります。ここは明確な意思表示が必要です」

長い沈黙の後、高村は短く「分かりました」とだけ答え、電話を切った。

各務は、清和とプレジデンシャルの間に入っている、プレジデンシャルの投資銀行プレジデンシャル・ファイナンスの担当MDである小久保《こくぼ》の携帯電話を呼び出した。相手は、一コールで出た。

「ちょうど、今電話しようと思っていました。やられましたね」

「プレジデンシャルの態度は、どう変わりますか」

各務は詫び言も嘆きも口にせず、本題に入った。

「そうですね。おそらく黙殺じゃないでしょうか」

「えっ！」

各務自身は、思いもよらない答えに息を飲んだ。

「否定も肯定もしない。まあ、そちらとしては、何らかのコメントを希望されるでしょうが、それはまず無理だと思ってください」

「しかし、そんなことをされると、ウチの環境が一気に悪化する可能性もあります」

「それはお気の毒ですとしか言いようがない。各務さん、プレジデンシャル生命は、二〇〇一年一二月に株式会社としてニューヨーク株式市場に上場したばかりなんです。相互会社時代ならまだしも、株式会社となった今、現段階でプレジデンシャルが、御社との提携を考えているというコメントは出せません。既に両社の間で、提携に向けての正式合意があった後であれば、いくらでもフォローするでしょう。ですが、まだ御社のデューデリなどの最中です。この段階では無理ですね」

小久保の言っていることは正しかった。それが企業としての常識だった。プレジデンシャル生命は、清和との統合の話に興味は示してくれていた。だが、相手はまだ何の意思表示もしていないのだ。ここで相手の慈悲にすがるのは虫がよすぎた。それでも、各務は追いすがった。

「では、ウチが事実を認めた場合はどうなりますか」

「私にはお答えできません。我々はプレジデンシャル生命のアドバイザーですから。しかし、個人的な意見として言えば、お奨《すす》めしません。ご存じのように、あそこは、非常にクリーンな会社です。そういうルール違反を好みませんよ。ここは、御社も黙殺されることです」

それができたら、こんな相談はしないんだ。もし、この記事を黙殺した場合、清和はまた解約ラッシュに見舞われる危険が高かった。黙殺するということは、交渉が不首尾に終わる可能性が高いんじゃないか。そういう憶測が出てくる。そもそもM&Aが成功する最大のポイントは、統合決定までいかに秘密が守られているかにかかっていると言われている。過去にも、大型統合が、マスコミリークで失敗した例はいくらでもあった。

しかも清和の場合、一年以上「危ない生保」だと名指しされているのだ。このスクープで、プレジデンシャルサイドが統合に消極的な姿勢を見せるのは、まず間違いない。

「ねえ、小久保さん。以前、小久保さんは、御社としてもこのメガディールは、ぜひ実現させたいとおっしゃっていましたよね」

「ええ。ですが、それもルールに則《のっと》っての話ですよ」

「分かっています。じゃあ、御社が普段昵懇《じっこん》にされているマスコミに、プレジデンシャル生命がこのスクープを黙殺した意味に注目してほしい、と耳打ちしてもらえませんか？」

相手は、暫《しばら》く沈黙した後に答えた。

「つまり、全くその気がないなら、否定するはずだということですね」

「そう、それはできませんか？」

さっき以上の長い沈黙の後、小久保は答えた。

「申し訳ないのですが、答えはノーです。それは、御社にとってはメリットがあるでしょうが、プレジデンシャル生命にとってそうだとは思えません。相手に質すぐらいはしますが、期待しないでください。この記事の発信源が外資系他社だったりすれば、プレジデンシャル生命株に空売りがかけられる可能性があります。そうなれば、この話はその段階で破談になります。そういう意味では、現時点で御社との提携を仄《ほの》めかす発言は一切しないと思いますね」

悪夢が蘇《よみがえ》る――。各務の脳裏に、東和海上火災との統合前倒し発表直後の、悲惨な状況が思い出された。プレジデンシャル生命も同じことを考えるはずだ。

「各務さん、私が申し上げるべきじゃないんですが、もうちょっとしっかり御社のアドバイザーを使いこなすべきじゃないんですか。マスコミ誘導にしても、諸々の対策でも、ゴールド・マックスなら色んなアイディアを持っているはずです。ここは、彼らに対応させるべきじゃないですか」

小久保の言う通りだった。一〇月早々、ゴールド・マックスの槇塚は、各務に資料を手渡しながら、「上には報告するわよ」と言ってきた。彼女は、「本気なんでしょ。私も、相手にその気があるという話が本当なら、悪い話じゃないと思う。これで進めましょうよ」と交渉に前向きな姿勢を見せた。

実際、アメリカ最大手生保相手に、デリケートな交渉ができる力が清和にあるとは、各務も思っていなかった。槇塚に一週間だけ猶予をもらい、高村社長と、内々に話を打診されていたアクチュアリー（保険計理人）の鵜飼常務、幸田取締役社長室長による秘密会議で、プレジデンシャル生命との交渉を決めた。その後各務は、ゴールド・マックスに正式に、プレジデンシャル生命との提携交渉の依頼をしたのだ。

しかし、そこから迷走が始まった。

2

各務が槇塚に対し、プレジデンシャル生命との統合交渉を正式に進めてほしいと要請した数日後、槇塚から「ボスが、高村社長にお会いしたい」と言ってきた。一〇月一五日夜、両者は、清和が借りているパレスホテルの部屋で会った。

ゴールド・マックス側は、日本支店長も務めるM&AアドバイザリーのMD（マネージング・ディレクター）ベンジャミン・フィッシャーと槇塚、清和側は、高村社長と、幸田社長室長、各務という限られたメンバーでの会談だった。

ボード入りも近いと言われているフィッシャーは、大柄で恰幅《かっぷく》の良い体格をブリオーニ仕立てのスーツに包み、笑顔で会談に臨んだ。だが、彼らが突きつけてきたのは、笑顔で応対できる内容ではなかった。

「さすがに日本の生保業界の中でも一、二を争う慧眼《けいがん》と人脈をお持ちの高村社長ですね。現在考え得る提携先のベストの一つをお出しになってこられました」

彼はそう前置きしながら、その笑顔を絶やさずに続けた。

「しかし、このディールはお奨めできません」

清和生命の米国法人・清和アメリカ勤務が長かった幸田社長室長の通訳に、高村は表情を曇らせた。

「その理由は？」

「最大の理由は、彼らが株式会社だからです」

フィッシャーは、即答した。

「おっしゃる意味が分かりかねますが」

フィッシャーは、高村の言葉にさらに笑顔を大きくして頷《うなず》いた。

「東和海上火災と同じ事態が起きます。御社との提携交渉を発表した直後から、プレジデンシャル生命株が売られ、それに連動して格付けも下げられます。その結果、また白紙撤回という憂き目を見る可能性が大きい」

非常に温厚そうに見えるフィッシャーから厳しい指摘をされ、清和側は一様に表情を

【2002年11月25日】

強《こわ》ばらせた。

言ってくれるじゃないか！　各務はムッとして槇塚を見たが、彼女はじっと高村を見つめ続けていた。

「ミスター・フィッシャー、今回は、あなたがたに助言を求めているんじゃない。どんなことをしても、プレジデンシャル生命との提携話をまとめてくれと言っているんだ。そこをはき違えないでほしい」

高村が発言すれば問題になる言葉を各務は、あえて相手にぶつけた。槇塚から通訳されている間も、ずっと笑みを絶やさなかったフィッシャーは、笑顔のまま各務に言った。

「ミスター各務、我々アドバイザーは、クライアントから出された提案について、適切なアドバイスをする義務を負っています。したがって、我々がお薦めできない案件については、しっかりとしたサジェスチョンをしなければなりません」

「それは承知しています。ならば、統合が明らかになっても、プレジデンシャル株がどうすれば落ちないかを考えるのが、あなたがたの使命だと私は思っているのですが」

各務はそう切り返した。

「各務さん、申し訳ないが我々は魔術師じゃない。もちろん、打つべき手は全て打ちます。しかし、両社のディールについてどう判断するのかは、市場が決めることです。それについて、我々は何もできない」

フィッシャーの正論に、各務は黙り込んだ。代わって高村が口を開いた。

「ミスター・フィッシャー、もう少し具体的に、弊社とプレジデンシャル生命との提携を進められない理由を説明してもらえませんか」

フィッシャーは、そこで槇塚のほうを向いて頷いてみせた。彼女はあらかじめ用意していたと思われる文書を、清和側に配った。

そこには日本語と英語で、清和とプレジデンシャル生命統合のメリットとデメリットが書かれてあった。

メリットは三点あった。

第一に、アメリカ最大の生保会社との統合は、清和生命にとって大きな信用補完となる。

第二に、同社からの基金の拠出等によるニューマネーの注入も、期待できる。

第三に、アメリカ的経営スタイルへの移行で、清和が抱えている企業体質が改善される。

一方、デメリットは五点。

第一に、プレジデンシャル生命が株式会社であること。経営統合が明らかになった時点で株価の下落や格下げが予想され、そうした事態が発生すれば、同社は統合を白紙にする可能性が大きい。

第二に、統合交渉に入り、両社のデューデリジェンスが行われた際、清和の現在の財務状況では、プレジデンシャル生命の厳しい基準を到底クリアできそうにない。

第三に、その結果、プレジデンシャル側から、統合の条件として、清和に対して更生特例法の申請を求めてくることが確実視される。

第四に、いずれにしても現経営陣は全員退陣を求められ、外国人が社長になる可能性が高い。これは、清和規模の大手生保では過去に例のないことで、生保業界や金融庁からの反対も予想される。

第五に、プレジデンシャル生命の営業スタイルと清和のそれが余りにも異なっている点。プレジデンシャルは、高いコンサルティング能力を持ったライフプランナーが営業を担当しており、日本独自の生保レディの営業を否定している点。その結果、清和生命の営業職員の大半が失職することになる。

どれ一つとっても、清和が反論できない鋭い指摘ばかりだった。高村は何度も頷いてから言った。

「さすがゴールド・マックスですね。ご指摘の部分について一言もありません。ですが、それでもこの話を進めてもらえませんか」

今度はゴールド・マックス側が驚いたように高村を見つめた。

「そんなふうにおっしゃるには、よほどの勝算があるんですか」

そう言われて高村は苦笑した。

「勝算なんてありません。ダメもとでもやるだけです。しかし、先方が我々に関心をもってくださっているのは事実です。今はそれに期待するしかありません。さらに、我々のアドバイザーは、世界中のメガディールを次々と実現してきた最強のゴールド・マックスではありませんか。我々があなたがたにアドバイザーをお願いして良かったと思えるような結果をお願いします」

フィッシャーは高村の言葉ににんまりと頷いた。

「高村社長、あなたはお上手だ。もっともおだてられてもできないことは、できませんよ。しかし、そこまでおっしゃるならこのディール、進めてみましょう」

「よろしくお願いします」

高村の言葉に、幸田と各務が一緒に頭を下げた。

そして、起死回生を狙ったプレジデンシャル生命との統合交渉が始まった、かのように思えた。

実際は、一一月に入ってようやく両社のアドバイザーが交渉の席に着く有様《ありさま》だった。各務は、ゴールド・マックスの動きに恣《し》意《い》的なものを感じ、ルール違反を承知で、プレジデンシャル生命側のアドバイザーに直接接触。その結果、プレジデンシャル側が積極的に交渉をリードするようになり、両社のデューデリジェンスにまでこぎ着けたのだ。

その矢先の総経新聞のスクープだった。

槙塚を呼び出そうと各務が、携帯電話のフリップを開いたときに、着信があった。

「はい」

「槙塚です」


【2002年11月25日】

「やってくれたな」

「何の話？　まさかあの総経の記事を、ウチが漏らしたと思っているわけ！」

「そうじゃない証拠があるのか」

「やったという証拠はあるの？　ねえ各務さん、もう少し私たちを信用したら？　あんなことをリークして我々にどんなメリットがあるというの！」

各務は反論を飲み込んで、可能な限り大至急、清和本社まで来るように彼女に求めた。

「手ぶらじゃなく、この記事を追い風にする方法をしっかり考えてきてくれ」

各務は相手の返事を待たず、電話を切った。

今度はホテルの電話が鳴った。

「樋口だ。早くもマスコミからの問い合わせが始まった。まず、総経がこの件について、高村社長に取材させろと言っている」

「一五分でそっちへ行く。だが、いずれにしても午後からの中間業績報告の会見までは、取材は一切ノーと言ってほしい」

「なあ、各務。俺は信用がないか？」

「何のことだ」

「ここまで書かれているんだ。真実を教えてくれ」

「電話では言えない。そっちで話す」

各務はそう言うと、シャワールームに入った。徹夜明けの長髪はくしゃくしゃで、眼は腫《は》れていた。彼は舌打ちすると、シャワーの栓をひねり、臨戦態勢にふさわしい顔に戻るための準備を始めた。

3

清和生命の本社は、新宿の高層ビル街のそばにあった。昭和四〇年代に建てられた時は、広大な日本庭園と重厚な外観が評判になった。ところがその後、周辺に超高層ビルがズラリと建ち並んだために、時代から取り残されたようなみすぼらしいたたずまいになっていた。

六階の広報室にだけ照明が灯《とも》っていた。各務は通用口から社に入ると、ひっそりとした暗い廊下を進み、時代がかったエレベーターで七階の社長室へ向かった。そして自室の灯りをつけ、コンピュータを立ち上げた後、モニターに「広報室にいる」と貼り紙をして、六階へ下りた。

エレベーターホールから一番近い場所にあった広報室は、すでに半分以上の社員が揃い、みな一様に疲れ果てた顔で電話の応対をしていた。各務は、樋口を認めるとそのまま隣の応接室に入った。

広報室次長の樋口剛は、各務と同期だった。大柄で肩幅も広い巨漢だが、温厚で柔和な顔つきと柔らかい物腰で、「パパ」というあだ名がぴったりの男だった。そのソフト

【2002年11月25日】

さが受けて、広報や企画畑を長く務めた。しかし、けっして温厚なだけではなく、追い詰められた状況にも動じない度胸もあった。今年一、二月に異常な解約ラッシュが起きた時も、終始笑顔を絶やさず、マスコミ各社の取材にも、平然と「解約があるのは事実ですが、それによって経営危機に陥る懸念は全くありません」と言い続け、社内外の不安の払拭《ふっしょく》に一役買った。

その彼が今朝は、険しい顔で各務を迎えた。彼は二人分のコーヒーを手に入ってくると、各務の前にカップを置き、切り出した。

「じゃあ、教えてもらおうか。ウチが統合する先はどこだ。東和海上か、それとも第丸生命か、あるいは、今朝ご丁寧にも総経新聞が教えてくれたプレジデンシャル生命なのか」

各務は熱く濃いコーヒーをありがたくすすった後、煙草を一服吸ってから答えた。

「表向きは、東和海上から変わらない」

「何だと！　そんな話、誰も信じないぞ」

東和海上火災のミレナグループへの統合前倒しを、二〇〇二年一月に撤回した清和生命だったが、それ以降、統合の解消を正式には表明していない。東和としては一刻も早くきれいさっぱりと「縁切り」をしたいようだったが、改めてそんな会見をすれば、再び解約ラッシュが始まることは目に見えていた。そのため、金融庁から「清和の統合先が見つかるまでは、これ以上何の発言もしないように」と厳しく釘《くぎ》を刺されていて、両社とも沈黙を守っていた。

だが、マスコミはもちろん業界内では、清和と東和の統合は「過去の話」になっていた。それでも広報室が出す公式見解は、「当初の予定通り、二〇〇四年を目処《めど》に、清和生命は株式会社化し、ミレナグループ入りする」のままだった。

「信じなくても、それで行ってもらうしかない」

「だが、今朝の総経新聞の記事を見たら、東和だって、これ以上ウチに義理立てする必要もなくなってくるだろ」

「ウチがこの記事を認めればな」

「じゃあ、否定するのか」

各務はまたそこでコーヒーをすすって間をあけた。

「それはこれから協議するが、俺としては黙殺する方向で上を説得する」

「正気か？　黙殺ということは、事実を認めはするが交渉は停滞中だと言っているようなもんだぞ」

「ならば、そうならない方策を考えてくれ」

「考えてくれだと。何で俺が考えるんだ。ここまでかやの外におかれてたのに、やばくなると、何とかしろか！　おまえ、いつからそういう卑怯《ひきょう》な」

「そうじゃない！」

各務は樋口の言葉を遮った。

「なあ、樋口。おまえだって、今年度上半期の業績報告書で、一緒に苦労したんだから分かるだろ。ウチの状況は日々悪化しているんだ。ただ、それをひた隠しにしているからこそ、表向きは何でもないように見えている。しかも、竹浪さんが金融担当相になってくれたお陰で、マスコミの眼は今、銀行やゼネコンに向けられている。その間も、ウチはどんどん腐り続けているんだ。もはやきれい事を言っている場合じゃない。契約成立まで秘密を守り通せるかどうかが、M&A成否の最大の鍵《かぎ》を握ることぐらいおまえだって知っているだろう。だからこそ、社内でもごく限られた人間しか知らなかったんだ。今回のプレジデンシャル生命との提携話を知っているのは、社長と鵜飼常務、そして幸田さんと俺だけだ」

「じゃあ、会長すら知らないんだな」

「当たり前だ。奴が知れば、アッという間に潰《つぶ》されてしまう。奴は今、第丸との提携を実現させるために必死なんだから」

「なぜ、第丸じゃダメなんだ」

樋口は、少し語気を緩めてそう訊《き》いた。

「現状では第丸に清和を飲み込む意思はない」

「しかし、金融庁も支援しているというじゃないか」

「ポーズとして見せているだけだ。第丸にとってウチは旨《うま》みがない。もちろん、今年一月の明和と安井の統合発表で業界二位の地位が危なくなって以来、焦ってはいる。それで、もしウチが世間で言われているほど財務状況が傷んでないのなら、飲み込む気もあったようだ。だが、去年の秋に、岩倉専務が最初に話を持ち込んだ段階で、ウチの現状を正直に言いすぎた。とんでもない状況だということはもうバレているんだ。まともな神経の持ち主なら、今のままで、清和を飲み込むようなことはしない」

そう言われて樋口は溜息《ためいき》をついた。この一週間、目も当てられない財務状況をいかに誤魔化すかで、各務と二人知恵を絞り続けてきたのだ。第丸がそれを知っているなら合併なんぞあり得ないことは、樋口にも痛いほど分かっていた。

「それが、プレジデンシャル生命ならあり得るのか」

「このままでは厳しい。しかし、連中の体力は、日本のどの生保よりも強靭《きようじん》だ。また、彼らは、大手生保が持っている営業チャネルを欲しがってる。そういう意味で、第丸以上に、ウチを飲み込む旨みはあるんだ。もっともアドバイザーのゴールド・マックスだって反対したぐらいだから可能性はかなり低い。しかし、万が一の可能性があれば、そこにすがるしかないんだ」

樋口はうなり声を上げ腕組みをした。

「悲しい話だな。しかし、その我々のあがきをよしとしない誰かが、とどめを刺すべく攻撃を仕掛けてきたのが、今朝の総経新聞の記事ということだな」

「そうだ。さっき、プレジデンシャル生命側のアドバイザーに、何らかのフォローをプレジデンシャル側に頼めないか、と聞いてみたんだ。だが、それは無理だと言われた。

【2002年11月25日】

先方はおそらく黙殺するだろうとな。だから、俺たちは何も言えないんだよ」

樋口は、表情を強《こわ》ばらせてじっと天井を見上げていた。

「しかし、黙殺はまずいな。よりによって、今日は上半期業績報告の記者会見が予定されているんだ。その時に、記者の質問がこの話題に集中するのは間違いない。それに対して、ノーコメントは厳しいんじゃないか」

「だから、知恵を貸してくれ。今、ゴールド・マックスの人間も呼んでいる。今日の会見をどうしのぐのか。それが、この話がここでおしまいになるのか、僅《わず》かでも可能性を残して、先に進めるのかを決める」

その時、各務の携帯電話が鳴った。竜崎会長だった。各務は一瞬迷った末に、無視した。どうせ怒鳴られるのは見えている。今はそんな時間すら惜しかった。

「高村さんがまもなく来る。ひとまず彼と話をして対応を協議する。だから一時間ぐらいで、打開策と想定問答集をつくってくれ。それを叩《たた》き台に、ゴールド・マックスの人間も交えて、話し合いたい」

樋口は頷《うなず》いて腰を上げた。

「分かった。じゃあ、それまでは全てノーコメントでいいな」

「そう願いたい。悪いな、おまえには嫌な役回りばかりさせて」

各務はそう言って頭を下げた。樋口はその言葉に笑い声を上げた。

「いや、おまえにそれを言われる筋合いはないよ。俺から見れば、おまえのほうが嫌な役回りだよ。土下座されても、俺はおまえの立場にはなりたくないよ。協議を始めるときになったら声を掛けてくれ。俺はない知恵を絞っておくから」

樋口はそう言うと、大きな手で各務の肩を力強くつかんで各務のためにドアを開けた。

4

高村社長が姿を見せたのは、午前六時前だった。既に、幸田社長室長、鵜飼常務も顔を揃えている。そしてその三〇分後には、竜崎会長の車が社の地下駐車場に到着したという連絡が社長室に入ってきた。普段よりも早い出社だったにもかかわらず、竜崎が一〇分後には、高村の部屋にノックなしで入ってきた。

七三歳という年齢を感じさせない艶《つや》やかな顔を真っ赤にして、竜崎は小太りの体全身で怒りを露《あら》わにし、いきなり各務の頬を殴りつけた。

「このたわけめ！　貴様、自分がやったことがどういうことか分かってるんだろうな！」

太く張りのある声が広い社長室に響き渡り、後ろから続いていた幸田社長室長や、竜崎付きの秘書役も顔を強ばらせた。

高村がいつもと変わらない口調で頭を下げた。

「おはようございます。この度は、私が行き届かないばかりに、会長にご心配をおかけ

【2002年11月25日】

しました」

「黙らっしゃい！　高村、貴様も首を洗うことだ。いいか、貴様らのようなガキどもが勝手なことをしたばかりに、わしらはとんでもない窮地に追い詰められたんだ。その責任はしっかりと取ってもらう」

各務は切れた唇から流れる血を拭《ぬぐ》うこともせず、高村と竜崎の間に立ちはだかった。

「そもそも取り返しのつかない根源を作ったのは、誰なんだ」

「貴様！」竜崎はそう言って各務のネクタイを掴《つか》むと、いきなり各務を跪《ひざまず》かせた。

「いいか、これで第丸との提携はご破算になる。貴様、その責任をどう取る気だ！」

「第丸との提携は、最初から存在しない。連中は、金融庁の手前、時間稼ぎをしているだけだ」

「そんなことぐらいわしも百も承知だ。だからこそ政治家と金融庁を巻き込んで、ようやく土壌を作ったんだ。それを、この記事がぶち壊したんだ」

竜崎はそう言うと、憤懣《ふんまん》やるかたない様子で応接セットのソファに座り込んだ。

「じゃあ、伺いましょうか。竜崎会長の深謀遠慮を」

各務が竜崎を促した。竜崎はまた険しい目つきで各務を一睨《にら》みしてから話し始めた。

「第丸が簡単にウチを飲み込まないのは、最初から分かっていた。去年の秋に岩倉がセッティングしたグリーン会談で、向こうの秋葉会長からもきっぱり言われたよ。『社長の田畑は、ウチには珍しいぐらいの堅実な男だ。金融庁や政治家連中の圧力ぐらいで、自社の屋台骨を危うくするような話には耳も傾けん』とな。そこで、どうすればこの縁組みが成功するかズバリ秋葉会長に聞いたんだ」

竜崎はそこでお茶をすすり、勿体《もったい》をつけてから言い放った。

「あっさり言われたよ。『莫大《ばくだい》な債務の一掃だ』とな」

だがその言葉に動じる者は、この部屋の中にはいなかった。竜崎は続けた。

「偉そうなことを言っているが、資産が傷んでいるのは何もウチだけじゃない。第丸だってかなりのもんだ。ただ、図体《ずうたい》がでかいから見えないだけだ。しかし、それだけに今のウチを抱える体力がないということも分かる。ならば、どうすればいいのか」

竜崎はそこで、社長室にいるメンバー全員を見渡した。そしてその視線をアクチュアリーである鵜飼常務の前で留めた。高村と同じ六二歳とは思えない枯れたイメージのある鵜飼は、皺《しわ》だらけの細い顔を曇らせた。

「つまり、更生特例法を申請しろ、と」

「鵜飼、貴様はいつまで経っても、当たり前のことしか言えん男だな。そんな申請をするぐらいなら、最初から第丸になんぞ頭を下げる必要はないだろ。もちろん、連中が示唆しているのはそういうことだがな。そんな提案を受けたら男竜崎の名がすたる」

勝手に言ってろ！　各務はそう言いかけたのを、竜崎はすかさず見とがめた。

「何だ、各務次長、君には奇策があるのか」

「いえ、竜崎会長、得技が直球勝負というのは、私も同様ですから」


【2002年11月25日】

「あははは、貴様、いつからそんな真顔で嘘がつけるようになったんだ。しかし、さすがの貴様も、妙案が浮かばんようだな。ならば竜崎会長が教えて進ぜよう。つまり、既契約の予定利率を引き下げる」

日本の漢字生保と呼ばれている老舗《しにせ》生保が喘《あえ》いでいる「逆ざや」の原因、それは過去の高い予定利率だった。予定利率とは、契約者との間に結ぶ割引率だと思えばいい。生命保険会社は契約者から預かった保険料を元に、株式や債券、不動産などで運用し、保険金支払いの原資を積み立て、会社を維持、さらに契約者への配当金を捻出《ねんしゅつ》していた。

バブルの頃に「ザ・セイホ」と呼ばれたのも、莫大な資金で資産運用を行っていた最大の機関投資家だったからだ。

保険料とはいわば保険会社の経営の源であり、銀行の預金に当たるものだ。その保険料はあらかじめ一定の利回りで運用されることを前提に、割り引かれていた。この割引率が、「予定利率」で、契約時に定められた予定利率は、その契約が「転換」されずに元の内容のまま続き、満期や解約、保険金支払いなどで消滅しない限り、変わらないものと法律で定められていた。

例えば、契約時の予定利率が五％ならば、解約するまで五％で割り引かれる。保険会社が運用で頑張って、実際の資産運用利回りが八％だとすると、八－五＝三％が、運用による超過利潤（＝利ざや）となって保険会社に利益をもたらした。

しかしバブルが弾《はじ》けて一転超低金利時代に突入してしまうと、高い予定利率を超える利回りの維持が難しくなってしまった。

二〇〇二年三月現在の運用利回りの平均は三％余り。ところが、各生保が一気に保険契約高を増やしたバブル期の予定利率は、六・二五％もあった。つまり資産運用では、これらの高予定利率の契約をカバーできなくなってきているのだ。それが「逆ざや」だった。

清和生命の二〇〇一年度の逆ざや額は、公称約一二〇〇億円。しかし実際は二五〇〇億円を超えていた。日本の生保全体で公表されている額で一兆三〇〇〇億円。だがこちらも実額では、三兆円近いと言われていた。

そこで数年前から生保業界と金融庁の間で議論されているのが、既契約の予定利率の引き下げだ。

「今年の夏、金融庁の高城長官が就任会見で、にわかに予定利率の引き下げを口にしたのはなぜだと思う」

そう言われた各務はハッとした。

二〇〇二年七月、新たに金融庁長官に就任した高城昭広長官は、就任会見で「予定利率の引き下げも棚上げしたわけではないので、再度検討していきたい」と発言。生保業界で物議を醸した。

九六年に改正された新・保険業法が生まれるまで、生命保険の予定利率の引き下げは大蔵大臣の裁量で処理できた。

しかし、九六年の新・保険業法（業法）で、「既契約の予定利率引き下げ」条項が、「財産権を侵害する可能性」という一部学者たちの意見に応《こた》える形で削除された。現在、過去の予定利率を下げることができるのは「破綻《はたん》」生保だけだった。

それが二〇〇〇年頃から、生保トップの大日本生命を中心に、既契約の予定利率の引き下げは「逆ざや解消には不可欠」という声が上がり始めた。

そして、二〇〇一年六月、首相の諮問機関・金融審議会の金融分科会第二部会は、その中間報告の中で「自主的引き下げ容認」を政府に打診。与党民自党の金融族らの後押しもあって、「予定利率引き下げ」を目的とした業法改正が、政治スケジュールに乗った。ところが、そこで大どんでん返しが起きる。八月末、生保協会が金融審議会に対して「慎重な対応を求める」と意見書を提出し、ギリギリの段階でストップがかけられたのだ。

最大の理由は、既契約の予定利率引き下げを生保各社が欲していると契約者に知られることを嫌ったためだった。そういう法案が成立しただけで、「危ない」と噂されている生保の解約が急増しかねない。だから、彼らは土壇場で改正阻止に回ったのだ。

それを竜崎は、再び本気でやろうというのか……。各務は竜崎の正気を疑った。そのとき幸田社長室長が発言した。

「しかし会長、この論議は常に俎上《そじょう》には上りますが、実現したことはありませんが」

竜崎は嬉《うれ》しげに頷《うなず》いた。

「今まではな。だが、今度は違う。金融族のドンの一人である相原が必死になって実現させようとしている」

相原英之といえば、金融庁の前身である金融監督庁時代に担当相も務めた金融族の重鎮だった。しかし、彼には常に背後にきな臭い噂がつきまとった。

「相原さんとは、犬猿の仲だったじゃないですか」

各務の言葉に竜崎はさらに嬉しそうに笑った。

「君子豹変《ひょうへん》するだ。実は奴は、この秋の内閣改造で、密《ひそ》かに金融担当相を狙ってたんだ。ところが学者風情にかすめ取られた。そこで、生保救済の白馬の騎士となって、その椅子を奪取したいと考えたわけだ。奴から相談されたんだよ。もし、自分が予定利率引き下げを実現したら、金融担当相就任の後押しをしてくれるかとな」

にわかには信じがたい話だった。竜崎はさらに続けた。

「わしは先週、その相原と高城金融庁長官と三人で飲んだんだが、高城も本気だった。今度は、必ず実現する。昨日、竹浪が予定利率の引き下げを検討すると発言したのがその証《あかし》だ。それを貴様らが全部ぶち壊したんだ」

確かに、そういう発言があったのは事実だ。しかし、マスコミも業界も、翌日に控えた生保各社の上半期業績報告を見据えたリップサービスとしか捉《とら》えていなかった。高村

【2002年11月25日】

が静かに尋ねた。

「相原さんと高城さんがそこまで熱心に利率引き下げに躍起になっている理由はなんです」

この問いを竜崎は鼻で笑った。

「決まっているだろう。大手生保を潰《つぶ》すわけにはいかない。ようやくそれぐらいの常識が働きだしたということだ」

各務にはそんな言葉は信じられなかった。確かに生命保険会社の危機は、経営者の放漫経営と糾弾されても仕方がない側面はあった。しかし、その一方で、政治家たちに食い物にされ、また大蔵省などから株価の買い支えや、米国債を大量に買わされたこともあった。つまり生保は政治家や政府の「金のなる木」だった。そんな連中が、この期に及んで生保の行く末を神妙に案じてくれているとは思えなかった。

「ダブルギアリングのせいだろうな、本当は」

不意に鵜飼常務がそう漏らした。その言葉に竜崎は顔をしかめ、他の連中は鵜飼を見た。

「つまり株の持ち合いってことですか」と幸田。

「さよう。我々規模の大手生保は四大銀行から基金を拠出してもらい劣後ローンを受けている。その見返りとして我々は、今や劣化の一途を辿《たど》っている銀行株を大量に持たされている。ご存じのように基金や劣後ローンは、生保が破綻すれば回収不能の不良債権となる。さらに、大量の銀行株が市場に流れる可能性も大きい。我々の親密行であるみずきファイナンシャルグループや、りそあグループにしても、ウチが倒れでもしたら連鎖破綻の可能性だってある。連中はそれを恐れているんだろ。相原さんも銀行のためだから一生懸命動いているに違いない」

「理由はどうでもいいだろ。いずれにしてもわしらは今、自分たちの会社を人質にして政治家や政府を動かせるんだ。それに乗らない手はない」

竜崎はふてぶてしくそう言い放った。

幸田が現実的な話をした。

「もし、それが実現したら、我々にとっては朗報です。しかし、予定利率引き下げを織り込んだ業法が改正されても、それを行使しようと手を挙げた瞬間、その会社は地獄を見ることになりますが」

竜崎は、またにんまりと笑った。

「だから、全社一斉に引き下げさせるんだ」

その部屋にいた全員が息を飲んだ。

5

【2002年11月25日】

既契約の予定利率を全社横並びで引き下げる——。そんなことが可能なら、清和は危機を回避できるかも知れない。そう考えたのは、各務だけではなかったようだった。竜崎は勝ち誇った顔で全員を見渡した。鵜飼がさっきと同じ渋面で呟《つぶや》いた。

「しかし、九六年の業法改正の際に、予定利率の引き下げ条項は、憲法で保証された財産権の侵害に当たるという学者たちの反発によって、削除された経緯があります」

「何が財産権の侵害だ！　じゃあ伺うがこれ……厚生年金の支給年齢を、勝手に六五歳や七〇歳に引き上げようとしたり額を減らしたりするのは、財産権の侵害じゃないのかね。とんでもない詐欺行為をお国が堂々とやってるんだ。生保の予定利率引き下げでとやかく言われる筋合いはない」

いかにも竜崎らしい言い分だった。幸田が尋ねた。

「しかし、その業法改正によって契約者代表訴訟が容易に起こせるようになりました。この一件で訴えられるかも知れません」

「民法の『事情変更の原則』というのを知らんのか」

「契約当時には、当事者が予想もできなかったような著しい事情の変更が生じた場合には、契約の解除を認めるべきだという民法の原則のことですか」

幸田の模範解答に、竜崎は力強く頷いた。

「高城長官の話では、今回の利率引き下げに、その原則が適用できると考えているようだ。金融庁のお墨付きがあるんだ。契約者代表訴訟なんぞ怖《こわ》くも何ともない」

利率引き下げ問題が取り沙汰《ざた》されたとき、各務は幸田からこの話を聞いたことがあった。今、幸田はこの原則の冒頭部分を省いていた。

すなわち、「当事者の責めに帰することができない理由で」という条件だ。他社はまだしも清和の場合、ここまでの危機をもたらしたのは、今ここでふんぞり返っている竜崎誠一会長の乱脈経営だった。すなわち、清和生命には「事情変更の原則」は通用しない。

だが、部屋の空気に安堵《あんど》が広がるのを感じた各務は、それを飲み込んだ。鵜飼常務がおずおずと口を開いた。

「実際には、どれぐらいに引き下げようとしているんです？」

「高城長官は、三％ぐらいだろうと言っている」

過去の破綻生保の場合、予定利率は概《おおむ》ね一％台にまで下げられた。更生特例法を申請した場合と、しない場合の差が利率の差にも出ているわけだ。鵜飼は得心したように頷いた。

「ウチの平均予定利率は三・八％ぐらいですが、そこまで下げてもらえば随分楽になります」

「問題は、生保各社の足並みが揃うかですね」

幸田がまた現実的な問題を口にした。二〇〇一年、あと一歩で成立まで盛り上がった予定利率引き下げ論議を、土壇場で潰したのは大手生保各社だった。竜崎はまた嬉しげな顔をした。


【2002年11月25日】

「今度は反対せんよ。そんな悠長なことを言っているところはない。しかも全社一律でやろうとするんだ。大日本にとっても悪い話じゃない。言っておくが、世間ではウチだけが危ない生保のように言われているが、業界第六位の三輪《みつわ》生命にしても、第五位の住倉生命にしても、予定利率が下がらなければ、危ないのは変わらない。しかも、今の生保協会の会長は、住倉生命の横矢《よこや》社長じゃないか。奴は表向き慎重論を口にしているが、その論調は、去年の時とは全然温度が違う。銀行も金融庁も助けてはくれないんだ。このチャンスを逃せば、それこそ経営者としての経営責任を問われて契約者代表訴訟を起こされるぞ」

竜崎が他社のトップの経営責任を問うのは片腹痛かった。だが確かに、国を挙げてこの「暴挙」を敢行したなら、清和は生き残りの活路を見いだせるかも知れない。生保各社の放漫経営のツケを、契約者との約束を反故《ほご》にするしか埋め合わせの方法が見つからないことに各務は憤りを感じていた。しかし、背に腹はかえられない。

「どうだ、各務、これなら第丸もウチと組む気になるだろう」

「いえ、それとこれとは別だと思います。それならば、逆にプレジデンシャル生命との交渉の方がより現実性が高いと思います」

「いい加減にしろ！　貴様、伝統ある清和生命を、毛唐のくそったれどもに明け渡す気か！　そんなことが許されると思うのか！」

竜崎はまた大声を張り上げて仁王立ちした。だが、各務はひるまなかった。

「では、お聞きしますが、我が社が第丸と組んでどんなメリットがあるんです。連中の興味があるのは、ウチのマーケットだけじゃないですか。連中は必要なものだけ吸い取って、後は容赦なく捨て去ります。もちろん、清和生命の名も残りません。

しかし、プレジデンシャル生命には、営業チャネルをはじめ、営業職員も再教育で残す意志があるそうです。さらに彼らは清和ブランドを重視して、同社の持ち株会社の下に、社名を残す『アンブレラ方式』での統合を考えてくれています。本気で清和のブランドや職員のことを考えるなら、第丸ではなく、プレジデンシャルのほうがパートナーとして適任だと思いますが」

「パートナーだと！　外資のハゲタカどもが日本の企業に何をしたのか、貴様は忘れたのか。連中の約束は破るためにあるんだ。そんなことも分からんのか！」

不穏な空気を察してか、高村がいつもの穏やかな口調で発言した。

「どうでしょうか、会長。ここは狡《ずる》いやり方かも知れませんが、二股《ふたまた》をかけるというのは？」

「何だと？」

「本音を言えば自社を外資系生保と合併させるのはさすがに気が引けます。しかし、ご存じのように第丸生命とウチとの社風を考えると、けっしてこちらの縁組みも、ベターなものではない気がいたします。しかも、東和海上との統合で経験したように、この手の話は、下駄を履くまで分かりません。ならば、選択肢は多いほうが、我々が生き残る

【2002年11月25日】

可能性は高くなります。第丸とプレジデンシャルの両方の提携の可能性を探るのが得策かと思うのですが」

誰もが高村の言葉に驚いていた。危急存亡のときとはいえ、清廉潔白なジェントルマンというイメージの高村からは、一番かけ離れた言葉だった。

竜崎も腕組みをして考え込んでしまった。やがて、彼は大きな眼を開いて言った。

「つまり、金融庁や第丸サイドには、プレジデンシャルとの話は、わしの知らないところで勝手にやっていると言えばいいんだな。しかもこの噂でマスコミが、あらぬ方を向いていてくれれば、第丸との統合話が進めやすくなるという論法だな」

高村が静かに頷《うなず》いた。

「おっしゃる通りです。しかも、現在も我々は、二〇〇四年四月を目標に東和海上火災のミレナ保険グループへの傘下入りを予定通り実施すると言い続けています。今回も記者発表の席上では、それで押し通すつもりです」

高村の本心は、逆だろう。各務はそう思った。竜崎には派手に「第丸との統合」に動いてもらって、その間に高村はプレジデンシャルとの交渉を加速させるつもりだ。大願成就のためには手段を選ばない。各務は、高村の言葉に「覚悟」を感じた。

「よし、分かった。それでいこう！　第丸と金融庁のほうは、わしと岩倉で何とかする。高村君は大変だろうが、今日の記者会見を乗り切ってくれ」

竜崎はそう言うと、目の前にあったお茶を飲み干して立ち上がり、社長室を出ていった。それと同時に、部屋の中に大きな安堵感が漂った。さっきまで渋面を作っていた鵜飼もホッとしたように笑みを浮かべていた。

「いやあ、一時はどうなるかと思ったが、高村さん、すごいね。あんた、すっかり進化している。鵜飼も感服つかまつった」

彼は仰々しい物言いをして深々と頭を下げた。しかし、高村はそれにも表情を緩めなかった。彼は社長室に残った部下たちを前に深々と頭を下げた。

「みなさんには苦労をかけますが、どうかよろしくお願いします。ひとまず、幸田さん、午前九時に全職員に向けて、メッセージを出したいと思います。とにかく職員の志気を高めるような内容でまとめてください」

幸田は口元を引き締めて頷いた。

「各務さん、午後の会見のほうは黙殺ではなく、否定も肯定もしないというふうにしたいのですが」

「分かりました。この後、広報室の樋口とゴールド・マックスの槇塚さんと話を詰めて、午前中には想定問答集をお手元にお届けします」

「なあ、各務君、プレジデンシャルサイドは、この記事についてどう言っているんだね」

鵜飼は、他人事《ひとごと》のように尋ねた。

「原則、黙殺です。しかし、それは彼らの社風からすれば、精一杯のエールだと思いま

【2002年11月25日】

す。そのあたりを、マスコミに裏から吹き込みます。この段階なら全面否定をしてもおかしくないのに、黙殺するということは、つまり相手は本気だとね」

鵜飼は何度も頷いた。しかし、幸田社長室長は、厳しい表情のままで質《ただ》してきた。

「そうとっていいのかね」

「はい。ただ、プレジデンシャルが前向きだと判断するのは性急だと思います。彼らはまだニュートラルな状況だから、判断を鮮明にしたくないだけです。今後のデューデリや交渉いかんでは、『白紙撤回』を言い出す可能性は、十二分にあります」

その言葉で、再び社長室は重苦しい空気が支配した。それにめげることもなく、幸田がさらに続けた。

「総経新聞の記事のネタ元はどこなのか、見当はついているのか」

各務はそう言われて悲しげに首を横に振った。

「あまりにも疑わしい人間が多すぎて分かりません。一つだけ言えるのは、ウチとプレジデンシャルとの合併をよく思っていない連中だということだけです」

「そうなると、容疑者はごまんといるな」と鵜飼。

各務もそれに頷いた。だが、探偵ごっこをしている暇はない。

高村は、ミーティングの終わりを告げるように腰を上げた。

「それでは、長い一日を始めるとしましょうか。皆さんには、いつもながらご迷惑をかけますが、よろしくお願いします」

窓からまばゆい朝日が射し込み始めていた。

6

この日午後三時からの日銀記者会見で、定例の清和生命の上半期業績報告が行われた。本来、広報担当常務が臨む会見に社長自身が出席したこともあって、会見には最初から緊迫感があった。この報告は大手生保が、同じ日に順に日銀記者クラブで行う儀式のようなものだった。各社とも、軒並み契約高を落とし、逆ざや、株安のために基礎利益の縮小が続き、株の売却や自社ビルの証券化、リストラなどで凌《しの》ぐという厳しい報告が続いた。

席上、高村は清和がおかれている厳しい業績を淡々と語った。一時は、一〇〇兆円もあった保有契約高は、ここ数年下がり続け、七二兆円余りとなり、銀行の業務純益に近い基礎利益は、二七〇億円にとどまった。解約・失効率も一八%と、他の大手生保の中で突出して高かった。この数字だけで「清和は来年三月決算までもつのか」という質問が殺到しそうだった。

しかし、生保の健全性を示すと言われているソルベンシーマージン比率は、四〇九%と、金融庁から業務停止命令が出される二〇〇%の倍以上あることや、今年四月から始まっている経営改革の第二弾「プロジェクトZ」の進捗《しんちょく》状況を説明し、高村は清和が現在、回復途上にあることを強調した。

記者からの質問は、今朝の「プレジデンシャル生命との統合問題」に終始した。

高村はその質問にも全く表情を変えず即答した。

「既に申し上げております通り、二〇〇四年三月を目処《めど》に株式会社化を図り、ミレナ保険グループに統合するという当初のスケジュールに変更はありません」

総経新聞の記者がすかさず尋ねた。

「では、プレジデンシャルとの統合については否定されるのですか」

「その件については、現段階ではコメントすることは何もございません」

「何もないというのは、イエスですか？　ノーですか」

「現段階では、当方より発表するものは何もないということです」

高村は、さっきよりもきっぱりと言い放った。一瞬、記者が怯《ひる》んだ隙に別の記者が質問した。

「来年四月に株式会社化をとおっしゃっておられますが、御社の個人契約だけで三〇〇万件を超えると聞いています。生保の株式会社の場合、個々人別に株式の分配計算が大変だと聞いていますが、大丈夫なのですか」

「予定通りの日程を目指して、鋭意努力していますが、具体的なスケジュール等はまだ発表できる段階にありません」

「統合に向けて、収益力強化を図られていますが、そのあたりはいかがですか」

「まず、保有株式は、上半期だけで二〇〇〇億円の株式を売却します。さらに今年の決算報告の時にご説明しました新たなるリストラ案の『プロジェクトZ』も順調に進んでおりまして、九月末時点で、内勤職員を四〇〇人減らし、五五二四人とし、事業経費も、前年同期比一三％減の九二二億円に圧縮いたしました。できればリストラについてはさらに前倒ししたいと考えております」

そこで時間が来た。結局は、あらかじめ用意してあったプレスリリース以上のことを何も告げず、高村は記者クラブを後にした。

高村に同行していた各務は拍子抜けしたような気分で、社用車の助手席に乗り込んだ。

「あっけなかったな。何だあの冷たい反応は」

会見に同席した鵜飼常務が、不機嫌に呟《つぶや》いた。

「それだけ我々は忘れ去られようとしているのかも知れませんね」

高村は無表情でそう答えた。

「あるいは、誰もが自分が危機を誘発するのを恐れているのかも知れません」

各務は前を向いたままそう言った。

「危機を誘発するのを恐れている？」

「ええ。過去多くの銀行・生保の破綻《はたん》にマスコミは大きな影響を及ぼしています。彼らにとってはただのスクープなんでしょうが、それが結局崖《がけ》の上でふらついている会社の背中を押し、破綻という引導を渡している。そういう役回りをしたくないんじゃないで

【2002年11月25日】

しょうか。あそこで我々がプレジデンシャルの件について否定することによって、また解約ラッシュが起きるよりは、結果だけを冷めた目で伝える。そうしたいのかも知れません」

「つまり、潰《つぶ》れるまでは知らん顔をして、潰れた瞬間から書き立てるということかね」

鵜飼は憮然《ぶぜん》として言った。

「おそらくは。それとマスコミの関心は、今は生保じゃなく、銀行でしょうから」

「まあ、いいじゃないですか。いずれにしても我々の恐れていた最悪の事態は避けられそうですから」

高村はそう言うと、腕組みをして眼を閉じた。

確かに結果オーライなのだろう。しかし、各務は何とも言えないいやな雰囲気を感じた。誰もが経済危機やデフレ、破綻という言葉に麻痺《まひ》し始めている。そして、もっと怖いのは、「騒いでいる割には、ちゃんと生活できている」という開き直りのムードが社会に蔓延《まんえん》していることだ。

危機感の欠如。それが結果的に、最後の最後で取り返しのつかない大きな墓穴を掘る結果にならなければいいのだが。

各務は、早くも始まったクリスマス商戦で賑《にぎ》わい始めた街を眺めながら、漠然とした不安に襲われていた。

本当に、この国は壊れかけているのか……。

きっと多くの者たちは、最後の最後まで、自分の国が、会社が、そして家庭が、どんな危機にさらされているのかを体感できずに、天災と同じくある日、突然に破滅に襲われるのだ。

一体どっちが幸せなのだろうか。それを知っていて、必死でもがき阻止しようとあがく無力な自分たちと、何も知らずに、破滅を迎える多くの人たちと……。

いや、それは「幸せ」の問題ではない。気が付いた人間には、それに立ち向かう義務があるのだ。たとえ、敗れ去ると知っていても、闘わなければならないのだ。

そのとき、鵜飼常務の携帯電話が鳴った。穏やかだった鵜飼の声が険しくなったのに気づき、各務は後ろを振り向いた。飄々《ひょうひょう》としている鵜飼の顔が引きつっていた。高村も心配げに隣を見ていた。やがて、鵜飼は憮然として電話を切った。そして、彼は問われる前に、電話の趣旨を説明した。

「明後日《あさって》、わしと嘉瀬に地検特捜部に出頭しろと言ってきたそうだ」

「えっ！」

各務は反射的に言葉を漏らしていた。

「監査法人の中央麻井が受けている例の粉飾決算疑惑で、一応事情聴取をしたいということだ」

そう言われて各務は、九月末に広報室次長の樋口から、今年夏に破綻したゼネコンの青山建設が行っていた粉飾決算に、日本を代表する監査法人中央麻井が加担した疑いで

【2002年11月25日】

摘発された、という話を聞いたのを思い出した。あれは、まだ続いていたのか……。

「青山建設の一件で幕じゃなかったんですか」

「わしもそう聞いていたよ。だが、まだ余罪を追っているんだろうな。まあいいさ。ウチは清廉潔白だから」

鵜飼はそう言うと腕組みをして黙り込んでしまった。

鵜飼と嘉瀬財務部長が地検特捜部に呼ばれたのが、明後日で良かった。間違って上半期会見の前だったら、今日のような淡々とした会見にはならなかったかもしれない。

生保の決算は事実上は、監査法人の監査を受けた後で、金融庁の承認を得て、初めて適正と認められる。逆に決算が債務超過の場合、金融庁から業務停止命令が出され、即破綻する。それだけに、粉飾決算の疑いで地検特捜部に呼ばれたなどという情報が漏れれば、信用不安が一気に噴出し、監査責任を問われることになる金融庁からも厳しい反応が予想された。

本当にうちは、清廉潔白なのだろうか……。考えるだけ無駄な問いを飲み込み、華やかなクリスマスシーズンに浮かれる街を、各務は車の中からぼんやりと眺めていた。

第二章　限界

1

二〇〇二年一二月二日

師走《しわす》に入った初日、中根ら関西法人営業部の三人の部長は、朝から本部長の本多和志に呼ばれた。

ここ数ヵ月でげっそりしてしまった本多本部長は、虚《うつ》ろな眼で一同を見渡すと、応接セットに誘い自分もアームチェアに腰を下ろした。彼はすぐに本題に入った。

「今年度一杯で、法人営業から完全撤退します」

誰もが暫《しばら》くの間、何の反応も見せずに本部長を見ていた。やがて、中根が切り出した。

「あの、本部長。つまり我々は団体年金・保険部門を切り捨てるということですか」

本多は、中根の顔を見て頷《うなず》いた。


【2002年12月2日】

「そういうことです」

「何てこった……」

もっと激昂《げきこう》するかと思われた井嶋統括部長は、既に話を聞いていたのか、そううめくと、がっしりとした体の中に首をすくめてしまった。中根は納得がいかなかった。

「シェアダウンが続いているとはいえ、契約高ベースでまだ二〇兆円近い額があります。それをこちらの都合で解約してしまうのですか」

「解約はしません」

「どういう意味ですか？」

「信託銀行に売っ払うんだ」

井嶋が吐き捨てるように言い放った。

「信託銀行に売る？」

「厳密に言うと譲渡します。みずき信託と、りそあ信託に引き取ってもらうそうです」

機構改革から、本社・支社ビルの証券化、職員の大幅削減など、自分が本社の総合企画部で進めていた再建案とは比べものにならない厳しいリストラが進んでいるのは、中根も知っていた。それも致し方ないという諦《あきら》めもあった。だが、いきなり清和の営業の要《かなめ》の一つである団体年金や団体保険業務を切り捨てるというのは、どういうことなんだろうか。

「個人保険などと異なり、予定利率も変動制で、逆ざやリスクも小さい部門を切る理由は何ですか」

　本多がまた渋面を作り、不機嫌な井嶋が答えた。

「事業費の削減だ。おまえも知っているだろ。団体年金や保険は、個人ほど費差益が出ない。それどころか手続きが煩雑な上に、三翼年金のように一社で丸ごと抱えているというのは稀《まれ》で、複数の同業他社とシェアして持っている場合が多く旨みが少ない。その上、このところの危機説でシェアダウンやシェアアウトが続いていて、先細りは見えているというのが、お偉い方々の見解だ。ついでに俺たちにも辞めろということだな」

　本多本部長は、井嶋の嫌みにも何も言わず、話を先に進めた。

「それで、ひとまず年内一杯で、この旨を各契約先にお伝えして、了承してもらってほしい。そのガイドラインがこれだ」

「本部長、年内一杯と言われても後二〇日余りじゃないですか。しかも師走の忙しい時期に、こういう話をして回るんですか」

「大変だと思いますが、よろしくお願いします」

　本多は全く感情を込めずに、そう言い放ち、腰を浮かした。

「あの、本部長」今まで一言も発言しなかった中小企業担当部長の吾妻《あづま》が、神経質そうな顔を曇らせて言った。

「今、井嶋統括部長からは、これによって法人営業部門の職員もクビだという発言がありましたが、それは」


【2002年12月2日】

「いえ、そんなことにはなりません。みなさんは、それぞれ新しいセクションで頑張ってもらえるように尽力します」

本多はそう言ったが、井嶋が蒸し返した。

「なあ、吾妻。おまえ、今さら個人営業や管理部門がやれるか？　悪いことは言わない。おまえほどの実績を持っているなら、早いところ、もっと自分の実力を生かせる場所を探せ」

「井嶋君、それは言い過ぎです」

そういう本多の言葉に、井嶋は食ってかかった。

「そうですか。しかし、これじゃああんまりでしょ。あなたや中根のように逃げ道がある連中はいいでしょう。しかし、私や吾妻は、二〇年、三〇年法人営業で食ってきたんです。キャリアも実績もここで作ってきたんです。それがゼロになるんですよ。大体、そんなことなら、どうしてシェアダウンやシェアアウトが激しかった今年の二月や、中根が来た頃にやめてしまわなかったんです。酷暑の中を、一日何社も回り、何度も土下座して契約の継続をお願いした先に、舌の根も乾かないうちに、今度は『ウチでは面倒見切れなくなったんで、ほかをご紹介します』って言えというんですか。あいにく私の部下に、そんな厚顔無恥な職員はおりませんよ。

こんな会社には頼まれてもいたくない。そう思うのが人情じゃないですか。ちょうど、今年一杯での希望退職者の募集が始まるんですよね。私は喜んで手を挙げるつもりですよ。ばかばかしいにもほどがある」

井嶋の怒りはいちいち、尤《もっと》もだった。いや、本多本部長もそれぐらいは、承知しているはずだった。彼は井嶋の怒りをただ黙って受け止めているだけで、何の反論もしなかった。

「本部長、本社がこんな決断をしたということは、つまり第丸ではなく、プレジデンシャル生命との統合を進めるつもりなんですか」

中根は、秋に竜崎会長まで引っ張り出して阻止した三翼年金のシェアアウト発言の頃を思い出していた。あのとき、彼らは、上から「第丸生命との統合には、同社が弱い団体年金保険部門で、優位性を保つためにも、一社も落としてはならない！」と厳命されていた。それが、井嶋の言う通り、二カ月余りで一転してしまっている。

本多は、怪訝《けげん》そうに中根を見た。

「どういうことですか」

「この夏のシェアダウンラッシュの時に、東京から、第丸との統合には団体年金の契約高で優勢を保ち、交渉をしやすくするという話があったと思いますが」

「申し訳ないのですが、もう私の耳には、そういう情報は届かなくなってきているんです」

情報は届くのではなく、自分で手に入れるものじゃないんですか！　と言いたい言葉を飲み込んで、中根は食い下がった。


【2002年12月2日】

「しかし、我々が今後先方に説明する際に、統合先についてどう考えているのかは知る必要が」

「そんな必要はないだろ、中根」井嶋が遮った。

「なぜです？」

「私たちはその営業先を切ろうっていうんだ。もう向こうは私たちが生きようが死のうが知ったことではない。逆に小躍りして頭を下げてくれるかもしれんぞ。これで疫病神の清和と縁切りできるとな」

中根は、ムッとして唇を嚙《か》みしめた。しかし、井嶋部長の言う通りだった。自分たちは、相手に今後の話をする必要はないのだ。ただ、より安心確実な受託先をお奨めしますと言えば、それで多くの社は納得する。そんなもんだ……。

中根が自分の席に戻ると、デスクの上に東京高等裁判所と書かれた封筒が置かれてあった。怪訝そうに封を切った中根は、中身を見てハッとした。変額保険の損害賠償請求訴訟の召喚状だった。

2

二〇〇二年一二月三日

「清和生命が、団体年金保険分野から撤退するという噂を耳にしたんですが」

いつものように、しっかりとごちそうを平らげた後で、「第丸のミッキー」こと、第丸生命総合企画部次長の岩崎は、口元に付いたステーキソースを拭《ふ》き取りながら、仕事の話をし始めた。

九月末の竹浪金融担当相就任以降、一向に進む気配がない第丸と清和の統合交渉だったが、こうして毎週火曜日には二人で、パレスホテルの一室で会合を続けていた。

各務はステーキにはほとんど手をつけず、シーザーサラダをビールで流し込みながら、その言葉に肩をすくめた。

「へえ、そんな噂があるんですか」

そう言われると岩崎は丸顔を曇らせた。

「各務さん、そういうお惚《とぼ》けはなしですよ。ウチの法人の人間が、契約先の企業の担当者から直接聞いた話なんですから」

団体年金保険分野からの撤退を、清和が正式に社内に通達したのは、一日の日曜日だった。このところ、恒例となった日曜日午後の経営戦略会議で、高村社長自身が「断腸の思いだが」と切り出し、さほどの抵抗もなく正式決定された。あっさりと決定されたのは、鵜飼常務の一言が大きかった。

「想定したくもない話ですが、生保が破綻《はたん》する場合、決算が立たないだけではなく、解約ラッシュによる資金ショートが原因になることがある。それを未然に止めるための予防措置として、受託金だけで一社数十億単位のものもある団体年金を手放す意味は大きい」

法人契約でも保険のほうはまだよかった。契約高は大きくても、企業が社員に対して掛ける保険なので、掛け捨てがほとんどだった。したがって解約されても大きな損失はない。だが、清和生命は、三翼年金のような企業年金に力を入れていた。これらは、ほぼ全額が積み立てられている。したがって、解約されると積み立てられている額を全て吐き出すことになる。

清和の団体保険の契約高は約二〇兆円。一方の年金の契約高は、九〇〇〇億円ほどだった。しかし、解約された場合、掛け捨ての団体保険の場合の返戻金はゼロだ。ところが、九〇〇〇億円の年金が全て解約されるような事態になると、同額の返戻金を用意する必要があったのだ。

さらに団体年金の場合、一つ当たりの契約高が一〇億円、一〇〇億円単位だった。資産劣化が進み、現金に換えられるものは可能な限り現金化させている清和にとって、一〇〇億円単位の大口の解約は、致命傷になる可能性もあるというアクチュアリーの言葉に、役員たちは反論するどころか、救われたような顔で了承していた。

しかし、まだ各支社法人営業部への通達から二日しかたっていないにもかかわらず、第丸生命の企画部門の人間が、この情報を知っていた。つまりこの話は、生保業界に知れ渡っていると思ったほうがよさそうだった。改めて悪い情報の流れる速さを各務は思い知らされた。しかし、そんなことなどおくびにも出さずに、岩崎の反論に答えた。

「そう言えば、そういう通達が来ていた気もします。確か、事業費圧縮のためだったはずです。つまり、御社との統合のために、より社を健全化するための一環だと思ってもらえばいいと思いますよ」

岩崎はティラミスを飲み込んで、表情を強《こわ》ばらせた。

「ちょっと待ってくださいよ、各務さん。ウチにとっての統合の一つのメリットは、優良取引先が多い清和の団体年金市場が手に入ることだとおっしゃっていたじゃないですか。それを、何の相談もなく、その部門から撤退するというのは重大な背信行為です」

最初から統合する気もないくせに！　という言葉を飲み込み、各務はにんまりと笑ってコーヒーをすすった。

「背信行為は大袈裟《おおげさ》でしょ。今までよりさらに大きな企業規模を誇るメガ生保が、利の薄い団体年金や保険でもないでしょ。それよりも、もっと個人営業に特化したほうが、事業費が削減できます。もはや百貨店のような生保の時代は終わりにすべきですよ」

岩崎は、各務の正論にたじろいだ。各務はそれを見逃さず、逆に攻撃に転じた。

「それよりも岩崎さん、いい加減、第丸さんもコマを進めてもらえませんか」

「コマですか？」

「ええ、金融庁の肝いりで統合交渉に入ってもう半年近い。ですが、いまだに、統合スキームも条件提示もない。もちろん対等合併ならウチからリードもしますが、言ってみ

【2002年12月3日】

れば、我々は御社の傘下入りする企業です。そちらの方針を出してもらわなければ、これ以上前に進めません。既に、それを提示して戴《いただ》くためのデューデリも済んでいるじゃないですか」

岩崎は、眉間《みけん》に皺《しわ》を寄せていかにもと頷《うなず》く。

「おっしゃる通りです。私も上にせっついています。また、みずきとも交渉しているのですが、いかんせんこの金融不安です。株安だけでも大変なのに、年明けには戦争が起きるかも知れないなどという不穏な観測もある。なかなか、懸案事項が多すぎまして」

彼らはただただ待っているのだ。清和が第丸との統合を諦《あきら》めてくれるか、清和が潰《つぶ》れるのを。

槇塚らゴールド・マックスの予測では、「予定利率の引き下げが万が一実現しても、第丸が清和を飲み込む可能性はまだ低い」と見ていた。

なぜなら、あまりにも両社が典型的な「百貨店型生保」で、統合による旨みが少ないからだ。さらに、相互会社同士の統合は過去に例がなく、スキームを作りあぐねているというのもある。

両社の株式会社化による統合という手もあるのだろうが、清和の現状ではたとえ頑張って株式会社化しても、格付けが低すぎて、上場基準をクリアできそうになかった。第丸生命には統合のための費用ばかりがかかり、しかも大きなリスクも負うことになり、メリットが少なすぎた。

岩崎が続けた。

「それより、プレジデンシャル生命のほうはどうなんですか？　竜崎会長は、ウチの秋葉会長に、あれは第丸と清和の統合話を進めるための当て馬、カモフラージュだとおっしゃったそうですが、相手さんは結構本気だそうじゃないですか。実現の可能性はないんですか」

各務は憮然《ぶぜん》として答えた。

「さあ、どうでしょう。あれは別のチームがやっていますからね。ただ、ご存じのように外資系は無理難題を押しつけてきますから、一筋縄ではいきません。それとも第丸さんは、うちにもうご興味がなくて、プレジデンシャルに押しつけたいとお考えですか」

岩崎は慌てて手を振った。

「いやいや、けっしてそういうわけじゃないんですよ。逆に、あんな記事が出てくれたお陰で、社内でも活発な論議が出てきてはいるんです。何とか年内一杯で、ウチからのリクエストはまとめます。ただ、現状の空気を鑑みて申し上げますと、ポイントは二つかと思います。

一つは、金融庁と民自党が本気で取り組んでくれている予定利率の引き下げですね。あれを強制的に一律下げられたら、可能性はグッと高くなります。

もう一つは、みずきファイナンシャルグループの健全化です。こっちは深刻ですね。民自党の先生たちに吊《つ》るし上げられて、竹浪さんも、プロジェクト委員会のメンバーも、少しおとなしくはなりましたが、それもこれも小伊豆首相の腹次第ですよね。彼が本気で不良債権の処理の強行をぶち上げれば、また雲行きが怪しくなります。そういう意味では、これも年内一杯は様子を見るしか……」

ここにもハイエナがいた。外資系の投資銀行や不良債権ファンドを指して、ハゲタカとかハイエナと呼ぶ一つの理由は、狙った獲物が潰れるまでじっと待ち続け、潰れた瞬間に死肉を漁《あさ》るからだという。今第丸やその背後に見え隠れするみずきファイナンシャルグループの動きは、外資のそれと全く変わりなかった。

まあ、好きにやるさ。だが、ウチが潰れてから手を挙げても、その時は、外資の迫力にあんたたちは蹴落《けお》とされてしまうだけなんだからな。

3

二〇〇二年一二月一八日

原告側の志井真佐子《しいまさこ》弁護士から、「変額保険は当初から投資目的を主眼にした金融商品だったのではないですか」と反対尋問を受けて、中根は口ごもってしまった。

「証人は、質問に答えてください」

感情を一切交えない冷たい言葉が、証人席に立った中根亮介にぶつけられた。バブル時代に融資一体型変額保険を結んだ契約者が、第一興業銀行と清和生命を相手取って起こした損害賠償訴訟の東京高裁民事第二号法廷だった。訴訟の争点は、生保の営業職員と銀行マンが一緒になって、変額保険の「旨み」だけを説明して、その裏側にあるハイリスクを説明しなかったことにあった。その結果、億単位の資産を同保険に注ぎ込み、元本割れの憂き目にあって、自らの資産を失った契約者が跡を絶たなかったのだ。

　中根は生唾《なまつば》を飲み込んで、神経質そうな五〇過ぎの裁判官を見た。細面に黒い法衣《ほうえ》という容姿は、何とも言えない威圧感があったが、それ以上に法廷の中に張りつめた緊張感が息苦しかった。

「商品設計にあたっては、当初から変額保険の危険性は承知しておりました。そのため、投機的な商品にならないように細心の注意をして商品化いたしました」

「投機的な商品にはならないように注意したということは、やはり投資目的の商品を目指したという認識でいいのですね」

　志井弁護士がすかさず突っ込んできた。彼女は変額保険被害者の会の世話人も務め、テレビや雑誌などでも変額保険や銀行による被害を訴えている有名人だった。実際の彼女はテレビの印象より小柄だった。だが、すこし突き出た顎《あご》と大きな眼から放たれる迫力は強烈だった。中根は動じないように努めながら、相手を見て答えた。

「いえ、そうではありません。既に申し上げましたが、生命保険とは金融商品ではなく、契約者の方のまさかのための安心をご提供していると考えております」

【2002年12月18日】

「何ですって！　安心をご提供している⁉　じゃあどうしてその安心を買ったつもりの契約者が、この保険のせいで我が家を失い、財産を失うという不幸を背負い込むんですか」

その言葉は、中根にとって辛《つら》かった。彼は奥歯をぎゅっと嚙《か》みしめて弁護士を見返した。それが挑発なのは分かっていた。それに乗ってはいけない。事前の打ち合わせで、被告側の弁護士に何度も釘《くぎ》を刺された。中根は大きく肩で息を吐いてから答えた。

「結果的にそのような事態に陥ったことについては、一言もありません。しかし商品を設計するにあたり、お客様の安心を損なう可能性があるとは、全く考えておりませんでした。確かに株式市場での運用益によって大きく利回りが変わるという側面はありましたが、保険であることには変わりありませんでした。しかも、当該保険についてのマイナス面についても、お伝えするよう義務づけておりましたし、商品をよくご理解戴いてからご契約戴くようにと指示もいたしておりました。しかしながら、最終的には、生命保険は我々と契約者との双方合意による契約です。ですから」

そこで中根は不意に言葉が出てこなくなった。

本来は「保険契約をした人の自己責任」を言及しなければならない。だが、中根には、それが言えなかった。

そうじゃない。相手の不安を煽《あお》り、また銀行担当者の執拗《しつよう》かつ一方的なゴリ押しで、わけが分からない間に契約者は判をついたんだ。それを契約書に不備はないのだからとは、自分には言えない……。

　法廷は重苦しい静寂に包まれていた。裁判長が再び中根に証言を促した。

「証人、どうしました？　それで終わりですか」

　中根は首を左右に振り続けた。

「失礼いたしました。結果的に契約者の皆様の期待に背いてしまったことは、我々の不徳のいたすところです。しかし、保険の商品はそれぞれ各契約者の皆様ご自身がそれぞれ検討され、ご納得の上で署名捺印《なついん》戴いております。もちろんバブル当時に、誰もが株価が急落するなどと考えていなかったという不幸はありましたが、基本的にはそれぞれの方のご判断だったと考えております」

「呆《あき》れた！　それぞれの方のご判断ですって！　契約者各人が検討し、納得した上で署名捺印したですって！　ねえ、中根さん、本当にそんなこと思っているのかしら。その契約者が冷静に検討し判断する余裕を与えずに、契約を急がした事実はないのかしら」

　志井弁護士は中根のすぐそばまで詰め寄り、まくし立てた。

「裁判長！　原告側弁護人の発言は脅しです。これでは証人が冷静に答えることはできません！」

　ようやくここで被告側の弁護士が悲鳴のような金切り声で異議を申し立てた。裁判長がまた感情を込めない冷たい声で、その異議を認めた。

「原告側の弁護人は、もう少し穏便に話を進めてください。証人は凶悪犯ではないのです」

そう言われて志井弁護士は苦笑して頷《うなず》いた。

「中根さん、ごめんなさい。でもね、中根さん、慶応のラグビー部時代のあなたの雄姿を存じ上げているんだけれど、ラガーというのはスーツを着てネクタイを締めると、フェアプレイ精神もスポーツマンシップもどこかに置き忘れてきちゃうのかしら。がっかりだわ」

「裁判長！」

「異議を認めます。原告側弁護人、そのような発言を続けていると、私はあなたを法廷侮辱罪で逮捕するよう命じなければならなくなりますが」

そう言われてもピラニアとあだ名を持つ女性弁護士は、肩をすくめるだけだった。

「失礼しました。では、ここである文書を提示したいと思います。これは、清和生命と第一興業銀行が原告のような罪のない人たち」

「異議あり！」

「認めます。弁護人、私も不愉快だ」

「失礼しました。では、中根さん。あなたがたは八七年頃、変額保険の契約者獲得のために様々なセミナーを開いていますよね。その際に会場で配られたパンフレットです。見覚えがありますか」

中根はハッとした。そんなものが出てくるとは聞いていなかった。彼は不安げに被告側の弁護士を見たが、弁護士は手元の文書に視線を落としたままだった。中根は致し方なくそのパンフレットを受け取った。

「はい、これは我々が変額保険のセミナーのために作成したパンフレットです」

彼女はそこで頷き、そのパンフレットの証拠申請をした後、そのコピーを中根に渡した。そこには様々な箇所に赤線が引かれてあった。

「では、中根さん、お手数ですが、そこにある赤線の箇所を読んでもらえますか」

中根はそれを凝視したまま動かなかった。


遂に待望のハイリターン商品が登場！

相続税で悩んでいる人たち全ての福音！

【2002年12月18日】


そんな見出しが躍っていた。さらに、大学の教授や清和生命から様々な支援を受けている著名ファイナンシャル・プランナーたちが、こぞって変額保険のすばらしさを褒めちぎっていた。

信じられない……。間違いなく当時彼自身が各人に原稿の依頼をし、原稿に目を通したはずのものだった。だが、彼にはその文章に覚えがなく、その上、改めて読み直すと、信じられないような嘘が並べられていた。

「どうしました中根さん、老眼鏡お貸ししましょうか」

その言葉に、廷内が笑いでどっと沸いた。そのせいで、被告側のオブジェクション(異議)も聞こえなかった。

中根は呆然《ぼうぜん》としたまま、妥協をけっして許してくれそうにない女弁護士の顔を見ていた。

「いや、結構です。分かりました」

中根はまず二つの見出しを読み、各著名人の文章の中で、変額保険をほめている箇所だけを読み上げていった。

「……私は生命保険にも、もっと高い利回りのある投資的な商品があるべきだと考えていた。今回登場するレジェンド(清和の変額保険名)は、まさに私たちが待ち焦がれていた商品そのものです。……現在の市況を見ていると、どう考えても九%、おそらくは年二桁《ふたけた》も夢ではない……」

「バブル、バブルと言うけれど、実感がない人が多い。しかも先祖代々の土地を受け継いで知らない間に億万長者になっていた人たちにとって、バブルは迷惑以外のなにものでもなかった。でも、このレジェンド登場で、もう安心！　大きな声では言えないが、これは相続税で悩む全てのバブル被害者のための福音になる……」

「アメリカでは、過去に三二%という驚異的な高利回りを記録したこともある。しかも、その時よりも日本の右肩上がりのほうがすごい。それが何を意味するのか、それ以上は言うまい……」

　中根はそこで、言葉を切った。まだいくつかあったが、もう勘弁してほしかった。それが顔に出たのだろうか、志井弁護士は少し表情を緩めて頷いた。

「結構です。さて、中根さん、あなたがたがお作りになった変額保険のパンフレットを読んでいると、どう考えても私には金融商品の売り文句にしか聞こえないのですが」

「異議あり、裁判長！　原告側の発言は、証人に意見を求めています！」

「却下します。私もそのあたりの中根証人の見解を伺いたい」

　中根は絶望的な視線を裁判長席に投げてから、苦しそうに答えた。

「それは違います。このパンフレットには新しいタイプの保険とちゃんと大きく明記してあります。また金融商品という文言は全くありません」

「では伺いますが、あなたは安心を契約者に提供するのが、生命保険だとおっしゃいましたが、このパンフは、安心ではなく儲《もう》け話を囁《ささや》いているように見えるんですが、これが清和生命が考える『安心』なのですか」

「異議あり！」

「却下します」

　孤立無援。頼れるものは自分だけだ……。中根はそう痛感していた。だが、清和が置かれている現状を考えれば、自分がここで負けるわけにはいかない。そう感じた瞬間、中根の中で力が湧き上がっていた。彼は、相変わらず挑発的な笑みを浮かべた弁護士を

【2002年12月18日】

正視して微笑んだ。

「お言葉を返すようで大変恐縮なのですが、私どもは、お客様の数だけ『安心』があると考えております。『変額保険』の導入に際し、従来我々がご提供していた『安心』とは異なるニーズにお応《こた》えすべきだという観点があったことは事実です。もちろん、結果的には、その『安心』はお客様の期待通りにはいきませんでした。それは我々の力不足だったと考えています。ですが、変額保険もまた我々が考える『安心』だったのかと問われれば、それはその一つだったと当時は信じていた、と言うほかはございません」

志井弁護士は、中根の変貌《へんぼう》に気づいて、しばらく驚いたようにこちらを見ていた。追い詰めたと思った獲物を取り逃がした猟犬のようだった。だが、中根は驕《おご》ることなく次なる攻撃に備えていた。一つ失言してしまったためだ。

彼は、「変額保険もまた我々が考える『安心』だったのかと問われれば、それはその一つだったと当時は信じていた」と言ってしまった。この「当時は」というのが余計だった。ピラニアと言われる彼女であれば、必ずや「当時ということは、今はどうですか?」と突っ込んでくると思った。だが、彼女は「なるほど……」と答えて原告席に戻った。中根はようやく一矢報いたかも知れないと感じた。

しかし、次の瞬間信じられないことが起きた。被告側の弁護人が裁判長に休憩を申し出たのだ。

ダメだ! 中根はムッとして被告側の肥満気味の弁護士を睨《にら》み付けた。何をやっている。ゲームの空気をちゃんと読んでないのか！　今こそ畳みかけるチャンスだ。一気に彼女の防御を打ち破って突破するんだ！

だが、弁護士は中根の視線にすら気づかないようだった。逆に、志井弁護士はそう言われて苦笑していた。そして、唖然《あぜん》としている中根に「ご愁傷様」という眼差《まなざ》しを送ってから、同意の返事を返した。三〇分の休憩。おそらくこれでまたこちらの勢いはそがれ、相手側は戦略を立て直してくる。愚かすぎる選択だった。

休憩が告げられると、すかさず変額保険の旧第一興業銀行側のパートナーだった永見が駆け寄ってきた。すっかり脂肪太りしてはち切れそうな顔をほころばせていた。

「さすが、中根さん！　一時はどうなるかと思いましたけれど、追い詰められると強いねえ。この調子で頼みますよ」

第一興業銀行、冨士見銀行、そして日本産業銀行の三行で誕生したメガバンク、みずき銀行でも総合企画部の企画担当部長という要職を務める永見は、馴《な》れ馴《な》れしく中根の肩を抱いてそう褒めそやした。

「ここの喫茶店のコーヒーはあんまりおいしくないんだけれど、贅沢《ぜいたく》言えないんで、行きますか？」

だが、中根はそこで社に連絡を入れるのでと断って、永見と別れた。

自販機で缶コーヒーを買うと、そのまま外に出て木陰にあった石垣に腰を下ろした。やりきれない。一体自分はこんなところで何をしているんだ。


【2002年12月18日】

4

各務はその日、本社の会議室で社長室長の幸田とゴールド・マックスの槙塚とミーティングを続けていた。

プレジデンシャル生命のファイナンシャル・アドバイザーから寄せられた質問を検討するためだった。

予想通り、プレジデンシャル生命は、清和の財務状態のひどさに驚いているようで、現段階で、清和トップの「覚悟」を聞いてきたのだ。

彼らから出されていたのは、

（1）内勤職員を現在の三分の一以下にすることは可能か。その際の退職者を、希望退職ではなく解雇。

（2）営業職員を、現在の二万人から四分の一以下に。

（3）現在保有している営業所を、半分以下に統廃合。

（4）役員の数を現在の一二人から五人以下に。

（5）事業費を七％以下に圧縮。

（6）保有している株式を全て売却。

そして、番外として、「更生特例法の申請を考えているか」という尋ねにくい質問をさりげなく織り込んできていた。

清和の経営改善プロジェクトである「プロジェクトZ」の責任者である幸田務は、この内容を見て息をのんだ。

先月の上半期業績報告の際に、同プロジェクトは順調だと高村は報告していたが、それが順調にいったとしても、この条件にはほど遠かった。

だが、ゴールド・マックスは、これを「非常に妥当な注文」だと判断した。それを聞いて幸田は、さらに表情を険しくした。

取締役社長室長の幸田は、ずっと高村の右腕として歩んできた人だった。今年五二歳。高村同様総合企画畑が長かったが、七年ほど、清和生命の米国法人清和アメリカに出向していた時期があった。五年前に本社に戻り、広報室長を経て、昨年秋から社長室長の職に就いた。派閥をつくろうとしない高村にとって最も信頼し、期待している部下だった。

しかしそんな幸田も、「プロジェクトZ」の責任者になってからは、表情が冴《さ》えなかった。この日はそれがさらに酷《ひど》くなっているように各務には見えた。

幸田は、各務と槇塚の視線を感じて口を開いた。

「この内容を知っているのは？」

「社内では私と幸田さんだけです。私も今朝、槇塚さんから見せられて、すぐに幸田さんに声をかけたので」


【2002年12月18日】

幸田は頷《うなず》き、槇塚を見た。

「御社のフィッシャー氏は、これを妥当だと見ているんですね」

「ええ、過日私たちが、プレジデンシャル生命との交渉に入る前に提出した意見書と同じだという見解です」

そう言われて幸田はうなり声を上げ、天井を見上げた。

「とてつもなく厳しい条件だな」

「そうですね。しかし、デューデリいかんでは、さらに厳しい内容になると考えるべきです」

各務の言葉に、幸田は辛《つら》そうに部下を見た。

「これらの期限は？」

槇塚が答えた。

「一応年内に回答してもらって、遅くとも来年九月末には達成してほしいと言っています」

「一年ないじゃないか！　そこまで厳しいとはな」

彼は、そう言うと大きく溜息《ためいき》をついた。

「上半期でのリストラはうまくいっているように見えているが、あれは、全てをやり尽くした結果なんだ。つまり、年度末になっても、これ以上の進捗《しんちょく》を期待されるのは、厳しい」

その言葉に、槙塚だけではなく各務も意外な顔をした。

「希望退職を募っても五〇〇人いかないんだ。それを解雇となると、相当な軋轢《あつれき》が起こる。また、生保レディの整理も、簡単には進まないと思うよ。申し訳ないが、我々は質ではなく量で契約高を上げているのが現状だからね。営業所の統廃合も進めてはいるが、全然捗《はかど》っていない。事業費の圧縮も現状が、まだ十数%台だからね。一桁《ひとけた》になるのも厳しいかも知れない。株式の売却も、これだけ株価が下がると、売却損が半端じゃない。さらに、今持っている株の大半は、持ち合い株だからね。簡単には売れない。できるのは、役員を減らすぐらいじゃないか」

先ほど昼食を食べながら、各務が槙塚に返したのとほぼ同じ答えだった。

「では、更生特例法を申請するしかないんじゃないでしょうか」

幸田は、槙塚の単刀直入な物言いに苦笑した。

「はっきり言ってくれますねえ、槙塚さん。しかし、ことはそう簡単じゃない。現状では、金融庁が認めないよ」

「なぜです？」

「銀行が一緒に倒れるかも知れないからね。彼らは、ウチが潰《つぶ》れるのは致し方ないと思っているかも知れないが、りそあやみずきが、それで倒れるなんてことにでもなると大変だという恐怖がある。それはともかく、今、議論されている予定利率の引き下げがあった場合、少しは事情は変わるんだろうか」


【2002年12月18日】

「若干程度じゃないでしょうか。第一、あれはどれぐらい実現性のあるものですか？　二〇〇一年の時のように土壇場で業界が潰すという事態は考えられませんか」

「私のレベルでは確約はできないが、二〇〇一年の時とは生保業界が置かれている環境が違いすぎる。表では『必要ない』と言い続けるでしょうが、今回は、強行には反対しないと思います」

幸田の言葉に、各務も頷いた。だが、槇塚の答えはそっけなかった。

「ただ、たとえそうなったとしても、先の条件は、さほど変わらないと思います。現在プレジデンシャル生命が、日本で展開している営業スタイルを見ている限り、彼らが御社に提示した条件は、まだ相当遠慮しています。彼らは量より質を重視し、また、圧倒的に健全な財務状態を維持し、事業コストをギリギリまで削減していくやり方ですから。利率引き下げが成就したら、更生特例法を申請しろとは言わなくなるかも知れませんが、先の条件はあまり譲歩してもらえそうにないと思いますが」

「そうすると、よほどの強権を発動するか、特例法による整理しか道がなくなるわけだな」

　ずっと二人のやりとりを聞いていた各務が口を挟んだ。

「おい、各務、軽はずみなことを言わないでくれ。簡単に潰せるのなら、誰もこんな苦労はしない。実は、我々は今、来年一月一〇日に発表するさらなる業務改善案を作成しているところなんですが、その案もプレジデンシャル生命からの提示にはほど遠いんで、もう一度、再検討してみます」

「一月一〇日というのは、何かあるんですか」

察しの良い槇塚がそう尋ねた。幸田は各務を一瞥《いちべつ》してから答えた。

「実は、東和海上との統合の完全白紙撤回を発表することになっています。何を今さらっていう感じなんですが、ずっと公式にはミレナ保険グループへの統合を言い続けてきましたのでね。それで、その際にさらなる健全化を目指した案を提示する予定です」

「それは事前に拝見できますか」

「そうですね、ちょっと上と相談してみます」

「ぜひ見せてください。それと幸田さん、僭越《せんえつ》ですが一つだけ言わせていただくと、その統合完全白紙撤回をされる前、できれば今年中に、もう一段大胆なリストラを断行されるべきだと思いますが。既にS&Rの格付けでは御社はいつ破綻《はたん》してもおかしくないCCC+です。彼らは、今クレジット・ウォッチに入っていて、下手をするとさらに格付けを下げてくるでしょう。このあたりで、先手をお打ちになるべきだと思います」

各務が続けた。

「それは私も同感です。人と役員数の削減、さらに株式売却あたりは、何か手を打つべきかと思います」

幸田は、それに何度も頷いた。

「おっしゃる通りですね。それも検討します。各務君も遠慮なく提案してくれ。君も第

【2002年12月18日】

丸だ、プレジデンシャルだと大変だろうが、いずれにしても統合実現には、我々の一層の努力が必要なのは変わりないからね」

各務は大きく頷いた。そこで槇塚は、さっき各務には耳打ちした良い情報を口にした。

「実は、今週に入って、新たに二社から、清和との統合を検討しているのだがという打診がありました」

渋い顔の幸田の表情が少しだけ緩んだ。

「ほお、どこです」

「一つは、AIC、アメリカン・インシュアランス・コーポレーション。プレジデンシャル生命のライバルです。もう一つは、スイスのアリアング。こちらもヨーロッパ系では大手です」

「それは、朗報だと思っていいんでしょうか？」

さすがに幸田は、すぐに喜びはしなかった。槇塚は、苦笑いを浮かべた。

「そうですね。まあ選択肢が多いのは良いことですが、いずれも強者《つわもの》揃いですから、プレジデンシャル生命に近い条件は出してくると思います。どうしましょうか」

「ひとまず、先方の意向をもう少し聞いてみてください。それから上に上げます」

槇塚は頷いて腰を上げた。死臭を嗅《か》ぎつけたハイエナやハゲタカが群れをなして集まりつつある。

各務はそう思ってしまう自分を抑えて、槇塚を送るべく応接室を出た。

5

「改めて融資一体型の変額保険についてお尋ねします。証人は先ほど、融資一体型の変額保険は、契約者の選択肢の一つであり、同保険を勧誘した営業職員が強く勧めたこともない。さらに当初からこうした一体型を主力にするつもりはなかったとおっしゃいましたね」

休憩直後から志井弁護士の攻撃は核心を突いてきた。中根は、休憩前のテンションに辿《たど》り着けていないまま、相手の問いに頷いた。

「はい」

「ところが、実際は第一興業銀行の営業マンと清和生命の営業職員が二人一組でチームを組んで、顧客を一軒一軒訪ね歩いたと聞いていますが」

「異議あり、原告代理人の発言は伝聞です！」

休憩で一人元気になった被告側の弁護士が声を張り上げた。だが、その勢いは志井弁護士の冷たい一瞥と言葉で勢いを失った。

「だから、それを確かめているんでしょう。中根さん、それは事実ですか？」

「裁判長！」

だが、今回も裁判長は、異議を却下した。

【2002年12月18日】

「証人は質問に答えてください」

その言葉で、中根はまた自らが置かれた孤立無援の状況を再確認して、毅然《きぜん》として裁判長を見た。

「ただ今のご質問ですが、現場によってはそういうこともあったかも知れませんが、そういう指導をした覚えはありません」

そこで志井弁護士は、これ見よがしに鼻で笑った。

「あらあら、またあなたたち得意の営業職員への責任転嫁をなさるのね。まあ、いいわ。じゃあ、これを見てくれるかしら？　これは八八年に清和生命が、東日本営業本部の本部長名義で、営業職員に対して出した通達だと思うんだけれど」

彼女はまたそう言って中根に、その文書を見せた。今度も赤のアンダーラインが随所に引かれてあった。

「そこの七行目からの箇所だけで結構だから、声を出して読んでもらえますか」

中根は、文書に視線を落とし読み上げた。

「本商品は、原則として親密銀行である第一興業銀行各支店とタイアップして、営業活動を展開してください。第一興業銀行からは、契約するだけの資産を持っている有力営業先が提示されます。そのリストを基に、融資一体型の商品としてお奨《すす》めしてください」

中根はそう読み上げても、もう何の動揺もなかった。志井はすかさず尋ねてきた。

「御社が開発された変額保険であるレジェンドは、最初から融資一体型の商品としての販売を目的にされていたのではないのですか」

「この文書は、弊社のレジェンドが誕生した翌年に作成された文書です。私たちが商品を開発したのは、八六年です。この文書を基にしても、当初、本商品が融資一体型を主眼に置いていたことの証明にはならないと思います。また先ほどもお答えした通り、本商品は、最初から融資一体型商品として開発したのではなく、お客様のニーズにお応《こた》えして、そういう払い込み方法をご用意したにすぎません」

志井は感心したように、中根を見つめて頷《うなず》いていた。

「なるほど。ではちょっと質問を変えます。本商品については、御社も被害者だという意見もあるようです。

変額保険の融資一体型には生保サイドはさほど乗り気ではなかった。また、この商品の高いリスクについても懸念していた。それを銀行や大蔵省から強引に商品化を急がされたのではないんですか」

「異議あり！　裁判長、原告代理人はまたお得意の推理の披露《あずか》を始めました。彼女の言葉には、事実の裏付けが微塵《みじん》もないばかりか、中根証人が与り知らないことを尋ねようとしています」

「与り知らないですって！　どうして？　変額保険は契約者だけではなく、生命保険会社も銀行の犠牲になったのではないかと、その当事者に尋ねているんです。どこが与り

「知らないんです」

志井は大声を張り上げて、被告側代理人に詰め寄った。その迫力に蹴落とされるように脂肪の塊のような弁護士は怯《ひる》みながら、裁判長に救いを求めた。

「裁判長！」

「却下します。ただし、原告弁護人は、自身の推理の開陳や事実の裏付けのないことを前提とした質問をやめてください」

「了解しました。中根さん。答えてください。あなたがた生命保険会社もまた銀行の犠牲者ではないのですか」

中根はその言葉に動揺していた。そういう切り返しは予想していなかった。事前の想定問答集にもない質問だった。そして、それは彼自身心から「その通りだ！」と叫びたくなる質問だった。

だが、もしそれをやれば、彼は第一興業銀行にではなく、清和生命に対しても背信行為を働くことになる。「今回の一件については、終始一貫、生命保険会社の営業職員に問題があったという線を押し通すように」と厳しく念を押されていたからだ。それが、今年度末に、同額の基金拠出を裏約束しているみずき銀行、いや旧第一興業銀行関係者の見返り条件だった。

中根は全身から汗が噴き出しているのを感じていた。簡単なことだ。「そういう意識は一切ありません！」と言下に言い放てばいいのだ。

「どうしました。中根さん、さっきのような歯切れの良い回答をお願いします」

志井弁護士は既に中根の動揺と葛藤《かっとう》を見抜いているように、じわりと一歩彼に詰め寄った。中根は、彼女を見て何とか冷静な口調で答えた。

「おっしゃっているような事実はありません」

「何？　私は今、事実の話をしているわけではないでしょ。じゃあ、もう少し具体的にいきましょうか。これに見覚えはありますよね」

彼女はそう言って、八七年二月に清和生命と第一興業銀行で結ばれた協力預金についての覚書を見せた。

中根はさらに顔色を失った。どうしてこんなものが外に出回っているんだ……。中根は必死で奥歯を嚙《か》みしめて、彼にその文書を突き出した弁護士を見た。

「はい」

「これは何ですか」

中根は喉《のど》がカラカラだった。彼は、被告側弁護士を見た。だが、またしても彼は自分の文書を見つめていた。中根は傍聴席を見た。彼の異変に気付いたみずき銀行の永見が腰を浮かせかけていた。そこで志井弁護士が、中根を呼んだ。

「中根さん、答えてください。これは何ですか」

中根は絶望的な気分で答えた。

「それは、この変額保険に際して交わされた弊社と第一興業銀行との覚書です」


【2002年12月18日】

「何の覚書ですか？」

瞬時に次の質問が放たれた。

「それは、……」

中根はそこで眼をつぶった。ようやく中根の異変を感じたのか、被告側の弁護士が裁判長に休憩を求めた。

「何を言っているのです。まだ始まったばかりじゃないですか。トイレに行きたいのであれば、あなただけが行ってきなさい」

　裁判長から辛辣《しんらつ》にそう言われ、弁護士は傍聴席から冷ややかな笑いを浴びせられた。志井弁護士が手にしていた証拠文書を少し掲げると、法廷の笑いは一気に引いた。彼女は絶妙のタイミングで中根に襲いかかった。

「中根さん、これは何の覚書ですか」

　中根は観念した。眼を開くと、しっかりと志井弁護士を見て答えた。

「それは、弊社が当時の第一興業銀行から変額保険の契約先を紹介された場合や、成約した際にその見返りとして対応させていただく覚書です」

　その瞬間、法廷がどよめいた。

「裁判長！　異議あり、証人は勝手な発言をしています。そんな事実はありません！」

「却下します」

「つまり、これは協力預金や、成約の手数料に相当する額を、第一興業銀行側にキックバックすると取り決めた覚書ですね？」

志井はとどめを刺しにきた。中根は相手をしっかと正視して言葉を探していた。二人の間で沈黙のまま睨《にら》み合いが続いた。やがて中根はそのまま視線を逸《そ》らさずに答えた。

「いえ、そうではありません。我々が第一興業銀行に対して、もっと契約先を提供して戴《いただ》くために、それだけの努力をさせて戴くということをお約束した覚え書きです」

再び法廷がどよめいた。「よし！」これ見よがしに永見の太い声がそう叫んでいるのが、中根の耳にも聞こえてきた。裁判長は激しく槌《つち》を叩《たた》き、法定を静粛にさせた。

「中根証人、私から一つお訊《たず》ねしますが、それは意味が違うんですか」

中根は、裁判長を見て答えた。

「原告弁護人は、第一興業銀行側が我々に変額保険のために協力預金やキックバックを強要していたのがこの覚書だとおっしゃっていますが、実際は、我々のほうが、第一興業銀行側にもっと契約者を探してこいと言っていたわけで。そのための甘い餌がこの文書にある様々な取り決めだったわけです」

「中根さん！　あなた今、自分で言っていることが分かっているんでしょうね。あなたは、宣誓して証人席にいるんですよ。もし嘘をつけば罪に問われるんです」

彼女の言葉は殺気立っていた。だが、既に自分の魂を売り渡した気分で脱力感に襲われていた中根にとって、そんな脅しなど何ともなかった。

「承知しております。したがいまして、先ほどの質問ですが、変額保険につきまして、我々は銀行の犠牲になったなどとは全く考えておりません。それどころか、我々はお客様の期待に応えられなかったわけですから、いくらでも責めを負うべきだと考えております」

不意に中根は激しい耳鳴りと頭痛に襲われていた。彼はよろめきそうになるのを、必死で証人席の手すりで止めて、女性弁護士を見た。

6

二〇〇二年一二月二五日

世間がクリスマスに浮かれているこの日、清和生命は、さらなる経営改善プロジェクトとして以下の三点を来年一月一杯で実現させると発表した。

（1）内勤職員の一〇〇〇人の削減
（2）役員の半減
（3）保有している不動産物件の証券化

さらに世界的保険グループであるＡＩＣグループが、清和生命に対して統合の働きかけをしていると発表した。
しかし、最有力候補と言われたプレジデンシャル生命は、それを黙殺し、第丸生命もまた、「弊社とは無関係」というコメントを返した。
だが同日、計ったように清和生命の内勤職員全員の社内メールにこんな匿名のメールが送りつけられた。

重大事実発覚！
沈没寸前の清和生命最後の「希望退職、募集迫る!!」

信頼すべき情報によると、二年前から続いていた我が社の「希望退職」は、今回が最後のチャンスとなりそうだ。今回は、早期退職手当も休職期間扱いもない。言ってみれば、会社の依願退職。にもかかわらず、これをなぜ「希望退職」として募るのか？　答えは簡単である。今回の退職が、退職金が出る最後のチャンスなのだ。しかも、今回は会社側の都合による退職であるため、失業手当が、即日交付されるなどメリットも大きい。このチャンス、賢明な人間であれば、けっして逃してはならない！

発信人は分からなかった。これを見た中根は、人事部に嚙みついた。だが、人事でも

【2002年12月25日】

対応に苦慮していると返すだけで、当初このメールを黙殺しようとしていた。

「こんなものを黙殺していいのか！　第一、風評の怖さを一番知っているはずの生保の社員が、これがどういう効果を及ぼすかの想像もできないのか！　すぐに、賢明な対処をしてくれ！」

だが、人事部から全職員に宛てられた先のメールを「事実無根」とする社内メールが送られてきたのは、二日後の、希望退職公募日だった。中根は、まさかと思って各務に電話を入れた。

「これはおまえと俺だけの話だぞ」と各務は前置きして、メールの発信者は人事部の人間の可能性が強いと言った。

「なんだって？」

「つまり指名解雇というのは、職員の志気に影響するし手間暇がかかる。そこで、営業で培ったノウハウを社内で生かしたっていうことじゃないのか」

だが、それは重大な背信行為、いや犯罪行為だった。

「確かに。だが、効率的ではある」

「各務！」

「まあそう怒るな。さすがの俺も、ちょっとびっくりしたんだから。ただ人事部の対応が非常にゆっくりしていた。まるであのメールの風評が全社に行き渡るのを待っていたようにな。ずっと契約者に風評に惑わされないようにと言っていた連中が、その陥穽《かんせい》にはまるんだからしょうがないだろう。去る者は追わずだ」

中根は、各務の冷たさが許せなかった。だが、本当に清和を再生させるためには、企業のスリム化は重要だ。しかも外資系との提携となると、近い将来、大量解雇の可能性はあった。ならば、早い時期に見切る人は見切ったほうがいいかも知れない。

各務が言うように、指名解雇が始まれば魔女狩りの様相を呈し始める。せっかくいくつもの生保が、統合に名乗りを挙げ始めていると聞いている時だけに、それに水を差すムードはまずい。

そこまでは理解できた。だが、それでもやっていいやり方と悪いやり方があるはずだ。だが、そんなふうに感じる中根は少数派のようだった。

関西本部の法人営業部の職員の大半が、この希望退職に手を挙げたのだ。その中には、井嶋統括部長や、中小企業営業担当部長の吾妻、さらに中根の部下である鮫島課長までいた。

今回辞めていく中で、できればもっと共に闘ってほしいと思っていた相手がたくさんいた。清和が辞めてほしいと考えている人間以上に、辞めてほしくない逸材を失ってしまった気がしてならなかった。

最終的な依願退職者は、一四五七人。幸田は無理だと言っていたが、内勤職員を三分の一に削減する目標達成も夢ではないところまできていた。

そしてその日、中根に東京本社総合企画部企画担当部長を命ずるという辞令が出た。


【2002年12月25日】

彼を大阪に追放した企画担当部長もまた、この年末で会社を捨てていったためだった。

一体、俺たちは何をしていたんだ。そして、俺は東京へ何をしに戻るんだ……。

暮れていく大阪の街を見下ろしながら、中根はそう自問した。だが、それに答えられるものは何もなかった。窓ガラスには、すっかり疲れ中年になり果ててしまった男が、こちらを見て冷笑しているだけだった。

第三章　生と死と

1

二〇〇二年一二月二八日

珍しく実家に泊まっていた各務は、早朝の電話で起こされた。寒い夜明け前だった。

「朝早くから申し訳ない、幸田です」

各務はそこで、隣に眠っている娘の寝息を確かめて、部屋を出た。

「おはようございます。何か？」

「……………」

「室長」

電話の向こうで、幸田が何かに堪えているようだった。

「実は、嘉瀬が宿泊先のホテルから飛び降りたという連絡があった」

各務は、その言葉で一気に目が覚めた。反射的に「自殺」という言葉が浮かんだ。

「転落死ですか？」

「……そうだ。悪いんだが、現場までつきあってくれないか。私もこれから出る」

「分かりました。あの室長、場所は？」

「ああ、アーリントンホテルだ。西新宿の」

「分かりました。室長は今、ご自宅ですか？」

幸田の自宅は、小菅《こすげ》にあった。各務の実家のある向島から寄っても、そう遠回りにならない。普段ならそんな気を回さないのだが、どうも電話の幸田の様子が気になったので、各務は同乗を誘ってみた。

「昨夜は、実家に帰ったんです。実家は向島なんで、途中で拾いましょうか？」

「そうか、じゃあ頼む。私は京成の堀切菖蒲園《ほりきりしょうぶえん》の駅前まで出ているよ」

各務は「二〇分で行きます」と約束して、「紺屋」が贔屓《ひいき》にしているタクシー会社に配車を頼むと、着替え始めた。

気が付くと、響が起きて眼をこすっていた。

「悪い。会社の人が亡くなったみたいなんだ。すぐ出なくちゃいけない」

彼女は黙って頷《うなず》くと、各務のネクタイを直した。

「いってらっしゃい。私はもう少し寝る」

彼女はそう言って、布団を被《かぶ》った。各務はそっと実家を抜け出すと、タイミング良くやってきたタクシーに乗り込んだ。

「小菅経由で、新宿まで頼む」

財務部長の自殺――。もし、嘉瀬部長の死が事故ではなく自殺だとすれば、自分たちはとんでもない災厄の渦中に再び放り込まれることになる。

生命保険会社にとっての財務・審査部門とは、良心の象徴のようなセクションだった。中でも、清和の場合、長い間「石橋を叩《たた》いても滅多に渡らない」という堅実さを看板にしていた。その評判が、竜崎が社長となった八〇年代にかけて、地に堕《お》ちてしまった。生保がけっして手を出してはならない融資案件を、竜崎が「社長案件」として通すため、財務・審査部門の責任者を、イエスマンたちにすげ替えたためだ。

それを経営刷新を期待され社長に就任した高村が、四年前から健全化させてきた。その旗頭が、高村の同期でもある鵜飼常務であり、次期保険計理人と目されていた財務部部長の嘉瀬一朗だった。

五〇過ぎの嘉瀬部長はいつも人の顔色をうかがっているような、おどおどした眼の男だった。しかし、数字には強く、その能力を鵜飼常務はいつも、「ロケットサイエンティスト級！」と褒めちぎっていた。

また、会社に対する帰属意識や責任感も、人一倍強い人だった。一度飲み会で同席した時に、各務がスーツの社章を裏返しにしていたら、ひどく叱られた。

「君は、自分の働いている会社を、世間様に誇れないような人なんですか！」


【2002年12月28日】

彼は飲めない酒で顔を真っ赤にしながら、ほとんど面識のない各務を叱りとばした。相手の叱り方が余りに真摯《しんし》だったので、各務は真顔で「失礼しました！」とその場で、社章を元に戻したことがあったのを思い出した。

そんな人が自殺する。

その理由を考え始めて、各務は背筋に寒気を感じた。原因として考えられるのは、破綻《はたん》した青山建設に対する監査法人中央麻井の粉飾決算疑惑に関連して、彼が地検特捜部と金融庁に呼ばれていたことぐらいしか思いつかない。だが、金融庁担当の調査部次長の話では、粉飾決算の疑惑はないという。ならば、なぜ……。

タクシーは、薄暗い駅のロータリーに入っていった。

「あそこに立っている人を拾ってくれ」

ステンカラーコートの襟を立て、足踏みをしていた幸田を指して各務は言った。幸田は七年間も吸っていなかった煙草をくわえていた。

2

「じゃあ、西新宿のアーリントンホテルまで」

各務の言葉にタクシーはすぐに首都高速に乗り、降り始めた小糠《こぬか》雨の中、新宿を目指した。

幸田は、タクシーに乗り込む時に「ごくろうさん」と言ったっきり、黙り込んだまま、じっと窓の外を見つめていた。各務は、幸田が話し出すまで何も聞かずにいようと心に決めて、幸田と嘉瀬の関係に思いを巡らせた。

およそ共通点のなさそうな二人だった。幸田はボード間近の筆頭部長であり、嘉瀬は、財務部長とはいえ余りにも地味な人だ。だがこの幸田の動揺ぶりを見ていると、二人の関係は、単なる部長同士の仲とは考えられなかった。

「不器用な奴でな……」

車が首都高速の灯りの中を疾走し始めて、不意に幸田が漏らした。

「……」

「目立たない男だった。同期の中では一〇一番目の男なんて言われていた」

「一〇一番目ですか？」

各務は静かに、言葉を繰り返した。

「一〇〇人いる中で、一〇一番目に気づかれる男。つまり、最後まで誰にも気づかれずに終わる男だってな」

そう言って幸田は、口元を緩めた。

「……」

「ところが、これが計算や保険設計のシミュレーションをやらせると凄《すご》かった。そこに目ざとく鵜飼さんが目をつけて、ずっとそばにおいていた。それだけの実力のある奴だった」

幸田はそこでまた言葉を切って、窓の外を眺めていた。氷雨がガラスの向こうでコラージュを作っていた。

「意外に思うだろうが、変にウマが合ってねえ。よく一緒に釣りに行ってたんだ」

「川釣りですか」

幸田の釣り好きは社内でも有名だった。清和アメリカ時代に覚えたフライ・フィッシングにハマっていて、よく奥多摩《おくたま》や奥入瀬《おいらせ》の上流まで釣りに出かけているという話は聞いていた。

「あいつのフライは凄いんだ。本物そっくりでね。しかも微妙に羽根が動いたり、光の加減で色が変わったりという芸術品だった。ウチが潰《つぶ》れたら、二人で釣りショップでもやるかって言っていたんだが……」

薄暗い車内でも、幸田の頬を涙が伝っているのが見えた。各務は黙って、幸田の話を待った。

「財務の仕事が、性に合わないって言ってた。しかも二、三年前から、資産運用のプロジェクトチームの責任者にされて、随分悩んでいたよ。奴は計算は凄いんだが、そういう奴にありがちな甘さというか、思い込みの激しさがあった。つまりリスクを考慮するということをよしとしないというタイプだな。その結果、数字の読みが甘い！　とよく鵜飼さんに怒鳴られていたよ。この不確実な時代の市場を、数字だけで理解しようとしすぎるんだな。そういう発想は、清和には馴染《なじ》まない。そのあたりで何だか焦っていたみたいだな。君も知っているように、奴の愛社精神は清和一だからな」

その資産運用で、何か失敗したのだろうか……。

だが、各務は不用意な憶測は口にしなかった。

「実は、昨日、夜遅くに何度か嘉瀬から携帯に電話があったんだ。だが、昨夜《ゆうべ》は早くに床に就いていて気づかなかった……」

幸田の肩が震えていた。各務は、彼の姿から視線を外すために窓の外を見た。雨はさらに激しくなっていた。

「私が警察から電話で聞いた範囲の事実を教える。嘉瀬部長が死んでいるのが見つかったのは、今日の午前二時過ぎ。非常口を勝手に開けて、その踊り場から飛び降りたようだ。非常口が開いたことを知らせる警報で駆けつけた警備員が、彼を見つけた。……即死だった。……。分かっているのはそれだけだ。奴は、年老いた母親と二人暮らしだ。警察は最初から俺のところにかけてきた。奴のスーツの胸のポケットに、『連絡は以下へ』というメモが入れてあったそうだ……」

そこで、幸田は声を詰まらせた。やはり自殺ということだ。

各務は心を鬼にして、尋ねた。

「この話を知っているのは？」

【2002年12月28日】

「君と鵜飼さんだ」

「鵜飼さんは？」

「絶句していたよ。ただ現場には来ないようにお願いした」

「自殺の原因について、思い当たることは？」

「おい各務！　嘉瀬はまだ自殺したわけじゃあ」

「そう願いたいです。ですが警察は、室長にそう尋ねますよ。それに最悪の事態を考えて動くべきです」

「いや、申し訳ない。聞いている範囲だけでも、自殺だものな。だが、理由が分からない」

　各務はさらに心を鬼にした。

「最初は、中央麻井関連でやっぱり粉飾決算があったのかとも思ったのですが、先日金融庁担当の江崎に聞いたら、地検はウチをそういう対象だと見ていないようだと言っていました。しかも、一連の騒動から随分たちます。それが原因とは考えにくい。そうすると資産運用の失敗ぐらいですが、決算前ならまだしも、このタイミングでというのは、ちょっと不思議ですが。最近の嘉瀬さんの動きをご存じですか」

「いや、詳しくは知らない。だが、確か、ずっとプレジデンシャルのデューデリのヒアリングにつきあっていたと思うが」

　長かったプレジデンシャル生命のデューデリジェンスは、二日前に終わっていた。なるほど、タイミングとしては合う。だが、一体何があったんだ。

「確かプレジデンシャルのデューデリには、資産運用課の野添も立ち会っていた気がします。彼を巻き込んでもいいですか」

車が首都高速の出口を降り始めた。

「まあ、早めに知らせるべきだろうからな」

各務はそう言われて、最近はバッグに入れっぱなしの社員名簿から、資産運用課課長である野添明の自宅の番号を探し出し、躊躇《ちゅうちょ》なく呼び出した。電話に出たのは、夫人のようだった。

「早朝に失礼します。社長室の各務と申します。野添課長はいらっしゃいますか？」

しばらくして本人が電話に出た。

「はい」

まだ眠そうな資産運用課長の声を確認して各務は切り出した。

「先ほど、嘉瀬部長が急死された。聞きたいことがあるので、大至急出社して連絡を待ってほしい」

「えっ！　何ですって！　あの、急死っていうと、あのまさか」

どうやら、彼には思い当たることがあるようだ。

「これ以上は電話で話せない。とにかく一刻も早く出社してくれ。到着したら、私の携帯を鳴らしてくれ」


【2002年12月28日】

各務は、自分の携帯電話の番号を相手にメモさせると、電話を切った。タクシーが目的地のアーリントンホテルの正面玄関に到着したのだ。タクシーから降りる時に、各務は幸田に提案した。

「幸田さん、ここは私に仕切らせてもらえませんか」

幸田はホテルを見上げたまま立ち尽くしていたが、やがて各務を見て頷《うなず》いた。

「頼む。恩に着るよ」

二人は傘をさすことも忘れて、地上一二階の古びたホテルのロビーに入った。

3

新宿署の当直の警部補だという尊大な男が、はち切れそうな革のコートのポケットに手をつっ込んだまま、遺体を確認するように言った。

現場は、まるでスポットライトを浴びているように、遺体のあるところだけが光り輝いていた。各務は幸田に離れて待つように言って、その光の中に入った。さっきの警部補と同じ黒い厚手の革コートを着た男たちが、遺体を取り囲んでいた。少し離れた場所では、救急隊員が見ていた。

各務が遺体のそばにいた警官に頷くと、相手はブルーシートを持ち上げた。うつぶせで小柄な男が、倒れていた。

「顔を見せてください」

各務が言うと、そばにいた年輩の警官が二人の若手に頷いた。血まみれではあったが、それでも顔は判別できた。そうだ、嘉瀬さんってこんな顔をしていた。

「間違いありません。弊社の財務部長嘉瀬です」

その言葉を待ちわびていた白衣の医務員や捜査員が、一斉に遺体に群がった。遺体を担架に乗せ、監察医務院か大学の法医学教室へでも運ぶのだろう。

だが、そこに幸田が割って入った。彼は、嘉瀬の遺体に触れようとする警官を突き飛ばして、彼を抱きかかえた。

「何でだ!!　嘉瀬、何で貴様、俺をおいて……」

彼はそう言って彼の体にすがりついた。

「あれは？」

冷たい声でそばにいた責任者が、各務に声を掛けた。

「弊社の社長室長の幸田です。亡くなられた嘉瀬さんとは、無二の親友でした」

各務の前に一通の封筒が突き出された。

「ホテルの部屋のデスクにあった三通の遺書の一通です。あの方にお渡しください」

各務はハッとして相手を見た。

「あとの二通は？」

「鵜飼っていう方と、母親宛でした」


【2002年12月28日】

「自殺ですか？」

「まあ、もう少し調べますが、そういうことに落ち着きそうですな」

各務は、なおも泣き崩れる幸田を遺体から引き離した。

「幸田さん、嘉瀬さんと一緒にいらしてくださって結構です。あとは、私がやります」

だが、幸田は首を横に振った。

「いや、だめだ。それでは、私は奴の死を無駄にしてしまう。ここにとどまるよ」

担架を持っていたスタッフらが静かに遺体に近づき、担架に乗せた。運ばれていく遺体に手を合わせていた幸田に、各務は預かっていた遺書を手渡した。

「自殺の線が濃厚だそうです」

幸田は震える手で白い封筒に「幸田君へ」と書かれた遺書を受け取ると、反射的に封を破っていた。夜明けにはまだ時間があった。だが、彼らがいた一帯は昼間よりもまばゆい光に照らされていた。震える手で幸田は数枚の便せんを開き、凝視した。

「あとでまたお話を伺いにお邪魔します。連絡先を教えてください」

各務は黙って名刺を出し、その裏に自分の携帯電話の番号をメモして渡した。

「各務さんですな。新宿署刑事課の池端《いけはた》と言います」

彼はそう言うと、自分も名刺を出した。

「朝早くからご苦労さまでした。我々も現場保存が終わったら一旦《いったん》引き揚げます」

「この件は、マスコミ発表されるのでしょうか？」

「私にはそのあたりを判断する権限はないので、何とも言えませんが。通常、自宅内で自殺された場合は、警察では発表しないという不文律はあります。しかし、こういう場所で亡くなられた場合は発表することになると思います。しかも、申し上げにくいが、亡くなられた方が、世間で話題になっている企業の幹部となると、避けられないですね」

致し方ない。ここで圧力を掛けても意味がないし、そんなことは無理だった。逆にそういうそぶりを見せるほうが、あらぬ疑惑を招いてしまう。

「さあ、幸田さん、ひとまず、会社へ帰りましょう」

幸田は、各務にされるままに立ち上がった。そして、ホテルの前で拾ったタクシーに、近距離を詫《わ》びて清和生命本社に向かわせた。

幸田はただうつむいて、窓に体を寄せるように座っていた。右手には、彼に宛てられた遺書を握りしめて。

4

幸田

悪いな、来週の釣りだめになっちゃったよ。

俺もうダメみたいだ。

【2002年12月28日】

慣れないことをやった報いだな。

本当は、おまえがいつも俺に言っているように、自分のしでかした不始末は自分で拭《ぬぐ》うべきなんだろう。でも、情けないが、俺にはそれもできそうにない。本当に申し訳ない。

一つだけお願いがある。俺を背任の容疑で告発してくれ。俺がしでかしたことは、会社には一切関係ない。会社の誰にもだ。全部俺が自分の能力に驕《おご》り、独断でやっただけだ。

会社のためじゃない。あくまでも、俺の虚栄心と自身の私腹を肥やそうとしたためだ。

つまり、俺が私利私欲に走り、失敗してしまっただけだ。

もうちょっと強くて賢い人間だと思っていたのに、俺、ダメだった。

俺たち、何がいけなかったんだろう。

本当に竜崎さんだけのせいなんだろうか？

最近そうは思えなくなってきた。逆に俺たちは竜崎さんがいてくれて、良かったんじゃないかと思うことすらある。

あれだけの大悪がいてくれると、俺のような雑魚《ざこ》は目立たないから。そういう意味で、あの親父に感謝しなきゃな。

本当は会社と心中したかった。でも、俺にはそんな勇気も資格もないことが分かった。申し訳ないが、俺は先に行く。

敵前逃亡。何だか一〇一番目の男にしては、最後は派手な引き際だけど、かっこ悪いのが俺らしい。

申し訳ついでに、もう一つ。どうか母のことを頼む。何の孝行もしてやれなかった。こんなことなら、見合いでもして結婚しておくんだったよ。

だから、ときどき電話でもしてやってくれ。


よかったら、俺のフライ、もらってくれ。実は、来週おまえにプレゼントしようと思った傑作もある。俺のコレクションは、全部おまえのものだ。でもいらなければ、どっかの川へでも流してくれ。それはそれで、俺らしい。

長々と書いてしまった。本当は、たった一言でよかったんだ。


ありがとう……。

俺は、おまえに友達になってもらったことが、人生唯一の誇りだった。何しろ一〇一番目の男が、清和一の男に、友と呼んでもらえたんだからな……。

だから、幸田。無理するな。こんな糞《くそ》みたいな会社に潰《つぶ》されるな。


【2002年12月28日】

おまえは、おまえらしくいつまでもいてくれ。
一言だけって言ったのにな。これも未練かな……。
じゃあ、未練ついでに、もう一度。
ありがとう。
俺は、おまえと一緒に釣りに行く時間が何より幸せだった。

幸田務様

愚かな友、一〇一番目の男より

追伸：俺がかけた電話のこと、気にするな。おまえに何か相談があったわけじゃない。
ただ、来週の釣りに行けないのを詫びたかっただけだ。

各務は、幸田に見せられた嘉瀬財務部長の「遺書」を読んで涙がこみ上げてくるのを必死でこらえた。
――一体俺たちは何をやっているんだ！　必死になって会社を守ろうとしている者す

ら幸せにできずに、何が契約者に幸せだ！

そう叫びたかった。

「こんな会社なんぞ、潰れてしまえばいいんだ！」

そう吐き捨てたかった。

だが、各務はそんな感情を飲み込んだ。会社を守るためには、この遺書を公表するわけにはいかない。

【2002年12月28日】

各務と幸田が会社に到着した時、資産運用課長の野添だけではなく、嘉瀬の上司の鵜飼常務も社長室で待っていた。鵜飼は乱れた髪すら直さずに、幸田と各務を迎えた。

「やっぱり、嘉瀬だったのか？」

しわがれた声で、鵜飼は言葉を振り絞った。各務が頷《うなず》くと、鵜飼はかけていたソファから立ち上がり天を見上げた。隣で神経質そうにこちらを見ていた野添が尋ねた。

「あの、各務さん、嘉瀬部長はどうして……」

「どうやら飛び降り自殺したようだ」

「あの馬鹿野郎！　なんで、あいつが死ななきゃならないんだ！　あいつは、あいつは自分のしでかしたことが分かっているのか」

鵜飼が涙声でわめいた。だが、各務はそれを無視して野添に尋ねた。

「何か思い当たるフシでもあるのか？」

野添はハッとして、各務から視線を逸《そ》らした。

「思い当たるフシなんぞあるものか！」

鵜飼はそう言うと拳《こぶし》を机に打ちつけた。だが各務は、野添から視線を逸らさなかった。

「ことは一刻を争うんだ。最近の嘉瀬部長の様子を聞かせてくれ。これは我々四人だけの話でいいから」

野添は鵜飼を覗《のぞ》き見た。だが鵜飼はその視線に応《こた》えようとしなかった。野添は諦《あきら》めて各務に向かった。

「実は、仕組み債で大きな損失をしていることが分かりまして。それを、先日のデューデリに入っていたプレジデンシャルの会計士から厳しく追及されてしまって……」

仕組み債とは、債券にデリバティブを組み込んでキャッシュフロー等を変形した債券のことだ。バブル崩壊以降、資金調達が厳しくなった企業が、目先の資金獲得のために前払いで多額の利子を手に入れて、埋め合わせる手だてとしても使われていた。ゼロ金利時代にもかかわらず一〇％以上の高利回りの債券もあるのだが、その分、元本割れするなど高いリスクが潜んでいる。これが膨らんだ結果、破綻《はたん》に追い込まれた企業すらあったほどだ。

嘉瀬がその仕組み債に手を出していたというのか……。

「なんだと！　何でそんなものに手を出したんだ！」

野添は、幸田の激昂《げきこう》にビクつきながらも説明を始めた。

「実は、今年度に入って株式の売却で次々と売却損を出してしまい、資産状況が悪化の一途を辿《たど》っていました。その損失を埋めるために、そういう手だてを講じざるを得なかったんです」

何てことだ……。それじゃあ、株を売る理由がないじゃないか。各務は怒りを飲み込んで、事実関係を質《ただ》した。

「それで損失額は?」

野添はごくりと生唾《なまつば》を飲み込んで答えた。

「五〇〇億円はくだらないと」

鵜飼も幸田も表情を強《こわ》ばらせた。

「そして、それをプレジデンシャルも知っているんだな」

各務の言葉に、野添は力なく頷いた。

「否定し続けたんですが……。連中は、こんなに急激に株を売却しているのに、売却損がほとんど出ていないのはなぜかと執拗《しつよう》に追及してきまして、帳簿の中にある外債の中身を開示しろと迫ってきました。嘉瀬さんは、その義務はないと突っぱねたんですが、それが逆に疑惑を招いてしまい、結局、仕組み債の大量購入については突き止められてしまいました」

各務は己を呪った。なぜ、それに気づかなかったんだ。気づいていれば、何らかの手を打ったのに。迂闊《うかつ》だった。

だが、この真相を公表するわけにはいかない。そんなことをすれば、解約ラッシュが始まるだけではなく、名乗りを挙げている全ての生保が手を引き、清和は自滅する。

「なあ、嘉瀬さんは、金融庁からも絞られていたって聞いているんだが、理由もこれか？」

話題が急に変わって、野添は怪訝《けげん》そうな顔をしたが、それでも答えた。

「いえ、あれは別物です。例の中央麻井の粉飾疑惑で、地検が何を狙っているのかを金融庁が執拗に聞きたがっていたそうなんですが、嘉瀬さんが頑としてそれは守秘義務違反だからと、答えなかったそうで。それで連日絞られていたようです」

自殺の動機としては、少し弱かった。

「各務、貴様、何を考えている」

鵜飼がそう質してきた。各務は、三人の顔を見渡してから答えた。

「自殺の動機を正直に言うわけにはいきません。そんなことをすれば、我々は破滅です。ここは別の理由を考えるべきです」

「おまえ、仲間の死をそんなふうにしか捉《とら》えられんのか」

「すみません。お叱りはいくらでも受けます。しかし、今は感傷に浸っている時ではありません」

その言葉に鵜飼は憮然《ぶぜん》としたが、それ以上つっかかってこなかった。不意に幸田が思い出したように呟《つぶや》いた。

「最近胃の調子が勝《すぐ》れないと言っていた。確か医者にもかかっていたようだが」

その言葉に、野添も何か思い出したようだ。

「そう言えば、一度、仕事中に血を吐かれたことがありました」

「血を吐いた？」

各務の言葉に、野添は頷いた。

「先週末だったと思います。最近の嘉瀬さんは、仕事が終わってから飲めないお酒を飲まれることが多くて、私もたまにはおつきあいするのですが、その帰りに血を吐いて、呆然《ぼうぜん》とされていました」

「医者に行った形跡は？」

「すでに通われていたと思いますよ。食後に必ず薬を飲んでいましたから」

それしかないか……。各務は、意を決して幸田を見た。

「嘉瀬部長は、自分が胃ガンに侵されていると思っておられた。仕事でのストレスもあって悪化して、それを苦に死を選んだ。そういうふうにしたいのですが」

幸田は黙って頷いた。野添は唖然《あぜん》としたまま、各務を見ていた。鵜飼は不機嫌そうに言った。

「遺書があったんだろ。それをどうする」

「遺書を警察に見せる義務はない。三通のうち、一通は幸田さんに、もう一通は鵜飼常務に、そして最後は母親宛《あて》でした。全てを封印してしまいます。そして、そこにはそう書かれてあったと発表すればいい」

「相変わらず、おまえはとんでもない男だな。だが、マスコミの連中がそう簡単に納得するか」

鵜飼は、鋭い視線を各務にぶつけてきた。

「納得させる必要なんてありません。連中は面白おかしく書くでしょう。しかし、問題は我々がどう対処するかです」

部屋の中が一気に重苦しくなった。各務は続けた。

「鵜飼さんやお母様宛の遺書を開封したら、別の理由が出てくるかも知れません。あるいは、遺書を残しながら、本当の死の原因を語っていないという場合だって十分考えられます。ですが、問題はそういうことではありません。哀しい話ですが、マスコミに対して、嘉瀬部長の死をどのように印象づけるか、その一点で、この事件による世間への影響が決まるんじゃないでしょうか」

最初に賛成したのは、幸田だった。

「分かった。それでいこう。ひとまず、鵜飼さん、私と一緒に警察へ行きましょう。お母様宛の遺書も預かってきます。そして、中身を全て封印する。嘉瀬部長は、自分が不治の病に侵されているのを苦にして、発作的に死を選んだ。その線でいきましょう。そして、真相は我々四人の胸の内にしまう」

全員が幸田に倣った。

「全く、おまえは怖い男だよ。俺が死ぬ時は何て言われるか……」

鵜飼はそう言うと、腰を上げて、そばのデスクの上に放り投げられてあったコートを手にした。

「じゃあ、幸田君、行こうか」

幸田は頷いた。

「この話はまだ社長のお耳に入れていない。ひとまず、私から連絡しておくが、会見は必要かな」

各務は首を横に振った。

「これは、嘉瀬さんの個人的な理由による死ですから、高村社長が会見されるのは、おかしいと思います。ただ、弔意だけを広報を通じて発表するという形がいいと思います。俺は樋口をすぐに呼び出します」

「分かった。じゃあ、行ってくる」

幸田はそう言うと、普段の社長室長の顔に戻って社長室を出ていった。各務は、なおも動揺を隠せない野添のほうを向いた。

「とんでもないものに巻き込んでしまって申し訳ない。だが、これは、おまえが敬愛した嘉瀬さんのためでもある。ひと肌脱いでくれ」

野添は黙って頷いた。

「じゃあ、とりあえず、嘉瀬部長のデスクをあらためようか。そして、もう一度、最近の嘉瀬部長の様子を聞かせてくれ」


【2002年12月28日】

窓の外がぼんやりと明るくなっていた。夜が明けたのだ。だが陽の光は射さず、なおも降りしきる雨と厚い雲が日々崩壊していく大都会の朝を清めていた。

5

高村は、どうしても嘉瀬の遺体発見現場を見舞うと言ってきかず、結局、各務が折れた。午前九時過ぎ、二人がアーリントンホテルに到着すると、マスコミのカメラの放列が彼らを取り囲んだ。高村は彼らに一瞥《いちべつ》しただけで、まっすぐに嘉瀬の自殺現場に進み、静かに両手を合わせた。

「訃報《ふほう》はいつお知りになったんですか？」

高村が、遺体発見現場を立ち去ろうとした時に、待ちかまえていたテレビレポーターがマイクを向けた。高村は足を止め、目線を伏せた状態で答えた。

「今朝、自宅で知りました」

「嘉瀬部長は、どんな方でしたか」

高村は黙り込んでしまった。そして、しばらく唇を嚙《か》みしめた後、答えた。

「非常に真面目な人でした。理想的な清和マンでした。私は彼が大好きでした」

ストロボが炸裂《さくれつ》した。

「亡くなられた原因については、お心当たりは？」

高村はまた黙り込む。そして静かに首を振った。

「分かりません。ただ、聞いたところでは、彼は連日リストラに奔走していて、それが原因で体調を壊していたと聞いています。心身共に、限界を超えていたんだと思います。会社の犠牲になったのかも知れません」

そこで高村はまた唇を嚙みしめた。

「いずれにしても、彼の死の責任は、私にあると思っています。そういう意味で、私自身の罪の深さは……」

言葉が続かなくなった高村に向けてさらに多くのストロボが炸裂した。そこで各務が間に入り、道をあけさせた。

高村の悲嘆ぶりを目の前にしては、嘉瀬の死に疑惑をぶつける勇気がある者は誰もいなかった。

高村社長にだけは真実を告げるべきだと鵜飼常務が主張したことを退けて良かった。各務は、そう思った。演技ではこうはやれない。今の高村の姿は、嘉瀬の死の真相を包み込んでくれるかも知れない。

各務は、罪の意識すら感じなくなっている自分を呪いながらも、小雨の中、失意の社長を車へと急がせた。

新宿署は、嘉瀬の死の原因について鵜飼や幸田の話を受けて発表した。さらに、清和にとって「幸運だった」のは、検屍《けんし》の結果、嘉瀬の体から睡眠薬と多量のアルコールが検出されただけではなく、胃にガンが見つかったことだった。ただし、監察医の話では、命を脅かすレベルではなかったと添えられていたが。清和生命は、その部分を削り、嘉瀬がガンだったことをマスコミにさりげなくリークした。

しかし、マスコミは騙《だま》せても、清和社内の動揺は想像以上に大きかった。果たして自分たちは来年の今頃、どこで何をしているのだろうか。清和生命の職員でそう思わない者はいなかった。

日本中が、デフレと金融不安という言いようのない不安に包まれながら暮れていった二〇〇二年。破滅という二文字が清和生命の職員たちの胸の中で、くっきりと形になり始めていた。しかし彼らはそれにどう立ち向かうかわからないまま、途方に暮れていた。

それは嵐の前の静寂を迎える時の不安に似ていた。

第四部　絶望　二〇〇三年冬・春

その手は食わぬぞ、運命め、
さあ、姿を現わせ、おれと勝負しろ、
最後の決着をつけてやる！
～ウィリアム・シェイクスピア『マクベス』より～

第一章　決壊

1

二〇〇三年一月一〇日

二〇〇三年年明け早々から、清和生命の解約ラッシュは止まらなかった。

嘉瀬財務部長の自殺の真相については、まだマスコミに見破られていないにもかかわらず、日に日に解約が増え続けた。中でも、二つの信託銀行への移管が決まっていた団体年金や保険の解約が止まらなかった。移管の手続きには数ヵ月がかかるのだが、清和側が法人担当を一気に削減したこともあって、シェアアウトが殺到。昨年一二月初めには四〇〇〇件以上あった団体契約先が、二〇〇〇件を割り込もうとしていた。特に企業年金の大口の解約が続いており、財務関係者は解約返戻金の調達に駆けずり回っていた。

大口団体保険や年金の解約返戻金の支払いは、通常二ヵ月と一〇日の猶予が与えられる。もし、契約先が年度中での返戻金の支払いを望めば、遅くとも一月二〇日までには、解約の手続きを終えていなければならない。だが清和としてはできうる限り返戻金の支払いは、年度をまたいだ四月以降にしたい。双方の思惑が拮抗《きっこう》し、事態をよりややこしくしていた。

そんな中、スケジュール通り、清和生命は一月一〇日、正式に東和海上火災のミレナ保険グループとの統合を白紙撤回するという会見を開いた。会見に臨んだ高村社長は、席上、現在数社との統合交渉が進行中であり、さらに、企業の体質改善に向けて、新しいプロジェクトに着手したことも公表した。

この日公表された第三の改善案「サクシードα《アルファ》」は、

（1）〇四年末を目処《めど》にした団体年金・保険事業からの撤収。

（2）今年度中に、内勤職員二七〇〇人体制の実現。

（3）今年度中に、営業支社、営業所を半分以下に削減。

（4）〇四年度末を目処に全保有株式の売却。

の四つを骨子にしたものだった。

その中で、記者の質問が集中したのは、四番目の全保有株の売却だった。

「現在保有されている株の銘柄は、銀行などの金融株が多いと思いますが、基金などを拠出してもらっている銀行の株を売却することなど本当に可能なのでしょうか」

「おっしゃる通り、私どもは銀行株を現在多数保有しておりますが、政府のご指導もあって、現在金融各社は、持ち合い株体質の改善が求められています。今後関係各方面にご理解戴《いただ》いて、鋭意進めていきたいと思います」

この件について、金融庁には一応話は通したが、みずきやりそあといった親密行への相談はしていなかった。

また、統合交渉をしている企業名も尋ねられたが、高村は、「国内外の数社」としか言及しなかった。その他には特に突っ込んだ質問もなく、会見は、無事に終わりそうだった。そして最後に、外国通信社の記者が質問した。

「たった今、S&Rが、御社の格付けをCCCーに格下げすると発表したようですが、それについてコメントをください」

沈滞した空気が漂っていた日銀記者クラブがどよめいた。何人かの記者の携帯電話が鳴った。壁際で会見を見ていた各務の隣にいた樋口が、すぐに広報室に確認し、そのメモを高村の前に差し出した。

高村はクラブ内がどよめいている間も、まっすぐに正面を見て、会場が静まるのを待っていた。

「私の手元にも今、その情報が届きました。しかし、S&Rが、何を根拠に弊社の格付けをさらに下げたのか、理解に苦しみます。事情を確認した上で、改めてコメントいたします」

高村はそう言って腰を上げた。何人かの記者が追いすがるように質問をぶつけたが、高村はそれに応じず、彼の周りを固めた清和職員と一緒に会見場を後にした。

車に乗り込むと、高村が助手席に座る各務に声を掛けてきた。

「いよいよ始まりましたね」

破滅へのクライマックスがですか、という言葉を飲み込んで、各務は現状で分かっていることを説明した。

「今、樋口（広報室次長）に事情を調べてもらっています。年末以降、プレジデンシャル生命が統合交渉に消極的になってきたことをS&Rが察知したようです」

年末に起きた嘉瀬財務部長の自殺について、プレジデンシャル生命から、清和の公式発表に間違いはないのかという問い合わせがきていた。清和側は即答で「事実に偽りはない」と返していたが、以降プレジデンシャルが二の足を踏み始めた。

「察知ですか」

誰かが漏らしたと言ったほうがいいのかも知れない。そろそろ清和に潰《つぶ》れてほしいと願っている誰かが。

「ええ、まだ不確定情報ですが」

「何だか陰謀じみてるな」

高村の隣にいた中根がそう言った。東京本社に戻った中根は、総合企画部の企画担当部長というだけではなく、高村社長の秘書役的な役割も担っていた。何しろ社長室長の幸田はリストラで飛び回り、各務は合併交渉で忙しかったために、本来の社長室としての役割が果たし切れていなかったからだ。各務は、中根の言葉に頷《うなず》いた。

「まさに陰謀さ。ウチにとっとと潰れてほしいと願っている誰かが、情報をリークしたのかも知れない。槇塚さんは否定していますが、ゴールド・マックスあたりが漏らした可能性もあります」

「ゴールド・マックスがですか？」

高村は怪訝《けげん》そうにそう尋ねた。

「ええ、昨年秋から、プレジデンシャルに匹敵する世界的保険グループＡＩＣが、我々に興味を示していますよね。そのＡＩＣとゴールド・マックスの親密さは、有名です」

「どういうことだ？」

今度は中根が尋ねた。

「つまり、ゴールド・マックスは、我々をプレジデンシャルではなく、ＡＩＣと一緒にさせようと画策しているフシがある」

「ＡＩＣというとグリーンフェルド会長のところですね」と高村。

「そうです。彼は日本の生保を『ぬくぬくと育ったペットは、ジャングルでは生き抜くことはできない』と言い放っています。

つまり日本の生保はみなペットなんだ。ジャングルには、お行儀の良いルールなんてない。そんなものを守っている間に、食べられてしまう」

各務の言葉に、中根は表情を強《こわ》ばらせて訊《たず》ねた。

「AICと一緒にさせるために、どうして格付会社を利用するんだ？」

「おまえも知っているだろう。生保を手に入れるなら、潰れた後のほうが旨みが大きいのは。彼らは、競合他社を排除しながら、清和の周辺を囲い込み、潰れるのを待っている。格付けが下がれば、また解約ラッシュなどの信用不安が起きるだろ。そうやって清和が早く倒れる工作をしているわけだ。連中がハイエナだのハゲタカだのと揶揄《やゆ》されるゆえんさ」

中根は憤慨したが、高村は穏やかな笑みを浮かべた。

「各務さん、あまり憶測で話をしないでくださいよ。S&Rクラスなら、本国のアメリカから情報を得たかも知れません。曲がりなりにもゴールド・マックスは、ウチのアドバイザーです。確固たる証拠もなく犯人扱いしてはいけません」

高村はそう言って、きな臭い話を打ち消した。確かに、ゴールド・マックスが裏で糸を引いている証拠はない。疑心暗鬼になれば全てが敵になる。各務はひとまずそう自分を戒めた。

「失礼しました。金融庁はどうでした。株式売却案では何か言われるかと思ったんですが」

「本気にしていないんだろうな、あれは。本気で売る時にはちゃんと相談してくださいって釘《くぎ》を刺されたが。つまり、連中は、自分で自分を守れとでも言いたいんだろうな」

本来の金融庁担当だった江崎も、昨年末の希望退職で会社を去っていた。その煽《あお》りか

【2003年1月10日】

ら、中根が兼務していた。

大阪から戻って以降の中根は何となく捨て鉢な印象がある。今の言い方も中根らしくない。各務は、心のどこかで引っかかりながらも、敢《あ》えて聞き流した。中根は、まだ話を続けていた。

「向こうでも念を押されたよ。着々と予定利率引き下げ実現の話を進めているんだから、第丸生命との統合話を進めてほしいとね。また、プレジデンシャルやＡＩＣとの話がどうなっているのかも知りたがっていた」

清和が合併できるのは、第丸生命以外にない。金融庁はそう言いたいわけか。

「その統合交渉のほうはどうですか」

高村の問いに、各務は現状を簡単に報告した。

「第丸については、ずっと膠着《こうちやく》状態が続いています。年明け早々から竜崎会長に頑張ってもらっているんですが、連中は予定利率の引き下げの確約と、みずきファイナンシャルグループのバックアップが前提なんで、現状では検討中とばかりで要領を得ません」

「第丸は、本気でウチと組む気があるんだろうか」

中根の疑問に、各務は即答した。

「組む気はないさ。ただ、ウチの市場は欲しい。外資系と同様、付かず離れずで死ぬのを待って、いち早く死肉を漁《あさ》りたい口だ」

「酷《ひど》い話だ。金融庁はそれを承知で、ウチに組ませようとしているのか」

「おいおい中根部長、金融庁の思惑を探るのは、君の役目だろうが」

各務の指摘に、中根はハッとしたらしい。各務と高村は口元を緩め、車内に一瞬だけ和んだ空気が生まれた。

各務が言葉を足した。

「着任早々だから無理もないので、少しレクチャーすると、金融庁は、第丸の思惑を正確には把握していないと思う。第丸は、みずきファイナンシャルグループの一員として責任を持つと、金融庁に対しては言ってるようだからね。大体、この案件を必死で進めているのは、ウチの竜崎会長だからな。会長も、金融庁も、とにかくウチが倒れることと、外資に身売りすることだけを阻止しようと必死だから。味方だと思っている相手が、実は外資以上のハイエナだというのが見えていないわけだ」

「本当にやりきれないな。まあ、私個人としてもみずきファイナンシャルグループには強い不信感があります。変額保険訴訟における旧第一興業銀行関係者の態度や考え方には、常に我々を見下しているところがあります。実は、社長にどうしても申し上げたいことがあるんです」

中根の改まった言葉に、高村は隣の部下を見た。

「何ですか？　ぜひ話してください」

「実は、昨年末に、ウチと旧第一興業を相手取った変額保険の高裁審に証人として出廷したのですが、その際に彼らは、今年度末までに拠出する新たな基金を餌に、変額保険

【2003年1月10日】

の責任の一切を、我々が被《かぶ》るように強要してきました。しかしその後、みずきから基金拠出の話は、一向に持ち出されていません。先日、その件を先方に問い合わせたところ、実現までには時間がかかると言われてしまいました。あそこのグループは少し変です」

　高村の眼が揺れていた。各務にはそれが怒りなのか、哀しみのせいなのか分からなかった。ただ、高村が珍しく心乱されていることは事実だった。

「そうですか……。そんなことがあったんですか。中根君には、辛《つら》い思いばかりをさせて、本当に申し訳ない」

「社長が謝られることではありません。ですが、みずきの中では、一緒になった三銀行の覇権争いが続いていて、いまだに三つの銀行が一つ屋根の下で、背中を向け合っていると聞きます。そんないびつな状態で、第丸が、これら三行の総意を集めて、我々との統合を果たすとは到底思えません」

「私も同感です。しかし、贅沢《ぜいたく》は言えません。もし、第丸がウチと合併する気なら、私は躊躇《ちゅうちょ》しないつもりです。ただ、それがよりベターな結果を生むのであれば、金融庁や業界の意向を無視しても、外資系との統合があってもいいと私は思っています。各務さん、外資系との話はどうですか」

「プレジデンシャルがデューデリ後に及び腰になっているのは、事実です。もっとも、我々が更生特例法を申請する気があるのであれば、受け皿として手を挙げることは吝《やぶさ》かではないと先方は考えているようです」

更生特例法という言葉に、中根が過敏に反応した。

「それは、会社が潰《つぶ》れるということじゃないのか」

「そうだ。だが俺個人は、破算ではなく、再生を前提にした、法律による清算と考えるべきだとは思っている。しかも、プレジデンシャル生命は、清和生命というブランドも欲しがっている。彼らが受け皿企業となった場合には、社名はそのまま残し、プレジデンシャル・ファイナンシャル・グループの傘下に取り込むという提案をしてきてくれている」

「だが、利率引き下げならまだしも、更生特例法を申請すれば、責任準備金のカットや、大幅な利率引き下げが予想される。それでは、契約者への申し訳が立たない」

中根の指摘に、各務は「そんなことを言っている時期じゃないんだ！」と反論しかけた。しかし、高村が機先を制した。

「まあ、お二人とも、そういう議論は、もっと落ち着いて時間をかけてやりましょう。いずれにしても、プレジデンシャル生命とのパイプは残し続けてください。それで、AICのほうはどうですか」

「明日《あした》から、デューデリが入ります。ただ、AICも統合条件として、利率の引き下げの実現か、更生特例法の申請を求めてくるだろうとゴールド・マックスの槙塚さんから言われています。これは私の個人的な感触ですが、プレジデンシャルよりもAICのほうが、統合のハードルは低いと思います。ただ、問題は統合後です」


【2003年1月10日】

「統合後ですか」

「ええ、統合後に、彼らの流儀で徹底的な刈り込みが行われるはずです。ＡＩＣが受け皿になった八千代生命でも、壮絶なリストラがあったようですから」

更生特例法申請第一号となった八千代生命は、ＡＩＣが受け皿企業に名乗りを挙げて再建が進められているが、決して順調とは言えないようだった。

「なるほど、なかなかうまくはいきませんね。もうひとつのアリアングはどうです？」

「こちらは、アリアング自身に問題が出ているようです。ヨーロッパの株安の影響で、ヨーロッパ系の生保各社の体力が落ちてきています。興味は示してくれていますが、現在の状態では、到底我々を引き受ける余裕がないというのが、槙塚さんの見方です」

その答えに高村は溜息《ためいき》をもらすしかなかった。中根が言った。

「一ついいかな。さっき各務は、ゴールド・マックスが、我々ではなく外資系の手先になって、自分たちのクライアントが買いやすいように工作している可能性を仄《ほの》めかしたが、そんな相手をいつまでもうちのアドバイザーとして雇っておく意味があるのか」

各務は、個人的な意見だと断って、その問いに答えた。

「それについては、今考えている。だがな、我々の側にも大きな問題がある。つまり、奴らにつけ込まれる隙があるということだ。結果的には、遅かれ早かれ自滅する企業を、奴らはいち早く見つけて、商品価値のある間に売りさばいていく。そういう考え方もできる。ウチにしても、現段階では、どこでもいいから救ってくれる企業があれば、それでいいというところまできてしまっているわけだからな。ならば、外資の陰謀がどうとかは、もうどうでもいい。陰謀でも何でも、ウチを買ってくれる企業を連中が見つけてくれるのなら、御の字じゃないか。今一番怖いのは、この期に及んで、日本企業としての誇りを持てだの、外資への身売りは、まかりならないというつまらないナショナリズムだ。契約者との約束を少しでもましなレベルで守れるのであれば、外資でもエイリアンにでも買ってもらえればいい。俺はそう思っている」

「さすがだな、各務。俺にはそういう割り切りはできんよ。でも、確かにそういう発想でなければ、我々に未来はないんだろうね」

中根の言葉に、高村も頷《うなず》いた。

「おっしゃる通りです。実は昨日の生保協会の理事会の後、会長を務めている住倉生命の横矢さんから、来期の副会長就任を辞退してほしいと言われました」

日本の生命保険会社の業界団体である生保協会は、会長職を大手の輪番制で回していた。任期は一年。毎年六月の理事会で前副会長が会長に昇格し、次期会長が副会長職に就いた。順番で言うと今年の六月には、清和生命の高村社長が、副会長職に就任する予定だった。それを、辞退してほしいというのだ。

「つまり、ウチをもう見切ったということですか」と各務。

「まあ、そうとも言えますが、それ以上に、万が一ウチを外資が買い取った時に、外国人が生保協会長に就くかも知れないというのが気がかりなようです」

【2003年1月10日】

まだ、そんなレベルのことを気にしているのか！

「呆《あき》れてものも言えませんね」

「全くです。ですが、もうそれもどうでもいいことです。生保協会がウチを救ってくれるわけじゃないんですから。なので、私はその場での即答を避けました。統合の条件に、外国人社長の就任と生保協会長の奪取があるのなら、私は何の躊躇もなく、それを受け入れます。私は、どんな誹《そし》りでも受けます。ですから、一刻も早く、我々を救ってくれる相手を見つけてください」

ますます誰も頼れなくなってしまった。その現実を三人三様で嚙《か》みしめていた。

「いずれにしても私は、第丸の尻《しり》をもう少し叩《たた》きます。なんなら竜崎会長というジョーカーも使います。それと、早めにＡＩＣの意向も調べるように、ゴールド・マックスに指示しておきます。中根は大変だろうが、金融庁の動きをしっかりフォローしておいてくれ。もう前のように土壇場での大どんでん返しはごめんだからな」

中根の顔には、いつもの毅《き》然《ぜん》とした強さが戻っていた。

「ところで、各務さん。私と中根さんは来週大阪に行くことになると思います」

その話は初耳だった。

「大阪へですか」

「ええ、実は団体年金・保険の解約が続いているのは君も知っていると思うのですが、来週が大きな山場なんです。特にウチにとって企業年金の大口先が多い関西地区を、中根君と二人で回ってこようと思います」

中根が頷き、話を補足した。

「何とかあと一〇日、シェアアウトの申請を待ってもらえると、年度を越えられるんだ。それは向こうも知っていて、年度内の回収に必死で、法人営業の現場は大変だそうだ。特に大阪は一気に人が減ってしまったために壊滅状態で、このままだと、みずき信託へ移管する前に、資金残高が一〇分の一ぐらいになってしまうかも知れない」

「そんなに酷いのか」

中根は諦《あきら》め気味の笑みを浮かべた。

「関西は、そういうことには容赦はしないから。元々俺が赴任した時から、シェアダウン、シェアアウト要請は激しいからな。時には事態が収拾できず、竜崎会長にお出まし戴《いただ》いて、事を収めたこともあるぐらいだ。それが、年末にいきなり、別の信託銀行に移管しますって言いだしたんだ。年末からずっと、連日解約申請が殺到していて、財務部が解約返戻金の調達に青ざめている」

高村が続けた。

「本当に現場のみなさんにはお詫《わ》びのしようがないのですが、ここは私が直接、各企業の担当者に頭を下げて、少しでも解約を止められたらと思いましてね」

各務は大きく頷いた。

「分かりました。では、来週は私が金融庁もフォローします。それと、岩倉専務にも頑

【2003年1月10日】

張ってもらうように、社長からお口添え願えますか」

岩倉専務は、官庁と政治家との交渉役を務めていた。

「分かりました。それはしっかりと言っておきます」

そこで、各務の携帯に広報室次長の樋口から電話が入った。

「今日の夕方、S&Rが、今回のウチの格下げについてステイトメントを発表するそうだ。やっぱり、おまえさんの読み通り、連中は、プレジデンシャル生命がウチのデューデリをした結果、現状での統合は難しいと判断したというネタを知っていた。さっき担当アナリストから、事実確認があった。さらに、予定利率引き下げ問題についても見解を出すと言っているようだ。それも引き下げの理由の一つだという話だ」

「先方の事実確認に何て答えたんだ」

「担当者に確認の上、返事をすると言ってある。どう返す？　担当者」

各務は、高村の視線を感じながらも、彼に相談せずに独断で返事をした。

「録音してくれよ。いいか」

「どうぞ」

「プレジデンシャル生命からそういう説明を受けた覚えはない。弊社は現在も同社と統合に向けて継続的な交渉を続けている。S&Rの憶測による格下げが、我々の交渉に影響を及ぼした場合は、法的措置も考える。以上だ」

「本気か？」

「本気だ。実際、プレジデンシャルサイドは、ウチとの交渉に消極的にはなった。だが、交渉が続いているのは事実だ。だから、誇張はあっても嘘はない」

「分かった。じゃあ、そのまま返すが、念のために法務に確認を取っていいか」

「いいが、連中に相談したら年を越すぞ。俺が責任を持つ、行ってしまえ！」

暗雲にわかに立ち込めて――。清和を取り巻く現状は、まさにそんな形容がぴったりだった。

2

二〇〇三年一月一五日

この日、各務は久しぶりに竜崎の宴席に同席することになっていた。その前に企画担当専務の岩倉の部屋を訪ねた。

長身の鍛え上げられた体をオーダーメイドのスーツで包み、エグゼクティブを意識した物腰の岩倉は、切れ者らしいシャープな印象があるが、実際は目端が利く狡猾《こうかつ》な男だった。高潔であることが経営トップの条件だと思っている高村は、岩倉が後継者候補の一人というのをあまり快く思っていないところがあった。しかし、政治家や官庁との折衝能力があり、部下を魅了するしゃべりのうまさもあって、社内外で、次期社長と目されている。ただ、もはやその「次期」があるかどうかが分からないだけに、岩倉は、年末の役員削減の時に、会社を去るのではないかと思われていた。

各務が役員室に入ると、彼はパソコンに向かいながら、難しい顔をしていた。そして、顔も上げずにデスクの前にある応接セットにかけるように言った。

「すぐ終わるから、ちょっと待っていてくれ」

各務は黙って頷くと、質素な高村の部屋とは対照的な贅《ぜい》をこらした岩倉の部屋のソファに腰をおろした。

「一体どっちが社長室か分からん！」

鵜飼に嫌みを言われても岩倉は全く動じず、自分の城をエグゼクティブルームへと改造し続けていた。

「お待たせ。で、どうした。おまえさんが、俺に話を聞きにやってくるなんて」

岩倉は、机から離れ、各務の隣にあるアームチェアに体を沈めるとにんまりとした。日に焼けた肌と白い歯。どこまでもこの男は、見た目に気を使っているらしい。各務は相手に負けないぐらいの愛想笑いを浮かべて切り出した。

「実は今晩、会長のお供で、民自党の税制調査会会長との宴席に出ます。それでちょっと二、三確認したいことがあってお邪魔しました」

「へえ、相原さんと、また会うのか。竜崎さんも節操ないな」

岩倉の言う通りだった。互いに個性が強かったせいか、二人は相性が悪く、民自党の保険問題小委員会などでも、激しくやり合っていた。それが、昨年夏の予定利率引き下げ問題以降、竜崎が急接近し、今では毎週のように会合を続けていた。

各務は、岩倉の嫌みに苦笑して頷《うなず》いた。

「まず、聞きたかったのはそれです。竜崎さんのすり寄りはそれなりに理解できるんですが、相原さんのほうはどうなんですか」

「どうって、あの人も過去の人になりつつあるからな。ロートル同士でタッグを組んだんじゃないのか」

「じゃあ、裏はないと」

「裏か。どうだろうね。まあ政治家先生で清廉潔白な人は誰もいないし、二枚舌は当たり前、三枚四枚舌を持っている人も大勢いる。俺も去年に、あそこまで相原さんを信用していいんですかって竜崎さんに聞いたことがあったんだが、あの親父なんて言ったと思う？」

嬉《うれ》しそうに言う岩倉に、各務は苦笑して首を振った。

「全然信用してないとさ。ただ、今はアイツに媚《こ》びを売って利用するのが得策だから、そうしているだけだってな。全く狐と狸の化かし合いだよ、あれは」

「じゃあ、相原狐の狙いは何です？」

「竜崎さんが言う金融担当相を狙っているというのもまんざらじゃないだろ。だが、ウチ以外からも金をもらって動いている可能性もあるな」

「そうだ。予定利率が引き下げられたら、恩恵を被るのは何もウチだけじゃない。もちろんやり方次第では、むしろ危ない生保を破滅させられる劇薬だが、それでもなお、日本中の漢字生保は実施を待ち望んでいるさ」

「しかし、先日マル秘だという金融庁案を見せてもらいましたが、あれじゃあ、どこも手を挙げませんよ」

金融庁案の骨子は、六つだった。
(1)予定利率引き下げは三%とする。
(2)予定利率引き下げは自己申告制。ただし、金融庁が必要と認めた場合には、業務改善命令を行使して、強制的に引き下げる。
(3)予定利率引き下げを行う生保は、従来以上に透明性の高い財務諸表を出し、引き下げを行わなければ、将来経営危機に陥る可能性が高いことを証明する必要がある。
(4)予定利率引き下げを申請した生保の保険の解約は凍結。
(5)予定利率を引き下げた生保の経営陣は、全員責任を取って退陣する。
(6)予定利率引き下げには、臨時総代会で四分の三以上の承認が必要。
こんな案を飲む生保はない。実現性に乏しく、しかも手を挙げたら即破綻《はたん》するのは見えている。

「ウチ以外ですか」

岩倉はデスクに戻ると一枚の紙を手にして、各務に差し出した。

「これが、竜崎さんと相原さんの二人で画策している修正案だ」
（1）予定利率引き下げは三％とする。
（2）予定利率引き下げは自己申告制。ただし、金融庁が必要と認めた場合には、金融庁主導によって全社一斉で引き下げることも可能。
（3）予定利率引き下げの判断は、金融庁に委《ゆだ》ねられる。
（4）予定利率引き下げを申請した企業の保険の解約を凍結。
（5）予定利率引き下げには、臨時総代会で過半数の承認が必要――。
大きく違うポイントは、（2）の部分に、さり気なく、「金融庁主導による一斉引き下げを可能にする」という表現を加え、（3）では引き下げ該当企業の認定を曖昧《あいまい》にし、さらに（5）の経営者責任条項を消し去り、最後に（6）で引き下げの承認を総代会の四分の三以上を過半数に変更している点だ。

「えらく都合の良い改正案ですね。これは、通らないでしょ」

「俺もそう思う。だが、生保協会を納得させるためには、これぐらいしないとウンとは言わんだろ。だから、相原さんは、これを私案として金融庁の高城長官に託しているそうだ」

「長官は何て言っているんです？」

「即答はしていないが、本気で利率引き下げによる生保不安解消を考えるなら、この程度はやむなしだと思っているそうだ」


【2003年1月15日】

「背景ですか」

「分かっているよな、各務。この利率引き下げの背景を」

岩倉は渋い顔をして頷いた。

「本当ですか！」

「そうだ。一部エコノミストや大学教授からは、利率の引き下げは、契約者を守るためでも、生保を守るためでもなく、銀行が生保に拠出している基金を守るためだという批判が早くも出ている。いくらきれい事を言っても、結局のところ予定利率の強制引き下げとは生保が一斉に更生特例法を申請しているのと同じだ。だが、特例法を申請されてしまうと、銀行が拠出している基金だけではなく、劣後ローンも吹き飛んでしまう。それを防ぐためだ」

ダブルギアリングと呼ばれる生保と銀行の持ち合い体質は、ここにきて一方が破綻すると連鎖破綻するという破滅の連鎖を、浮き彫りにしていた。

「銀行が、生保に拠出している金は、約二兆円。一方生保は、約八兆円もの金を株や劣後ローンとして銀行につぎ込んでいる。一方が倒れたら、それが回収できなくなってしまい、もう一方も倒れる。だから、金融庁も、生保サイドの多少の無理難題は飲む。竜崎さんはそれを狙っているんだ」

「じゃあ、岩倉さんは、今回は利率引き下げが実現すると？」

「微妙だな。既に金融庁は、上から課長クラスまで、それぞれのポジションで、政治家や業界関係への根回しを始めている。最近、マスコミに利率引き下げの記事が多いのは、恣意《しい》的なリークもあるだろうな。まず叩《たた》き台としての金融庁案を出し、徐々に、相原案に差し替えていく。うまくいきそうな気もするが、マスコミは、市民を犠牲にして無責任経営を続ける会社を国は守るのかと非難するだろう。それにどこまで耐えられるか。さらに、業界の中の意思統一もまだ盤石じゃない。ここにきて、そもそもの利率引き下げ論者だった大日本生命が、一律引き下げには反対だと言いだした。また、外資系の動きも不気味だ」

「不気味とは？」

「彼らは、ずっと大手生保が潰《つぶ》れるのを待ち続けているんだ。ここで生き残られると、かなりの高い買い物になる。できれば、潰れてくれたほうが、買う側としては旨みが大きい。これから連中がどうでるかは、分からない。さらに、金融担当相が政治家でないのも大きい。しかもあの竹浪という大臣は、日々言うことや考えを変えるので、とらえどころがない。そのあたりの不安材料を抱えながら、元大蔵族の議員先生たちがどこまで頑張れるかだな」

利率引き下げは、前途多難だった。岩倉は、各務の困惑顔を面白そうに見て、言葉を足した。

「好材料もある。生保が潰れる程度なら、金融庁も政府も助けてはくれないが、今回は銀行が倒れるかも知れないだけに顔色が違う。そういう意味で、我々にとってダブルギ

【2003年1月15日】

アリングとは福音連鎖だな。したがって相原さんも、竜崎さんだけから支持されているわけじゃないだろ。他の生保、あるいは銀行筋からも金を出してもらったり、様々な便宜を図ってもらっているはずだ。まあ、そのあたり、今日の会合で、連中の腹をよく探ってみるんだな」

各務は黙って頷《うなず》いた。そして、話を切り上げかけた岩倉を各務は押しとどめた。

「お願いがもう一つあります。これはお願いというより、竜崎さんからの伝言ですが」

「竜崎からの伝言」と言われて、岩倉は嫌な顔をした。

「何だ」

「しっかり第丸との交渉のリーダーシップを取って欲しいとのことです。各務に任せていたら、いつまでたっても埒《らち》があかない、と。ご活躍期待しています。確かに、私には荷が勝ちすぎます」

「おい各務、貴様、それは責任転嫁だろ。俺は元々あの話には反対していたんだ」

「それは私も同様です。しかし、役員会でこの一件の責任者は岩倉専務と決められてしまったんですから、ここは腹を決めてくださいよ」

岩倉はムッとして、浮かしかけた体をアームチェアに沈み込ませた。

「第丸が、本気でウチと一緒になると思うか」

「ゼロではありません」

「だが、五〇%以上でもないだろ。連中も、外資系生保と一緒だ。ウチが倒れるまでは何もしてくれんよ」

同感だ。しかし、各務はそれに同意せず腰を上げた。

「竜崎さんは、『利率引き下げの材料にしたいから、第丸に、利率引き下げが実現したら、清和を引き受けるという密約を取れ！』とおっしゃってます。成果を期待してます」

「ちょっと、待て。無茶を言うな！」

岩倉が呼び止めると、各務はゆっくり返った。

「もう一つ言い忘れてました。竜崎さんは第丸の秋葉会長と話をして、岩倉さんから、第丸の交渉責任者である和辻《わつじ》専務に電話させますと言ってあるそうです」

呆然《ぼうぜん》としている岩倉を残し、彼はエグゼクティブ趣味の岩倉の部屋を後にした。

「エグゼクティブなんだから、ここらで実力を発揮しないと、この部屋が泣きますよ、岩倉専務」

各務はドアを閉めると、そう言って冷たく笑った。

【2003年1月15日】

3

二〇〇三年一月一六日

二日酔いが残っている各務を、朝からゴールド・マックスの槇塚が待っていた。しかも、今朝の槇塚の表情はいつもと違い険しかった。各務を迎えると、そのまま役員応接室に連れ込んだ。

「財務と資産運用のことが分かる人を呼んでちょうだい」

各務は素直に従い、年明けに財務部資産運用担当次長に昇格していた野添を呼びだした。ついでに、コーヒーをポットで頼んだ。

各務は、煙草をくわえると、苛立《いらだ》たしそうに窓の外を見ていた槇塚に声を掛けた。

「少し落ち着いたらどうだ。そうやってイライラしても、事は好転しない」

そう言われても槇塚は各務を睨《にら》みつけるばかりだ。黒のスーツにシルクのシャツ、磨かれたパンプスという姿は変わらないが、年が明けてから一段と顔に色艶《つや》がなくなっていた。しかし、ここでも各務は軽口を飲み込み、話を切り出した。

「財務担当が来るまでは、始められない話か？」

槇塚はコーヒーを一口飲むと話し始めた。

「解約ラッシュが始まっているっていう噂だけれど」

「噂だろ」

「各務さん、茶化さないで！　今週ずっと高村社長が東京を離れているのは、そのせいだって言うじゃない」

「ラッシュじゃない。ただ、大口の契約先が、信託銀行への移管を嫌ってシェアアウトを言い出している。君が言う通り、社長は、それを抑えに大阪、名古屋と飛び回っている」

「何でこの時期に？」

「団体年金や保険の解約手続きには、最長で二ヵ月と一〇日かかる。つまり年度中に解約手続きを終えたければ、一月二〇日までに我々が解約届を受理する必要がある。それで、大口先が駆け込んできているわけだ」

各務は冷たくそう答えた。

「それで、どれぐらいの団体から解約申請がきているんです？」

「件数にして約二五〇〇件ぐらいか」

「そんなに！　確か総件数で四〇〇〇件ぐらいよね。その六五％が解約しようとしてるっていうこと？」

「そうなる。しかも大口が多いので、契約高にすると比率は七五％を超える」

槙塚は清和の契約高の一覧表を取り出した。


【2003年1月16日】

「おたくの団体年金の資産残高は約九〇〇〇億円。その七五％っていうことは、六八〇〇億円！　大丈夫なの」

「それぐらいの額なら大丈夫さ。だが、一気にそんな額の解約が出ると、個人契約に連鎖反応が起きるかもしれない。それで、高村さんが飛び回っている。危ない清和から安全な信託銀行へ移すんだから、安心だとね。年金業務のフォローは従来以上にサービスに努めますとね」

その時、ノックがあり小柄で痩身《そうしん》の野添が入ってきた。彼も酷く疲れていた。各務は二人を引き合わせると、野添にミルクたっぷりのコーヒーを入れてやり説明した。

「現在、申請が出ている団体年金解約返戻金の総額はざっといくらになる？」

いきなり役員応接室に呼びつけられ、とんでもない社外秘を尋ねられて野添は唖然《あぜん》としていた。

「大丈夫。彼女には包み隠さず話していい。実情をちゃんと伝えないと、正しく対応してもらえないからな」

野添はそれでもまだ躊躇《ちゅうちょ》しているように、書類をごそごそかきまわして時間を稼いだ。そして、ようやく探していた書類を出して、槇塚を見た。

「まだ不確定ですが、現在申請が出ているシェアアウトの件数は二七五三件、資産残高で言うと約六〇〇〇億円余りです」

「年度末にそれが消えていくのよね。それでも決算は黒字で終われるの？」

「ええ、もちろんです。大丈夫です」

野添は嘘が下手だった。槇塚は、野添の表情から嘘を見破ってしまった。

「本当に？　もう売り払えるものは一切合切売ったんじゃないの？」

野添は表情を強《こわ》ばらせて各務を見た。各務が代わりに答えた。

「大丈夫だ」

「そんな根拠のない公式見解を聞いているわけじゃない。ねえ、生保の破綻《はたん》は、決算が組めなくなった場合だけじゃなくて、解約ラッシュに見舞われて資金ショートした場合も過去にあったわよね。おたくは大丈夫なの？」

確かに中堅生保の中には、資金ショートが原因で破綻した例もある。清和生命の総資産は約八兆円と言われている。帳簿上は保険金支払い準備金も七兆円近く積み立ててある。だが、清和の職員誰一人として、そんな数字を信用していない。

各務は精一杯微笑んで頷いた。

「大丈夫だ。資金ショートなどあり得ない」

「じゃあ、伺うけれど、ウチの証券部に今、五〇〇億円の先渡しクーポン付きのストラクチャー・ボンドを依頼しているわけを聞かせてくれるかしら？」

各務は我が耳を疑った。今、槇塚は、過去形ではなく、現在形として言った。嘉瀬部長が、仕組み債で大きな損失を出し、それを苦に自殺したのは、ほんのひと月前だった。

各務は啞然として野添を見た。答えは、彼の顔に書いてあった。


【2003年1月16日】

「野添、どういうことだ」

「す、すみません。鵜飼常務から、このままでは決算が立たないから何とかしろと言われまして。しかし」

嘉瀬部長を死に追いやった構図を繰り返す気か……。槇塚は容赦しなかった。

「しかも申請されたのは、昨年末。まだ今ほど団体年金の解約ラッシュが始まってない時よ。本当に、お金を持っているの？」

野添は唇を噛《か》みしめうつむいてしまった。各務は、思わず天を仰いでいた。

「昨年、一二月に自殺された御社の財務部長の死の真相も、これじゃないのかしら」

槇塚の言葉に、各務はもの凄《すご》い形相で身を乗り出した。

「健康上の理由で自殺するということは確かにあるわ。でも、この時期に財務部長がそんな無責任なことをするのかしら。それならば、会社を辞めればいいだけじゃない。それで、ウチの証券部に、もしやと思って尋ねたのよ。清和から仕組み債を頼まれたことはないかって。そしたら呆《あき》れたわ。上得意だっていうじゃない。既に総額で、数千億円をお買い戴《いただ》き、そのうちの三分二が元本割れしていて、最低でも一〇〇〇億円以上の損失を出している。にもかかわらず、懲りもせずまた五〇〇億円の前渡しクーポン付きの危ない仕組み債に手を出している。これじゃあ、会社がおかしくなっても当然よね」

各務は怒りで震えていた。槇塚への怒りではない。清和生命という会社に対してだ。

一体、俺たちは何をやっているんだ！

何度失敗しても、それ以上のハイリターンの仕組み債を買って、損失を先延ばしにするだけではなく、より穴を深く大きくしようとしている会社の体質に、彼は自らの死をもって諫《いさ》めようとしたのだ。それならば、清和一の愛社精神の持ち主と言われた嘉瀬らしい行動といえる。

「そうか、そういうことか」

各務は反射的にそう漏らしていた。その言葉に、野添は怯《おび》えた顔で各務を見、槇塚は怪訝《けげん》そうに彼を見た。

「何？　何がそうだったの？」

「いや、分かった。申し訳なかった。正直に言う。確かに、嘉瀬さんの自殺の原因は、病気のせいじゃない。君が指摘した通りだ。彼はその責任を取って、死を選んだことになっている」

「なっている？」

「そうだ。だが、本当は、こういうウチの体質を諫めようとして、自分一人で罪を被《かぶ》って自殺したんだ。これは、会社ぐるみの背信行為だったんだな、野添」

そう言われて野添は激しく首を左右に振った。

「わ、私はよくは知らなかったんです。でも、今のポジションになって分かりました。とにかくありとあらゆる手を使って、損失隠しを続けてきているんです」

各務は、それ以上怒る元気もなくなった。そして槇塚に深々と頭を下げた。

【2003年1月16日】

「申し訳ないんだが、今日のところは引き揚げてくれ。日を改めて説明する」

だが、槇塚は引き下がらなかった。

「改める日なんてないわよ。この話はもう一部マスコミにも流れ始めているんだから。記事になるのは時間の問題よ」

「出るとしたらどこだ?」

「私が聞いた噂では、週刊誌数誌がすでに追いかけているそうよ。だから教えて、こんな話が出たら、また解約ラッシュが始まるわ。それでも資金は大丈夫なの?」

各務はそのまま、野添を見た。彼は、ハッとして顔を上げた。

「分かりません」

「何だと」

「今、必死で計算しているんです。ですが、毎日解約数が上がって、計算が追いつきません。確かに、槇塚さんのご指摘の通り、私自身、数日前から年度末に資金ショートになる危険を考え始めています」

「だから、高村さんはあんなに必死なのか」

野添はまた激しく首を振った。

「分かりません。ただ、現状の団体年金だけの数字なら、何とかなると思います。しかし、そこに去年のような個人契約で解約ラッシュが始まると、もう予測できません。社長は、本能的に危ないと思われているんだと思います。鵜飼さんはギリギリまで大丈夫、大丈夫と言い続けて事態を悪くするタイプです。おそらくは、私が先ほど申し上げた数字すら社長はご存じないと思います」

　何てこった。結局、高村は裸の王様か……。

「あの、もうひとつ、これはまだ各務さんもご存じないかも知れませんが、年明け早々にみずき銀行からは、これ以上の基金拠出も、劣後ローンなども応じられないという最後通牒《つうちょう》が来ています」

　それも知らなかった。

「しかし、連中は自身の持ち株会社の資本増強に協力してくれと言ってきているんだろ」

「そうです。最低でも二〇〇億程度は引き受けてほしいと」

「まさか、引き受けたわけじゃ」

「今のところ保留です。先方が新たな基金拠出に応じるなら、同額の株を引き受けると言っています」

　バカじゃないのか。もうそんな帳簿上のお遊びをしている時じゃないんだ！

「分かった。それは俺から社長に言って潰《つぶ》す。それから、さっきの数字を一刻も早く教えてくれ。いいな、そしてここで話したことは誰にも言うな。おまえに責任はない」

　野添は黙って頷《うなず》いた。

　槇塚は、さらに尋ねた。


【2003年1月16日】

「もう一つ、いいかしら？」

「何だ、まだあるのか」

「野添さん、不動産の売却の件で教えてほしいんですが、御社は今年度、自社ビルを証券化などして必死で売ろうとしていますね」

そう言われただけで、野添の表情はすでに青ざめていた。

「あの証券化、我々の試算より常に五割以上割高の値がついているんですが、あれはどういうことかしら？」

野添が答える前に、各務が釘《くぎ》を刺した。

「公式見解はいい。ここだけの話として真実を教えてくれ」

野添はまた生唾《なまつば》を飲み込んで頷いた。

「実は、売却先の大半はみずきとりそあグループの関連企業です。そこでおっしゃる通り、時価の一・五倍から二倍ぐらいの値段で、引き取ってもらっています。ただし二年後にはその差額を支払うことが条件です。また、その間、年利五％の金利もお支払いしています」

「年利五％の金利だと！」

だが、各務の怒りをやり過ごし槙塚が質《ただ》した。

「それで実際どれぐらいの額を嵩《かさ》上げしたんです？」

「総額は計算したことがありませんが、おそらくは、三〇〇億程度は浮かしたと思います。ですが、それでもまだ、簿価には全然届かないんです！」

バブルの後遺症は終わった。世間でそう言われて久しい。だが、今なおウチはバブルの亡霊に脅かされているわけか……。三〇〇億の五％と言えば、一五億円だ。それをドブに捨てても、つくらなければならない数字とはなんだ。

気が付くと、槙塚がこちらを見ていた。

「各務さん、悪いことは言わない。一刻も早く更生特例法を申請して、今、手を挙げているどこかに拾ってもらうべきよ。さもないと、とんでもないことが起きるわ」

各務はハッとして、社内の内線電話を摑《つか》み、広報室の樋口を呼んだ。

「おまえ、また俺に隠しごとしただろ」

すでに樋口は、各務の要件を知っていたようだ。

「まさか」

「明日《あした》出る『週刊文潮』に、信じられないスクープが出る。ちゃんと説明してもらうぞ」

翌一七日発売された「週刊文潮」には、こんな見出しが躍っていた。

清和生命財務部長自殺の怪
動機は、あぶない債券の失敗か？

【2003年1月16日】

第二章　崩壊の足音

1

二〇〇三年一月二〇日午前七時・大阪

生保殺すにゃ、刃物はいらぬ。「あそこが危ないよ」と囁《ささや》くだけで、巨体がもだえ死ぬ――。

情報という魔物が、瀕死《ひんし》の清和に襲いかかり、清和の解約ラッシュは団体年金から個人へと飛び火した。

「週刊文潮」に出た、嘉瀬の死の疑惑については完全に黙殺を決め込んだのだが、契約者の不安は拭《ぬぐ》えなかった。「文潮」が出た翌日から、全国の清和生命の支社・営業所で解約ラッシュが始まった。

そして、団体年金保険の年度内解約のタイムリミットだったこの日、中小企業クラスの小口の団体契約先までが、解約を求めて駆け込んでくるだろうと予想された。

大阪でその日の朝を迎えた中根がホテルで朝食を取っている時に、高村は決意を口にした。

「もうやめましょう。自分たちの生き残りだけを考えて、先方の意向を無視して、時間稼ぎをするのは」

嘉瀬財務部長の自殺が健康上の理由ではなく、会社の不正に関与した可能性が高いという記事が、高村には相当こたえたようだった。常に隙なく整えられていた髪も、今朝は整髪料も施されず、ところどころに白髪も交じっていた。中根は、高村の呟《つぶや》きにも似た言葉に、手元を止めて、社長を見た。高村はまたぼそりと呟いた。

「あらゆる手だてを打って会社を守り抜くことが私の使命だと思っていました。そのためには誠意を尽くし、真摯《しんし》な気持ちを忘れないようにと常に自分を戒めてきました。ですが、どうやらそういう私の世間ずれした理想論が、多くの人を苦しめていたようです」

「高村さん、それは違います。高村さんが常にそうして毅然《きぜん》として艱難辛苦《かんなんしんく》に立ち向かわれているから、我々は闘えたんです。高村さんは何も間違っていません」

中根の言葉に、高村は哀しげに微笑んだ。

「ありがとう。でもね、中根君、あんなに理想と熱意に輝いていた君にまで地獄を見せてしまった。こんな無能な経営者はいません」


【2003年1月20日】

「よしてください、高村さん。今、我々に泣き言を言っている時間はありません。どんなに辛《つら》くても、我々は生き残るために進まなければ。ですが、団体年金については、私も賛成です。我々の都合で、彼らが社員から預かっている大切な資産を傷つけるわけにはいきません。大変な英断だと思いますし、将来、ここで団体年金の解約を抑えきれなかったことで、誹《そし》りを受けるかも知れませんが、それはそれでいいと思います。清和生命という会社らしい行為ですし、高村さんらしいご決断だと思います」

「よしてください。私は単に弱虫なだけですよ。でも、あなたにそう言ってもらって、勇気が出ました。今日中に解約は全て受理し、今日までに受け付けたものは、必ず年度末までに解約返戻金をお返しするようにいたしましょう」

それが破綻《はたん》の引き金だった——。そう言われたとしても、これ以上、契約者に対して不誠実なことはできない。理屈では立派でも行動するのは至難な決断を、この時、高村は下した。

各務は岩倉専務と一緒に朝一番から、金融庁に呼ばれた。待たされること三〇分、ようやく不機嫌そうな保険課長が、狭い応接室に入ってきた。彼は挨拶《あいさつ》もそこそこに、「週刊文潮」のコピーを出した。

「ここに書かれていることについての調査は終わりましたか」

冷たい爬虫類《はちゅうるい》のような眼が黒縁の眼鏡の向こうから覗《のぞ》いていた。週刊誌が出た一七日に、眼の前の課長から、「二〇日朝までに、事実関係を調査して報告してほしい」と一方的に通告されていた。岩倉は、愛想笑いを浮かべて答えた。

「この記事は事実無根です。顧問弁護士とも相談して、文潮を名誉毀損《きそん》で告発することも考えています」

「ほお？」

岩倉はそこで各務に頷《うなず》いて見せた。各務は、持参した書類袋から資料を取り出し説明した。

「これは、嘉瀬部長の死体検案書です。嘉瀬部長の胃にガン細胞が検出されたとあります。また、これは嘉瀬部長が通っていた総合病院の診断書ですが、胃潰瘍《いかいよう》として治療を始めるが、精密検査が必要だとあります」

疑わしげな眼差《まなざ》しで、保険課長は二通の文書を見た。

「なるほど、嘉瀬部長が体を病まれていたことは、これで証明できた。しかし、この雑誌にあるように、嘉瀬部長が、資産運用で大きな穴をあけたことを否定する材料にはなりませんよ」

各務は頷いて、次の資料を見せた。

「手前どもの財務諸表です。どこを調べても、そうした穴は見つかりませんでした。取引先の投資銀行や証券会社、銀行、不動産会社にも問い合わせましたが、いずれもそんな事実はないという回答を戴《いただ》いております」


【2003年1月20日】

彼はそう言って、各社からの回答文を差し出した。こんなものが何の証明にもならないのは知っていた。だが、嘉瀬ら財務部がやっていた粉飾決算や資産運用の失敗は、全ての情報を公開しても、分からないほど巧妙だった。

保険課長は眉間《みけん》に皺《しわ》を寄せて、財務諸表を睨《にら》み、次に各社の回答文に眼を通してから、岩倉専務を見た。

「分かりました。お言葉を信じましょう。一刻も早く文潮を告訴して、身の潔白を世間に示してください」

その言葉に二人はハッとした。

「あの中島課長、この時期にそれは逆効果の気がいたしますが」

岩倉がさらに低姿勢でそう言った。

「そうですか？　おたくは、こんな因縁を付けられて泣き寝入りするんですか。大体、週刊誌は悪質ですよ。根も葉もない噂をまことしやかに記事にして、世の中が混乱するのを喜んでいる。こういう輩《やから》は、懲らしめるに限ります」

岩倉は薄笑いを強《こわ》ばらせながらも頷いた。

「承知しました。では手続きを取るようにいたします」

「ウチは今、必死で予定利率を引き下げる土壌づくりをしているんです。そういう動きに水をさすようなことはやめてください。〝李下《りか》に冠を正さず〟それぐらいの姿勢でやってもらわないと。こういう記事を書かれるのは、おたくにも隙があるからです」

「おっしゃる通りです！　肝に銘じます」

「頼みましたよ。それはそうと、岩倉さん、第丸とのほうはどうです？」

「ええ、それはもう、ただ今しっかり根回しをしております。利率引き下げと同時に統合発表できるよう、鋭意努力しております」

保険課長が、また陰湿な眼差しを岩倉専務にぶつけた。

「ほお、そうですか。先週末に、第丸の和辻専務にお会いしたら、あれはなかったことにできませんか？　と言われちゃったんですが」

岩倉は、必死で笑い声を絞り出した。

「アハハハ、困るな、中島課長。和辻さんとは私もお会いしましたが、すっかり意気投合して、この統合は我々二人の力で実現させましょう！　と誓い合ったばかりです。それは何かの間違いでしょう」

中島保険課長は、ニコリともせずにそれを聞き流した。

「そうでしたか。では、第丸生命には二人和辻専務がいらっしゃるのかも知れませんね。いずれにしても、しっかり相手の首ねっこを押さえておいてくださいよ。そして、少しぐらいの無理難題はお聞きになるぐらいの度量の広さを見せてください。では、朝からご苦労さまでした」

来た時以上に素っ気なく、中島保険課長は部屋を出ていった。

各務は、怒り心頭の岩倉を宥《なだ》めて部屋を出た。

【2003年1月20日】

「和辻の野郎！　どういう神経してやがる」

岩倉は怒りをまき散らしながら、薄暗い廊下を大股《おおまた》で進んでいった。各務はそれを見ながら、ますます自分たちの孤立無援ぶりが深まるのを感じていた。

2

同日午後二時五二分・ＪＲ熱海駅通過

関西本部で団体年金保険の解約に快く応じるように告げて、大阪を後にした中根の携帯電話が鳴ったのは午後三時前だった。

「各務だ」

「ああ、お疲れさま」

「今、どこだ」

「熱海を過ぎたところだ。三〇分ほどで東京駅に着く」

中根は、デッキに出て携帯電話のアンテナを立てた。

「一人か？」

「今デッキに出たよ。どうした」

「実は日刊モダンに、ウチの解約ラッシュの記事が出た」

「えっ、それは、今朝の動きがもう」

「いや、そうじゃない。団体のほうで書かれた。『清和生命危機迫る！　二週間で二〇兆円の解約』とやられたよ」

何てこった……。

「俺もまもなく新横浜に車で着く。新横浜で降りてくれ。秘書課の馬鹿者が、社長が今日の午後新幹線で大阪から戻ってくるのをしゃべってしまった。東京駅でマスコミに囲まれる可能性がある。それは避けたい」

「分かった」

「改札で待っている」

中根はすぐにグリーン車に戻り、高村に事情を説明し、降りる準備を始めた。高村は、中根の話を静かに聞いて頷いただけで何も言わなかった。そして、新横浜のホームに滑り込むと、黙って中根の後に続いた。

中根はホームに降り立つと、すぐにキヨスクに走り、「日刊モダン」を二部買った。


清和生命危機迫る！　2週間で20兆円の解約！

【2003年1月20日】

東京と大阪などの大都市だけで発行している夕刊タブロイド紙「日刊モダン」の部数は、東西合わせてざっと三〇〇万部。駅売り専売のため、色を付けた凸版白抜きの煽情《せんじよう》的な見出しが一面に躍っていた。各務に電話で言われた以上に大きな衝撃に打ちのめされ、中根は立ち尽くして、隣に高村が立っていたことにも気づかなかった。

中根は、ハッとすると高村を先導してホームを早足で歩き始めた。

もうダメかも知れない……。中根は初めてそう思った。


各務は約束通り改札で待っていた。そして、そのまま社用車に乗り込んだ。

「無理を言ってすみません」

各務の言葉に高村は首を左右に振り、手にしていたタブロイド紙を開いた。

内容は大したことはない。同じグループ会社から明日《あした》発売される「月刊モダン」への予告提灯《ちょうちん》記事だった。


明日発売の月刊モダンによると、経営危機が噂されている大手生保・清和生命保険会社（本社・東京都新宿区、高村怜一郎社長）に対し、団体年金保険を中心に、解約が殺到。一月二週間で、契約高にして二〇兆円以上が解約された。同社は、古くから企業年金で実績を上げてきたが、今回はその企業年金が軒並み解約という事態に陥っている。この解約の波は一時沈静化していた個人契約の保険の解約ラッシュを再発させそうだ。

さらに、昨年一二月に自殺した財務部長の死の原因に、同社の負債の穴埋めのための資産運用の失敗があったと一部週刊誌で取り上げられていることもあり、清和の今後は、株安で不安が高まる日本経済に、大きな影響を与えそうだ。

酷い記事だった。嘘はないが、真実もない。典型的な憶測記事だった。

中根は、隣でじっと記事を見つめている社長の横顔を見た。高村は何度も記事を読んでいるようで、なかなか顔を上げなかった。中根は、各務に尋ねた。

「他のマスコミからも問い合わせは？」

各務は助手席から体をこちらに向けて頷《うなず》いた。

「全国紙にテレビまで動いている。解約のために、朝から社の前にできた行列を撮った社もあるという。今度は記者会見をしなければならないかも知れません。今、幸田さんを中心に対応を協議しています」

高村は黙って頷いた。

「この『月刊モダン』の記事というのは？」

中根の問いに各務が即答した。

「今、樋口が発行元の現代社に問い合わせている。おそらくゲラを手に入れることは可能だろう」

危機はこういうタイプの新聞から始まるんだ。これが大手新聞や経済誌に飛び火したら「ＴＨＥ　ＥＮＤ」だ。その前に止めないと大変なことになる。

【2003年1月20日】

だが、中根にはその手だてが思いつかなかった。

「今日一日の個人の解約の概数というのはある程度把握できますか」

不意に高村がそう尋ねた。

「まだ、集計中というか、処理中なんで分かりませんが、午前中だけで二〇〇〇件以上は解約があったと聞きます。おそらくは、その三倍から五倍はいくと思われます」

おそらく今日一日で三〇〇〇億円近い解約高に上りそうだった。

「これは、先週末の『週刊文潮』の記事だけのせいですか」

高村の言葉を各務は否定した。

「さらに、インターネットの保険情報関係のサイトで、清和の団体年金の解約ラッシュが続いているという情報が出ていました。しかも、そのいくつかには、個人の契約者も解約手続きを今日中にし終えないと年度をまたぐことになって、解約が凍結されるという悪質なデマもあったそうです」

「酷《ひど》い話だ！」

中根は、沸々とわき上がる怒りを抑えながら言った。

「情報がインターネットや口コミでさらに脚色されて、個人の保険や年金の解約ラッシュを呼んだわけだ」

全てが、俺たちに破滅しろと言っているようじゃないか。中根は何とも言えない脱力感に襲われていた。こんなことなら、俺は今朝の高村社長の決断を阻止するんだった。

誠意とか、真摯《しんし》などというきれい事を言っている場合じゃなかったんだ……。

今朝、高村社長と朝食を共にしたのが各務だったら、どう反応しただろうか。少なくとも、俺のような青臭いことを言わず、高村を諫《いさ》めたはずだ。情けない……。

中根の中で、後悔の渦がどんどん大きく拡がっていった。だから、彼は各務がさっきから何度も自分の名を呼んでいるのに気づかなかった。

「おい、中根！　聞いてるのか」

各務の怒鳴り声で、中根は我に返った。

「ああ、すまない。何だ」

「おまえ、大丈夫か」

各務が本当に心配げに、こちらを見ていた。

大丈夫？　おまえは、こんな逆境でも人を気遣う余裕があるのか、各務……。

3

同日午後四時二七分・新宿

午後四時二七分、高村を乗せた社用車は、清和生命の地下駐車場に滑り込んだ。各務は、既に準備が整っているであろう七階の役員会議室に高村を案内した。

関係者は勢揃いしていた。岩倉専務、個人営業担当役員の佐古田専務、さらにはこのところめっきり老け込んだ鵜飼常務の顔もあった。

真っ先に高村の前に進んだのは、幸田社長室長だった。彼は努めて明るく社長を迎えた。

「おかえりなさい。本当にご苦労さまでした。このたびはお疲れのところを申し訳ありません」

高村は微笑んで、首を振った。

「疲れてなんていられませんよ、みなさん頑張りましょう」

高村の明るい声で、部屋の中の淀《よど》んだ空気が少しだけ澄んだように各務には感じられた。

高村は、長い会議用のテーブルの社長席に颯爽《さっそう》と着くと、全員を見渡した。誰もの顔に悲壮感と疲労感が滲《にじ》んでいた。

「みなさん、お疲れのところを集まって戴《いただ》き、ありがとうございます。年が明けて以降、ずっと我々にとって逆風が吹き続けていますが、ここが正念場です。一致団結して、事に当たりたいと思います。よろしくお願いします」

さっきの車の中での虚《うつ》ろな表情とは別人の自信を感じさせる風格と、張りのある声で、高村はそう言って頭を下げた。それにつられるように、出席者の顔に幾分明るさが戻ってきた。その様子を見ながら各務は改めて、人を動かす原動力とは強さと明るさを持ったリーダーシップなのだと思い知らされた。高村は続けた。

「では、幸田さん、記者会見についてはどのように考えていますか」

社長の頑張りをいち早く察した幸田社長室長は、腰を上げて力強い声で答えた。

「はい。契約者への不安を最小限に抑えるためにも、解約についての当社の見解を社長ご自身からお話し戴くべきかと思っております。今のところ午後八時から、本社大会議室で、日銀記者クラブ加盟各社による会見を考えております」

「会見を開く必要があるのかね。今までもこうした憶測に基づいた記事が、この手の新聞や週刊誌に何度も出ているじゃないか。通常は黙殺してきた。それを今回だけ会見を開くというのは、逆にあらぬ憶測を生まないか」

岩倉専務が憮然《ぶぜん》として尋ねた。

「昨年の二月に我が社で起きた解約ラッシュの時の反省から申し上げています。昨年もある月刊誌に解約ラッシュの憶測記事が出た直後から、急激な解約ラッシュが始まりました。その反省から、大きなマイナス要因を生み出すような記事に対しては、即座に会見を開いて正しい事実を述べるべきだということになっていたと思いますが」

幸田が一向に怯《ひる》まずそう返した。

「大体、団体保険が解約ラッシュになってもさほどの影響はないだろう?」と岩倉。

その言葉に鵜飼常務の顔付きが変わった。

「解約されているのは、団体保険だけじゃない。企業年金もかなりの額に上る。こちらは、それなりの額の返戻金を払う必要がある」

「企業年金の資産残高はいくらぐらいになるんです？」

岩倉の問いに、また鵜飼が答えた。

「ざっと九〇〇〇億円近い」

その瞬間、部屋の空気が凍りついた。

「九〇〇〇億円の返戻金だって！　そんなことをしたら、三月までもたないじゃないですか！　俺たちが必死で頭を下げてあっちこっちから金をかき集めてきても、これじゃあ焼け石に水だ！」

岩倉にわめき散らされなくとも、そんなことは言われなくてもこの場にいる全員が分かっていた。

高村が穏やかな口調で言った。

「ですから、今回は会見が必要という幸田君の意見は正しいと思います。佐古田さんはどう思われますか？」

年末の役員削減で、今や清和生命は、高村社長以下、専務が三人、常務が二人という体制になっていた。

指名された佐古田は個人営業担当専務で、解約ラッシュの対応の矢面に立つ責任者だった。強気な発言で、いつも営業セクションでは圧倒的な存在感を持つ彼の顔にも疲労感が滲んでいた。

「問題は会見を開くかどうかではなく、そこで何を言うかだと思います。いつものような当たり障りのないレベルの会見であれば、逆効果になることもあります。私が懸念しているのは、すでに先週末の『文潮』の記事で再発してしまった個人契約の解約ラッシュの拡大です。

会見を開くのであれば、解約が止められるだけの抑止力のある材料が必要になりますが、今のウチにそんなものがあるんでしょうか」

鋭い指摘だった。

「幸田さん、内容的にはどう考えていますか」

「心苦しいですが、団体、個人いずれも解約ラッシュについては、事実無根だと否定すべきかと思います。弊社が団体年金保険事業から撤退するために動揺は起きているが、時間をかけてじっくりと契約先にご理解を戴くつもりでいる。また個人契約の失効については昨年夏以降、通常の一桁台《ひとけた》に落ち着き、好評を戴いている新保険『保険キング』の契約増が続いている。こういうあたりかと思います」

その文言に岩倉と佐古田の二人が苦笑いを浮かべた。佐古田が言った。

「そういうのを、当たり障りのないレベルっていうんじゃないのかね、幸田」

「面目ありません。しかし、とにかく現状を否定することが肝要かと」

「契約者をなめちゃいかん！　もうこんな言い訳は誰も聞いてはくれんよ。これなら会見なんぞ、開くべきじゃない」

その時、広報室次長の樋口が入ってきた。普段は「パパ」と呼ばれ、その温厚さで、対外的にも評判をとっていた彼の顔も引きつっていた。

「お待たせしました。明日《あした》発売予定の『月刊モダン』の記事のコピーです。とんでもないことが書かれています」

彼はそう言うと、広報室のメンバーと二人で出席者に記事のコピーを手渡した。

清和生命の断末魔の叫びが聞こえる!

煽情《せんじょう》的な見出しが躍っていた。

各務は貪《むさぼ》るように読んだ。

一月一〇日に発表された「サクシードα」で、清和が団体年金保険事業から撤退し、既契約をみずき信託銀行とりそあ信託銀行の二社に移管すると表明したことで、清和と契約を結んでいた企業や団体が相次いで解約を決定。年度末に解約返戻金が戻ってくるための手続き期限である一月二〇日までには、同社が持っていた総額二〇兆円近い団体保険と残高九〇〇〇億円に上る団体年金の契約全額が解約される可能性が高い。

一般に団体保険は、企業が社員のまさかのために掛ける「掛け捨てタイプ」が多いために、解約されても返戻金はゼロに近い。しかし、清和生命は企業年金で実績を伸ばしてきた生保のため、企業年金の保有契約高が高い。企業年金は、企業や社員が積み立てたお金を将来年金として還元するもので、解約に際しては積立金に利率を加味した額を返さなければならない。

同社の団体年金の総額は、約九〇〇〇億円。全契約が解約された場合、ほぼ同額の解約返戻金が必要になる。

だが、国債や優良債券、不動産、株などを売り尽くした感がある同社が、今年三月までに、それだけの返戻金を用立てられるのか疑問視する関係者もある。


しかも、昨年一二月に財務部長が自殺した事件で、清和側は当初「嘉瀬部長の健康上の理由が原因」としてきたが、実は、同社内で大がかりな粉飾決算疑惑があることが発覚。嘉瀬部長は、その責任を一身に被《かぶ》って自殺した可能性が出てきた。

財務責任者が、自らの命を賭《と》すほどの財務上の瑕疵《かし》とは何か。契約者にとっては考えたくもない話だ。

既にこの噂は同業他社にも伝わっており、年明けから解約ラッシュのうねりが、個人保険にも影響を及ぼし始めた。

また、年末に早期退職手当すら支払われなかったにもかかわらず、約一五〇〇人の内勤職員が退職。

優良資産が消え、優良職員が消え、手持ち資産が消える——。典型的な企業破綻《はたん》の構図がここにある。


【2003年1月20日】

しかも、同社との合併が取り沙汰《ざた》されていた内外の生保各社も、このところの清和の不穏な動きに及び腰になってきた。

金融庁主導で実現するかに見られていた、業界第二位の第丸生命との統合は、「そういう話は全くない」(第丸生命幹部談)と、公式的には完全否定。

さらに、昨年秋、一部マスコミで報じられたアメリカの大手生保会社プレジデンシャル生命との合併も、「財務状況が悪すぎる」という理由で白紙撤回となりそうだ。それを受けて、格付会社S&Rによる清和生命の保険&財務格付けが、遂《つい》に「CCC－」にまで落ち込んでしまった。過去に破綻した生保の中ですら、ここまで低い格付け評価を受けた例はなく、言ってみれば清和はすでに「死に体」と言っていい。

また、年末に「清和との提携を考えている」と表明した世界最大の保険グループAICも、年明けから微妙に態度を変化させている。弊誌の取材に対して、同社の日本法人広報室から「現在、交渉中のために、特に申し上げることはない」という回答が来たが、前向きな雰囲気はなかった。

金融庁と民自党を中心に巻き起こっている予定利率引き下げ問題も、清和生命を救うことが最大の目的とされている。それは、もし清和が倒れれば、同社に多額の基金などを拠出しているみずきファイナンシャルグループや、今年三月に正式発足するりそあホールディングスの危機を呼ぶ引き金になるためだ。

清和発、金融恐慌――。そんな不気味な足音が聞こえるのは筆者だけではないはずだ。

さらに囲み記事で、こんな話まで出ていた。

経営危機の救世主？　高まる竜崎会長復権待望論

清和生命が現在の危機を招いた最大の原因は、「財務の清和」と言われた健全な社の体質を一変させた現会長の竜崎誠一氏の乱脈融資だと言われている。バブル期の金融犯罪摘発の際にも何度もその名が登場し、「バブルの寵児《ちょうじ》」として知られる竜崎氏は、四年前に社長から代表権のない会長に勇退。その勇退劇には地検特捜部の捜査が理由だったという噂もあるが、その竜崎氏の社長復帰待望論が、社内外から噴出しつつある。

清和内の確かな筋の情報では、「既に役員たちの取り込みは終わった。あとは高村社長の解任を待つだけ」と豪語する役員もいるという。

などという話がまことしやかに書かれてあった。さらに、竜崎復権の理由として現在予定利率引き下げ問題に強力なリーダーシップを発揮している民自党保険問題小委員会委員長・相原英之氏との深い関係や、隠然とした勢力を政財界に残している存在感などが挙げられ、「竜崎氏の乱世に強い突破力を求める声は日に日に高まっている」とまで

【2003年1月20日】

書いてあった。

「月刊モダン」の記事は、清和が現在抱えている危機を射抜いていた。これを全部認めるわけにはいかない。もしそんなことをすれば、明日にでも取り付け騒ぎが起きて清和は倒れる……。誰もがそう感じ、重苦しい沈痛な雰囲気が広い会議室の中に漂った。最初に怒りを爆発させたのは、予想通り岩倉専務だった。彼は記事のコピーを振りかざし怒り狂った。

「なんで、こんな記事を止められなかったんだ！　小山内《おさない》、貴様、腹切りもんだぞ！」

そう言われて広報室長の小山内は、深々と頭を下げた。

「申し訳ございません。通常こういう記事が出る場合、編集部からコメントを求める電話が来るんですが、それがなかったもので」

とても反省しているようには聞こえない感情のない声でぼそぼそと言い訳をしながら、小山内広報室長は頭を下げた。

「何とか止められないのか？」

明日発売ということは、もう刷り上がって各書店への搬入も始まっているはずだった。

「申し訳ありませんが、物理的にもう無理です」

小山内は冷たくそう言い放った。

陰鬱《いんうつ》な空気が重くのしかかってきた。その中でただ一人、テーブル中央に座り、毅然《きぜん》と背筋を伸ばして記事を読んでいる高村の発言を、全員が待っていた。

その時、会議室の内線電話が鳴り、電話のそばにいた社長室の課長が、受話器を上げた。

「はい、……いいえ。ええ、いらっしゃいます。ちょっと待ってください」彼はそこで受話器をこちらに差し出して、中根を呼んだ。

「中根部長、金融庁からお電話だそうです」

「えらく手回しがいいなあ。呼び出しか」

岩倉は絶望的な顔をして煙草をくわえ、そばにいた女子職員にコーヒーのお代わりを頼んだ。

中根は、居住まいを正して電話に出た。

「大変お待たせしました。清和生命の中根でございます。いつもお世話になっております。ええ、新聞も『月刊モダン』の記事も読みました。そうです、現在対応を検討中です。えっ、あの今からですか。分かりました。では一時間後に、えっ、それでは、岩倉専務と一緒に」

中根はそこで岩倉を見た。岩倉は、渋そうな顔で頷《うなず》いた。

「はい、では、そのように、このたびは、本当にお騒がせして相すみません。ええ、もちろんでございます。はい、では、失礼いたします」

中根はそこで深々と頭を下げて受話器を置いた。そして肩で大きく一つ深呼吸してからこちらを向いた。

「金融庁監督局の保険課長が、大至急来るように言っています。できれば社長と一緒にと言われたのですが、岩倉専務でということで、ご了承戴《いただ》きました」

「要件は何だと言っているんだ」

岩倉の問いに、中根は困惑気味に答えた。

「今日の『日刊モダン』と明日《あした》の『月刊モダン』についての事実関係と今後の対応について話を聞きたいと」

大きな溜息《ためいき》が漏れる。さらなる大きな障壁が立ちはだかった。しかも、決算期が近いだけに、時期も悪すぎた。ましてや今朝、各務と岩倉が金融庁の中島保険課長に呼ばれて絞られたばかりだ。それだけに、連中の驚きと怒りも半端じゃない。中根は、高村に向かって尋ねた。

「社長、幸田室長の方針でよろしいんですか」

部屋の中にいる者全員が、再び高村を見た。

高村は全員を見渡すと大きく頷いた。

「あるがままを、お答えしましょう」

「あるがままというと？　この『月刊モダン』の通りってことですか」

「そんなわけがないだろ！」

岩倉の怒鳴り声で、また会議室に一気に緊張感が張りつめた。それを高村の穏やかな口調が中和させた。

「雑誌の記事を認めるのではありません。ですが、我々がおかれている現状を、包み隠さず申し上げるべきです」

「ちょっと、待ってくださいよ高村さん。あなた正気ですか？　そんなことをすれば、一気に早期是正措置を食らってしまう。第一、今朝私と各務は、保険課長から本当に大丈夫なのかと念押しされたのを、『大丈夫です！』と太鼓判を押してきたんです。それを翻せっていうんですか！」

岩倉の怒りも尤《もっと》もだった。だが、高村は静かに頷いた。

「あなたの体面を潰《つぶ》して申し訳ないんですが、そうしてください。もちろん、ここで大丈夫です、ご安心くださいと大見得を切るのはたやすい。おそらく彼らもそれを望んでいるでしょう。そうすれば、何かあった時も、『自分たちは、大丈夫だと聞かされていた』と言い逃れできますからね。彼らが我々に対して早期是正措置をとる勇気はありません。ならば、我々が正直に返したら、どう出るか見てみようじゃないですか」

各務は、高村の覚悟に驚いていた。そうか、そこまで読んで決断したわけだ。

だが、佐古田専務は引かなかった。

「社長、お言葉ですが、これはゲームじゃないんです。もし、ここで我々の現状をぶちまけてしまえば、解約ラッシュで会社は倒れますよ。昨年の二月だってあと一週間、あの異常事態が続いていたら、返戻金が枯渇して資金ショートを起こしていたかも知れないんです。今は、それ以上に体力がなくなっている。不穏な動きを止めるための最大限の努力をすべきです」

高村は怯《ひる》まず前進するつもりだと言った。

「マスコミへの発表文については、もう少し時間をください。そうですね、会見は午後九時にしましょうか。今が午後五時過ぎですから、六時まで時間をください。そこで叩《たた》き台を出します。それと解約ラッシュ対応ですが、鵜飼さん、現在保有している銀行株を売ると、銀行各社に通告してください。それがダメな場合は、緊急融資として基金か劣後ローンとして同額を出してほしいと。担保に、それぞれの株を差し上げると言ってください。簿価なら、総額で五〇〇〇億円くらいにはなるでしょ」

誰もがその言葉に啞然《あぜん》とした。年明けから逆風が吹いているのは、清和生命だけではなかった。増資策が裏目に出て外資に翻弄《ほんろう》されているメガバンクは、異常な株価下落に悲鳴を上げている。そこにとどめを刺しかねない一手を打つというのか……。

さすがの鵜飼も隣にいた野添も言葉を失っていた。

「よろしいですか」

「ああ、分かりました。対処します」

鵜飼は力なくそう頷いた。高村は今度は岩倉に言った。

「金融庁に行かれたら、どんなことをしても、我々の発表に対して嘴《くちばし》を容《い》れないでほしいとお願いしてください。もし横槍《よこやり》を入れられる場合には、銀行株を全部売り払うと脅してもらってもいいです」

「しかし、そんなことを金融庁が許すとは」さっきまでの激昂《げきこう》ぶりが嘘のような青ざめた顔で岩倉が言った。

高村は笑顔で返した。

「大蔵省時代とは違います。彼らにそこまでの強制力はありません」

役員会議室にいた誰もが高村の言葉に戦慄《せんりつ》していた。常に温厚で真っ正直、そして正論しか吐かないジェントルマン――。今の高村に、そんなイメージは微塵《みじん》もなかった。

各務は、竜崎が焦げ付かせた不良債権を黙々と回収していた常務時代の彼を思い出していた。顔色一つ変えず、取り上げられるものは下着まで回収して帰っていく。そういう一面を確かに高村は持っていた。それが、ここで再び復活したのだ。

「それでは午後六時まで散開ということで。岩倉さん、中根さん、金融庁のほう、よろしくお願いします。それから、幸田室長と各務君は私の部屋までお願いします」

各務は立ち上がると、まず中根に近づいた。

「岩倉専務なんぞ無視して、今の話、ねじ込んできてくれ」

中根は、微笑んで大きく頷いた。

「任せてくれ。金融庁の壁は俺が突破してくる。おまえも、頑張ってくれ」

中根は、各務の肩をギュッと握り締めると、部屋を出て行く岩倉専務を追いかけた。

久しぶりに中根の瞳《ひとみ》が輝いていた。各務は、この騒動が中根にとって、失いかけていた

【2003年1月20日】

何かを呼び戻すきっかけになってくれればと願った。

4

同日午後四時五四分・新宿

「久しぶりに頭を使って、疲れてしまいました」

社長室に戻ると高村はそう言って応接セットのアームチェアに体を沈み込ませ、秘書が運んできてくれた日本茶をすすって苦笑した。

彼の前に腰を下ろした幸田が言った。

「見事な決断だったと思います。発表の骨子もあれでいいと思いますが」

高村は、全く表情を変えずに首を振った。

「よしてください、幸田さん。あれは負け犬の遠吠《とおぼ》えですよ。マスコミへのコメントの件は、お任せします。私がお二人を呼んだのは、その話のためではありません」

その言葉に二人はハッとした。高村はそこでもう一度お茶をすすった。

「ご相談したいことは、二つあります。まず、今年度一杯で、竜崎会長にお退きいただこうかと思っています」

高村の口からそれが出たことに二人とも驚いた。各務自身は、さっきの「月刊モダン」の記事を読んで、今すぐにでも竜崎を呼び出して、殴りつけたい気分だった。しかし、「竜崎の忠犬ハチ公」と揶揄《やゆ》されていたこともある高村が、まさかそこまで決断していたとは思っていなかった。

「本気ですか？」

そう言ったのは、各務だった。高村は寂しげに笑った。

「冗談で、こんなことは言いません。あの『月刊モダン』の記事を読んで迷いが解けました。実は、大阪にいる時に、ホテルに第丸生命の田畑社長から電話がありました」

各務も初めて聞く話だった。

「田畑社長は、第丸生命の率直な意見を聞かせてくれました。まず、現状の清和・第丸の状態では、合併はあり得ないこと。両社が交渉のテーブルにつくための最低条件は、現在進められている予定利率の強制一括引き下げが実現した場合に限られる。その場合も、株安や様々な資産の傷み具合を考えると、清和が相当厳しい状況であることは変わりがない。なので、もし可能なら外資系との合併を進めてもらっていい。そうおっしゃっていました」

それを「率直」と言っていいのかどうかは分からないが、煮え切らない対応を繰り返すばかりの岩崎次長よりは、まだずっとましだった。

「もう一つ、彼らが提示してきた合併交渉の条件は、竜崎会長の退陣です」

各務ではなく幸田が何か言いかけたが、高村がそれを制した。

【2003年1月20日】

「分かっていますよ。合併交渉の条件に、他社の経営トップの人事を口にするのは失礼な話です。ですが、これは金融庁の意向でもある、と田畑さんはおっしゃったんです。いずれにしても、責任転嫁をするつもりは毛頭ありませんが、現在の我々の危機の原因をつくった者は、去るべきです」

幸田は言葉を飲み込み頷《うなず》いた。各務には異論はない。高村は、同意を表す二人の眼を見て微笑んだ。

「相談というのは、これから先の話です。実は、今日の席上で、私も会長と一緒に辞意を表明しようと思っています」

「それはだめです」

幸田が即答した。

「なにも社長に媚《こ》びを売っているのではありません。ここであなたがお辞めになれば、それはイコール、清和はもうダメだと認めることになります。それだけは絶対に避けなければなりません。逆に竜崎会長にお辞め戴《いただ》き、会長を置かず、社長が残られてこそ、この危機に立ち向かおうとする清和の揺るぎない体制を内外に誇示できるのです。第一、そんなことをしたら嘉瀬が浮かばれません」

各務は、幸田がタブーを承知で敢《あ》えて嘉瀬部長の名を出した気がした。高村の顔が、嘉瀬の名を聞いて一気に曇った。

「各務さんはどうです？」

「社長は、竜崎さんと刺し違えるというおつもりなんでしょう？　しかし、それでは無責任だと思います。もし、社長が責任を感じておられるのであれば、ここはどんなことをしても会社に残り、最後の一人になっても闘い続けるべきです」

高村は、暫《しばら》くじっと自分の指先を見つめていた。やがて静かに顔を上げて言った。

「そうですね。私には辞める権利はありませんね……。ですが、私を引き留めたのですから、あなた方二人も私と運命を共にしてくださいますか？」

「最初からそのつもりです」と幸田。各務もそれに頷いた。

「各務さんは、竜崎会長を辞めさせられたら、この会社にもう用はないいんじゃないんですか」

高村に痛いところを突かれて、各務は苦笑するしかなかった。

「私の中で、すでに竜崎誠一という男は、過去の人間です。敵に回すほどの相手ではありません。それよりも、守りたいものがありますから」

「エンゼル基金ですか」

あのことを覚えていたのか……。高村は頷いた。

「忘れはしません。あの時の煤《すす》と泥の臭いを。あの時の寒さと、あなたの怒りを私は忘れたことはありませんよ。そして、あなたがどれだけあの基金を守るために奔走したのか。そして、サラ金保険のために自殺した人たちの家族に気を配り続けてきたか。私はずっと見させてもらっていました。エンゼル基金を守るためなら、きっとあなたはどんなことをしても、この会社を守り続けるんだろうなって思っていました」

幸田は、二人の話に驚いたような顔をしていた。

「じゃあ、あの話は本当だったんですね。各務が、ある晩、竜崎会長と社長を火事の現場に引っ張って行き、サラ金保険を作った罪滅ぼしに基金を作れ！　と迫ったのは」

各務が黙って頷いた。

「あの時のお嬢さんを、ご自分の娘としてお育てになっているんですよね」

高村が言った。

「ええ、今年で一七になります」

「そうですか、もうそんなに……」

我ながら意外だったか、各務は動揺していた。ここまで高村に全てを知られているとは思っていなかった。

「これは失礼しました。あなたのプライベートな話に立ち入ってしまいました。分かりました。では、これから竜崎会長にお会いして、辞意を促してきます」

高村は、各務の様子を察して詫《わ》びた。

「それなら私もお供いたします」

「各務さん、だめですよ。それじゃあ、私怨《しえん》だと思われてしまう。この仕事は、私の大切な役目です。私の口からきちんと竜崎さんにお話しします。実は、あなたと幸田さんには別にお願いしたい大切なことがあります」

高村の顔から笑顔が消えていた。各務と幸田も居住まいを正して、社長を見た。

5

同日午後九時一四分・新宿

午後九時一四分、清和生命本社二階大会議室――。ゆうに一〇〇人ぐらいは入るはずの部屋は、記者とカメラマンで埋めつくされ、人いきれで窒息しそうなほどだった。

だが、高村怜一郎社長による会見はまだ一向に始まる気配がなかった。高村と一緒に、社長室で待機していた各務と幸田は、中根からの連絡をずっと待っていたのだ。

今日の会見の発表文を見せてほしいと、金融庁にいる中根から連絡が入り、保険課にファックスしたのが午後七時。既に二時間以上を経過しているだけではなく、予定の会見時間も過ぎていた。

ステイトメントは衝撃的と言える内容だった。
(1)団体年金の解約返戻金は、約九〇〇〇億円近くを用意する。しかし、この返戻金によって経営危機に陥ることはない。そのための責任準備金をしっかりと積み立てている。個人保険の影響はまださほど多くない。

（2）個人契約の解約も年明けから上昇傾向にあるが、現状では、「解約ラッシュ」というレベルにないと判断している。

（3）年度末までにみずきファイナンシャルグループから一〇〇〇億円の劣後債、りそあホールディングスからも同額の基金拠出をお願いしている。

（4）嘉瀬財務部長の自殺については、健康上の理由と発表したが、彼自身が清和生命の財務の健全化に苦慮していたのは事実。しかし、嘉瀬部長が不正を働いていたという記事は事実無根で、これについては、社として「週刊文潮」及び「月刊モダン」に対して告訴を検討中。

（5）今年度末で竜崎誠一会長が退任。名誉顧問となる。

（6）さらに現在提示している二つの再生プロジェクトの促進で、来期以降の早期健全化を目指したい――。

このステイトメントが社内で発表された時、竜崎会長解任の項目に誰もが衝撃を受けた。

しかも、当の竜崎が笑顔で、高村と一緒に、役員会議室に入ってきて、会議室がどよめいた。竜崎は上機嫌で席に着くと、社長・会長としての想い出をひとしきりぶった後、「ここで会長職を辞するのは、敵前逃亡のようだが、逆に高村社長を中心により強い結束力を持ってもらうために、辞職を願い出た」と言い放った。千両役者である竜崎は、そこで嗚咽《おえつ》を漏らし、彼を敬愛する一部社員の涙を誘った。

各務が高村に尋ねた。

「一体どういう魔法を使ってあの竜崎会長にあっさり辞意を認めさせたんですか」

高村は笑って首を振った。

「これはトップシークレットですよ」

各務はにんまりして頷《うなず》いた。

「言ってみれば、アメとムチです。実は、最近知り合いのある大手弁護士事務所のシニアパートナーから、竜崎さんを相手取って契約者代表訴訟を起こそうとしているグループがあるらしいという噂を聞かされましてね。それを、竜崎さんにお伝えしました」

株式会社の株主代表訴訟に匹敵する契約者代表訴訟は、九六年に保険業法が改正されたことで、契約者が容易に訴訟できるようになった。さらにこの場合、会社ではなく、経営者など個人に対しても経営責任を追及できるようになった。

「なるほど。それで竜崎さんも観念したんですね」

「まあ、それだけではあんまりなので、もう一つ文化庁の春の叙勲で、竜崎さんが勲三等瑞宝章《ずいほうしょう》の候補になっているというお話も耳に入れておきました」

各務は、呆《あき》れ顔で高村を見た。

「もちろん、契約者代表訴訟なんぞに訴えられてしまえば、叙勲の話も立ち消えてしまいますから」

それであんなにご機嫌だったのか……。

「また名誉顧問として、予定利率引き下げと第丸との統合話については、今後ともご尽力戴きたいと申し上げておきました」

各務だけではなく幸田も、意外そうに高村を見た。

「第丸の田畑社長の言葉は正論かも知れません。しかし、各方面に圧力をかけて第丸とウチとの統合を強引に推し進めようとしている竜崎さんを、彼らが煙たがっているのも事実でしょう。そのための竜崎外しを狙った電話だったかも知れませんから」

各務は、高村の深謀遠慮に改めて脱帽していた。高村はそこで時計を見た。

「もう始めませんか？　金融庁から、今日のステイトメントのお墨付きを戴かなければならない義務はないはずです。時間切れです」

高村はそう言って腰を上げかけた。

各務はそれを制して、中根の携帯をもう一度鳴らした。

「はい、中根」

「ああ、各務だ。どうだ」

「とんでもないことになっている。今、そちらにファックスを送るところだ。社長室でいいか」

「ああ頼む」

各務は、電話を切ると中根の話を二人に告げて、社長室に向かった。ファックスはすぐに届いた。各務はそれを見て、怒りの余りファックスを破りそうになった。その場で、中根の電話を再び鳴らした。

「はい」

「どういう冗談だ！」

「それ以外はまかりならないそうだ。もし、勝手なステイトメントを発表したら、今後清和については、金融庁として何の支援もしないと言われた」

「何の支援もしないって、金融庁が俺たちに何をしてくれたんだ！　岩倉さんは？」

「一足先にそっちに向かった。連中は、これを通せば、年度末は責任を持つと言っている」

一体、どう責任を持つんだ！　各務は携帯電話を握り潰《つぶ》しそうだった。

「もう少し、そこに残ってくれ。ひとまず、高村さんにこれを見せる」

そこに、広報室次長の樋口が、痺《しび》れを切らしてやってきた。

「おい、まだ金融庁からの回答は来ないのか。もうみんな痺れを切らして大変なんだ」

各務は来たばかりのファックスを一〇部コピーして、一部を樋口に渡すと、一緒に社長室に連れ込んだ。

「金融庁からの回答が来ました。とんでもない内容です」

各務はそう言って、高村と幸田にコピーを手渡した。

【2003年1月20日】

本日夕刻、一部マスコミで報道された弊社の解約についての記事は、事実無根であります。

弊社の一月前半分の解約につきましては、通常の三倍程度は確認されておりますが、現在集計中で、この段階で正確なデータが出てくること自体が物理的に不可能であり、まったくの憶測によって書かれた記事と言わざるを得ません。

弊社の健全性につきましては、本日午後一〇時より金融庁からの発表があります。

契約者のみなさまには、あらぬ風評に惑わされることなく、冷静な対応を心よりお願い申し上げます。

なお、弊社としてはこの記事を掲載した『日刊モダン』、さらに明日発売される『月刊モダン』の両編集部を、威力業務妨害と名誉毀損《きそん》で告訴するつもりです。

以上

各務は、電話をオン・フックにして岩倉の携帯を呼び出した。

「岩倉だ」

「これはどういう戯言《ざれごと》です」

「知るか！　金融庁の連中に、この内容を追認する記者発表をさせるので精一杯だったんだ」

「これじゃあ、金融庁が嘘をつけと言っているんじゃないですか」

「そういうことだ」

「ちゃんと言ったんでしょうね。そう言うことをすると、契約者代表訴訟に勝てないと」

「言ったさ。そしたら見事に笑われたよ。そんな可能性は万分の一もないってな。いいわな、連中は当事者じゃないんだから」

「それより、本当にこんなものを発表するんですか」

「そうだ。その代わり金融庁は、今年度決算については、無条件でクリアさせると言っている」

無条件でだと！　そんな空約束が何の役に立つんだ。

「それは心強いですね。でも岩倉さん、あなたもご存じですよね。九八年に破綻《はたん》した東洋生命は、大蔵省から決算を了承されたのに監査法人に拒否されて破綻したのを」

「俺にどうしろと言うんだ！　保険課長は、とんでもない剣幕だったんだぞ！　おまえらは日本発の金融恐慌を引き起こす気か！　とな」

何を血迷っているんだ。そうさせないために、隠すことをやめようとしているんじゃないか。これだけ待たせて事実を否定したら、いくら金融庁がお墨付きを出しても、契約者や世間は逆の方向にしか解釈しない。だから認めて、それでも大丈夫だと言うべき

【2003年1月20日】

なのだ。

別に金融庁にお目こぼしいただかなくても、有り金はたけば今年度は何とか決算が成立するはずだった。だから勝負に出たのに、この期に及んで、これを事実無根とは……。

「おい、各務聞いているのか！　とにかく発表してしまえ！　もうこれは俺たちの責任じゃない。金融庁のせいなんだからな。だから、冒頭に金融庁との協議の結果と前置きして、そう言い放て！」

岩倉にとって大切なのは、自分に責任の火の粉がかかるかどうかしかないのだ。俺が行くべきだった！

各務は痛恨の想いで喚《わめ》き散らす岩倉の話を聞き流した。

「それと、この威力業務妨害って何です？」

「俺もよく知らんが、威力をもって営業を妨害する犯罪だそうだ。通常は、爆弾をしかけたとか言って電車を止めたような場合に成立するそうなんだが、金融庁に言わせると、マスコミの記事は、十分それに値するという考えなんだ」

くそったれどもめ！

各務は、電話を投げつけてしまいたい衝動が抑えきれなくなってきていた。さすがの高村も呆然《ぼうぜん》としてこちらを見ている。各務は必死で己を落ち着かせてから、岩倉専務に言った。

「岩倉さん、もし我々が金融庁の意向に背いて、元のステイトメントを発表したら、どうなるんです？」

「何だと！　貴様、正気か！」

「ええ、正気です」

　各務の声は怒りを抑えたために、より低くしわがれた。

「馬鹿も休み休み言え！　そんなことをしたら、俺たちはそれこそ一巻の終わりだ。連中は喜んで、三月決算で俺たちを潰すさ」

　そうだろうか。金融庁にそんな度胸があるのだろうか。このステイトメントを見て、「日本発金融恐慌を起こす気か」と慌てふためいた連中が、自分たちの手で俺たちに引導を渡すようなことができるのだろうか。連中が望んでいるのは、受け皿会社を見つけてからの可能な限り穏便な死だ。連中に、俺たちを殺す勇気なんぞ絶対にない。

「おい、各務、貴様、分かっているんだろうな。これはもうお国から申し渡された絶対厳守事項だ。貴様に選択の余地はないんだ。いいな、ちゃんと高村さんを説得しろよ！」

　こちらの返事も待たずに、岩倉は電話を切っていた。押し潰されそうな緊張感が、全身に襲ってきた。だが、彼はそれを飲み込むと、高村を見た。

「社長、ここは勝負に出ましょう。金融庁の指示を無視して、予定通りのステイトメントを発表してください」

「…………」


【2003年1月20日】

各務はまくし立てた。

「誰も彼もが自分で責任を取るのを嫌がっているだけです。ですが、そんなことをしていたら、我々は本当に死んでしまいます。金融庁の保証なんて屁《へ》のつっぱりにもなりません。そうやっていくつもの金融機関を、連中は大蔵省時代から潰してきたんです。ここは自身で死地を切り開き、活路を見いだすべきです」

「各務、やめないか。少しやり過ぎだぞ。金融庁の指示に逆らえば我々の活路はなくなる」

幸田がそれを制した。

「社長、今の各務の言葉は忘れてください。我々は決められたルールの中でしか生きていけないんです。しかも今後、必ずや金融庁の威光なりサポートを必要としなければ再生はあり得ないんです。ここは自重してください」

各務は呆然として聞いていた。何でだ。何で、ここで国が横やりを入れてくるんだ。

高村は立ち上がり、窓際に立ってじっと外を見下ろしていた。誰もが固唾《かたず》を飲んで、高村が答えるのを待った。やがて彼は、各務を見て言った。

「各務君、申し訳ないがここは私は弱虫になります。時期が悪すぎます。しかも、幸田さんが言うように、金融庁と事を構えても何の益もありません。悔しいですが、ここは私は弱虫になります。許してください。この通りです」

高村はそう言って深々と頭を下げた。各務は反射的に立ち上がっていた。やめてくれ、俺はあんたに頭を下げられるいわれはない……。各務は怒りを両拳《こぶし》に溜《た》め、じっと堪《こら》えていた。そして、振り絞るように声を発した。

「出過ぎたことを申しました。申し訳ありません。では、よろしくお願いします」

各務が頭を下げた。幸田が言った。

「樋口君、これをすぐにリリースシートに打ち直してくれ。それができたら、会見だ。それと、各務、これを竜崎会長にお渡しして、今日の会見の出席を見合わせてもらうように言ってくれ」

各務は、黙ってそれを受け取ると部屋を出た。部屋を出るとすぐに携帯電話が鳴った。中根からだった。だが、各務はそれを無視して、非常階段に続く鉄扉を開けて外へ出た。芯《しん》まで凍るほどの寒い夜だった。各務は、ポケットから煙草を取り出しくわえた。だが、風が強すぎてなかなか火がつかず、廊下に戻り火をつけてから、再び外へ出た。

無力すぎた。

各務は激しい絶望感に襲われていた。一体、俺は何をしているんだ！　なんで、こんな会社のためにここまで熱くなっているんだ！

「こんな会社燃やしてやりたいよ」

彼は煙と共に、そう夜空に吐き捨てた。

また携帯電話が鳴った。ディスプレイに「響」と出た。

「はい」


【2003年1月20日】

「おとうさん？」

「響か。どうした？」

「大丈夫？」

「何が」

「だって新聞、読んだよ。おばあちゃんも心配してる」

「そうか」

「ねえ、おとうさん、もう頑張るのやめようよ。私、もう十分だよ。お父さんが、どれだけ頑張っているのかも分かった。なんだかとても感動したけれど、それ以上に悔しい。もうそんな会社捨てちゃって、二人でどっか田舎で暮らそうよ」

不意に各務の胸が熱くなった。

「そうか、いいかもな。鄙《ひな》びた温泉旅館にでも流れ着いて、俺は風呂《ふろ》焚《た》き親父で、おまえは芸者にでもしてもらうか」

「それ、賛成！　だって、お稽古《けいこ》ごとは、向島の女将《おかみ》仕込みだからね」

各務は思わず吹き出した。

「確かにな。でも店の名前は出すなよ。あそこの女将は芸なしだって有名だから」

娘がころころと笑っていた。それが彼の胸を締め付けた。俺は、こいつのために必死になってやってきたんだ。

こいつの両親と姉の命を奪った愚かな保険を作った会社に、響と同じ境遇の子どもたちの面倒を死ぬまで見させるために、俺は必死で闘い、会社を守ってきたんだ。なのに、俺は……。

「ねえ、お父さん。今日は帰ってくる？」

各務はしばらく涙のせいで言葉が出なかった。

「さあ、どうだろうな。何とも言えない」

「あたし待ってるよ、何時まででも」

各務は数日前に、久しぶりに娘と二人で月見風呂を楽しんだ夜を思い出した。人は憎むべき相手さえあれば生きていけると思っていた。しかし、この時初めて、人は自分を頼りにし、自分が頼りたいと思える人がいるから生きていけるんだということを知った気がした。

おそらく世間では、それを「愛」なんぞと呼ぶのだろう。だが、各務には別の言葉が浮かんでいた。「絆《きずな》」、言葉や距離を超えたお互いを結びつける目に見えないつながりは、おそらく絆で結ばれている者同士だけに見えるものなのだ。

自分とそんな絆で結ばれている者のために、俺はとにかくやれるだけのことはやろう……。各務はそう心に誓ったばかりだったのに……。

「それは楽しみだな。じゃあ、頑張って帰るわ」

「うん、待ってる。今日は星がきれいだよ。冬の星は、東京でもこんなにたくさん光って見えるんだね。おいしいお酒も燗《かん》してつけてあげるよ」


【2003年1月20日】

各務は、また吹き出した。

「ああ、じゃあ約束だ。必ず帰る」

「じゃあね、ああ、またおばあちゃんが呼んでる。切るね」

不意に各務の頬を温かいものが伝った。俺が涙？

そんなわけはない！　彼はそう笑い飛ばすと、煙草を消し、手にしていた皺《しわ》だらけの金融庁の回答を手に、竜崎が待つ会長室を目指した。

第三章　瓦解

1

二〇〇三年一月三一日午前一〇時一三分・赤坂

生保予定利率下げ、民自小委が容認

ゴールド・マックスM&A部アソシエイトの槙塚薫は、スターバックスのコーヒーを手にしながら、そんな見出しのついた総合経済新聞をぼんやりと読んでいた。

金融庁は三〇日、生命保険会社が契約者に約束した運用利回り（予定利率）を引き下げることを可能にする保険業法改正案をまとめ、民自党の保険問題小委員会に報告した。同小委はこれを大筋で容認し、今国会提出に向けて詳細を詰める

【2003年1月31日】

ことになった。金融庁と与党の調整では、保険契約者を保護する方策や、生保の経営責任などが焦点になりそうだ。

堀が着々と埋められて、予定利率引き下げというとんでもない暴挙が、政治日程に乗ってしまった……。槇塚は、これが仕事にどういう影響を及ぼすかを考えると憂鬱《ゆううつ》になった。

清和生命の迷走は続いていた。倒れそうで倒れない。かといって合併話は一向に進捗《しんちょく》しない。日に日にゾンビ状態が酷《ひど》くなり、悪臭を周囲に漂わせている。

さらに、ベンの考えがまた分からなくなった。一時、本気でプレジデンシャル生命とのディールを決めに行きながら、先方が引くと分かると、今度は、AICからの打診に積極的に動け！　と指示が飛んだ。

プレジデンシャルに比べれば、AICの、ディールの条件は緩かったため、もしやという期待があった。しかし、年明け以降の清和の迷走ぶりでは、さすがのAICも腰が引けていた。

にもかかわらず、上司であるM&Aアドバイザリー部の部長（MD）ベンジャミン・フィッシャーからは、「一刻も早く、更生特例法を申請するように説得しろ！」と言われ続けている。だが、清和以上に、金融庁あたりが必死でそれを止めている。ダブルギアリングのせいだ。

清和が潰《つぶ》れるのはまだしも、それで持ち合い状態になっているりそあホールディングスや、みずきファイナンシャルグループに影響が出ることを彼らは異常に恐れている。

「いくら頑張っても、潰れるものは潰れるんだ。無駄にあがけば、無駄に金が消えるだけだ」

ベンの理屈は日本では通用しない。お陰でこのところ、ベンの機嫌はどんどん悪くなり、槇塚も言い訳ばかりしていた。

今朝も、朝一番で話があると呼ばれ、さっきから彼の部屋のドアが開くのを待っていたのだ。証券部やディーラーたちと違い、この時間のM&Aのフロアは、ほとんど人がいない。それだけに何とも言えない気《け》だるい空気があって、薫もボーッとした頭のまま、呆《あき》れた記事の文字を追っていた。

その時、人の気配がして彼女は顔を上げた。眼の前にベンの巨体があった。

「あっ、失礼しました。気が付きませんでした」

「いいよ、お待たせした」

いつになく上機嫌のベンは、そう言うと薫を自室に誘った。

彼は自分で持ってきたスターバックスのラテの蓋《ふた》を開けながら、話し始めた。

「さて、薫。我らが愛する清和生命はいつ頃潰れそうだね」

薫は、困った顔でベンを見た。だが、今日の彼には笑う余裕があるらしい。

「申し訳ありません。少なくとも今日は潰れそうにありません」


【2003年1月31日】

精一杯のジョークのつもりだった。ベンはそれを笑った後、真顔で言った。

「オーケー、あんまりがみがみ言うのも申し訳ないからね。ちょっと僕も本気を出すことにした。それで尋ねたい。清和が潰れない理由は何かね」

難しい質問だった。

「あまりに要因が多すぎますが敢《あ》えて挙げるとすれば、金融庁が銀行を守るために、必死で延命させているということに尽きます」

ベンは嬉《うれ》しげに、火のついていない葉巻を振り回した。

「その通り。その最大の切り札が、予定利率の引き下げだ。私は元々こんなとんでもない蛮行がまかり通るとは思っていなかったんで、あまり真剣に考えていなかったんだが、ロイターやブルームバーグを見ていると、何と政治日程に乗りそうじゃないか。一体、日本の市民はなぜ、こんな身勝手な法改正を平気で認めるのかね」

日本には市民はいないんです、ベン。いるのは、サラリーマンと主婦と自営業者だけ。みんなが好きなのは「ほどほど」で、口癖は「仕方ない」なんです――そう言いたいのを飲み込み、彼女は肩をすくめた。

「日本以外の文明国でこんなことをやれば、アッという間に政府は倒れ、生保各社はみな契約者代表訴訟を起こされる。しかし、そういう気配はなさそうだ」

「そうですね。それどころか、このままいくと金融庁主導で、全社一斉の強制引き下げが実施される可能性は高いと見るべきでしょう」

「とんでもない話だ。しかし、それならそれで、我々も手を打たなければならない」

「手ですか？」

「そう。その前に、薫。どうだろう。もし、予定利率引き下げがご破算になれば、清和は本当に潰れるだろうか」

　これもまた難しい質問だった。昨年末の試算では、「微妙」な状態だった。それが、年明けから始まった団体年金保険の解約ラッシュで、相当傷みが酷くなっている。これでは予定利率引き下げがないと危ないかも知れないという意見もある。その一方で、金融庁が粉飾決算に目をつぶり、さらに、親密銀行に再度、基金なり劣後債なりを出させて、今年度末を凌《しの》ぐ可能性もあった。だが、ベンにそんな弱気な発言は通用しない。

「そうですね、いくでしょうね。ですが今回は、利率引き下げが実現しそうですが」

「そうかな。勝負は下駄を履くまで分からんよ。分かった。じゃあ、私がこれをひっくり返す魔法を使ってあげよう。その代わり、必ず連中に引導を渡すんだ」

　一体どんな魔法を使うというのだ。しかし、今朝のベンの機嫌が良いのは、その魔法に確信を持っているからだろう。そうすると、利率引き下げ案がポシャッた時のことを考えておくべきなのかも知れない。

「分かりました。ただ、それを清和に説得する場合、受け皿を提示したほうが連中を抑えやすいのですが、それはＡＩＣだと思っていいんですか？」

　ベンはにんまりして、葉巻に火をつけた。


【2003年1月31日】

「ＡＩＣは救済の条件を何て言っているんだね」

「清和が一刻も早く、更生特例法を申請することです」

「じゃあそうしてあげればいい」

私たちはＡＩＣのアドバイザーじゃなく、清和生命のアドバイザーじゃないんですか。そんな青臭いことを言ってる場合ではない。だが、ベンはそんな薫の心の内を見透かしたように言った。

「そういえば、我々と清和との排他的契約は三月で切れるんだよな。更新について、何か言ってきているかね？」

「いえ、特には。しかし、我々を代える勇気はないと思います」

ベンは、また嬉しげに頷いた。

「だが、我々はその勇気を持っている」

薫は、ボスの言葉の意味が分からなかった。

「あの、どういう意味ですか？」

「つまり、我々は、契約を更新しないかも知れないということだよ」

薫はそこでハッとした。つまり、その翌日からＡＩＣのアドバイザーとなって清和の身ぐるみを剥《は》ぐわけだ。薫は、ベンのもくろみを知って身震いした。

「おいおいそんな怖い顔をするな。別に何のルール違反も我々は犯していないんだから。だから、彼らが更新の話を持ち出してきても、話をはぐらかしておいてくれ。その時が来たら私から清和に通告する」

それが清和生命最後の日となるわけだ。薫は黙って頷いた。

「あと二つ！」

ベンは、そう言って太い指を二本立てた。

「まず、第一に、連中は年度末の決算対策に、親密三行に対して銀行株を売ると脅迫し、基金か劣後債の追加を迫っているようだが、銀行に今そんな金を出す余裕はない。逆に連中は清和の足下を見て、売れるものなら売ってみろと開き直っているようだ。だから、清和を自暴自棄にさせるな。連中にはしっかり銀行株は持たせておくんだ」

「なぜですか。それで基金を出させて、少しでも財務状態をよくするほうが、後々楽ですが」

ベンは立てていた二本の指を左右に振って見せた。

「おいおい、薫。君はまだ分かっていないようだね。君はこのディールの構造が見抜けていない」

「構造ですか？」

「そうだ。いいかね、このディールには、三層の構造がある。第一が、清和生命を引き受けてもらう相手を探す作業だ。しかし、これはもう目標がはっきりしている。つまり清和に潰れてもらう。その前に多少資産が改善されてもあまり影響ない。逆にそれによって、倒れるまでに時間がかかることのほうが問題だ。知っているかね。最初に清和の危機が囁《ささや》かれた二〇〇一年頃なら、引く手あまただったんだ。だから、みんなが必死で、東和海上から清和を引き剝がした。ところが、あろうことか、清和は死の宣告をされてから、二年たってもまだ生きている。そしてその間に、ヨーロッパ経済がおかしくなって、次々と大手生保の経営内容が悪化し、引受先が脱落していった。このまま半年も清和が生きながらえたら、AICすら脱落してしまうかも知れない。彼らも今、株価が下がり、S&Rからクレジット・ウォッチをされているからね。つまり、この第一の層では、何より清和が一刻も早く倒れることが重要なんだ」

薫は背筋に冷たいものが走り始めた。ベンは続けた。

「しかし、我々にとって重要なのはその後ろに隠れている二つの構造だ。そのひとつは、清和に基金を出資して、たっぷりと株も預けているりそあホールディングスだ。今、アメリカン・マーチャント・バンク(AMB)がりそあの買収に動いている。彼らはアメリカでもリテールに強い商業銀行だ。りそあには色々問題はあるが、リテールバンクとして日本に進出したいAMBにとっては良い買い物なんだ。彼らは密《ひそ》かに株を買い集めているが、それ以上に清和破綻《はたん》による連鎖破綻を望んでいる。もちろん彼らのアドバイザーは我々だ。そこからも、清和の一刻も早い破綻が望まれているんだ」

やっぱりそういうことか。ダブルギアリングを利用して利を得ようと考えている者が、ここにもいたんだ。

「だが、最大のターゲットは、みずきだよ」

「えっ、まさかみずきを買収する気ですか」

「ウチと、欧米のヘッジファンドが組んで、今、みずき株を買い漁《あさ》っている。また約一兆円と言われるみずきの増資も、連中は親密取引先から集めているつもりだろうが、多くは、我々がみずきの親密先に下取りしてやるから株を買うように言っている。さらに、清和には五％ものみずき株がある。満身創痍《そうい》の彼らが、総額で一五〇〇億円と言われている基金と劣後ローンを失い、さらに彼らが買いとっている清和関連の不動産も全て不良債権化して焦げ付く。そんな弱体化している時に、みずきにＴＯＢ（株式公開買い付け）をかければ、もしかするともしかするぞ」

ゴールド・マックスは、四大メガバンクの一角である三輪住倉銀行からの優先株を一手に引き受け、虎視《こし》眈々《たんたん》と同社への侵蝕《しんしょく》を狙っていると言われていた。そのうえ、さらに大きなみずきファイナンシャルグループを飲み込もうというのか……。

「世間は、我々が三輪住倉を狙っていると思っているだろうが、あそこは、国がどんなことをしても守るさ。なにせ日本の代表的な財閥を二つも一遍に失うわけにはいかないからな。だから、我々は三輪住倉でたっぷり稼がせてもらって、それを全部、みずき買収に注ぎ込む。そのためにも清和にとっとと潰《つぶ》れてほしいんだ。分かるか、薫。もし、私と君がここで清和に引導を渡すことができれば、我々は英雄になれる。君が望んでいたシニア・バイスプレジデントなんぞ屁《へ》でもない。一気にＭＤだって夢じゃないんだ。だから、ここは絶対にターゲットを落とすんだ」


【2003年1月31日】

その話を聞いた時、薫は震えを抑えられなかった。とんでもないことに自分は加担している。つまり、日本買いの尖兵《せんぺい》に自分がなっているのだ。清和が潰れれば、日本が潰れる。大袈裟《おおげさ》ではなく、ベンの話が本当に実現すれば、それは絵空事ではなくなる。

2

二〇〇三年二月一一日午後八時・向島

竜崎名誉顧問に呼ばれ、高村、岩倉、そして幸田と各務は、各務の母親の料亭「紺屋」に集まっていた。密談のためだった。

「おお、みな揃ったな」

最後にやってきた岩倉専務を迎えると、竜崎はお茶以外は何も出ていない座卓に、メンバーを集めた。

「今朝の毎朝新聞を読んだか」

竜崎は高村にまず尋ねた。

「高城金融庁長官の談話ですね」

「そうだ。話は着々と進んでいるぞ」

高城長官は、前日の午後に開かれた定例記者会見で、予定利率引き下げ問題について、

「今幅広く勉強しているところだが、三月中旬には成立させたい」と語っていた。

一月二〇日に、辞意を表明した竜崎は、結局その日、金融庁のストップのために花道を飾れなかった。そこで、改めて一月三一日に会見を開き、会長退任及び名誉顧問就任について正式に発表した。

会長退任後も、政界への予定利率引き下げ工作と第丸生命へのプレッシャーには余念がなく、この日、プランがまとまったから来てほしいと呼び出されたのだ。

「実は昨日の夜、高城長官も交え、第丸の和辻専務、岩倉君と私で、予定利率引き下げ後の第丸—清和の合併までのステップを議論してきた。岩倉君、説明してくれるか」

岩倉は、神妙な顔で頷《うなず》いた。

「まず、今朝の記事にもありましたように、金融庁は、今月二〇日を目処《めど》に、予定利率引き下げ条項を織り込んだ、保険業法改正案を国会に提出。三月一五日を目標に可決成立される予定です。

そして、成立の翌日一六日に、生保全社に対して予定利率引き下げ特別措置を指令し、解約が凍結されます。

即座に全社に対して、上限の予定利率を三%にする措置を発令、同じ日に、第丸生命と清和生命は二〇〇四年四月を目処に合併すると発表し、統合スキーム等の交渉に入る。大体こういうスケジュールを取り決めました」

高村、幸田、各務の三人は、呆気《あっけ》にとられてその話を聞いていた。最初に口を開いた

【2003年2月11日】

のは各務だった。

「あの、今の岩倉専務の話は、予定利率を下げてくれたら清和と合併すると、高城金融庁長官の前で第丸生命が表明したということですか」

岩倉はおそるおそる頷き、竜崎は笑い声を上げた。

「どうだ、すごい話だろ。これで、清和は救われる。わしは安心して余生を過ごせるっていうもんだ。どうだね、高村」

高村は笑みを浮かべて頷き、竜崎を持ち上げた。

「さすが、竜崎さん。私などではとても、そんな離れ業はできません。恐れ入りました。ただ、二、三確認させていただきたいのですが、予定利率引き下げのポイントは、今のお話では、今までマスコミなどで取り沙汰《ざた》されていた金融庁案とは随分開きがあるような気がするのですが」

「金融庁案というのは、あくまでもハッタリだからね。いきなり一斉引き下げなんて言うと、世論がうるさいからな。ギリギリまでオープンにしないわけだ。しかし、考えてもみたまえ。自己申告制なんぞにしてしまえば、誰も手を挙げんよ。だから、ここは金融庁に強制力を発揮してもらわんとな」

幸田が細部を尋ねた。

「今のお話では、金融庁の主導によって予定利率引き下げは成立すると予測されています。これには、契約者への理解を求めるポイントがないような気がするのですが」

「これは国の強制措置だよ。契約者の理解を求める必要はない。厚生年金の支給年齢を引き上げたり、健康保険の負担を上げたりする際に、国民投票をするかね？　それと同じだ」

同じじゃないだろ！　各務はそう食ってかかりたかったが、そういう雰囲気ではなかった。高村が尋ねた。

「今のお話は、高城さんご自身の口から聞かれたんですか」

「いやそうじゃない。ただ、彼の前でこれを話したんだが、彼は否定せんかった」

おいおい、それじゃあ金融庁長官のお墨付きでも何でもないだろうが！　各務は、竜崎の隣で渋面を作って、座っていた岩倉に尋ねた。

「岩倉専務は、金融庁でそういう情報をつかまれているんですか？」

「ああいや、そこまで確固としたものじゃない。ただし、やるならこれしかないというのが現場レベルの一致した意見だ」

「しかし、長官に直接質《ただ》されたことは」

「各務、おまえ、竜崎会長の話を信じないのか」

各務はそこで怯《ひる》まない。

「これは、信じる信じないの問題じゃありません。大切なのは、誰がそれを言ったかです。宴席でそういう話が出て、それを長官が否定しなかったレベルの話では、説得力に欠けます」

【2003年2月11日】

「貴様、説得力に欠けるとはどういう言い草だ！」

怒りを露《あら》わにした岩倉を止めたのは、竜崎だった。

「まあまあ、岩倉専務。好きに言わせておきなさい。あと一週間もすれば、全ては分かるんだから。いずれにしても予定利率引き下げ条項を入れた業法改正の年度内成立は、すでに民自党の政治日程の中に織り込まれているんだ。じたばたしても始まらない。また、第丸との合併話については、高城さんも『全面的に協力する』と言ってくださった。これで文句はないだろう」

高村が頷き、頭を下げた。

「本当にありがとうございました。これで清和は救われます。竜崎会長がおっしゃる通り、ひとまずは事態を見守りましょう」

高村がそうまとめたので、各務も幸田も黙り込むしかなかった。

竜崎は高笑いを発し、岩倉もそれに追従して笑みを浮かべた。そして、竜崎が手を打つと、待ちかまえていたように仲居たちが料理と酒を運んできた。アッという間に宴席の場となり、竜崎の音頭で「前祝いの祝杯」まで挙げた。

本当にこんなに思い通りにいくんだろうか。一抹の不安を感じながらも、各務はそれ以上考えるのをやめて酒をあおった。

既に我々の運命は、手の届かないところで決められてしまっている。各務は、必要以上に不安を抱くことも、竜崎や岩倉に敵対する気も起きなかった。なるようになる——。

そう考え始めていた。俺も年をとったということか。各務はいくら飲んでも酔わない酒をあおりながら、不意に自分自身に老いを感じた。

3

二〇〇三年二月一八日午前一一時一八分・永田町

中根はその日、与党の幹事長が業法改正について最終討議をするため、国会議事堂で待機するように指示されていた。九時過ぎから議事堂内に民自党の保険問題小委員会が設けた控え室で待っていた。彼は、この幹事長会談で与党三党の足並みが揃えば、念願の予定利率引き下げが実現する。既に生保各社には、法案成立と同時に強制引き下げを行うという内々の通知が金融庁からあり、中根がいる控え室に、大手漢字生保の金融庁担当が勢揃いしていた。

「最後の最後まで油断するな。法案提出が決まっても、内容の細部まで確認するのを忘れるなよ」

出がけに各務から釘《くぎ》を刺されてきた中根は、予定より一時間以上も会議が長引いていることが気になり始めていた。

「やっぱり金融庁の強権発動が問題視されているんでしょうかねえ」

第丸生命の担当者がそう言って、中根に話しかけてきた。だが、ここで憶測の話をしても始まらない。中根は曖昧《あいまい》な笑みを返した。相手はそこで、中根を部屋の外へ連れ出した。正面の部屋では、まだ幹事長会談が続いているようだった。第丸の金融庁担当が中根に囁《ささや》いた。

「これはおたくの岩倉専務にお伝えするように言われているのですが、予定利率引き下げを盛り込んだ業法改正が、今日の幹事長会談で了承された場合、今晩、専務会談をすることになっているそうです。それが場所と時間に変更はないかとのことです。各務さんからウチの岩崎にでも連絡入れてもらえますか」

中根が頷いた時、廊下が急に賑《にぎ》やかになった。

「どうやら終わったみたいですね」

部屋から出てくる民自党の山脇幹事長を取り囲んでいるマスコミ陣に、二人は近づいた。山脇の顔は非常に渋かった。中根は嫌な予感を感じながら、さらにもう二歩、記者団のそばに近づいた。どうやら、ここで即席の記者会見が始まるようで、テレビカメラの照明であたりは一気に明るくなった。前置きなく記者が切り出した。

「今朝の会談では、保険業法の改正が議論されたと聞いています」

「うん、そうだね」

「注目は、予定利率の破綻《はたん》前の引き下げ制度の復活だったかと思うんですが」

「それとセーフティネットの問題ね。あれは、この三月で公的資金枠が切れるでしょ。

それを延長して、保険契約者の不安を招かないようなセーフティネットの拡充を織り込むことで合意したよ」

　中根はもう一歩彼らに近づいた。別の記者が質した。

「それで、予定利率引き下げのほうは」

　そこで、山脇幹事長は天井を見上げながら、「現状では、国民のコンセンサスが得られておらず、さらに議論を深める必要がある、ということだね」と漏らした。

「つまり、先送りですか？」

「そういうことになるのかな。まあ、この問題はまだ、各方面で共通認識が得られていない。政府は理解を得るためさらに努力する必要がある、との考えで一致したってことにしておいてよ」

　彼はそう言うと不意に動き出した。

「つまり、年度内の成立はない、ということでいいんですよね」

　追いすがる記者の質問を、山脇は無視して廊下を進んでいった。中根は呆然《ぼうぜん》として、その集団を見送っていた。隣では第丸の金融庁担当が携帯電話を握りしめて、今の光景をどこかに伝えていた。

「間違いありません。予定利率引き下げは見送りだと、民自党の山脇幹事長が言うのを目の前で聞きました」

　最後の砦《とりで》も砂上の楼閣だった。中根には何が何だか分からず、その楼閣が音を立てて

【2003年2月18日】

崩れ落ちていくのだけが分かった。

午前一一時三三分、社長室で待機していた各務の携帯電話が鳴った。中根からだった。

「各務だ。どうだ、決まったか！」

「………」

電話の向こうで、誰かが声を張り上げているのが聞こえた。

「中根、聞こえない。おい、中根」

「ああ、すまない、今、会談が終わった」

「場所を変えてくれ。うるさくて聞こえない」

数分後に再び中根から連絡があった。

「で、どうだった？」

「それが……」

各務の脳裏に警報が鳴っていた。また何かあったのか。

「どうしたんだ、中根、落ち着いて話してくれ」

「予定利率引き下げが見送られた……」

何てこった。

「どういうことだ」

「今しがた、民自党の山脇幹事長がコンセンサスが得られていないので見送ったと、発言した」

「コンセンサスって何のコンセンサスだ！」

「分からない。今、漢字生保の金融庁担当が、説明を求めて保険問題小委員会の議員に詰め寄っているが、埒《らち》があかない。ひとまず第一報だけ伝える。誰かを、金融庁へ行かせてくれ。おそらく、すぐにでも何らかの発表があると思うので」

「了解。じゃあ、少しでも何か動きがあったら、すぐ連絡してくれ」

各務はそう言って電話を切ると、自分を見ていた高村と幸田に言った。

「与党の幹事長会談で、予定利率引き下げの見送りが決定したそうです」

幸田は顔を強《こわ》ばらせたが、高村は眉《まゆ》一つ動かさず、ただ一言「そうですか……」と言ったきり黙り込んだ。そこに岩倉専務が、飛び込んできた。

「予定利率引き下げが見送られたっていうのは本当か！」

彼の顔は怒りで真っ赤だった。各務が頷《うなず》いた。

「国会にいる中根から、民自党の山脇幹事長の言葉を自分の耳で聞いたと言ってきました」

「なんてこった！」

彼はそう嘆くと落胆したようにソファに座り込んで頭を抱えた。幸田が尋ねた。

「竜崎さんは？」

「今、相原さんを呼び出している。先にこの話を名誉顧問に話したら、そのまま逝っち

【2003年2月18日】

ゃうんじゃないかって思うほど怒り狂われて、すぐに相原を呼べ！　と叫びだしてた」

「誰かが金融庁に行くべきだと思うのですが、私が行きますか、それとも専務が？」という各務の問いに、岩倉は顔をしかめた。

「ああ、おまえが行ってくれ。俺は暫《しばら》くショックで身動きがとれない」

その時、高村社長のデスクの電話が鳴った。高村は三度「はい」とだけ答えて、腰を上げた。

「竜崎さんがお呼びだ。じゃあ、各務さんよろしくお願いします。幸田さんは、マスコミ対策をしてください。何か分かったら、すぐに連絡ください。岩倉さん、行きましょう」

高村はそう言うと、岩倉の肩を叩《たた》いて部屋を出ていった。高村の全く動じない態度に励まされるように各務と幸田も頷いて彼らに続いた。

タクシーに乗り込むと、各務は携帯電話を取り出し、ゴールド・マックスの槇塚を呼び出した。彼女は二コールで出た。

「はい、槇塚」

「聞いたか？」

「先生たちの背信行為？」

彼女のリアクションがクールだった。

「ひどく落ち着いているじゃないか。何か知ってたのか」

「何を？　ただ、まあ先生方としては当然の選択をしたということでしょ。いやしくも私企業を救うために国が強制力を発して、国民の財産権を侵害するような法律を成立させるというのは、モラルハザード以外の何物でもないもの」

「相変わらず、心に染みる至言だねえ。で、先生。ひとまずおたくが知っているネタをご教授戴《いただ》きたいんだが」

「何もないわよ。何度も言うけれど、とっとと更生特例法の申請をして身ぎれいになることだけよ。所詮《しょせん》、姑息《こそく》な真似は成功しないってことでしょ」

言ってくれるじゃないか……。

各務は口元を歪《ゆが》めて電話を切った。

すぐに、高村から電話があった。

「竜崎さんによると、土壇場になって公民党が、『統一地方選挙に勝てない』という理由で強硬に反対したそうです。相原さんは、先ほど記者団に『まだ先送り』が決まったわけじゃないとおっしゃっているようです」

勝手に言ってろ！　各務はそう内心で吐き捨てながら、丁寧に答えた。

「了解しました。ひとまず金融庁で動きがあったら、知らせます」

もはや誰も頼れない。俺たちは、何度痛い目に遭えば、現実を知るのだろうか。各務は、続いて知り合いの新聞記者を呼び出していた。


【2003年2月18日】

4

同日午後一二時一三分・赤坂

槇塚は携帯のフリップを畳むと、彼女の正面で勝ち誇ったように座っていたM&A部長のベンジャミン・フィッシャーを見た。彼の策略通り、事は運んでいるのだ。この笑みも頷ける。彼はニューヨーク在住の篤志家を使って、与党の一翼を担っている公民党の不安を刺激したのだ。

その篤志家は、同党のバックボーンである宗教法人の最高顧問との関係が深く、最高顧問が世界の著名人と会うコーディネーターも務めている。その人物が、今週初めにベンの意を受けて最高顧問に電話を入れた。

「庶民の政党を標榜《ひょうぼう》する公民党が、自助努力をしない生命保険を救うために、国民に我慢を強いるような法律づくりに加担するのか。これは重大な倫理違反だ」

さらに、公民党の統一地方選挙対策本部長の下に、ある記者が怪文書を見せた。そこには、与党最大のライバルである民憲党が、次の統一地方選挙で「予定利率引き下げという暴挙により、市民を不安に陥れるような与党に投票していいのか」ということを争点にしようとしていると書かれてあった。

この怪文書は、公民党の地方組織の複数の幹部の元にも匿名で送られてきていた。党内で大騒ぎになり、その結果、党として「予定利率引き下げを織り込んだ業法改正を選挙前に行うことには反対」すると決めた。

それでも、民自党はこの法案成立を強行しようとした。しかし、公民党の幹事長に、民自党の山脇幹事長が、「これで統一選挙に負けたら、あんたは責任をとるのか」と詰め寄られ、結局、利率引き下げは棚上げされた。

外資系の投資銀行というと、空売りやＴＯＢなどの派手な面ばかりが取り沙汰《ざた》されるが、こうした謀略じみた戦略も彼らは得意としていた。そして、今回は、土壇場で見事に戦略が成功した。

「我々の企みを見抜いたのは清和の各務君かね」

ベンは嬉《うれ》しげにそう尋ねた。

「そうです。ウチの差し金かと怒ってましたが、元々の法案自体がモラルハザードなんだから、政治家としての見識が、暴挙を押しとどめたんでしょうと返しておきました」

「あははは、うまいこと言うね、薫。まさにおっしゃる通りだ。じゃあ日本の政治家の見識に乾杯するためにランチにでも行こうか。きょうは私がおごるよ」

彼はそう言うと、同じビルの最上階にあるフランス料理の個室に陣取り、ドンペリのピンクを頼んで、本当に祝杯を挙げた。

「ニッポン万歳！　金融危機いらっしゃい！」


【2003年2月18日】

薫は心の中でそう呟《つぶや》いて、ベンのグラスに自分のグラスを重ねた。

ベンは、この席で次なる策をぶち始めた。

「年度末前にこの法案を成立させなかった意義は大きいよ。一部では、この法案と同時に金融庁が、全社一斉に予定利率引き下げを断行する措置を執るという噂があったのは知っているかね？」

その話は各務から聞いていた。

「あり得ない！」という彼女の言葉に各務は薄ら笑いを浮かべていたが、清和の幹部の中には本気でそれを信じてる連中がいたようだ。

「そんな勇気は金融庁にない。実は、先日ウチのトップが突然、日本にやってきたのは、薫も知っているよね。そして竹浪金融担当相と会談した。その時に、彼に質《ただ》しているんだ。そんな勇気があるのかとね。すると竹浪は即答したそうだ。『そんな暴挙はあり得ない！』とね。彼らは世論の反発を懸念して、とにかく業界からせっつかれている法律は作るが、結局は何もしないといういつも通りの対応をするつもりだった」

呆《あき》れた話だったが、今の金融行政を象徴していた。

「そこで、ひとまず今回は利率引き下げの法律を潰《つぶ》して、もっと国民の危機感を煽《あお》る方法を考えた」

「不安を煽る方法ですか？」

彼は嬉しげにグラスを飲み干すと続けた。

「実は、ある有力経済誌と一緒に一つのシミュレーションを考えているんだ。聞きたいかね？」

薫は背筋が凍るのを感じながら、精一杯の笑顔で「ええ、ぜひ！」と頷《うなず》いていた。

「名付けて生保生《い》け贄《にえ》論。今回の政治家先生たちの背信で、怯《おび》えきった生保協会の連中が泣いて小躍りする最終兵器だ。この五月に一番傷みの酷い生保を潰す」

その言葉に、薫はむせ返った。だが、ベンは自説に酔い、話を進めていた。

「それによって、予定利率を下げないと生保はどんどん破綻《はたん》する、という意識を植え付けることができる。やがて、それは銀行を巻き込み、日本が破滅するという不安を煽ることも容易だ。その国民の不安をバックに、堂々と金融庁主導で予定利率一斉引き下げを断行してもらう。

しかも、生け贄になるのは、遅かれ早かれ潰れる運命だったところだ。それで他の大手生保が救われるのであれば、犠牲としては小さい」

確かにそれなら、予定利率引き下げはすんなり通るだろう。破綻する生保の契約者以外は安心を取り戻せる。若干の保険金や年金が減る程度も我慢できる。卑屈な日本人はそう感じるかも知れない。

「そして、その生け贄になるのが、清和生命？」

ベンはまた嬉しげに薫に頷いた。

「どうだね。素晴らしい策だろ。これを三月早々に大特集で出してもらう。これで、確実に清和は倒れる」

目的のためには徹底して攻撃を続け、相手が倒れるまでやめない。まさにこれぞ外資の真髄だった。

ぬくぬくと育ったペットは、ジャングルでは生き抜くことはできない——。

薫の脳裏に、AICのグリーンフェルド会長の名言が、浮かんだ。

日本の生保はみなペットなんだ。ジャングルの中には、お行儀の良いルールなんてない。そんなことを言っている間に、食べられてしまう。野生での生存競争に約束違反だとか、裏取引だなんて当たり前なのよ。

日本の金融機関が、〝ジャングルの掟《おきて》〟を身につける時は来るのだろうか。来たとしても、その時、すでに日本に「日本ブランドの金融機関」はなくなっているかも知れない。

さあ、各務さん、どうするの？

5

二〇〇三年二月二一日午後八時・新宿

予定利率引き下げ制度の先送りがほぼ決定的となり、与党が「継続審議は続ける」と表明した二一日夜、まだ会社にいた高村社長のもとに、第丸生命の田畑社長から直接電話があった。

「大変申し上げにくいんですが、現状では、御社との統合をこれ以上進めることは無理だと判断いたしました。本当に申し訳ありません」

田畑は抑揚のない言葉で、一気に言い放った。高村は「そうですか」と答え、「こちらこそ、色々とご無理を申しました」と続けた。そのあまりにも淡泊な言い方に、電話の向こうで田畑社長はたじろいだようだ。しかし、それ以上何も言わず、もう一度詫《わ》びて電話を切った。

高村は大きな溜息《ためいき》をつくと、幸田に電話を入れた。

「はい、幸田です」

「高村です」

「お疲れさまです」

「今、第丸の田畑さんから電話がありました。正式に破談を言ってこられました」

「……………」

「先日お願いしていたこと、鋭意進めてください」

「承知いたしました」

高村は静かに受話器を置いた。残された時間はないかも知れない。もう迷うこともなくなった。既に選択の余地はなくなってしまったのだから。


【2003年2月21日】

あとは、限られた時間での交渉で、どこまでこちらの要望を相手に分かってもらえるかに尽きた。

高村は部屋の壁に掛けてあったカレンダーに近づいた。

第四章　決断

1

二〇〇三年三月一日午後六時一三分・新宿
清和生命本社役員応接室

「これは?」

各務から出された英文と和文の入った文書を見て、槇塚薫は顔を引きつらせた。

「文面通りだ。三月三一日で契約が切れる御社との排他的アドバイザリー契約は、更新しない、という文書だ。ありがたく持ち帰ってくれ」

槇塚は啞然《あぜん》として各務を見た。

「本気?」

各務は肩をすくめた。


【2003年3月1日】

「冗談で、社長の署名捺印《なついん》を入れた文書は作らん」

彼女は激しく動揺していた。実は、自分のブリーフケースの中にも同じ内容の文書が入っていた。ただ、更新を断るのが清和生命ではなく、ゴールド・マックスという違いがあるだけだった。

彼女はコーヒーカップに口をつけると、一呼吸おいてから尋ねた。

「よければ、理由を伺えないかしら」

「その文書にある通りさ。すでに契約から足かけ一年半も経過しながら、芳しい結果を、そちらが出してくれなかったからだ」

槇塚が反論しかけたのを、各務は制した。

「というのは、表向き。実際は、もうおたくに払う金すらなくなったからだ」

各務はそう言って頬を緩めた。

食えない奴！　彼女は内心そう毒づきながらも、眼が笑っていない各務を見つめた。

「で、本当の理由は何？」

「これ以上お人好《よ》しをやるのは、やめようと思ってね」

「お人好し？」

「そう。一体あんたらの狙いは何だ。ウチかね、それとも俺たちが持っている銀行株か？　その全部かね？」

彼は全部見抜いている。槇塚は本能的にそう感じた。だが、ここで動揺してはゴールド・マックスのアソシエイトの名がすたる。

「何を言い出すかと思ったら、またその話。言ったはずよ、私たちの仕事は、清和生命の統合先を探すことよ。それ以外に何の腹もないわ」

各務はそう言われてまたにんまりと笑った。

「結構だ、それで。いずれにしても、我々はその言葉がもう信じられなくなったということだろうな」

「ウチを切ってどうするの？　当てでもあるの？」

「なくはない。それより最近君に、ヘッドハントの話が来ていないか」

各務の言葉に、槇塚はまたハッとした。確かに、二週間ほど前から、ヨーロッパ系の投資銀行ウォーレンバーグのＭ＆Ａセクションから誘いが来ていた。しかもアソシエイトではなく、シニア・バイスプレジデントでオファーされていた。

だが、彼女は清和案件のかたを付けるまでは、その気はないと断っていた。それをなぜこの男が知っているんだ。

「お人好しついでに、俺は、槇塚薫という人間の能力に賭《か》けてみたいと思っているんだ。それで、新しいアドバイザーをお願いしようと思っているところに、その話をもちかけた」

「でも、それはコンフリクト条項に抵触するわ」

「君が会社を辞めるときに結ぶ守秘義務がいくらあっても、ウチの情報については何の問題もない。俺たちは、ゴールド・マックスが、ウチを利用して何をしようとしていたかなんてことには何の興味もない。ただ、君の努力を無駄にしたくない。そして、これから我々がやろうとすることには、君の協力が必要だ」

槇塚は、話の行方を見失っていた。一体この男は何を考えているんだ。私に何をさせようとしているんだ。

各務がさらに踏み込んできた。

「俺は、日本人同士助け合おうなんぞということは言わない。AICのグリーンフェルド会長が、自分たちの業界をジャングルだと言い、日本の生保をペットだと揶揄《やゆ》しているのは知っている。しかし、いくらジャングルが弱肉強食の世界でも、そこにも掟《おきて》があるはずだ。その掟ぐらいは守って勝負したい。君はそう思っているんじゃないのか。それを考えると、今、君が所属しているところは、ちょっとダーティが過ぎないか？　手段を選ばず、銀行を買い漁《あさ》り、彼らは何をしようとするつもりだ。第二のＧＨＱにでもなるつもりか。それとも、とにかく儲《もう》かればそれでいいのか」

痛いところを突いてきた。今の各務の言葉は、このところ、槇塚自身がずっと考え、悩み続けていたことだ。

「生態系の法則は、必要なものだけを捕獲捕食し、後は共存する、ってことじゃないのか。だが、おたくの会社がやっているのは乱獲だ。取りすぎて、そのエリアの環境や秩序が乱れることなんぞ気にもしていない。そういうのをジャングルの掟というのか。俺には、人間のエゴとしか思えないがね。もしよければ、俺たちはもう少し君にすがりたい。先方は、約束は必ず守ると言っている。君にとっても悪い話じゃない。もちろん、世界一の投資銀行から裏切り者のレッテルを貼られることを覚悟するのは大変な勇気だろうがね……。だから、無理強いはしない。いずれにしてもこの文書は、正式に清和生命から、ゴールド・マックスに出された公式文書だ。ベンジャミン・フィッシャー氏に手渡してほしい」

各務はそう言うと腰を上げた。槇塚は、まだじっと各務を見ていた。いけない！　自分は今ここで即答しようとしている。

彼女は膝《ひざ》から下に力が入らないまま、ふらふらと腰を上げた。すかさず、各務が手を貸してくれた。

「大丈夫か？」

「ええ、何とかね。いきなり衝撃的なカウンターパンチを二発も食らったんで、さすがにダメージが大きいみたい。お話、いずれも了解したわ。これは、帰ったらすぐにベンに渡しておく。まあ、ここだけの話だけれど、同じ内容の文書が、私のブリーフケースの中にも入っていたの。でも、機先を制されてしまった。まあいいわ。結果は同じだから……」

ベンはそうは言わないだろうが、結果は同じだ。ゴールド・マックスと清和生命の縁は今月限り。そういうことだ。

【2003年3月1日】

「それと、後者のお話は、ひとまず聞かなかったことにするわ。でも少し真剣に考えさせてもらう。一週間でいいから、時間をちょうだい。どっちを選ぶにしても、あなたにお伝えするわ」

各務は今までとは全然違う優しい笑みで頷《うなず》いた。

「承知した。色々無理ばっかり言って申し訳ない。しかもあろうことか、この期に及んで沈没船に乗って欲しいとお願いしているのだから、俺は相当無神経な奴だ。だが、この戦いは最後まで、君とやりたかった」

槇塚の胸のあたりが急に熱くなった。ダメよ、そんな眼で見つめちゃ！

彼女は彼から目線を逸《そ》らし、頭を下げた。

「じゃあ、そういうことで。御社の今後の益々《ますます》のご発展を心からお祈り申し上げているわ」

彼女はそう言うと、各務を見ずに応接室を出た。

長い静かな廊下を歩きながら、彼女は自分の心臓の音がどんどん高くなるのを感じていた。

どうしちゃったんだ！　何やってんだ、私……。

2

二〇〇三年三月一四日午後二時六分・霞が関
金融庁監督局小会議室

この日は、金融庁担当の中根だけではなく、アクチュアリーの鵜飼常務も呼ばれていた。しかも珍しく事前に用向きも告げられていた。

「三月決算について、包み隠しのないデータが欲しい」

中根には、清和生命にそんなデータが存在するとは思えなかった。しかし、鵜飼常務は二つ返事で、それに応じ、荷物持ちという理由で、今や彼の右腕となった野添財務部次長を連れていた。

いつものように十数分遅れて、中島保険課長が、三〇代の男性を連れて入ってきた。

「お待たせしました。こちらは、検査局の係長で前澤《まえざわ》です。鵜飼さんの足下にも及びませんが、一応アクチュアリーの資格を持っておりますので、同席させます」

中島課長は、そう言うとすぐに本題を切り出した。

「まずぶっちゃけた話、今年度の決算はどうですか？」

鵜飼は尊大なままで相手を一睨《にら》みして答えた。

「どうもこうも、全然問題なくクリアいたします」

「最終的な基礎利益はどれぐらいになりますか」

「約七〇〇億円程度を見込んでおります」

すかさず、野添が「速報値」とスタンプを押した文書を差し出した。

「ほお、頑張りましたね。じゃあ、昨年度は、赤字だった経常利益のほうも？」

鵜飼は表情一つ変えずに答えた。

「まあ、今後の株価なども予断を許しませんが、五〇億円程度は黒字になると思われます」

冷たい眼をした検査局係長は、黙々と数字を追った後、顔を上げた。

「これは、期末の株価をおいくらに想定してありますか？」

「野添君、いくらだったっけ？」

「はい。あの八五〇〇円に」

「八五〇〇円！　今の株価がいくらかご存じですよね」

野添の額に一気に汗が浮かんだ。

「あ、はい、昨日の終値で七八六八円でした。ただ、今朝は、好調のようだと聞きますが」

「好調だと言っても、八〇〇〇円の攻防です。どうやれば、あと二週間で五〇〇円も上げるんです」

中根は居心地の悪さを感じ始めていた。野添が口ごもるのを見て、代わりに鵜飼が答えた。

「通常期末は、皆様にお世話になっておりますから、最低でもそのあたりは大丈夫かと見ているんですが」

「甘いですね。イラク戦争が市場に吉と出るか、凶と出るか分かりません。しかし、今年は去年のような効果的なＰＫＯは期待できませんよ。もし、株価が八〇〇〇円を切ったら、その時は経常利益の五〇億はおろか、基礎利益も吹っ飛びかねませんが、その時の対策は？」

鵜飼は憮然《ぶぜん》として天井を見上げてしまった。今度は中根がサポートに入った。

「ま、まさか八〇〇〇円を切るなんてことにはならないんじゃないでしょうか」

だが、その言葉は、検査局係長の冷たい一瞥《いちべつ》で退けられた。野添が口ごもりながら答えた。

「今のところ、もしその場合は、親密行に基金の再拠出をお願いしようかと」

「本気ですか？　りそあもみずきも、そんな体力は残っていませんよ。それどころか彼らは、あなたがたに基金を拠出したことを後悔しているぐらいだ。そんな小手先では決算立ちませんよ」

鵜飼が急に表情を和らげた。

「申し訳ありません。その時は、ぜひ皆様のご助力を戴《いただ》いて」

彼はそう言うと不意に床に座り込み、深々と頭を下げた。中根も野添も何が何だか分からないままに、一緒に土下座していた。

「よしてください。あなたがたに土下座されたところで、御社の決算が上向くのなら誰も苦労はしません。もう一つ気になることがあります。この外国債とデリバティブですが、まさか日本の株価にリンクするものはないですよね」

反射的に鵜飼が笑い声を上げた。

「ご冗談を！　そんな前時代的なリンク債なんぞに手は出しておりません。これはみなリスクヘッジのためのものばかりですし、外国債は、堅実な電力や大手の金融機関の社債ばかりです」

だが、相手は一向に信用していないような顔で、鵜飼を見ていた。

「ならいいんですが。もし八〇〇〇円を切った場合に、そっちでも火を噴くとなると、もう救えないかも知れませんよ。分かりました。では、これは預からせてもらい、いくつかの対策を考えます。いずれにしても、御社のなお一層の努力も期待します」

一方的に相手にやりこめられて、彼らは金融庁を後にした。

別に用があるという鵜飼を残して、中根と野添は地下鉄に乗った。もはや社用車やタクシーで都内を飛び回る余裕はなかった。比較的すいていた電車の中で、中根は冴《さ》えない顔の野添に尋ねた。

「鵜飼さんの話、本当なのか？」

「えっ？　本当と言われますと？」

「つまり、決算、本当に大丈夫なのか」

野添は暫《しばら》くうつむいたままだった。中根は、それ以上催促せずじっと野添が答えるのを待っていた。地下鉄が駅に停まり、再び発車した時、野添は顔を上げた。

「先日も各務さんに随分やりこめられました。一体、本当はどうなっているんだと」

「各務が？」

しょっちゅう各務と顔を合わせているにもかかわらず、時々、中根の知らない間に各務が動いていることに気づかされる。

「ええ、ゴールド・マックスの人から指摘されたみたいで、役員応接室に呼び出されました」

「それで」

不意に野添は中根のほうを向いた。

「電車の中ですから詳しいことは言えませんが、我々の財務状態はもはや誰にも分からないほど嘘の上にも嘘が重ねられてしまっています。一体、資産がいくらで、負債がいくらなのか。本当の数字は誰にも分からないんです。ただそれでも、何となく数字ができあがってくる。それを見て一喜一憂している。そういう状態なんです」

中根は、呆然《ぼうぜん》として眼を閉じた。

暗闇の中で、さらに眼を閉じて全速力で走っている。俺たちがやっていることはそういうことか。

もうこれ以上俺たちはあがくのをやめるべきじゃないのか。中根はそう確信していた。

だが、この暴走する特急はそんなにすぐには止められない。どうすればいいんだ……。


【2003年3月14日】

3

二〇〇三年三月二一日午後二時一八分・三鷹《みたか》　高村宅

休みの日に鵜飼が、高村の自宅に遊びに来るのは何年ぶりだろうか。鵜飼は照れくさそうに笑うと、

「久しぶりに碁でも囲もうかと思ってね。良い酒も手に入ったんで」

鵜飼の自宅は、町田《まちだ》にあった。そこからわざわざやって来るのだ。目的が碁を打つことは到底思えなかった。

だが、高村は特に深く詮索《せんさく》することもなく、妻にそのことを告げて、約束通り、午後二時に高村家のインターホンを押した鵜飼を迎え入れた。

高村が三鷹に自宅を購入したのは、彼が総合企画部の課長時代だった。竜崎などと違い、住まいや身だしなみに贅《ぜい》を尽くすことをしない高村が買った最も高い買い物で、七〇坪余りの土地に、木造の二階建てがひっそりと建っていた。すでに、娘二人も嫁ぎ、今は三五年連れ添った妻と二人暮らしだった。

専務に就任した時に、平日だけ泊まるマンションを港区内に購入していたが、休日は

必ずここへ帰っていた。国立《くにたち》で生まれ育った高村は、かなうなら緑に囲まれて暮らしたいと思っていた。三鷹の自宅は長い年月をかけて手入れされた、彼の望み通りの緑に囲まれた家だった。

高村は、庭が見える座敷に旧友を招いた。以前は家族づきあいをしていただけにひとしきり昔話をした妻は、鵜飼が持参した酒の肴《さかな》を用意した後、高村から言われていた通り、一人で外出した。

二度ほど対局してから高村は、鵜飼を酒の席に誘った。

程良く冷えた「〆張鶴《しめはりつる》」の吟撰《ぎんせん》（吟醸）は、鵜飼の出身地・新潟の銘酒で、しばしの間、彼らのおかれている窮地を忘れさせるほどの逸品だった。鵜飼は、それをひといきにあおると昔話を始めた。

「覚えているか？　同期の寺島《てらしま》のこと」

「寺島謙吾《けんご》。確か今は熊本で家業の温泉宿を継いでいるんでしたっけ」

高村の言葉に鵜飼は頷《うなず》き、空になった二人のグラスに酒を足した。

「酒は熊本に勝るものはないって言っていたくせに、俺が持ってきたこの酒を一人でほとんど飲んだ挙げ句に、げえげえ戻しやがった」

「そういえば、そんなこともありましたね。とにかく我々の同期は豪快な強者《つわもの》が多かったですから」

高村はそうやって眼を細めた。自分はそんな中では一番の優男《やさおとこ》で、あの頃、誰一人こんな奴が社長になるとは思わなかったはずだ。そして、鵜飼は、昔から豪快な傑物だった。頭が抜群に良く、バンカラな部分を差し引いても、同期屈指の逸材と期待されていた。

「全くそうだ。しかし、結局残ったのは、おまえさんと俺、そして大阪の本多だけになっちまった。かつてサラリーマンというのは、会社に生き残った者を勝者と言ったんだろうが、今じゃ、馬鹿としか言いようがない」

高村は、昔ながらの鵜飼の毒舌に、また眼を細めた。

「おっしゃる通りです」

「しかし、誰も想像してなかっただろうな。おまえや俺が最後に残るだなんて……」

不意に鵜飼はそこで言葉を切った。高村は、それが本題に入るタイミングだと察して切り出した。

「さて、鵜飼さん。そろそろいいでしょう。今日の本題に入ってください」

高村の言葉に、鵜飼は少し驚いたようにこちらを見た。

「本当に、おまえは食えない男だな。目立たないが、決して疎漏がない。しかも目端は滅茶苦茶《めちゃくちゃ》利く。竜崎さんが重宝がったのも無理はない」

「その話はやめましょう。鵜飼さん、何ですか。わざわざ休みの日にこんなおいしいお酒まで持ってきて戴《いただ》いたわけは」

鵜飼はそこで居住まいを正した。

「なあ、高《たか》さん。先日、俺たちが金融庁の検査局のアクチュアリーに散々こき下ろされたのは知っているな」

高村は頷いた。

「そこで連中は、様々なまさかをシミュレートしろとぬかしやがった。だが、正直言うともう万策尽きた。それどころか、俺は自分の強引な損失隠しのために、一人の優秀な部下を死に追いやってしまった……」

鵜飼はそこで感極まったように言葉をとぎれさせ、うつむいて膝《ひざ》をギュッとつかんだ。

高村は静かに、鵜飼の空になったグラスに酒を注いだ。鵜飼はそれをまた一気にあおると、顔を上げた。

「それだけに絶対、どんなことをしても、この会社を守りたいんだ。そこで、恥を忍んで頼みがある。これからの一〇日で、一気に株安が進んだり、解約が急増した場合、責任準備金の積み立てを、チルメル方式にさせてくれないか」

苦渋の選択。生命保険の計理を預かる責任者として、それ以外の何ものでもなかった。

責任準備金とは、契約者の保険金をいつでも滞りなく支払うためにプールしておく資金だ。

その積み立て方式には二つのやり方があった。現在の大手生保はみな、純保険料（純保）方式と言って、それぞれの商品で計算された額を一律で積み立てていく。

それが、チルメルの場合、契約当初は、新規契約費（生保レディへのコミッション等）がかさみ、費用の前倒しが発生するため、「初めは薄く、徐々に純保に近づけていく」という積み立て法だ。純保からチルメルへ変更すると、一時的だが、「純保で余分に積んでいる部分」を剰余として利益に計上することができた。

外資系生保では、現在でもこのやり方を採っているところもあり、大手漢字生保も昭和四〇年代まで、この方式を採っていた。

したがってチルメル自体が無理な方法ではない。ただ、純保式だった積み立て法を、チルメルに切り替えると、巨額の資金が浮くことになる。つまり、経営危機の生保にとって、「伝家の宝刀」とでも言うべき最後の手段だった。

「チルメルですか」

「五年チルメルでいい。それで二〇〇〇億は浮く。それだけあれば、株価が八〇〇〇円を切ったとしても、みずきやりそあから再度の基金拠出を受けることなく、楽に利益を出せる」

「しかし、それは我々自身が清和に死刑宣告をするようなものじゃないですか」

鵜飼はそう言われてうなだれた。過去に純保式からチルメル方式に積み立て方法を変更した生保は、ことごとく破綻《はたん》している。

「そうだ。しかし、何とかウチがチルメルにしたことを金融庁が伏せてくれれば、解約ラッシュも起きんだろうし、マスコミに騒がれることもない」

「時代が違います。九八年以降積み立て方式は開示されることになっているじゃないですか」

「それも分かっている。だが、今回なら金融庁は眼をつぶってくれると思うんだ。連中にとっても、絶対にウチに潰《つぶ》れてもらっては困るわけだから……」

高村は、鵜飼を見て言った。

「鵜飼さん、それはあまりに哀しすぎませんか。そうやって嘘をつき続けて、我々の誇りや尊厳、そして何よりお客様への信頼をこれ以上汚すのはやめませんか。我々はもう十分罪を犯しているんです。この期に及んでもまだ生きながらえようとするのは、重罪です」

「そういう問題じゃない！　高さん、あんた、分かっとらんよ。ここまで追い詰められたら、もうきれい事は通用せんのだ。我々はどんなことをしてもこの会社を潰すわけにはいかない。だから、頼む、この通りだ！」

不意に鵜飼は、その場で土下座した。

「よしてください、鵜飼さん。そういう卑屈な真似は。鵜飼さん、一つ伺ってもいいですか？」

鵜飼はそこで顔を上げた。

「鵜飼さんにとって生きるとはどういうことですか？」

「えっ？」

「私にとって生きるとは、こうして人と話をし、喜び、時に怒り、そして悲しむ。毎日

【2003年3月21日】

の食事をおいしくいただき、朝露に濡《ぬ》れる朝顔を美しいと思い、風で舞う桜の花に哀れを感じることなんです。心身が蝕《むしば》まれ、周囲に嘘をつき続け、いつ果てるかも知れない体をカンフル剤や麻薬だけで生きながらえる。そんなことが生きているって言えるんでしょうか？　私は、そんな生き方はいやです。そして、私はウチの職員にそんな生き方をさせたくありません」

その言葉に鵜飼は啞然《あぜん》として、高村を見た。

「高さん、あんた、まさか」

高村は、友の顔に精一杯の笑みを返した。

「もう覚悟しています。あとはタイミングと相手次第です。もちろん、私自身はどんな罪科も受けるつもりです。それが私のけじめの付け方です。ですから、鵜飼さん、どうか昔の強者の鵜飼さんで居続けてくださいよ。『生意気言うなこの若造』と、私に殴りかかった頃の鵜飼さんのままで、毅然《きぜん》と生きてください」

高村は途中から自分自身にそう語っていた。覚悟はしていた。だが、ここまで突き詰めた想いを話したのは、初めてだった。高村は、まだ驚いた顔でこちらを見ている鵜飼に、酒を勧めた。

「もう少し、つきあってください。久しぶりにこんなおいしい酒を飲めて感激していますす」

だが、鵜飼は酒を受けなかった。

「いや、高村、申し訳ないが、私はもう遠慮しておく。そして、本当に残念だが、俺は最後の一人になっても闘い続けるよ。絶対に手は挙げない。船は下りない。君には失望したよ。失礼する」

さっきまでの酔い加減からは想像できないほどのかくしゃくとした足取りで、鵜飼は高村家を後にした。

誰もが理解し合い、一つになって終焉《しゅうえん》を迎える。現実はそんな美しいものではないということか……。

高村は手酌でグラスに酒を注いだ。これでいいんだ。鵜飼にだけはあらかじめ言っておきたかった。それができただけでも、十分だ。

ただ、高村はさっきの鵜飼の取り乱し方が気になった。もしかしたら、自分が知らない財務の大きな穴があるのかも知れない。もし、そうなら早急に対処しなければ、これ以上の財務の毀損《きそん》は、破滅を加速させるばかりだ。

高村は、それでももう一杯酒を注ぎ、沈みかけた夕陽にグラスを掲げた。

尊厳のある死を。それができれば、もう何もいらない。

【2003年3月21日】

4

二〇〇三年三月二四日午後八時二五分・新宿
清和生命本社社員食堂

「隣、いいか」

遅い夕食を、社員食堂で食べていた中根は、そう声を掛けられた。

「おお、久しぶりだな」

法務部に席を置く同期の布瀬《ふせ》だった。管理部門が長かったのだが、このところのリストラで、半年前から法務部付き部長になっていた。一〇〇人ほど収容できる大食堂だが、この時間、閑散としていた。中根は読んでいた業界誌を脇にやった。

「何だ、法務部が残業とは珍しいじゃないか」

中根は、カツカレーを食べながら皮肉った。そう言われて布瀬は中根と同じカツカレーが載ったトレイを置きながら苦笑した。

「まあ、法務部も今は人手不足だし、色々あっちこっちから調べものを言いつかって大変なんだ」

よく日に焼けた精悍《せいかん》な顔つきは、外資系のエリートを思わせた。身だしなみや身につけているものも全て高級品が多く、中根には苦手な相手だった。彼は、そばにあった紙ナプキンを首にひっかけ、高そうなネクタイをワイシャツの中にしまい込んで、カレーを食べ始めた。

「おまえさんは、何を言いつかっているんだ」

ほぼ皿を平らげてしまった中根は、水を一口飲んで尋ねた。

「今は外資との提携についての法的な問題かな」

「何？」

中根は、その言葉に過敏に反応した。

「外資との提携だと？」

「何だ、知らないのか？　おまえだったら知っていると思ったから声かけたのに、空振りか」

「何を聞きたかったんだ？」

カレーを口に運びかけたスプーンを止めて、布瀬は答えた。

「これが大変な仕事でさ。外資との提携で問題になりそうな事例を一杯渡されて、その回答が欲しいっていうんだが、提携を想定している外資名を明かしてくれないんだ」

「何だって。どこからの依頼なんだ」

「社長室の幸田室長直々のものだ」

「幸田さん、直々……」

このところ、各務の隠密行動が気になっていた。どうやらこれも同じ理由なのかも知れない。

「しかし、その外資がどこの国かも分からなければ、大変だろう」

「いや、国は分かってる」

「どこだ？」

「アメリカだ」

ということは、巷《ちまた》で噂されているAICとの交渉が水面下で進んでいるのか。

「心当たりないか？」と布瀬。

「ウチがここ半年で、提携先として挙がったアメリカ系の保険会社や総合金融コングロマリットは、全部で五社ある。その中で有力だったのが、トップ3のメトロ、プレジデンシャル、そしてAICだ」

布瀬は、そう言われて頷《うなず》いた。

「それは俺も知ってるよ。しかし、メトロはすでに撤退しているし、プレジデンシャルとの話も立ち消えそうだ。さらにAICはまだ態度を明らかにしていないようだが、どうもダメらしいぞ」

「じゃあ、一体」

布瀬の言う通りだった。

「それで俺も困ってるんだ。見当がつかないんでね」

各務に聞いてみるしかないか。

「それと、最近社長室が不穏な動きをしているのを知っているか」

「不穏な動き？」

そこで、布瀬は急に体を中根のほうに寄せて小声になった。

「これは、ウチの部長がつきあいのある顧問弁護士から聞いたそうなんだが、最近、破産法や更生特例法に強い弁護士と、幸田さんが頻繁に会っているっていうんだ」

「更生特例法って、まさか」

正式名「金融機関等の更生手続の特例等に関する法律」は、破綻《はたん》した金融機関の更生法で、通常の会社更生法のように全ての業務を凍結するのではなく、迅速かつ適正に更生を済ませて、契約者の保護を図るための法律だった。しかし、中根にとって、それは破滅を意味するものだった。

布瀬が続けた。

「どうも、そういう手続きを準備しているという話だ」

そんな話をなぜ、総合企画部の自分が知らないんだ！

「信憑性《しんぴょうせい》はどれぐらいあるんだ。俺は、全然知らないぞ」

「信憑性と言われると困るが、幸田さんが、その弁護士事務所と接触したのは事実だ。ウチの上も、自分を飛び越しての越権行為におかんむりでさ。それで、まあ中根なら何か知らないかなと思って」

ならば各務に聞けばいい。そこで中根は、布瀬の真意を理解した。布瀬と各務は元々ソリが合わない。俺に各務が竜崎最高顧問の落とし胤《だね》だと吹聴《ふいちょう》したのも、この男だった。そういうことか。各務の腹を探らせたいわけだ。だが、中根は素っ気なく返した。

「まずあり得んな。知っての通り、俺は今、高村社長の秘書役のような役割もしている。もし、そんな動きがあれば、俺が知らないということはあり得ない」

いや各務ならあり得たが、布瀬の探り方に何とも言えない姑息《こそく》さを感じて、中根はそう誤魔化した。布瀬は不満そうだったが、それ以上突っ込まなかった。

「まあ、何かあったら、教えるよ」

中根はそう言って腰を上げた。

各務、おまえ一体何をやろうとしているんだ……。

中根は背中に布瀬の視線を感じながらも、一度も振り返らず、食堂を出てエレベーターに乗った。そして、社長室のある七階のボタンを押した。

5

同日午後九時五分・新宿
清和生命本社社長室

中根が社長室に入った時、各務一人が仕事していた。

「何だ、まだいたのか」

各務にそう言われた中根は、真顔で彼に近づいた。

「どうした、そんな怖い顔をして」

「話がある」

各務は、目の前のラップトップコンピュータを閉じると立ち上がった。

「出ようか。ここじゃ話せないことを聞きたいんだろ」

中根は、黙って頷いた。各務は、部屋の灯りを消すこともせずエレベーターホールに進んだ。

「いいのか、消さなくて」

「ああ、今日は泊まりだ。また戻ってくる。おまえのほうはもう上がりか？」

「いや、そういうわけじゃないが、今日でないといけないわけじゃない」

「じゃあ、久しぶりに飲みに行くか」

各務はエレベーターに乗り込むと地下一階を押した。この時間、一階は全て閉鎖されていた。

「いいのか、仕事」

「まあ、何とかなるだろ」

各務は、口元だけに笑みを作っていたずらっぽく笑った。ずっと変わらない男。中根いてくれて、奥の座敷を指さした。生ビールで乾杯し、突き出しをつまんだ。
二人は、昔よく行った焼鳥屋を思い出し、暖簾《のれん》をくぐった。店の親父も二人を覚えて
の憧《あこが》れ……。その各務の眼が寂しげだった。

「さて、中根部長、なんなりとどうぞ」

「今、会社で何が起こっている?」

「何が? って、いつもと変わらない決算作業だろ。このあいだは、金融庁の検査局の係長にえらく絞られたそうじゃないか」

各務は何でも知っている――。だが、何も教えない。竜崎が作り出した闇の紳士たちとのつきあい、竜崎らが溜《た》めに溜めた不良債権の処理、そして清和の救済先。いずれも各務が一人で泥を被《かぶ》り、処理してきた。彼が本当は何をしてきたかを知っている者は、社内には誰もいないはずだ。

「公式見解はいい。幸田さんが更生特例法に強い弁護士事務所に入り浸り、法務部には外資との提携に関する法的な対処法を調べさせている。その真意は何だ」

各務の顔が真顔になった。

「さすが、中根。相変わらず情報が速いな。だが、この問題にはタッチするな」

「何だと!」

その時、店員が焼きあがった串《くし》を数本置いていった。

「一つだけ言えるとしたら、今、俺たちがやっているのは、おまえが想像している通り

のことだ。しかし、それをおまえは知らないでいてほしい」

「各務！」

各務は寂しげに笑った。

「中根、そのまっすぐさ、また戻ってきたな。安心したよ。大阪から戻ってきてからしばらくは、まるで抜け殻みたいだったけれど」

中根は言葉を失っていた。何で、何でおまえはそうやっていつも俺のことを心配するんだ。

「なあ、中根。ここまで引っ張ってきたんだ。最低限の話はする。だが、それはこの店を出たら忘れてほしい。大丈夫、その理由も話すから」

各務は、中根が頷くのを見て話し始めた。

「今年一月二〇日、つまり『日刊モダン』の記事で大騒ぎした時だ。高村さんはそこで、竜崎さんに会長退陣を迫ったことは、おまえも知っているな」

中根は頷いた。あの日の緊迫感と脱力感は、今なお忘れようにも忘れられない。

「実はあの日、俺と幸田さんが、高村さんに呼ばれて、俺たち二人は、ある密命を受けた。すでに清和は死んでいる。ただ、図体《ずうたい》が大きすぎて、誰もまだそれに気づいていないだけだ。だが、そのタイムラグを利用して、最後の賭《か》けをしたいというんだ」

「最後の賭け？」

「そう。受け皿を先に見つけて、更生特例法を申請する」

中根の中で血の気が引いた。こうもズバリ言われると思っていなかったのだ。

「別に驚く話じゃないだろ。それが本当に契約者のことを考えた選択だって、おまえなら分かるだろ。これ以上死臭をまき散らして生きながらえたら助かるものさえ巻き添えにしてしまう。ここは決断の時なんだ」

中根は唇を嚙《か》んだ。そんなことは言われなくても分かっている。しかし、案ずるは易く、行うは難しなんだ。

「しかし、金融庁も銀行も、業界も、そして世間も俺たちがギブアップするのを必死で阻止しようとする。それは、俺たちのことを思ってではないし、ましてや契約者の保護のためでもない。そもそも、自分たちに被害が及ばないなら、とっとと失《う》せろと言われそうだ。だが、今俺たちが倒れると、自分たちが浴びる返り血は半端じゃない。それが恐ろしいから、俺たちはゾンビであることを求められる。しかし、それは違うと思わないか。清和としては死ぬ時ぐらいは自分で落とし前をつけたいじゃないか」

中根はじっと各務を見ていた。各務は中根から視線を逸《そ》らさずに続けた。

「そこで、俺たちは自分で死に場所を決めることにした。今、その最後の交渉に入ろうとしている。もし、それが成立すれば、清和の名前も残すことができる。もちろん、傷は負うが、俺たちが倒れることで起きるであろう二次被害は阻止できる」

「二次被害？」

「そう。ダブルギアリングによる連鎖破綻《はたん》だ。それさえ起こさなければ、金融庁も銀行も文句はない。つまり、後世に『清和生命の破綻が、日本経済破滅の引き金となった』と言わせせないで済むかも知れない。ただ、ずっと清和が倒れるのを待ち続けたハイエナとハゲタカだけが地団駄を踏むだけだ」

中根は大きく頷《うなず》いた。

「俺たちはそれを狙っている」

「ならば、俺にも協力させてくれ」

各務はまたにんまりと笑った。

「だめだ、それはできない」

「なぜだ！」

「いいか、高村さん、幸田さん、そして俺の三人は、会社を潰《つぶ》した首謀者だ。だが、おまえは明日《あした》の希望だ。だから、おまえの手だけは汚すわけにいかない」

「何だと、貴様！　自分だけいい格好して、俺にそんな苦難の道を押しつけるのか！」

中根は震えていた。許さない。そんなことは、絶対に許せない！

各務は嬉《うれ》しげに笑った。

「そうだ。いいか、今、密《ひそ》かに外資系投資銀行が、政府まで巻き込んで画策していることがある。日本の大手生保を守るためにある生保を潰し、それに乗じて、一気に予定利率引き下げを断行させる、というものだ。そのある生保こそ、清和生命だ。俺たちは、生《い》け贄《にえ》になるわけだな。だが、連中の真の目的はそうじゃない。清和を潰すことで、一つの銀行グループを潰し、もう一つのメガバンクも手中に入れたいんだ。

つまり、俺たちは日本という鯛《たい》を釣り上げるためのエビだ。そんなことも知らないで、政府も金融庁も銀行も、嬉々《きき》として投資銀行の思い通りに操られている。だが、俺たちは羊でも操り人形でもない。最後まで清和らしい死に場所を自分たちで選ぶんだ」

各務は、ポケットから薄汚れた杯を取り出した。

「この杯に賭けて、俺はおまえに清和を託す」

あの雪の夜、各務と二人で交わした固めの杯だった。

「各務、おまえ……」

「まあ人にはそれぞれ持って生まれた星っていうのがあるだろ。お互いその星に逆らうのはやめようぜ。じゃあお互いの星に乾杯！」

各務はそう言うと、半ば空になったジョッキを掲げた。

6

二〇〇三年三月三一日午後四時三五分・霞が関
金融庁監督局応接室

この日の株価が八〇〇〇円割れが確実になった時、中根の前に再び、中島保険課長が姿を現した。

「とにかく、一刻も早く安全宣言を出してください。おたくの法務部あたりが、更生特例法の研究を始めたなんていう噂を耳にしましたが、そんなことは絶対に許しませんから」

中根はそう言われて満面に笑みを浮かべた。

「ご安心ください。我々は最後の最後まで闘い続けます」

「それを聞いて安心しました。ですが、中根さん。もし、もしも万万が一、そんな事態になった時はすぐに私に電話してください。手はちゃんと打ってあります。だから、安心して、御社は毅然《きぜん》として決算を越えてください」

中根は、そう言われてもう一度、笑顔で頭を深々と下げて金融庁を辞した。

外は、桜が舞っていた。

各務よ、バトンは渡したぞ。そして、おまえの骨は俺が拾ってやる。

中根は、肩についた桜の花びらを払おうともせず、まっすぐに道を歩き始めた。


【2003年3月31日】

7

同日午後二時三三分・ニューヨーク
プラザホテル

「全てを了解した。御社の誠意をしっかり受け止め、我々もそれに誠意で応《こた》えたいって、言っているわ」

各務の隣で、ゴールド・マックスからスイスの投資銀行ウォーレンバーグへ移り、今回の交渉に当たっていた槇塚薫が言った。

M&A部のシニア・バイスプレジデントとなっていた彼女は、感極まって各務の肩をギュッとつかんだ。同席していた幸田もその言葉に肩を震わせていた。

各務も、そう言われて日本では見せたことのないような満面の笑顔を浮かべ、交渉相手に握手を求めた。

「本当に心から感謝します。これで、我々は安心して逝けます」

そこで、槇塚は言葉が詰まった。

「各務さん、今の『いけます』って、まさか」

「そう、死ぬっていう意味だ。そう訳してくれていいぞ」

槙塚は一度頷いてから、相手にそう伝えた。

「サムライ・スピリッツにぜひ乾杯しましょう！　ですって」

そう言って、交渉相手はグラスを手に立ち上がった。

各務や幸田もそれに応え、立ち上がった。

終わった。何もかも。これで俺は安心してこの会社を去ることができる。

後は頼んだぞ、中根！

「乾杯！」

清和生命という愚かにして、不器用な生命保険会社に関わった全ての人のために……。

各務はそう胸の中で呟《つぶや》き、シャンパンを飲み干した。

8

二〇〇三年五月一六日午後三時〇〇分・新宿
ホテル・センチュリーハイアット

清和生命はこの日朝、東京地方裁判所民事八部に更生特例法に基づく、会社更生手続き開始の申し立てを行ったと発表した。同時に、清和生命の更生をサポートするスポンサーとして、米国プレジデンシャル生命が名乗りを挙げている旨を発表した。

【2003年5月16日】

会見に同席したプレジデンシャル生命の副社長は、「再建に当たり、清和生命という名の存続、可能な限りの高い予定利率の維持、さらに銀行保有株については、各銀行に優先売却権を与える」と発表した。

その一時間後、金融庁の高城長官は、この清和とプレジデンシャルの電光石火の処置に驚きを隠せないようだったが、「もし、プレジデンシャル生命が、正式に清算後の清和生命の受け皿企業となった場合、懸念されていたダブルギアリング破綻は回避できる」と発言。

清和破綻によって起こり得た最悪のシナリオが回避された。

本書は、フィクションです。物語の舞台となる清和生命に特定のモデルはありません。
登場する他の企業や人物も架空です。

各部の扉に使用したシェイクスピアの台詞《せりふ》は、いずれも新潮文庫（福田恆存訳）から引用させて戴《いただ》きました。

本書は、二〇〇三年八月にダイヤモンド社より刊行された『連鎖破綻　ダブルギアリング』のタイトルを変更して文庫化したものです。

ダブルギアリング

連鎖破綻《れんさはたん》

真山《まやま》 仁《じん》　香住《かずみ》 究《きわむ》

平成26年 12月25日　初版発行

発行者●堀内大示

発行所●株式会社KADOKAWA
〒102-8177　東京都千代田区富士見2-13-3
電話 03-3238-8521（営業）
http://www.kadokawa.co.jp/

編集●角川書店
〒102-8078　東京都千代田区富士見1-8-19
電話 03-3238-8555（編集部）

角川文庫 18923

印刷所●株式会社暁印刷　製本所●株式会社ビルディング・ブックセンター

表紙画●和田三造

ISBN978-4-04-101764-7　C0193

角川文庫発刊に際して

角川源義

第二次世界大戦の敗北は、軍事力の敗北であった以上に、私たちの若い文化力の敗退であった。私たちの文化が戦争に対して如何に無力であり、単なるあだ花に過ぎなかったかを、私たちは身を以て体験し痛感した。西洋近代文化の摂取にとって、明治以後八十年の歳月は決して短かすぎたとは言えない。にもかかわらず、近代文化の伝統を確立し、自由な批判と柔軟な良識に富む文化層として自らを形成することに私たちは失敗して来た。そしてこれは、各層への文化の普及滲透を任務とする出版人の責任でもあった。

一九四五年以来、私たちは再び振出しに戻り、第一歩から踏み出すことを余儀なくされた。これは大きな不幸ではあるが、反面、これまでの混沌・未熟・歪曲の中にあった我が国の文化に秩序と確たる基礎を齎らすためには絶好の機会でもある。角川書店は、このような祖国の文化的危機にあたり、微力をも顧みず再建の礎石たるべき抱負と決意とをもって出発したが、ここに創立以来の念願を果すべく角川文庫を発刊する。これまで刊行されたあらゆる全集叢書文庫類の長所と短所とを検討し、古今東西の不朽の典籍を、良心的編集のもとに、廉価に、そして書架にふさわしい美本として、多くのひとびとに提供しようとする。しかし私たちは徒らに百科全書的な知識のジレッタントを作ることを目的とせず、あくまで祖国の文化に秩序と再建への道を示し、この文庫を角川書店の栄ある事業として、今後永久に継続発展せしめ、学芸と教養との殿堂として大成せんことを期したい。多くの読書子の愛情ある忠言と支持とによって、この希望と抱負とを完遂せしめられんことを願う。

一九四九年五月三日

角川文庫ベストセラー

マグマ　真山仁

地熱発電の研究に命をかける研究者、原発廃止を提唱する政治家。様々な思惑が交錯する中、新ビジネスに成功の道はあるのか？　今まさに注目される次世代エネルギーの可能性を探る、大型経済情報小説。

定本　物語消費論　大塚英志

'80年代の終わり、子供たちはなぜビックリマンシールや都市伝説に熱狂したのか？「大きな物語」の終焉と、ネット上で誰もが作者になる現代を予見した幻の消費社会論。新たに「都市伝説論」を加える。

人身御供論　通過儀礼としての殺人　大塚英志

「赤ずきんちゃん」「遠野物語」から「鉄腕アトム」「タッチ」「めぞん一刻」まで、ビルドゥングス・ロマンにおける成熟のための通過儀礼にあらわれる「殺人」を解読し、その継承の道筋を明らかにした衝撃の書!!

木島日記　大塚英志

昭和初期の東京。民俗学者にして歌人の折口信夫は古書店「八坂堂」に迷い込む。奇怪な仮面で顔を覆った店主・木島平八郎は信じられないような自らの素性を語り始めた……。

多重人格探偵サイコ　全3巻　大塚英志

「ルーシー7の7人目を探して」。1972年に起きた内ゲバ事件を生き抜いて、今は獄中にいる死刑囚が、警視庁キャリア刑事・笹山徹に託した奇妙な依頼とは……。

角川文庫ベストセラー

角川文庫ベストセラー

大義の末　城山三郎

天皇と皇国日本に身をささげる「大義」こそ自分の生きる道と固く信じて死んでいった少年たちへの鎮魂歌。青年の挫折感、絶望感を描き、〃この作品を書くために作家を志した〃と著者自らが認める最重要作品。

仕事と人生　城山三郎

「仕事を追い、猟犬のように生き、いつかはくたびれた猟犬のように果てる。それが私の人生」。日々の思いをあるがままに綴った著者最晩年、珠玉のエッセイ集。

わしらは怪しい探険隊　椎名誠

おれわあいくぞう　ドバドバだぞお……潮騒うずまく伊良湖の沖に、やって来ました「東日本なんでもケトばす会」ご一行。ドタバタ、ハチャメチャ、珍騒動の連日連夜。男だけのおもしろ世界。

金融腐蝕列島（上）（下）　高杉良

大手都銀・協立銀行の竹中治夫は、本店総務部へ異動になった。総会屋対策の担当だった。組織の論理の前に、心ならずも不正融資に手を貸す竹中。相次ぐ金融不祥事に、銀行の暗部にメスを入れた長編経済小説。

勇気凜々　高杉良

放送局の型破り営業マン、武田光司は、サラリーマン生活にあきたらず、会社を興す。信用を得た大手スーパー・イトーヨーカ堂の成長と共に、見事にベンチャー企業を育て上げた男のロマンを描く経済小説。

角川文庫ベストセラー

呪縛　(上)(下)
金融腐蝕列島Ⅱ
高杉　良

金融不祥事が明るみに出た大手都銀。強制捜査、逮捕への不安、上層部の葛藤が渦巻く。自らの誇りを賭け、銀行の健全化と再生のために、ミドルたちは組織の呪縛にどう立ち向かうのか。衝撃の経済小説。

再生　(上)(下)
続・金融腐蝕列島
高杉　良

金融不祥事で危機に陥った協立銀行。不良債権の回収と処理に奔走する竹中は、住宅管理機構との対応を命じられ、新たな不良債権に関わる。社外からの攻撃と銀行の論理の狭間で苦悩するミドルの姿を描く長編。

濁流　(上)(下)
企業社会・悪の連鎖
高杉　良

経済誌『帝都経済』主幹の杉野は、有力政治家とのつながりを背景に財界を牛耳る大物フィクサー。手段を選ばぬ恫喝に、名だたる大企業が唯々諾々とカネを出す。が、傾倒する新興宗教が原因で思わぬ展開に。

小説　ザ・ゼネコン
高杉　良

バブル前夜、銀行調査役の山本泰世は、準大手ゼネコンへの出向を命じられる。そこで目にしたのは建設業界のダーティーな面だった。政官との癒着、談合体質、闇社会との関わり――日本の暗部に迫った問題作。

燃ゆるとき
高杉　良

築地魚市場の片隅に興した零細企業が、「マルちゃん」ブランドで一部上場企業に育つまでを描く。東洋水産の創業者・森和夫は「社員を大事にする」経営理念のもと、様々な障壁を乗り越えてゆく実名経済小説。

角川文庫ベストセラー

ザ エクセレント カンパニー 新・燃ゆるとき　高杉良

「サンマル」ブランドで知られる食品メーカー大手の東邦水産は、即席麺の米国工場建設を目指していた。「人を大事にする」経営理念のもと、市場原理主義の本場・米国進出に賭けた日本人ビジネスマンの奮闘！

迷走人事　高杉良

大手アパレルメーカー広報主任の麻希は、ワンマンで鳴らす創業社長の健康不安を耳にする。後継者は、息子の専務か、片腕と言われる副社長か。働く女性の視点から、会社、業界の問題点を浮き彫りにした力作。

顔・白い闇　松本清張

有名になる幸運は破滅への道でもあった。役者が抱える過去の秘密を描く「顔」、出張先から戻らぬ夫の思いがけない裏切り話に潜む罠を描く「白い闇」の他、「張込み」「声」「地方紙を買う女」の計5編を収録。

小説帝銀事件 新装版　松本清張

占領下の昭和23年1月26日、豊島区の帝国銀行で発生した毒殺強盗事件。捜査本部は旧軍関係者を疑うが、画家・平沢貞通に自白だけで死刑判決が下る。昭和史の闇に挑んだ清張史観の出発点となった記念碑的名作。

山峡の章　松本清張

昌子は九州旅行で知り合ったエリート官僚の堀沢と結婚したが、平穏で空虚な日々ののちに妹伶子と夫の失踪が起こる。死体で発見された二人は果たして不倫だったのか。若手官僚の死の謎に秘められた国際的陰謀。

角川文庫ベストセラー

水の炎　松本清張

東都相互銀行の若手常務で野心家の夫、塩川弘治との結婚生活に心満たされぬ信子は、独身助教授の浅野を知る。彼女の知的美しさに心惹かれ、愛を告白する浅野。美しい人妻の心の遍歴を描く長編サスペンス。

死の発送　新装版　松本清張

東北本線・五百川駅近くで死体入りトランクが発見された。被害者は東京の三流新聞編集長・山崎。しかし東京・田端駅からトランクを発送したのも山崎自身だった。競馬界を舞台に描く巨匠の本格長編推理小説。

失踪の果て　松本清張

中年の大学教授が大学からの帰途に失踪し、赤坂のマンションの一室で首吊り死体で発見された。自殺か他殺か。表題作の他、「額と歯」「やさしい地方」「繁盛するメス」「春田氏の講演」「速記録」の計6編。

紅い白描　松本清張

美大を卒業したばかりの葉子は、憧れの葛山デザイン研究所に入所する。だが不可解な葛山の言動から、彼の作品のオリジナリティに疑惑をもつ。一流デザイナーの恍惚と苦悩を華やかな業界を背景に描くサスペンス。

黒い空　松本清張

辣腕事業家の山内定子が始めた結婚式場は大繁盛だった。しかし経営をまかされていた小心者の婿養子・善朗はある日、口論から激情して妻定子を殺してしまう。河越の古戦場に埋れた長年の怨念を重ねた長編推理。

角川文庫ベストセラー

潜在光景　松本清張

20年ぶりに再会した泰子に溺れていく私は、その幼い息子に怯えていた。それは私の過去の記憶と関わりがあった。表題作の他、「八十通の遺書」「発作」「鉢植を買う女」「鬼畜」「雀一羽」の計6編を収録する。

男たちの晩節　松本清張

昭和30年代短編集①。ある日を境に男たちが引き起こす生々しい事件。「いきものの殻」「筆写」「遺墨」「延命の負債」「空白の意匠」「背広服の変死者」「駅路」の計7編。「背広服の変死者」は初文庫化。

三面記事の男と女　松本清張

昭和30年代短編集②。高度成長直前の時代の熱は、地道な庶民の気持ちをも変え、三面記事の紙面を賑わす事件を引き起こす。「たづたづし」「危険な斜面」「記念に」「不在宴会」「密宗律仙教」の計5編。

偏狂者の系譜　松本清張

昭和30年代短編集③。学問に打ち込み業績をあげながら、社会的評価を得られない研究者たちの情熱と怨念。「笛壺」「皿倉学説」「粗い網版」「陸行水行」の計4編。「粗い網版」は初文庫化。

神と野獣の日　松本清張

「重大事態発生」。官邸の総理大臣に、防衛省統幕議長がうわずった声で伝えた。Z国から東京に向かって誤射された核弾頭ミサイル5個。到着まで、あと43分！　SFに初めて挑戦した松本清張の異色長編。

角川文庫ベストセラー

乱灯　江戸影絵（上）（下）　松本清張

江戸城の目安箱に入れられた一通の書面。それを読んだ将軍徳川吉宗は大岡越前守に探索を命じるが、その最中に芝の寺の尼僧が殺され、旗本大久保家の存在が浮上する。将軍家世嗣をめぐる思惑。本格歴史長編。

夜の足音　短篇時代小説選　松本清張

無宿人の竜助は、岡っ引きの粂吉から奇妙な仕事を持ちかけられる。離縁になった若妻の夜の相手をしろという。表題作の他、「噂始末」「三人の留守居役」「破談変異」「廃物」「背伸び」の、時代小説計6編。

落差（上）（下）　新装版　松本清張

日本史教科書編纂の分野で名を馳せる島地章吾助教授は、学生時代の友人の妻などに浮気心を働かせていた。教科書出版社の思惑にうまく乗り、島地は自分の欲望のまま人生を謳歌していたのだが……社会派長編。

或る「小倉日記」伝　松本清張

史実に残らない小倉在住時代の森鷗外の足跡を、歳月をかけひたむきに調査する田上とその母の苦難。芥川賞受賞の表題作の他、「父系の指」「菊枕」「笛壺」「石の骨」「断碑」の、代表作計6編を収録。

死の発送　松本清張

東北本線五百川駅近くの草むらで、死体入りトランクが発見された。被害者は東京の三流新聞編集長の山崎と知れたが、鉄道便でそのトランクを発送したのも山崎自身だった。部下の底井が謎に挑む。本格長編推理。